Renate Naber
Cornelia Ehses

TodesSüße

Kriminalroman

Genuss krimi bei KSB

Bibliografische Information der Deutschen Nationalbibliothek.
Die Deutsche Nationalbibliothek verzeichnet diese Publikation in der Deutschen Nationalbibliografie; detaillierte bibliografische Daten sind im Internet über www.dnb.de abrufbar.

1. Auflage 2013

Umschlaggestaltung und Layout: Atelier Reichert, Stuttgart
Titelfoto: shutterstock, Subbotina, picsfive
Druck: GRASPO CZ, Zlin
ISBN 978-3-941564-58-9
www.genusskrimi.de

»Wer eine Tasse Schokolade getrunken hat,
der hält einen ganzen Tag auf der Reise aus ...«

Johann Wolfgang von Goethe

1

Er ist auf dem Heimweg. Stolz trägt er sein schweres Tragetuch mit Yamswurzel, Kochbananen und Hirse. Die Gerüche von Pfeffer, Erdnüssen und Zwiebeln lassen seinen Magen knurren. Voller Vorfreude beschleunigt er seine Schritte, den staubigen Weg nimmt er kaum wahr. Sein Vater würde staunen und Mutter würde ihm über die Haare streichen und ihn loben.

Tabio holt weit aus. Seine Beine sind dünn, aber drahtig. Er ist schnell wie eine Antilope. Das Dorf liegt vier Stunden entfernt von der elterlichen Hütte nahe der Plantage. Heute Morgen ist ihm der Weg nicht so lang vorgekommen. In seiner Hosentasche fühlt er die kleine Holzfigur, die ihm eine alte Frau zugesteckt hat. Das Holz fühlt sich warm und glatt an. Die ist für seine Schwester Dafina. Mädchenspielzeug.

Er kann schon den kleinen Hügel sehen, an dessen Fuß ihre Hütte steht. Kein Qualm steigt aus dem Ofenrohr an der Seite. Wo sind seine Geschwister? Die Sonne steht schon tief, sein Schatten ist so groß wie der eines Riesen, als er zu laufen beginnt. Er ruft: »Mutter, Vater, ich bin zurück! Eno, Jamaal, Halima, Dafina, wo seid ihr?«

Keine Antwort. Vor der Tür zögert er kurz, dann stößt er sie auf. Der Wohnraum ist leer, die Küchenecke auch. Das Feuer brennt nicht. Es riecht nicht nach Essen, nicht nach Schweiß. Da ist ein neuer Geruch, den er nicht kennt. Das Tragetuch rutscht aus seiner Hand und er läuft in die Schlafecke seiner Eltern. Er schiebt den Vorhang zur Seite, sie liegen auf der Strohmatte. Schlafen sie? Er flüstert: »Mutter, Vater, ich bin zurück. Mutter, Vater?!«

Sie bewegen sich nicht. Auf der Matte, neben seinem Vater, ist ein dunkler Fleck. Mutters Augen sind nicht richtig geschlossen, aber auch nicht geöffnet. Er dreht sich langsam um und rennt in das Zimmerchen, in dem er und seine Geschwister schlafen. Sie liegen auch auf ihren Matten.

»Steht auf, Dafina los, Jamaal! Jamaal! Eno, du Faultier, Halima, steht sofort auf!« Mechanisch setzt er einen Fuß vor den anderen, den Kopf gesenkt. Es ist so still.

Dann steht er am Mattenrand, beugt sich hinab und zieht an der verschlissenen Decke. Alles ist rot. Die Kleider, die Hände, die Matte. Dunkles Rot, fast schwarz. Er muss an Hibiskusblüten denken. Es riecht auch ähnlich süß im Zimmer. Überall. Der Geruch nach geronnenem Blut liegt über allem. Er greift wieder nach der Decke und zieht sie vorsichtig über seine Geschwister. Wie bei ihrem abendlichen Versteckspiel. Doch keiner kichert. Sie liegen ganz still.

Er tappt zurück zu den Eltern. Auch hier ist das Schwarzrot unter den Decken. Dicke Fliegen sitzen darauf, stieben durch die Bewegung brummend auf. Neben Vaters Matte liegt etwas. Ein Stück Papier und ein kleiner Karton. Er greift danach. Die Worte auf dem Papier kann er noch nicht lesen. Erst in ein paar Monaten soll er in die Schule kommen. Er weicht zurück bis zur Wand und rutscht daran herab. Auf dem Boden sitzend öffnet er die Schachtel. Fotos und noch mehr Papiere, auf denen Worte und Zahlen stehen. Tabio legt alles zurück in den Karton, schließt den Deckel und bleibt sitzen.

Im Zimmer wird es dunkel. Er legt sich hin. Spürt hart den Boden, atmet den Geruch der Erde und nimmt den Karton in die Arme. Die Stille deckt ihn zu. Im Zimmer wird es wieder hell. Tabio dreht sich auf den Rücken, beobachtet die Fliegen an der Decke, hört ihr Brummen. Im Zimmer wird es dunkel und wieder hell.

2

Die ›Bel Etage‹ des Schokoladenmuseums in Köln. Stimmengemurmel drang durch die Tür zum großen Tagungsraum. Tabio klopfte kurz an, öffnete und zog den Getränkewagen hinter sich her. Die Flaschen klirrten leise bei jeder Bewegung. Um den Sitzungstisch saßen Männer in dunklen Anzügen und Krawatten. Die meisten beachteten ihn gar nicht, weil sie interessiert einem Vortrag lauschten. Jeder hatte ein hochglänzendes Namensschild mit einem Firmenlogo vor sich platziert. Einige dieser Firmen kannte Tabio, bei manchen war das Wort ›Kakao‹ im Namen enthalten. Herr Sander, Tabios Chef, der das Café und das Catering leitete, hatte ihm eingeschärft, dies sei eine wichtige Delegation einflussreicher Entscheidungsträger der Kakaowirtschaft und der Schokoladen-Industrie. Ohne diese VIPs hätten er und Tabio nicht so viel zu tun. Tabio solle so aufmerksam und freundlich wie möglich sein, hatte er ihn ermahnt. Als wäre das nötig gewesen. Tabio war eine beliebte Servicekraft – Gäste mochten ihn ebenso wie die Kollegen. Er lachte gerne und viel und seine Kollegin Sanne meinte, aus Tabio strahle die Sonne Afrikas. Worauf Tabio, der im Alter von acht Jahren von einem kinderlosen Kölner Lehrerehepaar aus einem Heim an der Elfenbeinküste adoptiert worden war, ihr immer antwortete: »Oder die von der Theresienstraße in Köln-Lindenthal!« Sein Deutsch war fast fehlerfrei und nur ein leichter, sehr warmer, gutturaler Akzent ließ jeden kurz aufhorchen, wenn er sprach. Dass er so perfekt Deutsch gelernt hatte, verdankte er seinen Eltern. »Ich bin Lehrerkind«, erklärte er mit Nachdruck und verdrehte leicht die Augen. »Meine Eltern haben ihr ganzes pädagogisches Talent an mir ausgetobt. Mit Erfolg.« Er war stolz auf seine Adoptiveltern. Sie hatten alles richtig gemacht. Nach seinem Abitur studierte er jetzt an der Universität zu Köln Sozialwissenschaften, wenn er nicht seinem Nebenjob im Museum nachging. Seine Adoptivschwester Lyn, die aus Sri Lanka stammte, war drei Jahre jünger als er und absolvierte gerade die gymnasiale Oberstufe.

Die Trinkgelder der Gäste flossen reichlich in Tabios Taschen und schon öfter hatten ihm Frauen Avancen gemacht, die seine Mutter hätten sein können. Die wehrte er so charmant ab, dass sie die Abfuhr nicht einmal bemerkten.

Tabio tauschte die leeren Flaschen dezent gegen volle aus. Wasser, Säfte, Limonaden. Sein Blick glitt dabei über die Köpfe der Anwesenden hinweg zu den großen Fenstern. Das Schokoladenmuseum, das mit dem vielen Glas und den hellen Metallverstrebungen einem Dampfer glich, lag direkt am Rheinufer. Der Tagungsraum war im zweiten Stock und von hier aus konnte Tabio nicht nur echten Schiffen zusehen, sondern auch gut erkennen, was auf der gegenüberliegenden Seite, den Rheinwiesen, die vom Ortsteil Deutz bis nach Poll führten, los war. Jetzt, gegen Nachmittag, waren dort Jogger und Eltern mit Kindern unterwegs, die auch im November an die frische Luft wollten. Im Herbst sah man Kinder und Jugendliche, die ihre Drachen fliegen ließen. Und das ganze Jahr über spielten junge Leute dort Fußball und Spaziergänger führten ihre Hunde aus. Das Café, in dem er den größten Teil seiner Arbeitszeit verbrachte, bot zwar auch eine Panoramaaussicht auf den Rhein und die Kölner Altstadt, doch hier oben gefiel es Tabio noch besser. Der Blick auf den kraftvoll fließenden Strom, dessen Pegel ordentlich angestiegen war, machte ihn richtig schwindelig. Er stammte eben aus einem Land, in dem die Vegetation zwar üppig, das Wasser aber knapp war. Solch einen ständig tosenden Wasserlauf hätte er sich als Kind niemals vorstellen können. Gut, einmal oder zweimal im Jahr hatte es heftige Regenfälle gegeben und das halbe Dorf war weggeschwommen. Danach war es aufgegrünt, überall hatten innerhalb von Stunden Gräser und Halme aus dem trockenen Boden gedrängt. Aber innerhalb kürzester Zeit war das Wasser wieder versickert und vieles verdorrt unter der gnadenlosen Sonne. Gleißende Hitze trotz der hohen Luftfeuchtigkeit.

Ein kleiner Applaus riss ihn aus seiner Versunkenheit. Der korpulente Mann am Kopfende des Tisches hatte seinen Vortrag gerade unterbrochen. Er nickte huldvoll und winkte Tabio zu sich heran: »He, Sarotti, bring mir neues Wasser, und zwar flotti!«

Einer aus der Runde lachte laut auf, einige schmunzelten,

andere suchten pikiert Blickkontakt zu ihrem Nachbarn. Tabio spürte, wie ihm das Blut ins Gesicht schoss, aber er hatte die Worte seines Chefs noch im Ohr. Steif verbeugte er sich und stellte mit kühlem Lächeln zwei Flaschen Wasser auf den Tisch. Routiniert öffnete er eine davon und schenkte in das Glas ein, das ihm der Mann entgegenhielt. Dabei las er das Namensschild: Dr. Hans-Dietrich Weinsberg, CFO der Firma S. Cröger. Tabio meinte, den Mann zu kennen, aber er war zu angespannt, als dass ihm eingefallen wäre, wo er ihn schon einmal gesehen hatte.

Weinsberg nahm einen kräftigen Schluck. Ohne Tabio weiter zu beachten, fuhr er mit seinem Vortrag fort: »In den Niederlanden gibt es diesen Runden Tisch, den jetzt auch der eine oder andere Politiker, aufgestachelt durch die Hetze von Greenpeace und Konsorten, für Deutschland neuerdings fordert. Sie wissen alle, was in Holland passiert ist: Es gab zuerst öffentlichkeitswirksame Kampagnen und eine breite Medienberichterstattung über die Missstände in den Kakao-Anbaugebieten. Angeprangert wurden unter anderem Kinderarbeit, Sklavenhaltung, Ausbeutung und die Nichteinhaltung von sozialen Mindeststandards. Dies führte dazu, dass die Regierung bereit war, einen Runden Tisch zu moderieren und nun von den Unternehmen fordert, die konkret festgelegte Verpflichtung für die Verwendung von nachhaltig erzeugtem Kakao einzugehen. Die derzeitigen Planungen sehen vor, dass bis zum Jahr 2015 die Hälfte und bis 2020 sogar achtzig Prozent, ich wiederhole, achtzig Prozent des verwendeten Kakaos aus nachhaltigem Anbau kommen sollen.«

Besorgtes Füßerücken und Papiergeraschel der Anwesenden unterbrachen den Redefluss. Weinsberg hob die Hände und fuhr fort: »Im Jahr 2025 sollen es dann hundert Prozent sein. Die Debatte in den Niederlanden ist der in Deutschland um einige Jahre voraus. Auch in einer Reihe anderer Staaten hat es bereits große Kampagnen gegen Schokoladenhersteller gegeben. In Deutschland war es glücklicherweise bislang nicht der Fall, dass gezielt gegen einzelne Unternehmen gehetzt wurde. Es gab und gibt jedoch mehrere regionale Kampagnen. Und natürlich die Aktionen und Videoclips von ›foodwatch‹ – die haben Sie bestimmt alle gesehen, nicht wahr?«

Die Anwesenden nickten und jetzt erfüllte abfälliges Gemurmel den Raum.

Dr. Weinsberg winkte beschwichtigend ab und zog die Aufmerksamkeit wieder auf sich, indem er etwas lauter sprach als vorher: »Wir alle, die wir uns um das Wohl unserer Unternehmen und der Verbraucher bemühen, sollten sehr genau darauf achten, wie wir in der Presse dargestellt werden und ob unsere Namen mit Missständen in den Anbaugebieten von Kakao oder anderen Produkten in Verbindung gebracht werden. Schließlich leben wir Markenhersteller von unseren Markenimages und geben weltweit jährlich Milliardenbeträge dafür aus, dieses Image und damit die Absatzmengen unserer Produkte zu erhalten. Unsere Lobby leistet gute Arbeit, bisher konnten wir unsere Standpunkte bei den Politikern jeder Richtung gut verankern, aber nun müssen wir zusammenrücken und dagegen halten und uns gegenseitig unterstützen!«

Die anderen klopften mit den Fingerknöcheln laut und nachdrücklich auf den Tisch. Tabio war sich nicht sicher, ob sie einfach erleichtert waren, weil der Klops endlich die Klappe hielt oder ob sie wirklich von dem, was er gesagt hatte, so angetan waren. Er bediente weiter. Weinsberg sagte noch etwas zu den schlechten Rohstoffpreisen, den Qualitätsschwankungen und der sinkenden Motivation der Arbeiter vor Ort, dann schwenkte er auf Alltägliches und mimte den Gastgeber. Er versuchte witzig zu sein, aber Tabio empfand das Lachen der Teilnehmer eher als gequält höflich. Weinsbergs Scherze gingen unter die Gürtellinie und unterschritten wohl die Grenzen des Geschmacks einiger seiner Zuhörer. Bei »Wie nennt man es, wenn zwei Schwarze ein Auto schieben? - Black Power«, versteinerten sich die Gesichter einiger Teilnehmer, der eine oder andere warf Tabio einen irritierten Blick zu. Als der sich mit einem leisen Hinweis auf ein späteres Wiederkommen verabschiedete, rief ihm Weinsberg ein »Könnte da stattdessen nicht eine hübsche, knapp bekleidete Kollegin zu uns kommen?« hinterher.

Tabio fuhr mit dem Aufzug hinunter in den Servicebereich und knallte die leeren Getränkeflaschen in die Kästen: »So ein widerlicher Mistkerl! Macht Witze über alle, vor allem über mich. Jetzt will er auch noch eine hübsche, halb nackte Bedienung an meiner Stelle!«

Sein Chef, der in eine Kochdunstwolke eingehüllt da stand, sah ihn einen Moment prüfend an. »Ach, Junge, das ist doch nur Gelaber. Diese Managertypen halten sich alle für ›Mister Superwichtig‹ und jeder will der Platzhirsch sein. Da stehen wir doch drüber, oder?«

»Klar, aber Sie sollten da besser keine Frauen allein rein schicken, das sind Hyänen!«

Theo Sander lachte. »Und genauso schissig! Die könnens doch nur mit dem Mund. Aber du hast recht, beleidigen müssen wir unsere Mädels ja wirklich nicht lassen. Das Abendessen wird im kleinen Speisesaal serviert, Sanne und Tabea bauen schon alles auf. Hier, probier doch mal die Tomatenconsommé mit Trüffel, die ist mir richtig gut gelungen!« Als er ihm den kleinen Probierlöffel reichte, legte er kurz beschwichtigend die Hand auf Tabios Schulter. Sander mochte seinen Mitarbeiter sehr; so einen Sohn hätte er auch gerne gehabt. Aber so aufgewühlt hatte er Tabio noch nicht erlebt. Sonst war er doch immer so ausgeglichen.

Auch während des Essens rief Weinsberg nach Tabio und mehrfach schallte der Ruf ›Sarotti‹ durch den Raum. Theo Sander ignorierte sein auffälliges Auftreten einfach. Tabio musste sich anstrengen, seine Gefühle im Zaum zu halten. Am liebsten hätte er dem Fettsack seinen Wein in den Kragen geschüttet. Doch er stand die neunzig Minuten durch, die die Delegation zum Essen brauchte, dann erhob sich die Runde endlich, Tabio und auch Sander atmeten auf. Nun ging das Programm ohne sie weiter. Die Herren sollten eine Sonderführung durch das Museum erhalten.

Karina Sprängel, die hübsche Museumsführerin mit der rotblonden Lockenmähne, zeigte ihnen durch die großen Fensterfronten der oberen Etage die eindrucksvoll angestrahlte abendliche Altstadt mit den schmalgiebligen, in verschiedenen Farben gestrichenen Häusern. Das Haar gebändigt in einem Zopf, trug sie einen dezent dunkelblauen Hosenanzug mit weißer Bluse und Pumps mit normalhohen Absätzen. Bei ihrer Körpergröße von 1,73 m hätte sie auch High Heels anziehen können, die waren ihr aber zu unbequem. Wie jeden Tag hatte sie ein auffälliges buntes Tuch um den Hals geschlungen. Heute war es ein quietschgrünes mit orangefarbenen Streifen, das brachte ihre grau-blauen Augen zum Leuchten. Freundlich und unterhaltsam fand sie immer den richtigen Ton, wenn es darum ging, die Menschen für ihr Museum und für Köln mit kleinen Anekdoten einzunehmen. Im Grunde übertrug sich ihre eigene Begeisterung auf die Zuhörer, die sie durch das Museum führte. So machte sie die Männergruppe zuerst auf den Panoramablick auf die ehemalige Benediktinerstiftskirche Groß Sankt Martin und den Dom aufmerksam. Wie die Leute selbst, war auch sie immer wieder beeindruckt von dem tollen Ausblick.

Von der oberen Etage stiegen sie die Wendeltreppe hinunter in die Ausstellungsräume im Erdgeschoss. Weinsberg stolzierte wie ein Pfau neben ihr her und gab zu allem Kommentare ab. Tabio war auf dem Weg zum Tagungsraum, um dort noch etwas aufzuräumen, als er bemerkte, dass Weinsberg vor den großen Fotos in der Halle stehen blieb. Er deutete auf die Arbeiter einer Kakaoplantage. Mit seinem fetten Zeigefinger wies er nachdrücklich auf das Bild, auf dem auch Tabios Vater zu sehen war.

Gerade sagte er: »Das war damals auch so eine faule Sau! Das einzige was der, wie auch die anderen Schwarzen konnten, war Kinder machen! Schauen Sie mal, das bin ich da auf dem Foto. Noch jung und knusprig. Damals mussten wir da ganz schön aufräumen. Denen haben wir aber mal gezeigt, was deutsche Wertarbeit ist.«

Einige Männer lachten verhalten, andere drehten sich peinlich berührt weg. Karina war schon ein paar Schritte weitergegangen. Sie drehte sich jetzt wartend um, hatte anscheinend seine Ausführungen nicht gehört.

Tabio stockte der Atem. Erst vor wenigen Wochen hatte er selbst aus Interesse an einer Führung durch das Museum teilgenommen, um seinen Arbeitsplatz genauer kennenzulernen. Dabei hatte er das Foto entdeckt. Eine Schwarz-Weiß-Aufnahme, auf der afrikanische Arbeiter und ein arrogant grinsender junger Weißer abgelichtet waren.

Darunter stand: »Die Bewohner der Elfenbeinküste waren den Firmen dankbar für ein geregeltes Einkommen«. Tabio hatte genauer hingeschaut. Trauer und Hilflosigkeit waren das Einzige, das er auf den Gesichtern der Afrikaner erkennen konnte. Und mittendrin: sein eigener Vater. Er hatte seinen Augen nicht getraut. Doch, das war sein Vater. Ein ähnliches Foto lag versteckt in dem kleinen Karton unter seinem Bett in Köln-Lindenthal. Den holte er manchmal hervor, um darin zu kramen. Mehr hatte er nicht von seiner afrikanischen Familie.

Dieser Weinsberg war also auf der Plantage in Bouaké gewesen und hatte die Interessen seiner Firma durchgesetzt. Die Menschen dort waren ihm damals so gleichgültig gewesen wie heute. Tabio spürte eine unbekannte, heiße Wut in sich aufsteigen, wie er sie nie zuvor gefühlt hatte. Ein metallischer Geschmack machte sich in seinem Mund breit, ein süßlicher Geruch stieg in seine Nase und in seinen Ohren summte es, wie von tausend Schmeißfliegen.

Die Führung steuerte auf ihren Höhepunkt, den Schokoladenbrunnen zu. Tabio rannte, zwei Stufen auf einmal nehmend, nach oben. Als er den Tagungsraum betrat, stand sein Entschluss fest: Dem feisten Sack würde er eine Lektion erteilen. Er musste sich nur ausdenken, wie er es anstellen sollte. Während er die Tischdekoration für den nächsten Tag erneuerte, entwickelte er erste Ideen und verwarf sie wieder. Dann war er am Kopfende des Tisches angelangt und entdeckte ein Smartphone auf dem Platz des Fettsacks. Vielleicht hatte er es dort vergessen, als er die Runde zur Museumsführung nach draußen komplimentiert hatte. Ohne zu zögern, griff Tabio zu. Dann schlüpfte er ins Treppenhaus und versteckte sich im Sanitätsraum. Von dort hörte er noch einige Zeit Stimmen und Gelächter, bis es im Treppenhaus lauter wurde, als sich die Besucher verabschiedeten.

Zuletzt schallte nur noch Weinsbergs Stimme: »Ich suche eben noch mein Smartphone, ich komme dann in die Kneipe nach, erwarten Sie mich bitte dort!«

Also doch, dachte Tabio. Na warte, fettes Kolonialschwein.

***

»Folgen Sie mir, bitte, meine Herren.« Rudolf Leutschler, der Leiter der Einkaufsabteilung von Dree Foods, stand mit dem Rücken zum Schokoladenmuseum, hinter ihm spiegelten sich die Lichter der Straßenlaternen in den meterhohen Glasscheiben des Tropenhauses. Leutschler breitete gönnerhaft die Arme aus. »War das nicht ein gelungenes Event, meine Herren?! Ich habe das Gefühl, der feine Schokoladenduft umgibt mich immer noch!« Es war kühl draußen. Nach der warmen Atmosphäre im Schokoladenmuseum fröstelte er nun. Er stellte seinen Kragen hoch, der Wind hier am Rhein hatte es in sich. Dann wies er in Richtung Altstadt. »Über diese alte Drehbrücke dort führt am heutigen Abend unser Weg zu den Stätten der Freude und Lust. Ich weiß nicht, ob Sie es wissen, aber heute ist ein hoher Feiertag in Köln. Die Karnevalssession wird immer am 11.11. eröffnet; der Großteil der Kölner, sie nennen sich ›Jecke‹, feiert schon seit heute Vormittag, genau gesagt seit 11 Uhr 11 dort drüben auf dem Heumarkt und in der ganzen Stadt.« Er wies mit einer Hand vage nach rechts, einige Männer schauten in die Richtung, in der sie das pralle Leben vermuteten. Offenbar freuten sie sich darauf, etwas vom Kölner Brauchtum miterleben zu können.

»Herr Dr. Weinsberg, unser großer Delegationsvorsitzender, wird uns gleich folgen.« Der ironische Unterton seiner Worte war nicht zu überhören. »Er hat nur noch kurz etwas zu erledigen – geschäftlich versteht sich.« ›Der ist zu blöd, um auf sein Handy aufzupassen‹, fügte er in Gedanken hinzu. Aber das war jetzt seine Chance, nun würde er die Führung übernehmen. Weinsberg saß sowieso auf dem absteigenden Ast, der würde sich nicht mehr lange halten, da war er sich sicher. Die Gruppe folgte ihm willig.

Auf der von den vielen Laternen fast taghell erleuchteten Rheinuferstraße bewegten sich Männer und Frauen lärmend in Karnevalskostümen Richtung Altstadt. Clowns, eine Prinzessin, einer, der ganz grün im Gesicht war und Wackel-Antennen auf dem Kopf trug. Ein anderer hatte sich eine dicke Trommel umgehängt und schlug mehr oder weniger rhythmisch auf sie ein.

›Völlig blöde‹, dachte Leutschler. ›Die Leute haben kein wirkliches Leben, deshalb müssen sie sich als irgendwer verkleiden. Besonders der Typ, der zum Schluss kam. Ausgerechnet als Mafioso. Schwarzer Anzug, schwarzes Hemd, der typisch breitkrempige Hut, weiße Gamaschen und weißer Schal. Na, der hatte ja kein Klischee ausgelassen.‹ Leutschler wandte sich wieder der Gruppe zu: »Folgen Sie mir, meine Herrschaften! Und keine Sorge, ich schütze Sie selbst vor der Mafia.«

Er deutete auf die andere Straßenseite, einige Herren grinsten, anerkennendes Gemurmel. Selbstbewusst schreitend führte Leutschler die Gruppe am Hotel Maritim, das offenbar schon die Weihnachtsbeleuchtung eingeschaltet hatte, denn es glitzerte und funkelte aus der Fensterfront heraus, vorbei in Richtung Heumarkt, dann zum Alter Markt. Überall singende und schunkelnde Jecken, einige von ihnen torkelten heftig.

Eine Hexe mit einem Plastikraben auf der Schulter, legte den Arm um Leutschler und küsste ihn auf die Wange. »Jung, soll ich dir mal die Zukunft voraussagen?« Sie griff nach seiner Hand. »Deine Lebenslinie bricht ab«, stellte sie mit glasigem Blick fest, »genieß mal die letzten Tage und tanz mit mir ...« Sie breitete die Arme aus.

Leutschlers Gesichtsausdruck genügte und sie presste ihre grell geschminkten Lippen zusammen. Abrupt ließ sie die Arme sinken, drehte sich ohne ein Wort um und tauchte in der Menge unter. Leutschler wischte sich die Wange ab, ›ekelhaft diese alten Weiber‹, dachte er. Dann griff er in die kleine Tasche, die er bei sich trug, und begann rote Pappnasen an die Gruppe zu verteilen.

»Nehmen Sie sich vor den Frauen in acht. Sie sehen ja, die sind heute ohne Hemmungen.«

Die Männer murmelten erwartungsfroh und griffen nach den roten Nasen.

»So sind Sie alle gut verkleidet und bleiben unerkannt«, lachte Leutschler jovial. Wie schnell man doch Menschen glücklich machen konnte.

Er schaute zu, wie alle begeistert die roten Nasen aufsetzten und öffnete die Kneipentür. Die Musik dröhnte, ›Nä, nä, wat wor dat doch früher ne superjeile Zick, mit Träne in de Augen luur ich manschmol zurück ...‹. Seine Gruppe drängte sich hinter ihm ins Lokal, das er mit Weinsberg als Treffpunkt vereinbart hatte. Es war so voll, dass sie nur mit Mühe bis zum

Tresen vordrangen. Leutschler schaffte es. Wie er alles schaffte, was er sich vornahm. Stolz bestellte er einen Kranz Kölsch.

Auch hier nur Verkleidete. Eine vollschlanke Micky Maus tanzte hinten am Fenster auf dem Tisch, schwang die beachtlichen Hüften und wedelte mit den Armen. Begeistert Feiernde klatschen im Rhythmus ihrer Bewegungen. Bierdunst, Parfüm und Schweißgeruch vermischten sich. Der Boden klebte bei jedem Schritt. Die Clowns und der Mafioso, die er eben auf der anderen Straßenseite gesehen hatte, waren auch da. Der Mafioso schaute zu ihm herüber, zog etwas aus der Tasche, blickte kurz darauf und sah dann wieder prüfend zu Leutschler. Die Clowns hakten sich rechts und links bei ihm ein und schunkelten los. Sie lachten. Der eine zog eine Waffe aus dem Halfter, das der Mafioso unter seinem Jackett umgeschnallt hatte. »Sogar eine Knarre hat der dabei. Super. Alles richtig stilecht«, brüllte der Clown begeistert. »So geh ich nächstes Jahr auch.«

Der Mafioso riss ihm wütend die Waffe aus der Hand, steckte sie wieder ein. Na, der schien ja keinen Spaß zu verstehen.

»Liebe Kollegen, meine Herren«, rief Leutschler nun in die Runde. »Ich muss mal für kleine rote Pappnasen.«

Inzwischen hatten alle das vierte Kölsch intus und lachten übertrieben laut, manche hatten die rote Nase schon auf die Stirn geschoben oder um den Hals hängen. Weinsberg war immer noch nicht aufgetaucht. Sollte der doch bleiben, wo der Kakao wuchs. Oder besser nicht, die Kakaobohnen wollte Leutschler lieber selber kaufen. Er schob sich durch die Menge. Ellenbogen hatte er, das war keine Frage.

Auf der Toilette herrschte genauso Hochbetrieb und Drängelei wie in der Kneipe selbst. Deshalb trat Leutschler erst einmal in den Innenhof der Kneipe, um sich eine Zigarette anzuzünden. Den ganzen Tag hatte er noch keine geraucht. Nur abends erlaubte er sich sein kleines Laster. Auf dem Hof stapelten sich leere Bierkästen und die unebenen Platten waren übersät mit ausgetretenen Zigarettenkippen. Aus dem Augenwinkel nahm er wahr, dass jemand die Tür aufdrückte und ebenfalls in den Innenhof trat. Es war der Mafioso. Die Tür fiel wieder zu, sie beide waren jetzt ganz allein in dem kleinen Hof. Drinnen wummerte dumpf die Musik, hier aber war es ruhig.

»Herr Weinsberg?«, rief der Mafioso zu ihm herüber.

Leutschler stutzte und drehte sich neugierig zu ihm hin: »Worum geht es?«

Der Mafioso machte zwei schnelle Schritte auf ihn zu, setzte ihm die Waffe an den Kopf, drückte ab. Noch ehe Leutschler etwas begriff, wurde alles schwarz. Die Karnevalsmusik in der Kneipe dröhnte weiter: ›Da simmer dabei, dat es priima, Viva Colonia ...‹

***

Es war still geworden im Schokoladenmuseum, in den meisten Fluren brannte nur noch die Notbeleuchtung. Auch die anderen Servicemitarbeiter hatten das Haus verlassen. Tabio war noch schnell zu ihnen hinunter gelaufen, um mit ihnen gemeinsam das Museum zu verlassen. Dann hatte er überlegt, war durch den Hintereingang wieder ins Haus geschlüpft und nach oben gehastet. Jetzt lauschte er noch einmal in den Gang, dann durchlief er mit leisen, schnellen Schritten den leeren, langen Flur zum Tagungsraum.

Die Tür stand halb offen, drinnen fluchte Weinsberg vernehmlich vor sich hin: »Wo ist denn das Scheißteil? Hier hatte ich es doch hingelegt. Das muss wer geklaut haben. Wenn ich den erwische ... kriminelles Pack ...«

Tabio stieß die Tür vollends auf. Grinsend hielt er das Handy hoch und schwenkte es hin und her.

»Was zum Teufel soll das? Gib schleunigst das Teil her ...« Weinsbergs Gesicht glühte, seine Augen funkelten.

»Ja, dann sag erst mal bitte bitte zum Sarotti.«

»Jetzt hört der Spaß aber auf, junger Mann.« Weinsberg kam um den Tisch herum auf Tabio zu.

»Wann der Spaß aufhört, bestimme ich, Großkotz!«

Weinsberg versuchte es diplomatisch. Der Junge schien nicht bei Trost zu sein. Seine Augen flackerten. ›Vielleicht Drogen‹, dachte Weinsberg. »Mach keinen Quatsch, Junge, gib mir mein Smartphone und wir vergessen die Sache!« Er stand jetzt direkt vor Tabio, der ihn nur anstarrte. »Mach dich doch nicht unglücklich, junger Mann.« Weinsberg tippte mit dem Zeigefinger auf Tabios Namensschild, das dieser am Jackett trug. »Tabio Stüttgen! Willst du deinen Job verlieren? Ich kann mich gerne darum kümmern!« Weinsbergs Nase leuchtete rot, sein Atem roch säuerlich.

»Erst saugt ihr die Menschen in Afrika und Südamerika aus, dann schmeißt ihr sie weg wie Müll!«, stieß Tabio erregt aus. Er hielt das Smartphone so fest, dass seine Knöchel weiß hervortraten.

»Ja, ja, ja, und jetzt kommt am besten auch noch die Litanei von der Kinderarbeit. Aber du, Stüttgen, bist diesem Schicksal ja entgangen, hast doch damit gar nichts zu tun. Halt du dich da raus. Du sitzt hier wie die Made im Speck, genießt all die wunderbaren Sozialleistungen und Vorzüge, hast Arbeit, kommst an kleine weiße Bräute ran und bist nicht so faul wie die da unten. Das hab ich doch schon gesehen eben.« Er zwinkerte ihm aufmunternd zu und schielte auf sein Smartphone.

»Spar dir dein Geschleime. Die Afrikaner sind nicht faul, sondern schuften wie die Leibeigenen!«, zischte Tabio kaum vernehmbar.

»Was willst du denn eigentlich, ist es jetzt bald gut?! Ich will jetzt raus hier und in die Altstadt und ich will augenblicklich mein Eigentum zurück, du schwarzer Kaffer!«

»Wie nennst du mich?«

»Kaffer. Du wärst am besten da unten im Busch geblieben, denn Kriminelle wie dich brauchen wir hier nicht!«

3

›Un wenn et Trömmelche jeit, dann ston mer all parat‹, schallte es durch die Altstadtkneipe und jeder hakte jeden unter. Perlchen, die im normalen Leben Sabrina Meyer hieß, trug ihr heiß geliebtes Häschenkostüm und rief Karina, ihrer Kollegin und besten Freundin, zu: »Das ist mein ultimativer Einstieg in die Session!« Perlchen arbeitete an der Rezeption des Schokoladenmuseums, jobbte aber an den Wochenenden als Kellnerin und abends als Springer auf dem Ausflugsschiff ›Rheinperle‹. Ganz nebenbei war sie der absolute Karnevalsfan.

Karina Sprängel nickte und warf ihr ein Bützchen zu. Schnell war sie nach der Sonderführung der Manager nach Hause geflitzt und hatte den Hosenanzug gegen ihr Piratinnenkostüm getauscht. Dann hatte sie sich noch etwas Schminke aufgelegt und den knallroten Lippenstift eingesteckt. So konnte sie gut auf Beutezug gehen.

Der ›Sträfling‹, der neben Perlchen mitschunkelte, fühlte sich von dem Bützchen angesprochen und schickte ihr einen Luftkuss zurück.

Nicole, die dritte in der Freundinnenriege, die immer alles registrierte, kniepte Karina zu: »Schielst du oder was? Du hast den doch gar nicht angeguckt. Pass auf, jetzt kommt er bestimmt gleich hierhin.« Seit einiger Zeit schrieb Nicole Briefe an Inhaftierte verschiedener Justizvollzugsanstalten und besuchte einmal in der Woche Insassen der JVA Ossendorf. Vorher war sie drei Monate geschult worden und ging auch regelmäßig zur Supervision, denn manchmal belasteten sie diese Gespräche sehr. Jeder einzelne ›ihrer‹ Häftlinge trug ein dickes Päckchen mit sich herum. Wenn sie gefragt wurde, warum sie denn ein so merkwürdiges ›Hobby‹ habe, sagte sie immer: »Manche nehmen Hunde oder Katzen aus dem Tierheim in Pflege. Andere retten Wale. Ich kümmere mich um Menschen, die Probleme haben. Basta!« Jetzt knuffte sie Karina in die Seite. »Knackis fallen eigentlich in meinen Zuständigkeitsbereich, aber wenn du ihn willst, kannst du ihn haben!«

Der ›Sträfling‹ war mit wenigen Schritten bei ihnen und hatte die letzten Worte gehört: »Mädels, ihr müsst nicht streiten! Ihr könnt mich beide haben, Teilen ist doch eine schöne Sache!« Sein Gesicht bestand aus einem einzigen Lachen.

»Schöne Sache, für dich vielleicht, du Traumtänzer!«, warf Karina den Ball zurück.

»Der Kerl, der Manns genug ist, uns beide zu schaffen, der muss noch geboren werden!«, setzte Nicole nach.

»Das käme auf einen Versuch an – ich stell mich da gern zur Verfügung!«

»Vielleicht fängst du erst mal mit 'ner Runde Kölsch an, dann sehn wir weiter«, Nicole leckte sich die Lippen und der Mann drehte folgsam um und versuchte sich einen Weg zur Theke zu bahnen.

»Den hätten wir erst mal beschäftigt. Hast du gesehen, der trägt 'nen Ehering«, knurrte sie. »Ist ja wieder typisch. Die Singlemänner sitzen womöglich zu Hause und zocken Computerspiele, es ist zum Heulen!« Sie tat, als tupfte sie sich Tränen ab.

»Mädchen, du muss doch nit weinen!« Ein Lappenclown legte den Arm um Nicoles Schulter und brachte sie direkt wieder zum Lachen.

»Zeig mir mal deine Hände«, hörte Karina sie noch sagen, drehte sich weg und prallte gegen einen Cowboy.

»Das nenn' ich ja mal Eigeninitiative, sonst wollen immer die Frauen angesprochen werden ...«, spöttelte der.

»Hab ich was gesagt?«, Karina reckte herausfordernd das Kinn. Trotz Kneipendunst roch sie sein Aftershave, das sie irgendwie an einen Waldspaziergang erinnerte. Sie schüttelte den Kopf.

»Ja, jetzt gerade, und du hast mich angerempelt, das ist doch ein eindeutiges Signal.« Er angelte zwei Gläser aus einem Kölschkranz, den sich ein Schotte an die Brust drückte, und reichte eines davon Karina. »Ich dachte, die Frauen übernähmen erst an Weiberfastnacht das Regiment und nicht schon am 11.11.« Sie stießen an.

»Vielleicht übernehme ich ja immer das Regiment«, Karina spitzte die Lippen.

»Das kann manchmal ja genau das Richtige sein«, seine Augen blitzten und Karina wurde es warm. In ihrem Hinterkopf meldete sich Nicoles warnende Stimme und Karina schielte auf die Hände des Cowboys – kein Ring zu sehen. Aber das bedeutete ja nicht wirklich etwas. Manche Männer beseitigten zu Karneval oder auch schon, wenn sie mit ihren Freunden unterwegs waren, auffällige Hinweise auf angetraute Partnerinnen. Der Cowboy lachte sie treuherzig an und sang mit: »Ming etzte Fründin, dat wor dat Meiers Kättche un ich fuhr mem Rädche Tag vör Tag zo ihm ...«

»Und dein Kättchen sitzt jetzt zu Hause und wartet sehnsüchtig auf deine Rückkehr?« Karina konnte sich das nicht verkneifen.

»Kein Kättchen, kein Frettchen, du schöne Piratin, kein Kind, kein Rind!« Und als er sah, dass sie zweifelte, hob er die Hand zum Schwur. »Wenn du mir nicht glaubst, frag Ferdi, meinen Freund aus den Highlands«, er zeigte auf den Schotten.

»Ich glaub, dein Kumpel hat sein Soll für heute schon erfüllt, der sollte sich vielleicht eine Krankenschwester anlachen ...«, Karina bemühte sich um eine versöhnliche Stimme. Letztes Jahr Karneval war sie an einen verheirateten Mann geraten und diese Affäre hatte sich mehr als unangenehm entwickelt. Das sollte ihr nicht wieder passieren, aber da konnte ja der Cowboy jetzt nichts dafür. »Wie heißt du denn?«

»Reicht der Name oder willst du meinen Perso sehen?«

»Perso, Geburtsurkunde, Impfpass, Gesundheitszeugnis, Steuererklärung«, konterte Karina.

»Ferdi ist auch mein Steuerberater – reicht das?« Jetzt lachten sie beide und der Cowboy zog sie an seine Brust, die Weste aus Lederimitat fühlte sich weich an. »Ich heiße Timo, bin sechsunddreißig Jahre alt und in Bonn geboren. Ich bin nicht liiert, lebe allein in Bonn, gehe einer geregelten und nicht kriminellen Tätigkeit nach.«

Karina musste immerzu auf seinen Mund sehen, was er sagte, hörte sie wie durch Watte.

»Schuhgröße 44, meine Lieblingsfarbe ist blau. Ich esse gerne Steak und hasse Tofu. Meine Hobbys sind«, er beugte sich zu ihr hinunter und sein Mund war jetzt ganz nah vor ihrem, »Squash spielen mit Ferdi, Klettern und vielleicht dich zu küssen ...«

Karina schloss die Augen und spürte seine Lippen auf ihren, die Stoppeln seines Dreitagebartes kratzten ein wenig.

***

Kriminalhauptkommissar Stephan Printz starrte auf den Fernsehbildschirm. »Wer denkt sich denn so was aus?«, fluchte er. »Das ist doch ein Psycho und kein Kommissar! Wo kommt denn der Tatort heute her?« Er wechselte zum Videotext. »Klar, Dortmund!«, stieß er hervor und schaltete um.

›Schwiegertochter gesucht‹, er zappte weiter. Eine Dokumentation über Haie, auf dem nächsten Sender eine über Riesenschnitzel. Auf VOX eine Komödie mit Matt Dillon und Kate Hudson, dann noch ›The Da Vinci Code‹, woanders eine Kochsendung; nichts dabei, was ihn interessierte. Nirgendwo gab es eine Wiederholung der besten aller guten, der nicht zu toppenden, ach was, der einzig sehenswerten Serie überhaupt: ›Inspektor Columbo war selbst in der xten Wiederholung immer wieder spannend‹, dachte er wehmütig. Ja, das hätte er sich zum hundertsten Mal angeschaut ... Aber nichts. Er schaltete aus und griff zur Fernbedienung der Stereoanlage. ›Kings of Convenience‹ derzeit seine absolute Lieblingsband. Printz lehnte sich zurück, schloss die Augen und versuchte sich nur auf die Musik zu konzentrieren. ›Power of not knowing‹ – wenn das so einfach wäre! Er seufzte. Ein Geräusch mischte sich in die Melodie, Printz hob den Kopf. Das war doch sein Handy. Er beugte sich vor, griff nach dem Teil, das munter vor sich hin vibrierte, und sah gleichzeitig auf die Uhr.

»Ja? Okay. Ist gut, ich komme. Ach ja, Karneval, na, da wär ich jetzt nicht drauf gekommen. Danke!« Er stand auf, schaltete das Licht des Aquariums aus und nahm im Flur die Jacke von der Garderobe. Irgendwas stimmte mit dem Clownfisch nicht. Der wirkte irgendwie müde. Vielleicht zu viel gefeiert? Er grinste.

Als er vors Haus trat, begegnete ihm eine Gruppe Jugendlicher. Westernheldengang und hoch gegelte Haare. »Ey, Alter, was guckst du? Bist du geflashed, über meinen Diggah hier, oder was?« Einer der Jungs legte den Arm um einen seiner Kumpel, der aussah wie dieser durchgeknallte Modeltyp aus der Werbung. Jede Menge Ketten umgehängt, Lederklamotten, dicke Ringe an den Fingern. »Würdest sicher gern so aussehn, du mit deinem Popelstopper da!« Der Typ zeigte auf Printz' Schnurrbart.

Wieherndes Lachen. Printz überlegte. Was sollte er tun? Den Dienstausweis zücken und einen auf Staatsgewalt machen? Oder locker bleiben? Er entschied sich für die zweite Variante und ging an der Gruppe vorbei. Als er vor sechs Jahren nach Köln-Kalk gezogen war, hatte er das ganz bewusst getan. All die Jahre in der spießigen Wohngegend seiner Eltern. Gartenzwerge, Geranien und zugezogene Gardinen. Nachbarschaftsstreit wegen ein paar Unkrautstängeln, die sich über Grundstücksgrenzen hinweg setzten. In Kalk war das anders. Multikulti – neben dem Tante Emma Laden gab es Gemüseläden, Friseure, Handygeschäfte und Änderungsschneidereien. Dönerbuden und Bäckereien, typisch kölsche Kneipen und dann die ›Vorstadtprinzessin‹ – eine Kneipe, die genauso gut auch in Berlin sein konnte. Zu den kleinen, aber feinen Konzerten dort ging Printz so oft er Zeit dazu hatte. Jetzt stieg er in sein Auto und fuhr in die Kölner Altstadt. Der Kollege der Polizeiwache hatte ihn vorgewarnt, dass die Zufahrtsstraßen voll wären, aber Printz kam gut durch und fand sogar in einer angrenzenden Tiefgarage einen Parkplatz. Auf dem Weg hinaus musste er an ein paar hemmungslos knutschenden Pärchen auf den Stufen des Treppenhauses vorbei.

Printz eilte, soweit das möglich war, quer über den Rathausplatz, schlidderte ein paar Mal auf dem abschüssigen Kopfsteinpflaster und bahnte sich einen Weg durch das Gedränge auf dem Alter Markt. Rumtatamusik, eng umschlungene Paare, angehende Schnapsleichen und schunkelnde Kostümierte – das war die Seite, die Printz an Köln zutiefst verunsicherte. Vielleicht kam da das Westfalen-Gen seiner Eltern durch. Wahrscheinlich gefiel es ihm aber auch einfach nicht, wenn Leute die Kontrolle über sich verloren. Meist kam Mist dabei heraus. Mist, mit dem er sich dann herumschlagen musste.

Der Eingangsbereich der Kneipe war mit rot-weißem Flatterband abgesperrt. Uniformierte Kollegen bugsierten gerade wieder einen angetrunkenen Jecken zurück hinter die Absperrung.

»Da steht ne Schutzmann, da steht ne Schutzmann, der hät de janzen Dag noch nix jedon«, war dessen sangesfreudige Reaktion auf den Platzverweis.

Mit dem gezückten Ausweis in der Hand stieg Printz über das Band, die Kollegen nickten ihm zu: »Spurensicherung ist auch schon da! Du musst durch den Schankraum und dann Richtung Toiletten, dann siehst du es schon.«

Hinter Printz blitzte es und eine helle Männerstimme rief: »Herr Hauptkommissar, können Sie uns schon was Genaueres sagen? War es eine Beziehungstat? Ein eiskalter Mord? Eine Abrechnung?«

Printz musste sich gar nicht erst umdrehen, um zu wissen, wer das war. Karsten Frost vom Kölner Express, der Reporter, der meist schon vor der Polizei am Tatort war und dann nervte. Heute würde sich Printz nicht auf ein Wortgefecht mit ihm einlassen und drückte die Kneipentür hinter sich zu.

›Ruud, ruud, ruud, ruud sin de Ruuse, Ruuse, die ich an dich verschenke‹, schallte es durch den Raum, der nach Holz und Bier roch. Vor der Theke saß ein blasser Mann, der das Gesicht in beide Hände stützte und vor sich hin jammerte: »Geschäft im Eimer ... Warum passiert das immer mir? Was soll ich denn jetzt bloß tun?«

Ein uniformierter Polizist, der in Thekennähe stand, sah Printz an und zeigte auf den Mann: »Das ist der Wirt, Heinz-Hermann Schröder, willst du ...?« Printz schüttelte den Kopf: »Ich geh erst mal zum Tatort. Vielleicht kann der ja mal die Beschallung einstellen.«

Der Polizist deutete nach rechts.

»Wer hat denn heute Bereitschaft?« Printz konnte Brigitte Zimmers Stimme bis in den Flur hören.

»Soweit ich weiß, der Printemann, der Printemann, der alles kann«, das war unverkennbar Andreas Röttgers Singsang, der sich meist wie das Aufsagen eines Gedichts anhörte.

Brigittes Kichern verstummte, als Printz in den Innenhof trat und ein knappes »n' Abend« knurrte.

»Wenn man vom Teufel spricht.« Dem Praktikanten schien es nichts auszumachen, dass Printz ihn grimmig ansah.

»Was haben wir denn?« Printz wandte sich demonstrativ ruhig Brigitte zu. Innerlich kochte er. So ein frecher Schnösel.

Andreas platzierte gerade nummerierte Kärtchen an hoffentlich allen ermittlungsrelevanten Stellen und fotografierte den Toten und die Umgebung.

»Männliche Leiche. Rudolf Leutschler, Jahrgang 65, hier sein Perso«, sie gab Printz den Ausweis. »Tod durch Schussverletzung, ein Schuss, gezielt in den Kopf, vermutlich mit aufgesetzter Waffe. Sieht wie eine Hinrichtung aus.« Sie deutete auf das, was vom Kopf des Mannes übrig geblieben war. ›Überraschend viel‹, fand Printz. Das Einschussloch war etwas aufgewölbt.

»Das Ausschussloch ist etwas größer geraten«, fügte Brigitte noch schnell an. »Wenn du mal gucken möchtest.« Sie drehte den Kopf des Toten in ihren latexbehandschuhten Händen zur Seite.

Printz beachtete sie nicht. Er beugte sich über den Mann. Er trug einen dunklen Anzug mit abgeschnittener Krawatte und einen Ehering. Seine Schuhe wirkten teuer; Konfetti und Luftschlangenstücke klebten an den Ledersohlen. Eine verrutschte rote Pappnase.

»Gibt es Zeugen? Wer hat ihn gefunden?«

»Der war mit einer ganzen Delegation da. War so ein Event für Manager. Zuerst Schokomuseum, dann Karneval. Die Herren sitzen eine Etage höher in einem kleinen Saal. Ihre gute Stimmung dürfte futsch sein. Gefunden hat ihn ein Kellner, der ist aber direkt, nachdem er dem Wirt Bescheid gesagt hat, abgehauen. Wahrscheinlich keine Arbeitserlaubnis.«

Printz fluchte. »Muss ich sonst noch etwas wissen?«

»Nö, mehr wissen wir im Augenblick auch nicht, Printz. Du bekommst die Ergebnisse ›as soon as possible‹!«, flötete Brigitte und zwinkerte Andreas zu.

»Na, dann bin ich mal ’ne Etage höher«. Printz machte auf dem Absatz kehrt und zuckte gleichmütig die Schultern, als er die Kollegen der Spurensicherung hinter sich lachen hörte.

***

Fatma Aygün schob polternd den Reinigungswagen durch den Flur des Schokoladenmuseums. Sie ärgerte sich, denn sie hatte überall ihren Wischmopp gesucht und dadurch kostbare Zeit verloren. Am Ende hatte sie den Mopp total verdreckt in den Besuchertoiletten gefunden. Wahrscheinlich war wieder irgendjemandem etwas umgekippt und man hatte einfach ihren Mopp genommen, um die Sauerei aufzuwischen. Und dann erst die Zeit, die sie benötigt hatte, um den verklebten Mopp wieder sauber zu bekommen. So viel Putzmittel hatte sie dafür gebraucht. Und diese Zeit würde ihr der Vorarbeiter nicht dazu geben. Sie hatte nur drei Stunden, um alle Böden zu reinigen, danach ging es in der nächsten Etage weiter. Wenn sie herausbekam, wer ihren Mopp vom Wagen genommen hatte, der würde was erleben.

»Bok, bok, bok«, murmelte sie. So etwas sagte sie eigentlich nicht. Aber hier hörte sie eh keiner. Der Vorarbeiter würde wieder behaupten, sie hielte keine Ordnung. Blöder Typ, aptal herif. Sie würde sich beschweren. So eine Frechheit. Sie stieß den Putzwagen vorwärts. Im Eimer schwappte das heiße Wasser bedenklich.

»Vorsicht«, ermahnte sie sich, sonst wäre nichts mehr drin, wenn sie drüben ankam. Sie hatte vor, beim Schokoladenbrunnen mit der Bodenreinigung zu beginnen. Dann wollte sie unter den Absperrketten durch, an der Miniproduktionsstraße, die durch Plexiglasscheiben geschützt wurde, vorbei, bis hin zu den Laufbändern, auf denen die für das Publikum produzierten Schokoteile transportiert wurden. Die Besucher machten sich in Kursen ihre eigene Schokolade oder eigene Pralinen oder auch Schokohasen. Im Moment hatten sie mit den Weihnachtsmännern begonnen. Der Boden um den Brunnen klebte immer, denn die Museumsmitarbeiterinnen, die in weißer Kochkleidung neben dem Brunnen standen, stippten den ganzen Tag Waffeln in die warme, flüssige Schokolade und reichten sie den Besuchern. Früher hatten die Leute selber dort eintunken dürfen, hatte sie gehört, keine Ahnung, ob das stimmte. Aber wenn ja, musste das viel Arbeit gewesen sein! Allah sei

Dank war Fatma da aber noch nicht im Museum beschäftigt gewesen. Der Boden musste ja schön ausgesehen haben. Das Publikum durfte heutzutage nicht mehr so nah an den Brunnen heran. Aber auch den Angestellten tropfte immer mal etwas flüssige Schokolade runter. Den Brunnen selbst machten die Waffelfrauen sauber, aber den Boden überließen sie Fatma. Und der würde sauber blitzen! Der Brunnen war so prunkvoll mit seinem glänzenden Sockel aus gebürstetem Edelstahl, der aussah, wie ihre kleine Tochter Fatos sich wahrscheinlich ein UFO vorstellte. Auf dem Sockel stand ein Becken, randvoll mit warmer, flüssiger Schokoladenmasse, die so appetitlich roch und ihren süßen Duft im gesamten Museum verbreitete. Fatma hatte schon öfter gegen die Versuchung gekämpft, die Plexiglasscheibe, die zum Schutz über das Becken gelegt wurde, beiseitezuschieben und sich mit dem Finger etwas von der warmen Schokolade aus dem Brunnen zu holen und zu probieren. Mmh, sie liebte çikolata. In der Mitte des Beckens thronte das Prunkstück des Brunnens: eine Kakaobaumdolde mit goldenen Kakaofrüchten. Dort hinein wurde die süße Köstlichkeit gesaugt und plätscherte dann aus vier Fontänen mit konstanter Temperatur in das Becken zurück. Der Brunnen lief 24 Stunden, an sieben Tagen der Woche, damit die Schokolade nicht fest wurde. Aber Fatma widerstand immer. Das ginge gegen ihre Ehre. Außerdem, vielleicht, da war sie nicht sicher, gab es Kameras, die jeden Schritt bis ins Detail aufzeichneten, obwohl sie bisher im gesamten Museum nirgendwo eine Kamera bemerkt hatte. Beobachtete sie jemand dabei, würde sie sofort rausfliegen. Das war klar. Sie schob ihren Wagen Richtung Schokobrunnen und nahm den Eimer hinunter. Sie würde erst einmal gründlich nass wischen. Hoffentlich war das Wasser noch heiß genug, damit sie die Schokolade auch vom Boden lösen konnte. Sie griff nach dem Lappen, um eventuelle Schokoreste zuerst zu entfernen, schaute hoch – und erstarrte. Da, beim Brunnen. Da lag eine Gestalt. Mit Gesicht und Armen nach unten in der Brunnenschale. Ein Mann. Was war mit ihm? Schokolade tropfte an ihm herunter. Auf dem Boden hatte sich eine Lache ausgebreitet. Fatma machte ein paar Schritte auf den Mann zu. »Hallo? Ist Ihnen schlecht?«

Der Kerl bewegte sich nicht. Fatma tippte ihm vorsichtig auf den Rücken. Er fühlte sich an wie ein Brett. Sie fasste an seine Schulter, der weiße Putzlappen in ihrer Hand färbte sich braun, Hemdkragen und Anzugjacke des Mannes hatten sich mit Schokolade vollgesogen. Fatma schaute sich Hilfe suchend um. Sie war allein mit diesem Kerl, der sich nicht rührte. Sie packte zu und versuchte ihn umzudrehen. Viel zu schwer. Der Mann war steif wie ein Osterhase aus Schokolade. Wie ein Blitz durchfuhr es sie. Tot. Der ist tot. Sie schwitzte und fror gleichzeitig. Ihr Herz raste. Sie holte tief Luft, versuchte zu schreien.

»Bana yardım edin!«. Sie brachte nur ein heiseres Krächzen heraus. Fatma drehte sich ruckartig um und rannte los, stieß gegen den Putzeimer, das Wasser schwappte auf die grauen Fliesen. Sie hastete weiter, immer noch den Lappen in der Hand, dabei stieß sie kleine spitze Schreie aus.

***

Karina Sprängel sah aus dem Küchenfenster. Weder die Severinsbrücke noch die Bäume davor, waren zu erkennen. Nebel in Köln. ›Hochnebel‹, wie es der WDR-Wettermann Sven Plöger gestern schon prognostiziert hatte. Ob die Sonne an diesem Novembertag nach Köln kommen würde, wäre fraglich, hatte er noch gesagt, nachdem er wie immer kräftig mit der Moderatorin geflirtet hatte. Karina schmierte die beiden Brötchenhälften dick mit Butter und Schokocreme ein und leckte genüsslich das Messer ab. Dazu gab es eine Tasse heißen Kakao – leider nur in der Instantversion, denn zum aufwendigen Herrichten einer heißen Schokolade hatte sie morgens vor der Arbeit keine Lust.

Sie blätterte in der Montagszeitung. Die roch, als wäre sie feucht geworden und dann wieder getrocknet. Sie sah auch ein wenig zerknittert aus.

Ein Mord gestern Abend in der Altstadt hatte es bis auf die Titelseite geschafft. ›Mordkarneval‹, prangte da in dicken Lettern. Karina studierte intensiv, was der Reporter zu berichten hatte, aber das war überwiegend heiße Luft, ohne nennenswerten Inhalt. Sie würde sich später darum kümmern. Zwar war sie auch in der Altstadt unterwegs gewesen, aber Kneipen gabs da ja, wie verkleidete Cowboys am 11.11. in Köln. ›Enorme Kürzungen – Köln will 102 Millionen sparen – die Stadtspitze stellt ihre Sparvorschläge für den Haushalt 2013 vor, schmerzhafte Kürzungen im Sozialen stehen bevor‹!

Was mochte da wieder auf ›ihre‹ Stadt zukommen? Die Bürgerzentren wussten schon jetzt nicht mehr, wie sie ihre Angebote weiterführen sollten, manche Pessimisten – oder waren es Realisten? – befürchteten Schließungen. Hoffentlich nicht, immer kürzten sie erst mal im sozialen Bereich. Die Leute konnten sich ja nicht wehren. Die Brücken waren marode, die Verkehrslenkung funktionierte nicht, der FC – ach, es gab so viel, das im Argen lag, Karina seufzte laut. Wenn sie das Sagen hätte, ja dann ...!

Gab es heute denn nichts Gutes zu lesen? Doch, da, der BBC-Chef George Entwistle war nach den Missbrauchsvorwürfen zurückgetreten.

»Jetzt bist du dran, Mistkerl!« Karina schlug mit der flachen Hand auf den Tisch, die noch verbliebene Brötchenhälfte hüpfte vom bunt gepunkteten Teller auf die Zeitung. »Hiergeblieben, du hast eh keine Chance, ich finde dich überall und vernasche dich!«, Karinas Stimme klang wie die von Aschenputtels böser Stiefmutter aus dem Disneyfilm, als sie zugriff.

›Wolfgang Bosbach bekommt die ›Goldene Muuz‹ verliehen‹, ›Langer Stau auf der A3 nach Lkw-Unfall‹ und ›Razzia gegen Steuersünder‹ rundeten ihre Morgeninformation ab. Sie steckte die Zeitung für die Mittagspause ein. Obwohl ihr Kollege Björn stets betonte, dass er sich, wie das für moderne Menschen üblich sei, ausschließlich durch Online-Dienste informieren ließe, griff er trotzdem immer nach ihrer ›Revolverpresse‹, besonders nach dem Sportteil, sobald sie damit durch war.

Björn Kampke, der Schwarm aller Studentinnen, die im Museum arbeiteten. Björn, den spätestens jeden zweiten Tag seine Mutter anrief und der Karina dann immer den Rücken zuwandte. Ob er dachte, sie könne dann nicht mehr mithören? Oder war es ihm peinlich, dass er rot wurde?

Keine seiner Verehrerinnen hatte jemals eine Chance, Björn verabredete sich nicht mit ihnen – wie auch, bei der Mutter? Karina hielt sich mit guten Ratschlägen zurück, Björn musste selbst drauf kommen. Nicht die Eltern mussten sich abgrenzen, sondern die Kinder. So war das eben. Sie selbst hatte ja auch viel zu lange gebraucht, um das zu kapieren.

»Jetzt aber los, Miss Moppie, ein neuer ereignisreicher Arbeitstag liegt vor dir und du wirst gut sein!« Karina setzte sich gerade, zog die Schultern nach unten, drückte die Brust heraus. Der letzte Schluck Kakao war nur noch lau, aber sie machte mit der Selbstmotivation weiter. Das hatte sie bei der Fortbildung ›Verkaufstraining – fit für das Kundengespräch!‹ gelernt. Sie stellte sich vor den Spiegel im Flur, an dessen Rand Postkarten aus aller Welt klebten. Die meisten stammten von ihrer zweitbesten Freundin Nicole.

Karina sah ihrem Spiegelbild gerade ins Gesicht und hob die Stimme: »Ich bin gut. Ich weiß, was zu tun ist und ich werde es tun. Ich habe ein offenes Wesen und bin kommunikativ. Ich erreiche mein Gegenüber immer und überzeuge mit klarem Verstand und meinem sicheren Auftreten! Ich, Karina Sprängel, bin gut!« Sie lachte sich selbst mit ihrem freundlichsten Lächeln zu. Eigentlich waren Leute, die sich so etwas ausdachten, in ihren Augen ›Spinner‹. Doch sie hatte festgestellt, dass sich diese neuen Sätze – wie auch immer – tief in ihr festsetzten und nach und nach die alten Glaubenssätze, die ihre Mutter und ihre ältere Schwester ihr vorgebetet hatten, so deckelten, dass sie sich nur noch selten meldeten. »Lass mal, das kannst du eh nicht, du hast sowieso zwei linke Hände.« »Ich hab mir gedacht, dass du das nicht durchhältst. Fängst alles an und bringst nichts zu Ende.« Bloß nicht dran denken. Karina schob die alten Sprüche schnell in die hinterste Erinnerungsschublade ihres Gehirns und schloss sie im Geist mit einem dicken Schlüssel ab. »Ich bin gut, basta.« Schon allein, dass sie das denken konnte, war ein Fortschritt!

Sie griff nach Mantel, Handtasche und Schlüssel. Beim Öffnen und Schließen der Wohnungstür bimmelten die tibetanischen Glöckchen hell, die ihr letzter Lover zur Einbruchssicherung, wie er immer augenzwinkernd betont hatte, angebracht hatte.

Rolf hatte auf seinem Weg der Selbstfindung von Tibet über Köln nach Kanada bei ihr einen kurzen Zwischenstopp eingelegt und ihr nicht nur das Yoga näher gebracht. Der Klang der Glöckchen erinnerte Karina meist an ihre wilden Liebesnächte, die Yogaübungen hatten eher nebenbei stattgefunden. Karina seufzte. Wo mochte Rolf heute sein? Wen beglückte er in welchem Land? War er unterwegs bei sich angekommen? Er war doch eigentlich ziemlich präsent gewesen. Sie grinste.

»Morgen, Frau Sprängel, sind se nich was spät dran?« Frau Meisenbrink vom Parterre wienerte am Treppengeländer herum und musterte Karina von oben bis unten.

»Nett, dass Sie mich erinnern, Frau Nachbarin, was würde ich, was würde das ganze Haus, nur ohne Sie machen?« Karina lächelte breit und zeigte ihre Zähne.

»Frolleinchen, se müssen jarnich so nett tun, besser wär, sie würden ma ordentlich putzen, wenn se dran sin!«

»Mach ich, Frau Meisenbrink, mach ich!«, flötete Karina und dachte: »Wenn ich denn Lust dazu hab!«

»Un ein Ei vom Konsum!«, klang es hinter ihr. Die Frau Meisenbrink hatte mit ihrem Hugo nicht das große Los gezogen und so einer wie Rolf war an ihr wohl vorbei gegangen. Karina beschleunigte ihre Schritte. Der Nebel fühlte sich an wie Nieselregen und sie hatte ihren Schirm zu Hause vergessen. Das Kopfsteinpflaster war rutschig und ihre Absätze blieben immer wieder in den Zwischenräumen der Steine stecken. Sie eilte über den Parkplatz und blieb brav an der Ampel stehen. Der Gestank aus dem Glascontainer schaffte es sogar durch den Regen bis zu ihr. Stau Richtung Stadtmitte, Stau auf der Fahrbahn Richtung Bayenthal. Die Autofahrer schauten griesgrämig durch die beschlagenen Fenster.

»Ach, da liegt sie ja! Prächtig, ein echtes Stück Geschichte!« Karina rezitierte laut, als sie auf die alte Drehbrücke vor dem Schokoladenmuseum blickte. Ein Original-Ausspruch von Miss Marple aus ›Mörder Ahoi‹. Karina liebte die schrullige Detektivin, kannte sämtliche Bücher und Filme beinahe auswendig. Sollte Karina ihre Ausbildung zur Detektivin endlich mal angehen und es wirklich schaffen und danach in diesem Metier ›offiziell‹ arbeiten, würde sie sich ›Miss Moppie‹

nennen. ›Moppie‹ war die niederländische Bezeichnung für junge Dame, Mädchen, Maid, und seit Karina diesen, in Holland liebevoll genutzten, Begriff gehört hatte, verband sie damit den Genuss von auf der Zunge schmelzendem Nugat.

Ihre Freundin Nicole riet ihr zwar von der Namenswahl ab, denn sie war überzeugt, die meisten Leute würden mit ›Moppie‹ eher ›Moppel‹ verbinden. Aber dies interessierte Karina nicht. Sollten sie doch.

Sie stieg die Stufen hoch und stieß die Eingangstür auf. In der lichtdurchfluteten Eingangshalle lief Fatma direkt auf Karina zu. Sie sah aus, als hätte sie ein Gespenst gesehen.

Karina hielt die um Atem ringende Frau an den Armen fest und redete beruhigend auf sie ein. »Fatma, was ist denn? Jetzt sagen Sie doch mal!«

Die krallte ihre Finger in Karinas Mantel. In ihren Augen spiegelte sich nackte Angst.

»Schokobrunnen«, kreischte sie. »Da. Da. Mitkommen.«

Karina setzte sich hastig in Bewegung. War da etwas kaputt? Fatma folgte ihr in einigem Abstand.

Karina warf nur einen einzigen Blick auf den Brunnen, sah den Mann in der Schokolade liegen, regungslos. Dumpfe Schwere breitete sich in ihr aus, Angst. Wie in Zeitlupe angelte sie ihr Handy aus der Hosentasche, konnte die Augen nicht von dem Szenario abwenden. Dann wählte sie die 110. Die sonst immer gut gelaunte Putzfrau war verstummt und hockte verstört auf dem grauen Fliesenboden.

Karina atmete tief ein und schaffte es, mit ruhiger Stimme zu sagen, wer sie war, wo sie war und warum sie anrief. Die Polizistin am anderen Ende stutzte zuerst und fragte noch einmal nach. Sie klang leicht verkatert, wahrscheinlich hatte sie ausgiebig Karneval gefeiert, vermutete Karina.

Ein Mensch ist tot, dachte sie. Und ich denke an Karneval! Wie kriegen wir den denn aus dem Brunnen? Das ist eine Riesensauerei. Gut, dass heute Montag war, da war das Museum eh für Besucher geschlossen. Erst in der Vorweihnachtszeit änderten sich die Öffnungszeiten. Gedanken wirbelten ihr durch den Kopf. Neben ihr schluchzte Fatma, als könnte sie nie mehr aufhören. Karina horchte einen Moment. War da nicht ein

Geräusch? »Seien Sie doch mal ruhig, Frau Aygün«, fuhr sie Fatma an.

Die hielt die Luft an und lauschte jetzt auch.

Karina horchte wieder. Ihr Herz klopfte laut. Nein, da war nichts. Sie setzte sich zu Fatma. »Wir warten jetzt einfach mal hier. Die Polizei wird bald kommen.« Sie bemühte sich, nicht in Richtung Leiche zu schauen. Ihre Hände waren schweißnass.

»Nein«, kreischte Fatma und sprang auf. »Ich hab Angst, böser Mensch vielleicht noch hier, ich warte nix, ich geh nach Hause. Feierabend.«

Sie lief Richtung Ausgang. Karina war schnell auf den Beinen, rannte ihr nach, holte sie in Rekordgeschwindigkeit ein und hielt sie fest an der Hand. »Wir warten jetzt auf die Polizei. Die kommt gleich. Seien Sie ruhig, Sie sind doch nicht alleine. Seien Sie ganz ruhig. Ich bin doch da.«

Fatma ließ sich in ihre Arme fallen und weinte wie ein Kind. Karina schluckte, am liebsten hätte sie mitgeheult. Auch sie hatte Angst, aber sie biss die Zähne zusammen und merkte, wie sich ihre Nackenmuskeln verspannten. Ruhig bleiben. Immerhin blieb Fatma da. Immerhin waren sie jetzt zu zweit.

Nur wenige Minuten später betraten ein Mann in Zivil und zwei uniformierte Polizisten die Treppen vor dem Museum. Ihre Wagen hatten sie vor der Brücke abgestellt. »Kriminalhauptkommissar Printz«, stellte sich der Mann mit dem Riesenschnäuzer vor. »Was ist denn passiert?«

Sofort fing Fatma wieder an zu schluchzen. Karina legte den Arm um sie.

»Fatma Aygün wollte am Schokobrunnen sauber machen, wie jeden Morgen, und hat dort eine Leiche entdeckt. Einen Mann.« Karina wies in Richtung Schokobrunnen. »Da drüben, einfach geradeaus.«

Der Kommissar sah übernächtigt aus, hatte dunkle Ringe unter den Augen, blasser Teint. Entweder Karneval oder Überarbeitung, dachte Karina. So wie der guckte, wahrscheinlich Überarbeitung.

Printz wählte eine Nummer. »Die gesamte Spusi ins Schokomuseum«, rief er. »Sofort. Große Besetzung.« Er gab den Polizisten ein Zeichen. Die setzten sich sofort in Bewegung.

Na, der war ja sehr mitteilsam, dachte Karina. Fatma blieb erst einmal, wo sie war. Inzwischen waren weitere Polizeibeamte eingetroffen, eine Polizistin stellte sich zu ihnen und notierte eifrig Fatmas Namen, Adresse, und was sie zu berichten hatte. Die Anfang Dreißigjährige hatte inzwischen wieder Farbe im Gesicht und berichtete ausführlich, was sie gesehen hatte.

Karina bewegte sich zum Schokobrunnen. Der Kommissar herrschte sie an. »Was wollen Sie denn hier? Sie trampeln doch alle Spuren kaputt.«

»Ich war doch eben sowieso schon hier«, fauchte Karina zurück. Der kam ihr gerade richtig. »Außerdem dachte ich, ich schau mal nach, ob ich den Mann kenne, aber wenn Sie das nicht interessiert ...« Sie drehte sich weg. Sollte er doch seinen Mist alleine machen. Sie würde sich nicht aufdrängen.

Der Kommissar lenkte ein. »Tschuldigung«, presste er hervor. In diesem Moment betrat die Spurensicherung den Saal. Männer und Frauen in weißen Anzügen und mit Koffern. Fotos wurden gemacht, dann die Leiche aus dem Brunnen gehievt und mit dem Gesicht nach oben auf den Boden gelegt.

Karina erstarrte. Das Gesicht des Toten war völlig mit Schokolade überzogen. Trotzdem.

Der Kommissar reagierte sofort: »Kennen Sie ihn?«

Karina nickte. »Ich bin mir nicht sicher, aber … könnte sein ... ich meine, ich glaube, vielleicht.«

»Wenn Sie glauben wollen, gehen Sie besser in die Kirche«, Printz war wirklich müde.

Karina sah ihn nur an. Er hatte recht. Sie stammelte nur herum. »Ich glaube, es könnte ein Gast sein, der gestern hier an einer Veranstaltung und einer Sonderführung teilgenommen hat. Die Klamotten kommen hin. Das könnte der Typ sein. Wenn Sie die Schokolade abmachen, kann ich ja mal genauer gucken.«

»Warum liegt er dann im Schokobrunnen?«, fragte der Kommissar. »Gehen Sie immer mit Ihren Gästen so um? Wenn das der von gestern ist, wo haben Sie ihn zuletzt gesehen?«

»Nach der Führung bin ich direkt nach Hause.« Karina kniff die Augen zusammen. Der wollte wohl auch noch lustig sein. »Als ich ihn zuletzt gesehen habe, lebte er noch, lebten die ja alle noch. Wenn das der ist, von dem ich glaube, dass er es ist, dann heißt er Weinsberg. Hieß Weinsberg. Auf jeden Fall hatte der genau so einen Anzug an.«

Der Kommissar sah sie abwartend an.

»Also, so eine Farbe von dem Anzug«, verbesserte sie sich rasch. »Der Weinsberg hatte auch so ein modernes Grau mit dezenten Streifen. Das ist mir aufgefallen, weil einer meiner, äh, Freunde, äh, auch so einen Anzug in der Farbe hat. Der war schweineteuer.«

Der Kommissar notierte sich ihre Angaben in sein Smartphone. Blitzschnell tippte er auf dem Touchscreen herum. Karina war überrascht. Was schrieb der denn da? Doch wohl nicht ihre Aussage wegen des Anzugs, oder? Der schien ja förmlich mit seinem Handy verwachsen. Und so schnell tippte der, es war unglaublich. Das hatte sie ihm nicht zugetraut.

Ein uniformierter Polizist trat zu ihnen. »Könnte das mit dem Mord gestern Abend in der Altstadt zusammenhängen? Das war doch auch einer, der vorher auf einer Veranstaltung hier war?«

Karina spitzte die Ohren. Der Kommissar hob die Hand und wehrte den Polizisten ab wie eine lästige Fliege. »Das besprechen wir später. Ich bringe jetzt mal die Frau hier vom Fundort weg. Vielleicht kann die Spusi ja nachher etwas dazu sagen.«

Er griff Karina am Arm und schob sie vor sich her aus dem Saal. »Sie geben jetzt mal der netten Dame in Uniform da hinten alles zu Protokoll und lassen uns unsere Arbeit machen, ja?« Seine Stimme duldete keinen Widerspruch.

4

»Große Krisensitzung um 9:15 Uhr!« Björn legte den Hörer auf und sah Karina neugierig an. »Da bin ich aber mal gespannt, wie wir jetzt damit umgehen. Was hast du denn alles da unten mitbekommen?«

Karina setzte sich an ihren Schreibtisch, ihr Magen rumorte, der Anblick des toten Mannes setzte ihr noch zu. Sie strich sich eine Strähne aus dem Gesicht. »Fatma hat heute Morgen einen toten Mann im Schokobrunnen gefunden.«

»Das weiß ich doch schon, das hat doch direkt die Runde gemacht.« Björn stieß sich vom Schreibtisch mit dem Bürostuhl ab und zog sich wieder ran. Vor, zurück, vor, zurück. Das machte er immer, wenn er nervös war.

»Da wimmelt es von Polizei, der Kommissar heißt Printz und hat einen Monsterschnäuzer.« Karina wusste, dass Björn etwas anderes wissen wollte. »Der Tote war wahrscheinlich Dr. Weinsberg.«

»Was, der Dr. Weinsberg? Meine Güte, wie wird seine Firma, die ganze Branche und auch die Besucher darauf reagieren, wenn ein Topmanager der Schokoladenindustrie bei uns im Museum in unserer Hauptattraktion ertrinkt?!« Björn schlug die Hand vor den Mund.

»Deshalb die Besprechung.« Karina sah auf die Uhr. »Aber ob er ertrunken ist oder was, ist noch gar nicht raus. Da solltest du dich mit voreiligen Schlüssen mal zurückhalten. Komm, lass uns rüber gehen, großer Tagungsraum, nehm ich an?«, Björn nickte und stand auf.

An die achtzig Mitarbeiter der Belegschaft des Schokoladenmuseums saßen still am Besprechungstisch. Aus ihren Gesichtern sprachen Angst, Sorge und Ratlosigkeit. Einige sahen auch ziemlich müde aus, wahrscheinlich Karnevalsgeschädigte. Wie die so schnell alle zusammengetrommelt werden konnten, alle Achtung. Da hatte jemand die Belegschaft ja ganz schön im Griff.

Karina starrte auf den Platz, an dem der stellvertretende Geschäftsführer des Museums, Dr. Tanner, jetzt stand. Dort hatte gestern noch der Weinsberg referiert. Ihr Mund wurde trocken, Übelkeit stieg in ihr hoch.

»Meine Damen, meine Herren, ich begrüße Sie im Namen und im Auftrag unserer Geschäftsführerin, die leider im Moment verreist ist. Sie hat ihren Urlaub aber abgebrochen und ist schon auf dem Weg hierher. Dies ist eine interne Besprechung und ich möchte Sie ganz zu Anfang darauf hinweisen, dass alles hier Besprochene bitte nicht nach außen kommuniziert wird! Das Schokoladenmuseum ist ein Ort, an dem der Besucher als Gast empfangen und betreut wird«, hob Dr. Tanner an. »Das ist unsere Leitlinie, das setzen wir hier bei uns um und präsentieren es auch nach außen. Das Wohl unserer Gäste hat stets oberste Priorität. Wenn bekannt wird, dass jemand hier in unseren Räumen zu Tode gekommen ist und in unserem Schokoladenbrunnen ein Toter gelegen hat – und das wird bestimmt bekannt werden, etliche Pressevertreter belagern schon den Eingangsbereich und es ist nur eine Frage der Zeit, wann die Nachricht online stehen wird – dann wird das Vorbehalte bei den Besuchern und auch bei den Firmen auslösen, die hier Events buchen.«

Die Angestellten nickten und schauten ratlos auf Dr. Tanner. »Wir sind ziemlich verunsichert, manche haben Angst. Sie müssen auch die Belegschaft schützen!«, rief Konditormeisterin Elisabeth Mahnholm, die die Trüffelkurse leitete.

Dr. Tanner reagierte sofort. »Wir werden – in Absprache mit der Polizei – alles nur Erdenkliche tun, um von Ihnen allen und von unseren Besuchern Schaden abzuwenden. Da können Sie ganz sicher sein.« Er ließ seinen Blick über die Angestellten schweifen und bemühte sich, Ruhe und Gelassenheit zu signalisieren. In seinem Inneren tobte es. So etwas war noch nie vorgekommen! Und so etwas durfte nie mehr vorkommen. Dafür würde er sorgen. Er hatte schon die neuen Sicherheitsbestimmungen mit der Geschäftsführerin abgestimmt.

»Vonseiten der Geschäftsleitung haben wir uns deshalb folgende Vorgehensweise überlegt: Das Haus ist ja heute auf jeden Fall für Besucher geschlossen. Die Polizei muss die Spuren sichern. Sollte das über den Tag hinaus andauern, werden wir uns natürlich danach richten müssen. Es kommen dann entsprechende Hinweise an die Türen, auf unsere Homepage und in die Nachrichten. Die Presseabteilung bereitet gerade entsprechende Verlautbarungen vor. Die Bevölkerung muss beruhigt und Imageschaden abgewehrt werden. Sobald die Polizei mit der Spurensicherung fertig ist, wird der Brunnen komplett geleert, gereinigt und desinfiziert werden. Eventuell muss man sogar Teile austauschen, das können aber nur die Techniker, die für diese Anlage zuständig sind, beurteilen. Auf jeden Fall muss alles absolut picobello und hygienisch sein. Schließlich gehen wir hier mit Nahrungsmitteln um und müssen ganz besondere Hygienevorschriften beachten. Aber das wissen Sie ja alle.

Erst wenn all diese Arbeiten hundertfünfzigprozentig abgeschlossen sind, wird der Brunnen wieder mit frischer Schokolade befüllt und in Funktion genommen. Die Geschäftsführerin und ich werden selbst den Zeitpunkt bestimmen.

Weiterhin bitte ich Sie, besonders natürlich diejenigen, die gestern im Dienst waren, sich für die Polizei zur Verfügung zu halten. Man wird Sie befragen wollen, wir stellen den Beamten dafür einen Raum zur Verfügung und Sie können dann während Ihrer Arbeitszeit dieser Pflicht nachkommen. Gibt es dazu Fragen?« Er nahm seine Brille ab, wischte sich über die Stirn.

»Wer war der Tote?« Elvira Blissenbach von der Kasse des Chocolat-Shops hob die Hand wie in der Schule.

»Wie mir der diensthabende Beamte mitteilte, ist es wohl eindeutig Dr. Hans-Dietrich Weinsberg, Chefökonom der Firma S. Cröger, einige von Ihnen kennen ihn von verschiedenen Veranstaltungen hier im Hause. Man weiß noch nicht, wie er zu Tode gekommen ist, ob es ein Unfall oder Mord war. Ich bitte Sie auch, sich von sämtlichen Spekulationen zurückzuhalten. Ja?«

Björn war aufgestanden. »Wie gestaltet sich denn jetzt die Öffentlichkeitsarbeit? Was genau sagen Sie der Presse, was sagen wir von der Eventabteilung den Kunden, wenn die wissen wollen, was hier los ist? Oder, wenn Leute wegen der Vorkommnisse absagen?«

Dr. Tanner sah eindringlich von einem zum anderen. »Ich werde gleich eine Presseerklärung abgeben. Dafür bitten wir die Damen und Herren der Presse ins Museum, aber natürlich nicht in den Schokobrunnenbereich. Ich werde mich vorher mit der Polizei abstimmen, was ich sagen kann und dann darum bitten, dass die Presse, aus ermittlungstechnischen Gründen, wie es immer so schön heißt, nicht zu viele Informationen an die Öffentlichkeit gibt. Vielleicht kann das ja auch erst einmal meldungstechnisch als Unfall behandelt werden. Wer weiß. Sie alle bitte ich, diesen Vorfall nicht nach außen zu tragen. Das ist im Sinne des Museums und kann auch nur in Ihrem Sinne sein.«

»Was sollen wir den Leuten, die Führungen gebucht haben und anrufen, sobald die Nachrichten raus sind, sagen?«, hakte Björn noch einmal nach. Er war schon wieder aufgestanden.

»Sprechen Sie zunächst von einem Unfall und einem technischen Defekt. Und dass keine Gefahr während der Führungen besteht. Wenn Sie da noch mehr Argumentationshilfe benötigen, kommen Sie im Anschluss in mein Büro.« Der stellvertretende Geschäftsführer sah von einem zum anderen. »Meine Damen und Herren, wir befinden uns in einer schwierigen Situation, aber wir werden sie meistern. Die Geschäftsleitung und ich sind sicher, dass keinerlei Gefahr für Sie und unsere Besucher besteht.«

Die Angestellten murmelten besorgt, doch keiner wagte seine Bedenken laut zu äußern. »Wie kann er sich da so sicher sein?« »Und wenn noch mal was passiert?« »Vielleicht war das ja erst der Anfang?«

Dr. Tanner wischte ungeduldig mit einer Handbewegung die halblauten Äußerungen zur Seite. Stille trat ein.

»Wir sind jederzeit für Ihre Fragen und Sorgen da«, sagte er knapp, aber nachdrücklich. »Bitte wenden Sie sich an uns, wenn Sie Unterstützung brauchen: Alle Informationen, die Sie nach außen tragen, müssen zuvor mit uns abgesprochen werden. Dazu finden Sie in diesen Minuten einen Leitfaden in unserem firmeneigenen Intranet. Ich muss jetzt Rücksprache mit der Polizei halten und dann vor die Presse treten. Vorher noch etwas in eigener Sache: Wir werden, sobald die Polizei mit der Spurensicherung durch ist, an allen Ein- und Ausgängen und auch im Publikumsbereich Überwachungskameras installieren. Wir hätten niemals gedacht, dass dies einmal nötig sein würde.« Dr. Tanner verließ eilig den Raum.

Der Großteil der Kollegen blieb erst einmal sitzen; viele von ihnen wären heute eigentlich gar nicht im Museum gewesen. Karina und Björn folgten dem stellvertretenden Geschäftsführer, denn sie mussten sich um die Buchungen kümmern, die für die nächsten Tage anstanden.

***

Stephan Printz stapfte mit großen Schritten über den Flur. Die Gummisohlen seiner Slipper quietschten leicht auf dem Linoleumboden. Ohne die beiden Kolleginnen anzuschauen, murrte er ein kurzes »Morgen« in ihre Richtung.

»Guten Morgen, Herr Kollege, Ihnen auch einen schönen Tag!«, flötete Saskia Kreuz hinter ihm her und raunte Anna Sabrowski verschwörerisch zu: »Vielleicht bekommen wir ihn ja ein wenig erzogen!«

»Da ist Hopfen und Malz verloren, Saskia, oder glaubst du, dass das NDR-Walross höflich sein kann?« Anna zeichnete mit den beiden Zeigefingern einen imaginären Schnurrbart nach und zog dabei die Mundwinkel nach unten.

»Auch wenn ich in Ihren Augen vielleicht ein Idiot bin, ich bin nicht schwerhörig«, wollte Printz sagen, aber er verkniff es sich. Er brauchte keine Kollegen, er musste sich nicht erklären und mit niemandem anfreunden – schon mal gar nicht auf der Arbeit. Die allgemeingültige Regel, nie etwas mit einer Kollegin anzufangen, hatte er so stark ausgeweitet, dass er niemanden im Polizeipräsidium näher an sich heranließ. Und damit war er bisher auch immer gut gefahren.

Doch neuerdings nervte sein Chef Sigurd Sassler immer mit irgendwelchen Vorträgen über Teambildung und endete meist mit dem Spruch ›Nur zusammen sind wir stark!‹

So ein Quatsch! Hatte er bisher seinen Job nicht ordentlich gemacht? Seine Aufklärungsstatistik konnte sich sehen lassen, dafür brauchte er keinen zweiten Mann und schon gar keine Frau! Er hielt es mit Inspektor Columbo: »Wenn ich den Täter habe, werden Sie der Erste sein, der es erfährt. Das verspreche ich Ihnen.« Wozu irgendeinen Dummschwätzer mit ins Ermittlungsboot nehmen? Da schlichen sich nur Fehler ein.

Stephan Printz knallte aufatmend die Bürotür hinter sich zu, warf die Jacke in Richtung des Hakens am Aktenschrank. Treffer. Er griff nach der Gießkanne, um seinen ganz persönlichen Urwald zu versorgen. Der Fensterputzer, der einmal im Jahr versuchte, sein Bürofenster zu säubern, meckerte jedes Mal erst herum und zog dann unverrichteter Dinge wieder ab. Yuccas, Zimmerpalmen, Drachenbäume, Farne und der Ficus, der schon heftig gegen die Decke stieß, bekamen ihre Portion abgestandenes, weiches Wasser. Nur die Kakteen ließ er aus. Printz notierte sich akkurat die Gieß- und Düngezeiten in sein Handy, damit keine Pflanze zu viel oder zu wenig bekam. Wenn er sich unbeobachtet wusste, sprach er auch mit ihnen. Er war überzeugt, dass der Ficus nur deshalb so groß geworden war. Stolz tätschelt er einen Zweig. »Bald muss ich ein Loch in die Decke bohren, wenn du so weiter machst. Lass mal langsamer gehen, mein Großer.«

Dann stellte er die Kaffeemaschine an; vor der Dienstbesprechung musste er sich erst einmal aufmuntern. Wie Columbo: »Wissen Sie, bevor ich Kaffee getrunken habe, bin ich zwar da, aber ich bin nicht ganz da.« Das konnte er blind unterschreiben. Er hatte seine eigene Maschine. Die bewahrte ihn davor, in der Küche unnötigerweise auf Kollegen zu treffen, die täglichen Dienstbesprechungen deckten seinen Bedarf an Kommunikation vollkommen.

Stephan Printz betrat als letzter den Besprechungsraum und setzte sich auf den Stuhl in Türnähe.

»Dann sind wir ja jetzt alle beisammen«, Sigurd Sassler, der Dienststellenleiter, hob die Arme als wolle er den Ostersegen erteilen. »Was steht von eurer Seite aus an, liebe Kollegen?«

Printz sah ihn nur an. ›Liebe Kollegen, demnächst würde Sassler alle zur Begrüßung umarmen und abschlecken. Es fehlte nicht mehr viel. Völlig distanzlos, der Mann.‹

Sassler plauderte unbeirrt weiter: »Ich lasse euch den Vortritt, denn ich habe auch noch einen exzellenten Vorschlag, aber ihr wisst ja, ich kann mich zurückhalten, bis ihr mit dem Tagesgeschäft durch seid!« Er grinste wie ein Staubsaugerverkäufer in einer Dauerwerbesendung.

Saskia Kreuz, die gerade vorher noch die Augen verdreht hatte, räusperte sich: »Wir, also Anton und ich, haben gestern die Kellerräume von Hans-Peter Herrmann durchsucht, aber kein kinderpornografisches Material gefunden. Er hat aber noch ein Ferienhaus in der Nähe von Bad Prüm. Ich rufe nachher die Kollegen vor Ort an und bitte um Amtshilfe. Vielleicht kann da mal einer von ihnen vorbeischauen. Die Kollegen von der Computerkriminalität sind noch an Herrmanns Computer dran.«

Sassler nickte und sah Printz auffordernd an.

»Ich hab noch nicht alle Infos von der Spusi«, brummte Printz, »kann noch nicht viel sagen. Ein Opfer in der Altstadt, eins im Schokoladenmuseum, vermutlich im gleichen Zeitraum ermordet. Der Mann in der Kneipe wurde aus kurzer Distanz erschossen. Keiner hat den Tathergang gesehen, keiner etwas gehört, vermutlich Schalldämpfer. Der andere ist im Schokobrunnen ersoffen. Ich bekomme nachher vernünftige Fotos der Opfer und werde dann noch mal die Zeugen befragen.«

Anna Sabrowski hob die Hand: »Wenn wir die Fotos haben, sollten die dann nicht an die Presse? Vielleicht haben ja noch andere Leute was beobachtet.«

»Ein toller Vorschlag, nicht wahr, Printz?!« Sassler ruckte mit dem Kopf wie ein Täuberich.

Printz schnaubte: »Können wir ja immer noch machen, wenn die Befragung nichts ergibt. Sonst haben wir vierhundert verschiedene Hinweise, auf wen auch immer, nur um den Nachbarn oder sonst wem eins auszuwischen. Das hält doch nur auf.«

»Nimm Anna doch am besten gleich mit – zwei Ohrenpaare hören mehr, zwei Augenpaare sehen mehr!« Sassler klang, als würde er ein Kalenderblatt zitieren.

»Ich komme sehr gut alleine klar, Sassler, lass mich einfach machen!« Printz' Schnurrbart vibrierte.

»Stephan, wir sind ein Team, das gilt auch für dich und du kennst das Prozedere. Wir richten eine Mordkommission ein. Du als erfahrener Ermittler und als derjenige, der zuerst am Tatort war, wirst sie leiten. Du stellst dir dann dein Ermittlungsteam zusammen. Guck, wen du von hier brauchst und dann kommt es ja drauf an, wen du aus den anderen Kommissariaten brauchst. Ich will spätestens morgen mehr wissen!« Nach einem Blick in

Printz' zornige Augen wendete Sassler sich an Michael Heiß, der gerade eindringlich seine Finger betrachtete. »Gibts was Neues bei der toten Katzenfrau und dem Rentner, Michael?«

Der schreckte zusammen und schüttelte den Kopf. »Die Rechtsmediziner obduzieren noch. Es sieht von der Spurenlage und den Aussagen der Nachbarn bei dem Rentner nicht nach Fremdeinwirkung aus. Der lag im Badezimmer zwischen Waschbecken und Toilette, die Wohnung ist tipptopp aufgeräumt und es gibt keine Einbruchsspuren. Bei der Katzenfrau ist das schwieriger, für mich sieht es so aus, als habe ein Kampf stattgefunden und die Nachbarin will auch Geschrei gehört haben.«

Saskia schaute demonstrativ auf ihre Uhr. »Wenn wir dann nichts Wichtiges mehr hätten ...«

Anna hob die Hand: »Der Raubüberfall auf zwei Jugendliche gestern in den Köln-Arkaden ist was für die Drogenfahndung; den beiden wurden nicht nur Geld und iPhones geklaut, die hatten auch diverse Tüten Cannabis und Halluzinogene dabei. Ich habe das weitergegeben.«

»Da wird sich Markus aber freuen, wenn er ein paar frische Zutaten für Pilzgerichte bekommt!«, feixte Michael. »Der sogenannte ›Kahlkopf‹ schmeckt zwar nicht so toll, aber lockt mit psychischen Grenzerfahrungen, das täte dem doch auch mal gut!«

»Sind wir fertig?« Saskias Miene sah nach Gewitter aus.

»Nein, ich wollte euch doch noch etwas mitteilen!« Sigurd Sassler warf sich in die Brust wie ein Pfau bei der Balz. »Ihr kennt doch die Gerechtigkeitsliste bei den uniformierten Kollegen. Die Bezirksbeamten haben da dieses Punktesystem für alle Dienste. Für die normalen angenehmen Dienste gibt es weniger Punkte als für die ungeliebten – dazu zählen bei denen Wochenend- und Feiertagsdienst oder Abordnungen zu anderen Dienststellen. Und damit nicht immer dieselben Kollegen die ungeliebten Dienste ausüben müssen, wird diese Liste geführt, um mehr Gerechtigkeit walten zu lassen. Und ich dachte mir, das wäre auch etwas für uns!« Er strahlte schon wieder.

»Wie jetzt? Wir haben doch unsere festen Dienstpläne und da gibt es doch auch keine Probleme.« Anton schaute zu den anderen und alle außer Printz nickten.

»Ich finde es gerechter und demokratischer. Und wir könnten die Teampaare variieren, damit die Inspiration größer wird.« Sassler hatte die Hände gefaltet wie ein Fernsehprediger.

»Hast du nichts Besseres zu tun, als dir so einen Schwachsinn auszudenken? Vielleicht solltest du mal wieder mit rausfahren und normalen Dienst schieben! Jetzt ist aber mal Schluss.« Printz schlug mit der Faust auf den Tisch. Seine Kollegen klatschten Beifall.

»Was bei den Bezirksbeamten gut funktioniert, soll bei uns Quatsch sein?« Sasslers Stimme klang wie die eines Mädchens, dem jemand die Puppe weggenommen hatte.

»Wenn wir dann nichts Wichtiges mehr hätten ...«, wiederholte Saskia und stand auf. Die anderen Kollegen taten es ihr nach und verließen murrend den Raum. Sassler atmete ein und seufzte: »Wat der Bur nit kennt …, aber ich krieg euch noch! Ich krieg euch alle ...«

***

Karina stieg die Treppen zu ihrem Büro im ersten Stock hinauf. Kurz hatte sie die Bilder von gestern vor Augen. Die weinende Fatma, der Tote. Selbst in den Räumen der Verwaltungsbüros roch es nach Schokolade und Karina atmete tief ein, auch um die Erinnerung zu verdrängen. Bisher hatte sie sich an jedem Morgen zu diesem Arbeitsplatz beglückwünscht. Andere Menschen träumten vom Paradies, von einem Leben im Schlaraffenland. Sie, Karina Sprängel, saß mittendrin und sie wusste es zu schätzen. Schon oft hatte ihr Chef sie gelobt, denn sie war in all den Jahren, in denen sie hier arbeitete, noch nie krank gewesen. Warum auch? Für sie traf der Spruch im Eingangsbereich des Museums zu: *›Schokolade ist Glück, das man essen kann‹*. Und sie war glücklich, meistens jedenfalls. Nach dem Mord gestern war ein neues Gefühl hinzugekommen – sie fühlte sich nicht mehr sicher hier. Dann fiel ihr Blick auf Björns Schreibtisch.

»Karina, wo bleibst du denn?« Björn hatte rote Flecken im Gesicht und sie fand ihn bei Weitem nicht so attraktiv, wie die anderen schwärmten. Anscheinend war seine Frustrationsgrenze schon um Viertel nach acht überschritten.

»Ich bin da, Björn. Mami ist da und wird sich um alles kümmern!« Karina feixte und Björn machte eine abwehrende Handbewegung.

»Herr Sambutka und Herr Pfeiffer haben schon angerufen. Die Sonderführungen für die beiden Firmen müssen doch verschoben werden.«

Karina nickte, fuhr den PC hoch, öffnete das Mailprogramm und ihren Terminplaner. Seit drei Jahren war sie nun Eventmanagerin und verantwortlich für die unterschiedlichen Führungen, die im Museum angeboten wurden. Einige der Konzepte hatte sie selbst entwickelt. Sie war stolz darauf. »Atme einmal tief ein und aus, Björni, ein und aus, der Stress ist nicht gut für dich. Willst du mit 35 den ersten Herzinfarkt? Es gibt nichts, was nicht zu regeln ist. Hier, lutsch ein Stück Nugat, das hilft bestimmt!« Karina warf ihm eine Schachtel auf den Schreibtisch mitten zwischen die Papierstapel.

»Ich achte auf meine Figur, liebe Karina, Rettungsringe und Plätzchengürtel sind nicht sexy!« Er sah sie bockig an, wollte mal wieder provozieren.

Karina klemmte sich den Telefonhörer zwischen Ohr und Schulter und tippte eine Nummer ein. »Hast du schon mal was von ›love handles‹ gehört? Das ist im Englischen die zärtliche Bezeichnung für Hüftgold und sagt auch etwas über die Einstellung der Engländer zur Erotik aus. Aber komm mal in mein Alter, dann weißt du das!« Sie lächelte zum zweiten Mal für heute übertrieben breit. Das war doch immer noch die eleganteste Methode, einem potenziellen Gegner die Zähne zu zeigen. Na, der Tag würde bestimmt noch lustig werden! Kurz blitzte die Erinnerung an den Toten im Schokobrunnen auf. Schrecklich. Was da wohl passiert war? Sie würde sich einmal umhören, sobald sie ein wenig Luft hätte. Irgendwie glaubte sie nicht an einen Unfall. Das war großer Quatsch. Da hatte jemand nachgeholfen, das sagte ihr der gesunde Moppie-Verstand. Sie schauderte und wandte sich ihrer Arbeit zu. Später. Jetzt tat Ablenkung erst einmal gut.

5

Stephan Printz klopfte an die Tür des Dienststellenleiters und betrat den Raum, ohne auf eine Reaktion zu warten. Sigurd Sassler schreckte hoch und nahm die Füße vom Tisch. »Eine kurze, meditativ schöpferische Pause ist manchmal von Vorteil.«

»Du wolltest mich sprechen?« Printz hatte keine Lust auf Small Talk.

»Wen hast du jetzt in dein Team geholt?«

»Ich will kein Team! Wenn ich wen brauche, spreche ich den an und hol mir, was nötig ist. Das hat bisher auch immer so funktioniert, oder hast du etwas an meiner Arbeit auszusetzen?« Printz hatte sich gar nicht erst hingesetzt, stand mit verschränkten Armen vor Sasslers Schreibtisch.

»Stephan, du hast eine gute Aufklärungsquote und bearbeitest die Fälle effektiv, das weißt du und ich weiß es auch. Aber die Zeiten ändern sich. Der einsame Wolf ist out. Wir machen das im Team!«

Printz wusste, er würde Sassler nicht davon abbringen, durfte aber nicht so schnell nachgeben, sondern wollte es ihm so schwer wie möglich machen: »Ja klar. ›Team‹ bedeutet doch nur ›Toll, ein anderer machts‹ – je mehr Leute, umso weniger passiert wirklich.«

Sassler lachte gekünstelt. »Nett, der Vergleich, aber für uns hier völlig unpassend. Die Kollegen arbeiten auch effizient und schnell, das sind kluge Köpfe und Spezialisten, niemand kann heutzutage mehr eine Insel sein.«

Printz stöhnte: »Komm mir jetzt nicht wieder mit deinen Belehrungen über mein Sozialverhalten!«

»Stephan, wir kennen beide deine Schwierigkeiten, die du übrigens auch bearbeiten könntest, ich kenne gute Therapeuten ...«

»Geh mir weg damit, kümmere dich um deine Sachen!« Printz trat noch näher an Sasslers Schreibtisch, stützte sich mit den Fäusten darauf ab.

»Das *ist* meine Sache!« Sassler stand auf. Die Adern auf seiner Stirn traten hervor. »Wenn du nicht im Team arbeiten willst, dann wälzt du in Zukunft nur noch Akten und sitzt dir deinen Hintern in der Verwaltung platt!« Auch er stützte sich jetzt auf die Arbeitsplatte des Schreibtischs und sie standen sich gegenüber wie zwei Gorillas kurz vor dem Angriff. Eine kleine Ewigkeit geschah nichts.

»Anna, Anton und Brigitte von der Spurensicherung«, zischte Printz schließlich durch die geschlossenen Zähne, »und aus dem Kommissariat Wirtschaft den Benno. Reicht dir das an Team?!«

»Gut, Stephan, gut, geht doch.« Sassler hob die Hand, als wolle er ihm über den Kopf streichen, aber Printz wich mit einem Ruck zurück.

»Ich trommle alle selber zusammen und wir treffen uns heute Nachmittag zum ersten Mal. Ich setz dich auf CC.«

»Du weißt, MoKos finden zweimal täglich statt, Stephan!« Sassler machte es sich schon wieder auf seinem Stuhl bequem.

»Danke Chef, gut, dass du mich darauf hinweist, ich bin ja neu hier!« Printz schlug die Tür hinter sich zu.

Mit wenigen schnellen Schritten hatte Printz sein Büro erreicht. Auch diese Tür fiel hart ins Schloss, dann lehnte er sich dagegen. Sein Puls wummerte in den Ohren. Er versuchte es mit Autogenem Training: «Ich bin ruhig und entspannt, mein Atem fließt ein und aus.« Dabei sah er auf die Yucca, dann auf den Ficus und es tat sich nichts. Er stieß sich von der Tür ab und ging zu ihnen. »Ihr habt es gut. Müsst euch nicht aufregen, habt keinen dämlichen Chef und werdet auch zu nichts gezwungen.« Printz hatte schon ein weiches Staubtuch in der Hand und wischte beinahe zärtlich über die Blätter. »Ihr seid die besseren Menschen. Mit euch kann ich problemlos zusammenarbeiten, da muss ich nicht ständig aufpassen, was ich sage, ob ich niemanden beleidige oder vergesse. Ihr seid nicht nachtragend und es ist euch auch völlig egal, wie ich aussehe. Ihr enttäuscht mich nie, ganz im Gegenteil, ihr wachst und gedeiht nur für mich.«

Es klopfte. »Herein!« Printz warf das Tuch in die Schreibtischschublade.

Anna steckte vorsichtig den Kopf durch den Türspalt. »Printz, ich bräuchte da mal deine Meinung zu einem unklaren Todesfall. Ich hab da ne These, aber vielleicht hast du ja nen anderen Blick drauf.«

»Komme gleich, Anna, aber vielleicht hat das ja Zeit bis nach der Dienstbesprechung. Ich schick sofort eine Mail an alle.«

»Na gut.« Die Tür schloss sich wieder.

Printz hatte das Gefühl, als wolle der Ficus ihn anschieben, damit er sich direkt in Bewegung setzte. »Nö, nö, mein Lieber, so schnell wirst du, werdet ihr, meine Lieben, mich nicht los! Ich muss in ein paar Minuten zur Dienstbesprechung und habe keinen Schimmer, was ich denen sagen, geschweige denn vorweisen kann. Und ihr lasst mich auch hängen. Wie oft bin ich schon durch euch auf die richtige Spur gekommen! Und jetzt?« Die Blätter des Riesenficus schaukelten leicht in Printz' Atemluft. Die Yucca schien zu vibrieren, aber die Wedel der Palmen standen wie erstarrt.

»Da ist dieser Mord in der Altstadt.« Printz zog ein Foto des Altstadttatorts aus der MoKo-Akte, die er für die Besprechung zusammengestellt hatte. »Und das hier ...«, das zweite Foto landete auf dem Tisch, »ist der Tote im Schokobrunnen«. »Beide sind umgebracht worden – der eine erschossen, Kaliber neun Millimeter, vermutlich mit Schalldämpfer, da niemand den Schuss gehört haben will, und der andere wurde schlichtweg in Schokolade ertränkt. Interessant ist, dass der Altstadttote vorher auch im Schokomuseum bei einem Managertreffen war. Da muss es einen Zusammenhang geben, aber ich sehe ihn nicht, verdammt!« Printz stampfte auf und stieß dabei gegen das Bein der Blumenbank. Die beiden dicken Farne und die Kakteentöpfe schwankten bedenklich.

»Sorry,« Printz griff schnell zu, damit sie nicht kippten. »Ich glaube nicht, dass es derselbe Täter war. Der eine Mord wurde ganz professionell durchgeführt, beim anderen gab es vorher eine Prügelei – zumindest hat das die Rechtsmedizin gesagt. Prügelei deutet darauf hin, dass sich Täter und Opfer, zumindest temporär, kannten. Das ist ja bei drei Viertel der Morde so. Vielleicht eine Beziehungstat. Also«, Printz rückte die Kakteentöpfe zurecht, »käme Mordmotiv Nr. 1 am ehesten infrage: persönlicher Konflikt. Sexualität kann eher ausgeschlossen werden, dafür gibt es keine Spuren. Gruppendynamik ist auch auszuschließen, es gab, laut dem Vorabbericht der Spusi, nur zwei Personen am Brunnen – Opfer und Mörder. Bereichern wollte sich wohl auch keiner – Portemonnaie mitsamt Bargeld und Kreditkarten, teure Uhr, Siegelring, Schlüssel – alles noch da. Gut, gut. Das werde ich mit in die Besprechung nehmen, danke!« Printz nickte seinen Pflanzen zu, griff nach den Fotos und der Akte und hastete zur Tür hinaus.

Im Besprechungsraum saßen Anna Sabrowski, Georg Langweiser und Brigitte Zimmer vor ihren Laptops und sahen Printz skeptisch an. Jeder wusste, dass er schwierig war und keiner wollte der Erste sein, auf den sich sein Zorn richtete. Printz heftete die Fotos an die perforierte Pinnwand. Unter das rechte schrieb er »Dr. Hans-Dietrich Weinsberg«, unter das linke »Rudolf Leutschler«: »Das sind unsere beiden Opfer. Klar und eindeutig identifiziert. Ihr habt ja in unserem Netzwerk Zugriff auf die Fakten – hatte schon jemand Zeit, sich damit zu befassen?«

Anna räusperte sich: »Ja, ich hab sie überflogen und mir gedacht, dass da schon ein Zusammenhang sein müsste. Was mir aufgefallen ist: Die beiden sehen sich total ähnlich. Werden Manager heutzutage geklont, oder sind das Brüder?« Sie versuchte Printz in die Augen zu sehen, aber der starrte nur auf die Fotos.

»Du hast recht, die haben die gleiche Frisur, dieselbe Haarfarbe, beide dunkle Augen und sind auch von ähnlicher Statur.«

»Dafür sind die Todesursachen aber völlig unterschiedlich.« Brigitte von der Spurensicherung fuhr mit dem Zeigefinger über den Bildschirm ihres Laptops. «Wir haben keine Ähnlichkeiten oder Übereinstimmungen an den beiden Tatorten gefunden. In der Altstadt war, abgesehen von dem, was der Karneval so hinterlässt, nichts zu finden – keine Spuren, keine Finger-, Fuß- oder andere Abdrücke, die mit dem Mord in Verbindung gebracht werden konnten. Kaum Zeugenaussagen, selbst die Patronenhülse hat der Täter offenbar mitgenommen. Im Schokoladenmuseum dagegen fanden wir Kampfspuren, verwischte und somit unbrauchbare Schuhabdrücke am Brunnen, Faserspuren. Wir wissen, dass in einem der Besprechungsräume ein Kampf stattgefunden hat. Wir haben dort Blutspuren von Weinsberg gefunden. Auch auf der Treppe hinunter zum Schokobrunnen. Allerdings keine anderen verwertbaren Spuren, denn da sind ja überall zig Leute durchgelaufen, vor allem in dem Besprechungsraum. Ich sehe da bisher keinerlei Zusammenhang zwischen den beiden Fällen.«

»Das alles ist am selben Abend passiert. Und die beiden Opfer kannten sich. Leutschler gehörte zu derselben Managerdelegation, der Weinsberg vorgesessen hatte. Weinsberg wollte, nach Aussagen der anderen Manager, auch noch in die Altstadt gehen, sie sollten sich in dem Lokal treffen, in dem Leutschler erschossen wurde.« Printz schrieb die Begriffe Schokoladenmuseum und Altstadt an die Wand und malte Pfeile zwischen Opfer und Örtlichkeiten.

»Wurden schon alle Zeugen befragt?« Georg, den alle Schorsch nannten, fuhr sich durch die kurzen Stoppelhaare.

»Nein, hab ich noch nicht geschafft. Auf der Liste könnt Ihr sehen, wer schon dran war.«

»Dafür haste ja jetzt uns, wir teilen Zeugen und alles, was zu tun ist, untereinander auf.« Anna versuchte ein Lächeln, aber es blieb irgendwo zwischen dem Wollen und der Ausführung stecken. »Was ist mit den Familien der beiden Opfer, war da schon wer?«

»Ich kann ja nicht überall sein!«, brauste Printz auf. »Wenn du willst, kannst du dich darum kümmern, ich habs sowieso nicht so mit der Trösterei.«

»Gut.« Schorsch tippte wild auf seiner Tastatur herum. »Anna geht zu der Weinsbergwitwe, Printz und ich nehmen uns die Manager und die Leute vom Schokomuseum vor. Da muss doch einer was gesehen oder gehört haben. Das gibts doch nicht. Irgendwas ist immer. Bist du damit einverstanden, Stephan?«

Printz zuckte zusammen. ›Stephan‹ nannte ihn sonst keiner der Kollegen. Er nickte kurz.

»Aber wir fahren nicht zusammen raus, Langweiser. Und Brigitte, könntest du noch mal bei der Rechtsmedizin nachfragen, es sind noch nicht alle Ergebnisse da. Heute Nachmittag um 16:30 Uhr treffen wir uns wieder – hier.«

***

Samantha Reutler und Karina suchten einen geeigneten Platz im Café des Schokoladenmuseums. Die polizeilichen Untersuchungen waren so weit abgeschlossen. Der Betrieb lief wieder normal. Ihr Lieblingstisch am Fenster war belegt und so setzten sie sich in die Nähe der Theke, mit Blick auf den Sarottimohr aus Porzellan und die Schiefertafel, auf der ein Zitat von Oscar Wilde stand: *›Versuchungen sollte man nachgeben. Wer weiß, ob sie wiederkommen!‹*

Samantha hatte für die Umgebung im Moment keinen Blick: »Was glaubt der eigentlich, mit wem er es zu tun hat?!«, zischte sie gerade.

Tabio kam freudestrahlend an ihren Tisch: »Heiße Schokolade und einen Latte Macchiato für meine Lieblingsgästinnen!« Das war keine Frage, sondern eine Feststellung, denn er wusste genau, was seine Stammkundschaft mochte. Er wischte sorgfältig über den Tisch und blickte von einem ernsten Gesicht ins andere. »Schrecklich, das mit dem Toten, nicht wahr?«

Karina nickte. »Ja, aber wir haben heute ein anderes Problem, ein persönliches!« Sie gab ihrer Stimme Nachdruck und Tabio murmelte ein kurzes »Sorry«, bevor er sich umdrehte und zur Theke eilte. Karina rückte Notizblock und Stift zurecht. »Sam, bevor wir uns um dich kümmern, hab ich noch eine andere Frage. Hast du eigentlich was von dieser Managerdelegation letzten Sonntag mitbekommen?«

Samantha schüttelte den Kopf: »Als Assistentin der Geschäftsleitung bin ich doch eher zu den ganz normalen Arbeitszeiten hier. An Wochenenden bin ich so gut wie nie hier. Nö, tut mir leid, da kann ich gar nichts zu sagen.«

»Schade, aber jetzt zu dir. Wenn du willst, versuche ich dir zu helfen, Sam. Ich hab das schon öfter gemacht. Privatdetektive arbeiten hauptsächlich in zwei Bereichen – Mitarbeiterüberwachung und Partnerschaftsermittlung. Weißt du, zu Karneval haben Privatdetektive Hochkonjunktur, da setzen eifersüchtige Partner einen Spürhund auf ihren ›Schatz‹ an, aber darum geht es bei dir ja wohl eher nicht, oder?«, sagte Karina schnell, als sie Samanthas Blick auffing. »Wie heißt dein Bekannter denn und womit kann ich dir helfen?«

»Edward Fetcher. Er wohnt in der Via Magatti 9 in Lugano. Er ist Immobilienmakler bei der WACPCT Gruppe. Aber ich glaube an das, was er sagt, nicht mehr so wirklich.« Sie seufzte. »Hier ist seine Karte mit der Handynummer und der E-Mail-Adresse.« Sie legte eine Visitenkarte vor Karina auf den Tisch. Tabio setzte die beiden Getränke direkt daneben und linste Richtung Karte, aber Karina steckte sie schnell ein.

»Was hat er dir denn sonst so erzählt und warum zweifelst du jetzt auf einmal an ihm?« Karina knabberte an ihrem Kugelschreiber. Sie hatte sich für heute Schokotorte verboten, ihr Rock kniff gewaltig in der Taille.

»Wir treffen uns ein- bis zweimal im Monat, weil er immer so viel zu tun hat. Er sagt, er verkauft ausschließlich hochpreisige Immobilien und da sei die Kundschaft sehr sensibel und er müsse immer erreichbar sein.« Samantha rührte in ihrem Kaffeeglas. »Aber wir telefonieren und simsen viel. In letzter Zeit erreiche ich ihn aber manchmal tagelang nicht; sein Handy ist dann sogar aus. Wenn ich ihn hinterher darauf anspreche, hat er immer eine andere Ausrede parat – von wichtigen Terminen über einen nervigen Kunden bis hin zu einer beginnenden Lungenentzündung.« Sie verdrehte die Augen. »Oder er sagt, sein Handy wäre kaputt, Akku leer, oder er hätte es verloren. So oft kann man doch kein Handy verlieren, oder?!«

»Klingt jetzt erst einmal nicht so überzeugend.« Karina nickte. »Wie ist es denn, wenn er bei dir ist?«

»Alles bestens, da ist er die Aufmerksamkeit in Person – liebevoll, zärtlich, bringt mir Geschenke mit, führt mich aus. Weißt du, Karina, andauernd kommt er mit einer anderen Ausrede an. Da ist doch was faul, oder?«

»Irgendetwas stimmt da nicht, Sam, das würde ich auch sagen. Soll ich mal ein paar Nachforschungen starten?«

»Ich komme mir zwar irgendwie blöd dabei vor, wie so eine alte, eifersüchtige Kuh, aber so mach ich mich nur verrückt! Wäre das wirklich okay für dich? Was würde das denn kosten?«

»Mach dir darüber mal keine Gedanken. Meine sogenannte Bezahlung erfolgt nur bei Erfolg und dann entscheidest du, was es dir wert ist. Für mich ist das eine Übungseinheit und bei Menschen, die aus meinem näheren Umfeld sind, sehe ich das eher als Lebenshilfe an.«

»Damit wirst du aber niemals reich werden, Frau Kollegin!« Samantha lachte erleichtert auf. »Ich werde mir dann was einfallen lassen, was dich beglückt!« Sie legte ihre Hand auf die von Karina. »Und bitte nichts zu den anderen Kollegen. Ich möchte mich nicht lächerlich machen!«

»Verschwiegenheit ist oberste Pflicht!« Karina legte den Zeigefinger auf die Lippen. »Ich melde mich, sobald ich etwas weiß, versprochen! Und jetzt zurück an die Arbeit, die Mittagspause ist so gut wie vorbei. Alles wird gut!« Sie schämte sich, dass sie solche Allgemeinplätze von sich gab. Seit der Mord passiert war, kamen ihr solche Sprüche hohl vor.

»Na ja, gut? Wenn sich herausstellen sollte, dass …« Samantha sprach den Satz nicht zu Ende, aber Karina wusste, was sie sagen wollte.

»Dann ist er nicht der Richtige für dich, und dann ist es auch gut, wenn du das frühzeitig feststellst!« Karinas Stimme klang härter als sie gewollt hatte. »Ich hab es zu spät gemerkt, Samantha, und hätte mir gern eine verpatzte Hochzeit erspart!«

»Oh, shit, ja, du hast recht. Mach es und dann sehen wir weiter! Bis bald!«

Tabio sah den beiden Frauen nach, als sie das Café verließen. Der letzte Satz klang noch in seinen Ohren. »Du hast recht.« Ja, recht haben, das war manchmal einfach nicht ausreichend, dachte er. Seine Eltern hatten alles Recht der Welt gehabt, aber nichts zu essen. Immer hatten sie sich bemüht, allen alles recht zu machen. Aber irgendwann standen sie mit dem Rücken zur Wand.

***

»Ich kann nicht mehr, Samira, sieh dir meine Hände an!«

Tabio drückt das Ohr fest gegen die dünne Wand. Das Zimmer für ihn und seine vier Geschwister liegt direkt neben dem Wohnraum. Seine Eltern ahnen nicht, dass er ihnen jeden Abend zuhört, wenn seine Geschwister schon lange eingeschlafen sind. Er schläft ganz nah an der Wand und kann seine Mutter nun schluchzen hören.

»Was soll denn werden?, fragt sie leise. »So viele Mäuler, die gestopft werden müssen. Ich musste heute schon wieder bemooste Steine in kochendes Wasser legen, damit die Kinder etwas ›Suppe‹ essen konnten. Und Tabio braucht doch bald Schulgeld!«

»Samira, ich kann meine Finger nicht mehr bewegen, sie sind steif. Auch das Atmen fällt mir schwer.«

»Was soll das denn für eine Krankheit sein, Mann? Was sagt der Medizinmann?«

»Er sagt, es sind die bösen Geister der Weißen. Er sagt, ich soll nicht ihre Luft atmen. In ihr sind die Dämonen, die den Tod bringen.«

»Ihre Luft ist unsere Luft, Mann. Was erzählt der große Abu Jahi denn da?«

»Er meint die unsichtbare Wolke, die sich von den Flugzeugen und aus den Sprühflaschen auf die Kakaopflanzen legt. Er sagt, ich bin nicht der Einzige. Auch andere Männer unseres Dorfes haben die Dämonen in sich aufgenommen.«

Tabios Vater zählt einen Namen nach dem anderen auf. Viele davon kennt Tabio. Gleich versucht er mithilfe der Finger mitzuzählen. Beim zehnten Finger muss er aufhören, denn weiter kann er noch nicht rechnen.

Die Stimme seiner Mutter wird lauter. »Und die sollen alle krank sein und nicht mehr arbeiten können?«

»Ja, Frau.«

»Und was machen die Familien?«

»Wenn die Männer nicht mehr können, arbeiten die Frauen und Kinder auf der Plantage. Aber sie können nicht so viel arbeiten und verdienen auch nicht so viel wie ihre Männer. Und sie verschulden sich immer mehr.«

»Unsere Kinder sind zu klein, Mann. Ich kann arbeiten gehen,

aber wer kocht dann, wer kümmert sich um die Kleinen?« Ihre Stimme ist ohne Hoffnung. Sie schluchzt kurz.

»Ich weiß es nicht. Aber ich kann nicht mehr, Samira. Es geht einfach nicht mehr.«

Tabio hält die Luft an. Sein Vater weint jetzt auch. Er kann es deutlich hören. Sein Vater weint. Sein großer, starker Vater, der ihm diese spannenden Geschichten von Göttern und Menschen erzählt. Der mit ihm lacht, bis sie beide umfallen. Der immer eine Antwort weiß, wenn Tabio eine seiner vielen Fragen stellt. »Ich werde morgen zum Vorarbeiter gehen und ihn fragen, ob er eine andere Arbeit für mich hat. Vielleicht, dass ich nur die Arbeit der Kinder beaufsichtige und vielleicht kannst du ja auch mithelfen. Wenn das nicht geht, weiß ich auch nicht mehr weiter.«

»Was willst du dann tun?«

»Wir werden sehen.«

Tabio schreckte aus seinem Tagtraum auf. Hatte er wieder geträumt? Oft hatte er diesen Traum schon gehabt. So oft, dass er kaum unterscheiden konnte, ob er das wirklich erlebt oder nur immer und immer wieder geträumt hatte. Er spürte den heftigen Wunsch, nach Afrika zu fahren. In seine alte Heimat. Er wünschte sich, er könne mit Menschen sprechen, die seine Eltern gekannt hatten. Vielleicht würden sich dann die Erinnerungen, die ihn so quälten, als Albtraum erweisen, ein Albtraum, der nur seiner Fantasie entsprungen war. Vielleicht war doch alles ganz anders gewesen, ein Unfall. Er würde es herausfinden.

***

»Herr ...«, Printz blätterte in der Akte, »Herr Zurek, Johannes, richtig?« Ohne die Antwort abzuwarten, fuhr Printz fort. »Sie gehörten zu der Delegation, die den Tag über im Schokoladenmuseum und auch anschließend in der Altstadtkneipe war, stimmt das?« Jetzt sah er auf. Der Mann in dunklem Anzug und rosa Krawatte nickte, sein rechtes Augenlid zuckte. »Aber ich wüsste nicht, wie ich Ihnen helfen könnte.« Er lehnte sich zurück und verschränkte die Arme vor der Brust.

»Nun, indem Sie mir erzählen, was passiert ist, was Sie gesehen haben, was Sie mit den Toten verbindet oder auch nicht. Und vielleicht, wie Herr Dr. Weinsberg und Herr Leutschler sich verhalten haben.« Printz konnte auch kaltschnäuzig sein, wenn sein Gegenüber das einforderte.

»Ich bin Einkaufschef von Rutter und somit – natürlich rein geschäftlich – einer der größten Konkurrenten von Herrn Dr. Weinsberg.« Er rückte den Krawattenknoten, der perfekt saß, zurecht.

»Es gab die üblichen Vorträge, die meisten von Weinsberg, Leutschler war farblos wie immer. Wissen Sie, ein kleines Rädchen in diesem Getriebe. Weinsberg ist da eine ganz andere Nummer. Ähm, ich meine, war. Wir haben zwischendurch gegessen und an einer Führung durchs Museum teilgenommen. Übrigens von einer sehr attraktiven jungen Dame!« Er zwinkerte Printz jovial zu. Der blieb völlig ungerührt.

»Weinsberg war so wie immer. Er ist, oh, war, wie ich schon sagte, eine große Nummer in unserer Branche, vielleicht sogar die Nummer Eins. Und das hat er die anderen auch immer spüren lassen. Unternehmerisches Gespür, Arroganz und Härte, das zeichnete ihn aus. Er führte das Rudel an und jeder der anderen Wölfe hätte nur zu gerne seinen Platz eingenommen!«

»Der wäre jetzt dann ja wohl frei. Und Leutschler?«

Zurek hatte die Beine übereinandergeschlagen und begutachtete die Bügelfalte seines Hosenbeines. »Ich sagte es bereits, farblos. Einer der Rudelwölfe, kein Alphatier.«

»Also, es gab keine besonderen Vorkommnisse?« Printz hatte sich Notizen gemacht und sah den Manager an.

»Nicht, dass ich davon wüsste. Weinsberg vermisste sein Smartphone und hat uns mit Leutschler vorausgeschickt. Der ist flugs in die Rolle von Weinsberg geschlüpft und hat einen auf dicken Max gemacht.«

»Was meinen Sie damit?«

»Na ja, Sprüche klopfen, schlechte Witze erzählen, Leute bloß stellen, eben das, was Dr. Weinsberg so im Programm hat.« Zurek verzog spöttisch die Mundwinkel.

»Das heißt, Dr. Weinsberg war unbeliebt? Und Leutschler auch?« Printz versuchte ruhig zu bleiben, aber dazu hätte er eine Tasse Kaffee gebraucht.

»Nicht mehr und nicht weniger als andere in dieser Position, Herr Kommissar. Unter den Anwesenden finden Sie keine Mörder, wir tragen unsere Scharmützel anders aus. Wären wir denn dann so weit?« Er war bei den letzten Worten aufgestanden.

»Wir sind dann soweit, wenn ich es sage, Herr Zurek«, knurrte Printz. »Wie werden die Scharmützel ausgetragen?«

Zurek seufzte und nahm mit gequälter Miene wieder auf seinem Stuhl Platz. »Fragen Sie besser wo. Auf dem Markt, an der Börse, bei den Händlern. Jeder versucht, den anderen Firmen Marktanteile abzujagen, Einfluss zu gewinnen, sie auszubooten. Das ist nicht verboten und auch nicht tödlich.« Er lächelte süffisant.

»Manchmal schon, wenn Mitarbeiter den Druck nicht aushalten und sich umbringen. Oder für die Arbeiter vor Ort, die ausgebeutet werden, oder ...« Zurek fuhr Printz ins Wort: »Ja, ja, jetzt kommen Sie mir noch mit Umweltschäden und Börsencrashs, für die die böse Schokoladenbranche verantwortlich sein soll. Herr Printz, so schwarz-weiß ist das alles nicht!«

»Nein? Aber ich habe hier zwei tote Manager aus der Branche, da drängt sich doch die Vermutung auf, dass beide ›Todesfälle‹, Printz sprach dieses Wort betont langsam aus, »etwas miteinander und auch mit deren – Ihrem – Metier zu tun haben könnten!« Printz'Stimme war rau.

Zurek hob die Hände zum Kopf, als wolle er sich die Haare raufen. »Klischees, Halbwahrheiten, Denunziationen – ist das der Topf, in dem Sie nach Ermittlungserfolgen fischen? Ich vergeude hier meine Zeit, Herr Printz, und Sie wissen genauso gut wie ich, dass ich recht habe. Aber noch einmal fürs Protokoll: Ich habe nichts Ungewöhnliches, nichts Auffälliges, nichts von Belang für Sie gesehen oder gehört. Und sollte mir doch noch etwas einfallen, oder ich eine für Sie wichtige Information erhalten, werde ich mich selbstverständlich mit Ihnen in Verbindung setzen. Oder, wenn Sie noch weitere Fragen an mich haben – Sie wissen ja, wie Sie mich kontaktieren können.« Er sah auf seine Uhr und erhob sich. »Mein Flieger wartet nicht auf mich, auch wenn ich das gerne hätte.«

Printz war ebenfalls aufgestanden und erreichte die Tür vor Zurek. »Es dauert nur eine Sekunde«, Printz hörte sich den alten Columbospruch sagen und verkniff sich ein Grinsen. »Aber die Witze, die Herr Dr. Weinsberg gemacht hat, die gingen doch unter die Gürtellinie, oder?«

Zurek stand jetzt vor Printz und zuckte stumm die Schultern.

»Ein anderer Teilnehmer hat mir erzählt, es wäre gegen Schwarze, Frauen und Schwule gegangen«, insistierte Printz. Seine Hand lag auf der Türklinke.

Zurek schnaubte: »Der Klassiker halt, ja und?«

»Ist es schwer in der Branche als Schwuler?« Printz gab die Tür frei und Zurek drängte an ihm vorbei. »Woher soll ich das wissen?«

»Wir werden uns bestimmt noch sprechen«, rief Printz ihm hinterher.

Dann schloss er den Raum ab und ging hinunter, um sich im Café einen Kaffee zu holen. Das Schokoladenmuseum hatte ihm einen der kleinen Tagungsräume zur Verfügung gestellt, um dort die Delegationsteilnehmer, die noch nicht abgereist waren, zu befragen. Die anderen hatten Printz schon an dem Abend, an dem Rudolf Leutschler ermordet worden war, Auskunft gegeben. Zu Weinsberg mussten die Abgereisten noch von den Polizeidienststellen an den Wohnorten einbestellt und befragt werden. Ein großer organisatorischer Aufwand, aber ein normaler Ablauf in der polizeilichen Ermittlungsmaschinerie. Obwohl sein Gespür Printz sagte, dass wahrscheinlich keine wichtigen Informationen dabei herausspringen würden. Alle hatten übereinstimmend die Veranstaltung im Museum als informativ und kurzweilig beschrieben. Niemandem waren Besonderheiten aufgefallen und die Beschreibungen zu Leutschler und Weinsberg deckten sich. Nur einer der jüngeren Teilnehmer hatte sich intensiv über die Bösartigkeiten von Dr. Weinsberg ausgelassen. Er hätte – neben den geschmacklosen Witzen – auch die ganze Zeit das Bedienungspersonal, besonders einen jungen Schwarzen drangsaliert. Aber der hätte darauf geschäftsmäßig reagiert und auch sonst wäre alles eher harmonisch verlaufen. Auch zum Geschehen in der Kneipe deckten sich die Aussagen. Tolle Stimmung, keine Pöbeleien oder anderes Konfliktpotenzial.

Printz machte noch einen Abstecher zum Personalbüro und bat um eine Liste aller Mitarbeiter und eine derer, die am Sonntagabend Dienst gehabt hatten. Vom Personalchef persönlich bekam er die Erlaubnis, die Mitarbeiter während der Arbeitszeit zu sich in den Tagungsraum rufen zu lassen. Doch vorher wollte er noch die drei Delegationsteilnehmer befragen, die im Café warteten. Auf dem Weg dorthin sah er die Frau, die am Montagmorgen die Polizei gerufen hatte. Wie war noch mal ihr Name gewesen? Karina irgendwas. Sie stand mit einer anderen Frau auf dem Flur und unterhielt sich konzentriert mit ihr, notierte sich etwas auf einem kleinen Block. Als er an ihnen vorbei ging, schnappte er die Worte ›Toter‹ und ›Schokobrunnen‹ auf. Ja klar, war das ein riesiges Thema für alle Mitarbeiter hier, aber warum diese Karina Sprängel – jetzt hatte er den Namen wieder – sich dazu etwas aufschrieb? Die wollte doch wohl nicht herumschnüffeln? Er würde ein Auge auf sie haben.

Printz bat den nächsten Zeugen mit hinauf. Sie setzten sich an den runden Tisch mit der Mahagoniplatte. Printz dachte kurz daran, dass manche Frauen in Thailand eine ähnliche Haarfarbe hatten und spürte ein leichtes Ziehen in der Magengegend. Immer häufiger tauchte dieses Ziehen auf. Und danach kamen diffuse Wunschbilder hoch, die ihm zeigten, dass er nicht immer nur allein sein wollte. Manchmal stellte er sich vor, dass jemand da wäre, wenn er nach Hause käme. Jemand zum Reden, zum Zuhören, jemand, der nach seiner Hand greifen würde und Dinge sagte wie ›das wird schon wieder‹, ›Kopf hoch, das kriegen wir schon hin!‹

Er nahm ein Räuspern wahr, und als er den Kopf hob, sah ihn der Mann im Maßanzug fragend an.

Sofort schaltete Printz um. »Walter Hillmann?«

Der Angesprochene nickte.

»Sie waren am 11.11. hier im Schokoladenmuseum von 11:30 bis gegen 19:45 Uhr, haben an Vortrag, Meeting und Museumsführung teilgenommen?« Wieder Nicken. Hillmanns Rasierwasser stieg Printz in die Nase. Hatte der darin gebadet?

»In welcher Verbindung standen Sie zu den Opfern und ist Ihnen etwas Außergewöhnliches aufgefallen?«

Der Mann mit der Halbglatze nahm die schwarze Hornbrille von der Nase und putzte sie ausgiebig mit einem hellgrauen Tüchlein. »Ich bin wie Dr. Weinsberg bei der Firma S. Cröger beschäftigt, gehöre zu seiner Abteilung und arbeite ihm quasi zu. Herrn Dr. Weinsberg kenne ich seit fünf Jahren, seit ich zu Cröger gekommen bin. Er war immer ein guter Chef, hat seine Leute gefördert, sich vor seine Abteilung gestellt und keinen allein gelassen.«

»Auch wenn es landläufig heißt, dass man nicht schlecht über Tote reden sollte, sollten Sie jetzt bei der Wahrheit bleiben.« Printz' Hand strich über die Tischplatte.

»Nein, ich rede nichts schön, wenn Sie das meinen. Ich für meinen Teil, kann nichts Schlechtes über Dr. Weinsberg sagen. Er war vorbildlich und integer. Sein Tod ist ein sehr großer Verlust für die Firma Cröger und deren Mitarbeiter und ich persönlich ...«

Printz hob abwehrend die Hände. »Ist Ihnen irgendetwas Negatives bezüglich Herrn Weinsberg zu Ohren gekommen?«

»Wenn überhaupt, dann nur Gerüchte, die genährt werden aus intriganten Kreisen!« Hillmann kreuzte die Beine und verschränkte die Arme vor der Brust.

»Danke, das war es dann von meiner Seite aus, Herr Hillmann; bitte hinterlassen Sie doch noch Ihre Anschrift und Kontaktdaten bei meiner Kollegin, gegebenenfalls kommen wir wieder auf Sie zu. Und bitte sagen Sie Herrn Schäfer Bescheid, dass ich hier oben auf ihn warte.« Printz spürte, er würde kein ehrliches Wort aus dem Mann herausbekommen.

»Ich habe bisher nur Positives über Herrn Dr. Weinsberg erfahren, sehen Sie ihn auch so, Herr Schäfer?«, setzte Printz kurz darauf die Befragung des nächsten Zeugen fort. Er rieb sich die Schläfen, denn er hatte leichte Kopfschmerzen. Wahrscheinlich das Rasierwasser. Das stank ja richtig. Er stand auf, öffnete einen Moment das Fenster und schloss es wieder. ›Hoffentlich sagte der jetzt mal etwas, das ihn überzeugen würde.‹

»Lobhudeleien sind nicht mein Ding, Herr Kommissar.« Er

nestelte am obersten Knopf seines Hemdes. »Als Mitarbeiter eines Händlerbüros in Hamburg hatte ich regelmäßig mit Herrn Dr. Weinsberg zu tun. Solange alles in seinem Sinne lief, war er umgänglich, freundlich, entgegenkommend, aber wenn jemand anderer Meinung war, oder den eigenen Vorteil durchsetzen wollte, konnte Weinsberg auch anders.« Er schwieg einen Moment und sah an die Decke. Dann atmete er ein, als wollte er Anlauf nehmen. »Unter der Hand war immer wieder mal von Korruption und Veruntreuung die Rede.«

Printz hob den Kopf. Na endlich. »Das sind harte Worte«, sagte er. »Geht das noch etwas genauer?«

»Das sind nur Gerüchte, Genaueres weiß ich auch nicht.«

»Hätte Ihrer Meinung nach jemand Interesse, Dr. Weinsberg umzubringen?« Printz notierte sich ein paar Zeilen.

Schäfer biss sich auf die Unterlippe, dann schüttelte er den Kopf. »Nein, da wüsste ich niemanden.«

»Bitte erzählen Sie mir noch, was genau passierte, nachdem sie das Museum verlassen haben.«

»Also, wir haben vor der Tür mit den Handys ein paar Fotos geschossen und Herr Leutschler hat uns ein bisschen zum 11.11. in Köln erklärt. Da liefen ja auch schon jede Menge Verkleidete rum. Ein paar von denen waren später auch in der Kneipe. Es war ne tolle Stimmung, die Leute alle nett, ich wüsste nicht, was da für Sie von Interesse sein könnte.« Er sah Printz fragend an.

»Wer von den Verkleideten war denn vor dem Museum und in der Kneipe?«

»Eine Horde Clowns, Leutschler nannte sie ›Lappenclowns‹, und dann ein Mafioso mit einem extravaganten Hut.«

»Hat sich irgendjemand auffällig verhalten?« Printz sah verstohlen auf die Uhr und als Schäfer den Kopf schüttelte, reichte Printz ihm seine Visitenkarte: »Vielleicht fällt Ihnen ja noch jemand ein, oder eine Situation. Bitte melden Sie sich bei mir, falls Ihnen noch etwas in den Sinn kommt. Dann sind wir für heute durch, bitte schicken Sie mir noch Herrn Voss hoch. Danke!«

Printz goss sich ein Glas Wasser ein, ein paar Tropfen waren daneben gegangen. Printz hob das Glas hoch und wischte das Wasser mit der Hand von der Tischplatte. »Und Sie, Herr Voss, in welchem Verhältnis standen Sie zu Dr. Weinsberg?«

»In gar keinem, ich habe ihn am Sonntag zum ersten Mal persönlich kennengelernt, wir hatten vorher nur am Telefon oder per E-Mail miteinander zu tun. Ich arbeite im Bundesministerium für Ernährung, Landwirtschaft und Verbraucherschutz. Dr. Weinsberg fungierte für das Ministerium als Berater und wir haben ausschließlich positive Erfahrungen mit ihm gemacht.«

»Wieso wird denn ein Mitarbeiter des Ministeriums zu einer solchen Veranstaltung eingeladen?« Printz sprach lauter, als er wollte.

Manfred Voss atmete kurz und heftig ein. »Was ist denn das für eine Frage, Herr Printz? Es gibt gute Gründe, warum das Ministerium in die Belange der Lebensmittelbranche einbezogen wird, Gründe, über die Sie gerne auch von höherer Ebene informiert werden können. Ich denke, das tut nichts zur Sache. Ich bin hier, um meiner Pflicht als Staatsbürger nachzukommen und der Polizei zu helfen.«

»Das ist ausgesprochen zuvorkommend von Ihnen, Herr Voss. Ist Ihnen denn eventuell am Tag des Mordes etwas aufgefallen, das der Polizei weiterhelfen könnte?« Printz hatte sich die Notiz gemacht, dass er die Kollegen vom KK 32 informieren musste, die kümmerten sich um alles, was mit Korruption zu tun hatte. Er verabschiedete den Zeugen. Der war hart wie Granit und glatt wie Hochglanz poliertes Metall. Da kam nichts heraus. Verschwendete Zeit.

Printz sah auf die Uhr. Es blieb nur noch wenig Zeit bis zur nächsten Dienstbesprechung. Wen sollte er von den Mitarbeitern befragen? Er ging die Liste durch. Karina Sprängel, mit der würde er später reden. Simone Fischer hatte am Sonntag an der Rezeption und Kasse gesessen, mit der musste er zuerst sprechen. Printz rief im Personalbüro an. Die Sachbearbeiterin erklärte, dass Frau Fischer heute freihabe, Sabrina Meier sei im Dienst, aber am 11.11. nicht da gewesen.

»Ist denn wer vom Küchen- und Servicepersonal da«, wollte Printz wissen.

»Der Chef, Herr Sander, dann noch der Herr Stüttgen und auch Frau Schneider. Soll ich die zu Ihnen schicken, oder möchten Sie in die Küche bzw. ins Café gehen?«

Printz überlegte kurz. »Ich gehe runter, danke, Frau Thiel.« Er legte auf. Schon auf der Treppe stieg ihm der Duft von Kaffee und Schokolade in die Nase. Ein Stimmengewirr, das ihn an das Summen eines Bienenschwarms erinnerte, wurde immer lauter, je näher er dem Restaurant kam. Das Café musste gut besucht sein. Ob eine Befragung dort wirklich effektiv wäre, würde sich zeigen. Printz bog um die Ecke und sah schon von der Theke aus, die im Eingangsbereich links stand, dass alle Tische besetzt waren. Direkt neben ihm zischte die Kaffeemaschine und vor seinen Füßen robbte ein Kleinkind mit einem orangefarbenen Bagger über den Boden. Die Leute schienen einen Mord im Museum ja wohl spannend zu finden. Es hielt sie ganz offensichtlich nicht davon ab, hier aufzukreuzen, dachte Printz.

Hinter der Theke herrschte hektisches Treiben. Ein dunkelhäutiger junger Mann, dessen Gesicht glänzte wie mit Fettcreme eingerieben, belud ein Tablett mit verschiedenen Tassen und Kuchentellern. Printz konnte sein Namensschild erkennen ›Tabio Stüttgen‹. Gut, den musste er auf jeden Fall befragen.

»Halt, Tabio, du hast den Ingwertee für Tisch 27 vergessen«, rief eine rundliche Blondine. Als sie bemerkte, dass Printz ihr auf den Busen starrte, reagierte sie mit provokanter Höflichkeit und eine Spur zu laut: »Darf ich Ihre Aufmerksamkeit auch auf unsere anderen Auslagen lenken, mein Herr?«

Printz merkte, wie ihm Röte ins Gesicht stieg und ärgerte sich. »Nein, nein, missverstehen Sie mich bitte nicht, ich habe nur versucht, Ihren Namen auf dem Schild zu entziffern.« Er kramte nach seinem Ausweis, doch bevor er ihn hochhalten konnte, winkte Susanne Schneider unbeeindruckt ab: »Das sagen sie alle!«

Tabio kam zurück und spürte, dass Spannung in der Luft lag. »Sanne, lass dich nicht ärgern, du bist doch meine Mitarbeiterin des Jahres!« Mit einem kaum sichtbaren Kopfnicken in Printz' Richtung warf er ihr einen fragenden Blick zu.

»Wer mich ärgert, bestimme ich selbst«, beschwichtigte

Susanne, aber auf ihrem Gesicht und Hals breiteten sich kleine rote Flecken aus.

Tabio stellte sich demonstrativ neben seine Kollegin und belud ein weiteres Tablett mit Gläsern und kleinen Getränkeflaschen.

Printz hatte endlich seinen Dienstausweis in der Hand. »Liebe Frau Schneider, es tut mir aufrichtig leid, dass ich Sie so irritiert habe. Ich wollte Sie wirklich nicht belästigen. Mein Name ist Stephan Printz, ich bin Kriminalhauptkommissar und bearbeite die beiden Morde, die am 11.11. passiert sind.«

Eine der Flaschen auf dem Tablett kippte und warf die anderen um. Es schepperte und klirrte als Tabio versuchte, sie aufzufangen.

»Ich würde gerne mit Ihnen beiden sprechen. Vielleicht ist es ja jetzt doch nicht so günstig. Wann wäre es denn besser?«

Die roten Flecken in Susanne Schneiders Gesicht verblassten und auch Printz spürte, dass er wieder normale Farbe angenommen hatte.

»Sorry, wenn ich eben überreagiert habe, aber Sie glauben nicht, was ich hier manchmal erlebe.« Susanne Schneider verdrehte die Augen. »Wenn Sie hier an der Theke bleiben, können Sie in Ruhe einen Kaffee auf mich trinken und mit mir reden. Bei Tabio wird das schwieriger, Sie sehen ja, wie der herumflitzen muss.«

»Den Kaffee bezahle ich selbst, ich habe mich wirklich dämlich benommen.« Printz war überrascht über seine Offenheit, lächelte vorsichtig und zückte sein Smartphone.

»Mit der Delegation am Sonntag hatte ich so gut wie nichts zu tun. Wir haben in der Küche gearbeitet und dann oben, in der ›Bel Etage‹ das Buffet aufgebaut.« Sie stellte eine dampfende Tasse vor Printz. »Tabio meinte, da wär ein Typ, der dauernd frauenfeindliche Sprüche klopfen würde, und wir sollten lieber nicht mit bedienen.« Sie seufzte. »Er ist ein richtiger Schatz, unser Kakaoboy!« Sie zwinkerte Printz zu. »Verraten Sie nicht, dass ich das gesagt habe, das ist bestimmt nicht politisch korrekt.«

»Bleibt unter uns, versprochen.« Printz zwinkerte zurück. Was war denn das? Versuchte er auch noch zu flirten? Mit einer

Frau, die seine Tochter sein könnte? Er schüttelte den Kopf und Susanne Schneider sah ihn fragend an.

»Hatte Ihr Chef denn mehr Kontakt zu den Managern oder die andere Servicekraft, Frau Graß?«

»Herr Sander war wohl, während das Buffet eröffnet wurde, zusammen mit Tabio im Raum, aber dann ist er wieder in der Küche verschwunden.«

»Und Tabea Graß?«, fragte Printz mit einem Blick auf seine Liste. »Ich weiß, sie ist heute nicht hier, aber vielleicht wissen Sie ja, womit sie am 11.11. beschäftigt war.«

»Ja klar. Sie war die ganze Zeit an meiner Seite. Wir hatten keinen Bock auf alte lüsterne Knacker!« Sie lachte frech, doch als Printz sich verschluckte und einen Hustenanfall bekam, fügte sie hinzu: »Ich hab nicht prinzipiell etwas gegen ältere Typen, nur wenn sie auch noch überheblich und arrogant sind, Herr Kommissar.«

Tabio war wieder hinter die Theke getreten. »Wenn du willst, kann ich gerade bedienen, dann kannst du hier mit dem netten Herrn Printz sprechen«, sie klopfte Tabio auf die Schulter.

Der nickte und sah Printz ernst an.

»Danke. Herr Stüttgen. Ich weiß nicht, ob die Zeit hier reicht, um alle Fragen zu klären. Hätten Sie die Möglichkeit, baldmöglichst zum Polizeipräsidium zu kommen?« Printz bemerkte, dass der junge Mann erschrak. Seine Augen weiteten sich ein wenig und sein Kiefer spannte sich an. Wahrscheinlich biss er die Zähne zusammen. Seine Haut wirkte sehr glatt und weich. Wahrscheinlich wegen der Creme. Printz hatte mal gelesen, dass viele Afrikaner, die aus den Tropen, also Gebieten mit extrem hoher Luftfeuchtigkeit hierher kamen, unter Hautproblemen litten. Bei der Heizungsluft und der Umweltverschmutzung wunderte ihn das nicht. Wahrscheinlich kam der Junge aus Westafrika. Ghana oder von der Elfenbeinküste. Da war es tropisch, Printz kannte einige Pflanzen, die dort herkamen. Tabio Stüttgen wirkte sympathisch. Daher bemühte er sich, ihn zu beruhigen. Obwohl ihn dessen Reaktion gleichzeitig wachsam machte. »Das hört sich schlimmer an, als es ist. Ich dachte nur, dass wir dort mehr Ruhe hätten. Denn, so wie ich das sehe, sind Sie derjenige, der am Sonntag die meiste Zeit mit den Opfern zu tun hatte. Für mich ist jedes Detail sehr, sehr wichtig, Herr Stüttgen!«

»Gibt es denn schon einen Verdächtigen?«

Tabios Augen waren dunkel und zeigten keine Reaktion.

»Wir ermitteln in alle Richtungen. Es gibt verschiedene Theorien und Ansätze, aber wir stehen ja noch ganz am Anfang«, wich Printz aus. »Aber keine Sorge, wir werden den oder die Täter bestimmt bekommen!« Printz hatte Tabio Stüttgen mit diesem Nachsatz beruhigen wollen, aber dessen Blick wanderte andauernd über die Tische, zum Fenster und zum Ausgang. Wahrscheinlich musste er wieder an die Arbeit. Printz beschloss, ihn doch noch schnell zu befragen. »Wenn es Ihnen aber lieber ist, stelle ich Ihnen jetzt die Fragen und wir sehen, wie weit wir damit kommen.«

Tabio sah Printz wieder direkt an und nickte.

»Sie arbeiten hier als studentische Aushilfskraft und das schon seit zwei Jahren, ja?«

Tabio nickte wieder.

»Am Sonntag waren Sie fast ausschließlich für die Managerdelegation oben in der ›Bel Etage‹ zuständig. Wie waren die so?«

»Anstrengend«, stieß Tabio hervor. »Immer wieder Sonderwünsche.«

»Waren alle anstrengend? Was war mit Dr. Weinsberg oder Rudolf Leutschler?«

»Rudolf wer? Weiß nicht, wer das sein sollte.« Auf Tabios Gesicht war keine Regung zu erkennen.

Printz schob ein DINA4-Blatt über die Theke und tippte mit dem Kugelschreiber auf einen aufgemalten Besprechungstisch. »Hier hat Dr. Weinsberg gesessen«, er machte ein Kreuzchen. »Und hier, Rudolf Leutschler«, auch an diese Stelle macht er ein Kreuz. Tabio schloss kurz die Augen. »Hatte er eine rotweiß gestreifte Krawatte und einen Ring am linken kleinen Finger?«

»Ja, genau der.« Printz sah ihn erwartungsvoll an, doch Tabio schüttelte den Kopf. »Mir ist nur der Ring aufgefallen, ich fand den affig. Den Typ übrigens auch. Sah so aus, als wollte er den großen Chef kopieren.«

»Meinen Sie Dr. Weinsberg damit?«

Tabio nickte. »Der war richtig unangenehm. Hat sich aufgeführt, als würde ihm die ganze Welt gehören – samt allem, was sich darauf bewegt. Überheblich bis zum Geht-nicht-mehr und die anderen schleimten um ihn herum!« Die letzten Worte stieß er angeekelt hervor.

»Herr Stüttgen, ich weiß, er war ziemlich unbeliebt. Ist er zum Beispiel Ihnen gegenüber in irgendeiner Art und Weise ausfallend geworden?«

»Sie werden das wahrscheinlich sowieso von den anderen Leuten hören. Er nannte mich immer wieder ›Sarotti‹, hat Witze über ›die dummen Neger‹ gemacht. Aber auch über Frauen und Schwule. Ich hab deshalb mit dem Chef gesprochen, damit er Sanne und Tabea nicht allein zu denen rein schickt.«

Es fiel Tabio offensichtlich schwer, darüber zu sprechen. Er schluckte. ›Obwohl es Alltag für ihn war‹, dachte Printz. »Und wie haben Sie auf die Angriffe von Herrn Weinsberg reagiert?«

»Ich war sauer, aber«, jetzt blickte Tabio Printz traurig an, »wenn ich immer ausrasten würde, wenn mich einer wegen meiner Hautfarbe dumm anmacht, könnte ich mich dranhalten.« Er sprach jetzt sehr schnell. »Viele Deutsche halten sich für ach so tolerant und weltoffen, aber wenn ihnen einer, der anders aussieht, ein bisschen anders spricht, zu nahe kommt, ist es nur ein kleiner Schritt hin zu blöden Bemerkungen. Mir reicht es schon, wenn mich die Leute immer und immer wieder fragen, wo ich denn herkäme und warum ich so toll Deutsch spräche. Ich antworte dann immer: Aus Köln-Lindenthal komme ich. Sie glauben nicht, wie die Leute dann gucken. Und ich bin Deutscher.«

»Sind Sie denn hier geboren?«, fragte Printz neugierig.

»Nein«, Tabio sah ihn fest an. »Ich komme von der Elfenbeinküste. Dort bin ich auch geboren und habe die ersten Lebensjahre verbracht. Meine leiblichen Eltern sind tot. Ich wurde von Deutschen adoptiert und habe die deutsche Staatsangehörigkeit angenommen. Noch Fragen?«

»Wann haben Sie denn das Museum verlassen?« Printz tippte wieder eifrig seine Notizen ins Smartphone.

»Ich habe noch mit Herrn Sander das Buffet abgeräumt,

während die Delegation ihre Führung durchs Museum gemacht hat. Die Frauen haben in der Zeit die Küche aufgeräumt und so gegen 20 Uhr sind wir dann gegangen.« Tabio schien etwas zu zögern, solche alltäglichen Sachen liefen ja immer gleich ab. Manchmal musste man sich regelrecht konzentrieren, um sich darüber klar zu werden, was man da eigentlich jeden Tag abspulte.

»Alle gemeinsam?«

»Ich glaube ja. Zumindest kann ich mich erinnern, dass wir alle zusammen im Flur waren. Wer dann als Erster und als Letzter raus ist, weiß ich nicht mehr genau.«

»Danke, das wars auch schon. Zumindest für heute. Wenn mir noch etwas einfällt, werde ich mich einfach mit Ihnen in Verbindung setzen, okay?« Printz schaute noch mal nach, ob er die Kontaktdaten gespeichert hatte. Alles da.

Susanne Schneider stürzte hinter die Theke: »Tabio, du musst wieder ran, ich schaff das nicht allein!«

Tabio hob die Hand wie zu einem militärischen Gruß an den Kopf. »Tabio Stüttgen wieder im Einsatz«, rief er und sauste zu den Gästen.

»Alles klar, Herr Kommissar?« Susanne Schneider lächelte Printz aufmunternd an.

»Jaja, danke, dass ich mit Herrn Stüttgen reden konnte. Ich hatte eben vergessen zu fragen, wann Sie denn am Sonntag das Haus hier verlassen haben ...«

Susanne legte die Stirn in Falten. »Hm, Tabea und ich haben die Küche aufgeräumt, dann gings ab in die Umkleide und dann raus. Ich glaub, das war irgendwie um 20 Uhr herum.«

»Und alle sind gemeinsam raus?«

»Ich meine ja, Herr Sander hat ja dann auch die Tür abgeschlossen. Und draußen stand dann noch die Managerclique und hat Fotos gemacht.«

»Gibt es denn noch eine andere Möglichkeit, das Museum zu verlassen? Soweit ich weiß, war Dr. Weinsberg zu diesem Zeitpunkt noch drinnen.«

»Es gibt da noch den Notausgang, der ist nie abgeschlossen. Darüber werden die Gäste, die die Tagungsräume buchen, informiert.«

»Danke, Sie haben mir sehr geholfen, Frau ...«, Printz wollte nicht schon wieder auf ihre Brüste schauen.

»Nennen Sie mich Susanne«, lachte sie und wandte sich dem Kuchenbuffet zu.

6

Auf dem Nachhauseweg wollte Karina heute bei Fatma Aygün vorbei gehen, die den Toten gefunden hatte. Dazu musste sie nur einen kleinen Umweg durch das Severinsviertel machen. Die Adresse hatte sie sich aus der Personalabteilung besorgt. ›Man kennt sich und man hilft sich‹, dachte sie. Einige Klingelschilder waren mit der Hand geschrieben und mehrfach überklebt. Nur das Schildchen der Familie Aygün war ordentlich schwarz auf weiß gedruckt. Sie wohnte anscheinend schon länger hier in dem Mehrfamilienhaus im Zugweg. Direkt nebenan war der Durchgang zum Innenhof des Freien Werkstatt Theaters. Karina hatte sich schon einige Aufführungen dort angesehen, ›Die Entdeckung der Currywurst‹ und auch einige Darbietungen des Altentheaters. Die Omis und Opis waren richtig gut. Sie entwickelten nicht nur das Stück aus ihren eigenen Lebensgeschichten, sondern setzten es auch gekonnt in Szene. Karina hatte beschlossen, dort Mitglied zu werden, sobald sie alt genug wäre. Einiges hatte sie ja auch schon aus ihrem Leben auf die Bühne zu bringen. ›Wie Schwestern hassen‹ oder ›Markus und das Drama einer Blitzehe‹ würde sie irgendwann dort einem zutiefst betroffenen Publikum präsentieren. Karina grinste etwas traurig und drückte auf die Klingel. Es nieselte schon wieder.

»Hallo«, knarzte es aus der Sprechanlage. »Wer ist da?« Fatma klang verängstigt.

»Ich bins, Karina Sprängel, Frau Aygün.«

»Dritte Stock.«

Der Türöffner summte. Karina drückte sich gegen die Tür

und stieg die Holztreppe hinauf. Altbau. Gut in Schuss, ähnlich wie bei ihr zu Hause.

Fatma erwartete sie an der Wohnungstür mit einem roten Frotteehandtuch auf den Schultern und nassen Haaren. Sie verbreitete einen blumigen Duft, vermutlich ein besonderes Shampoo.

Karina war etwas ins Schnaufen geraten. Vielleicht sollte sie mal ein wenig ihren Schokoladenkonsum drosseln. Sie hatte sich in ihre Jeans regelrecht hineinzwängen müssen.

Fatma hatte dunkle Ringe unter den Augen. Karina lächelte, als sie an ihr vorbei in die Wohnung trat. Eine sympathische Frau. Kurzer Bubikopf, schmal.

Schon im Flur lagen weiße, flauschige Teppiche, mit denen wohl die ganze Wohnung ausgelegt war. Karina stutzte einen Moment, schaute auf ihre regennassen Sneaker. Sie würde den ganzen Matsch auf dem Teppichboden verteilen.

Fatma trug bestickte Schläppchen. Sie blieb im Flur stehen. Dort waren ordentlich mehrere Paare Schuhe an der Wand aufgereiht. Karina zögerte, dann zog sie ihre Schuhe aus und stellte sie zu den anderen. Aus einem Strumpf lugte ihre große Zehe heraus. Der Nagel war zu lang. Den musste sie stutzen, sonst machte der alle Strümpfe kaputt.

Fatma lächelte sie an, die Augen blieben traurig. »Du kannst Schuhe ruhig anlassen. Ist nich schlimm, ich putze.«

»Ach Quatsch«, Karina lachte. »Ich trampel doch alles dreckig bei euch. Außerdem braucht mein Zeh mal frische Luft.« Sie wackelte mit den Zehen.

Fatma wies zum Ende des Flurs. »Hereinkommen. Tee trinken.«

Karina betrat das helle Wohnzimmer. Wenige Möbel, großer Glastisch, dunkle Couch mit zwei Sesseln. Überall kleine gehäkelte Deckchen und Blumen, echte und welche aus Plastik. Fatma hatte es sich und ihrer Familie gemütlich gemacht. Kein Stäubchen weit und breit. ›Sie hielt alles super in Schuss‹, dachte Karina und hatte ein wenig Schuldgefühle wegen ihrer eigenen Wohnung. Wahrscheinlich putzte Fatma auch akribisch die Treppe, wenn sie dran war, und hatte keinen Ärger im Haus.

Auf dem Sofa hockte Fatmas Tochter Fatoş, Karina kannte sie vom Sehen. Sie holte ihre Mutter ab und zu von der Arbeit ab.

Sie saß offensichtlich an den Hausaufgaben. Aus einem Sessel sah sie eine schmale, junge Frau mit beneidenswert langen, schwarzen Haaren neugierig an. Auf dem Tisch waren Kämme, Bürsten und eine Friseurschere ausgebreitet. Ein Küchenstuhl stand mitten auf einem aufgeschnittenen Müllsack. Da hatte sie Fatma wohl gerade die Haare geschnitten.

»Meine Cousine Aylin«, stellte Fatma die junge Frau vor. »Sie arbeitet bei ›Makas‹, berühmte Friseur mit viele Zweigstellen in Köln. Sie hat dort Leitung in Filiale gegenüber Schokoladenmuseum. Sie ist schon hier geboren. Ich war erst hierher wegen Heirat mit Cousin. Er beschäftigt bei Ford. Hat sie mir sehr geholfen, ich nich gekannt, keinen Mensch. Sogar Arbeit gefunden für mich. Und hat mir besorgt Deutschkurs. Übe ich noch.« Sie drehte sich zu ihrer Cousine um, die sich hinter ihren Stuhl gestellt hatte.

Karina nickte. Das musste schwer gewesen sein am Anfang. Und das Friseurgeschäft kannte sie.

Fatma sagte etwas auf Türkisch zu ihrer Tochter. Die packte ihre Bücher auf dem Glastisch zusammen und verschwand nach nebenan, wahrscheinlich in die Küche. Denn Karina konnte Wasser laufen hören. Kurze Zeit später kehrte die Tochter mit einer dampfenden Kanne und drei kleinen Teegläsern, Löffelchen und Zucker zurück.

Sie stellte jeder Frau ein Glas auf die Untertasse und füllte goldfarbenen Tee ein. Dann griff sie nach ihren Büchern und verließ den Raum. Fatma nahm ihren Tee, dann setzte sie sich wieder auf den Stuhl. Aylin fasste nach einer Haarsträhne und setzte die Schere an. »Ich bin fast fertig«, bedeutete sie Karina. »Fatma lässt die Haare einfach trocknen, die liegen immer super.«

»Warum kommen Sie her?« Fatma schaute sehnsüchtig auf ihr Teeglas.

Karina sah Fatma an. »Ich wollte nur noch mal hören, ob Ihnen an dem Morgen irgendetwas aufgefallen ist. Irgendetwas, das anders war als sonst. Vielleicht …«

Fatma überlegte einen Moment, während ihre Cousine hinter ihr stand, mit der Schere in der Hand, aber in der Bewegung innehielt, um Fatma nicht beim Denken zu stören.

»Nix.«

Aylin packte eine Strähne und schnitt die Spitzen ab.

»Schade«, sagte Karina und schnupperte an ihrem Glas. Anscheinend verfeinerte Fatma den schwarzen Tee mit Kardamom und Zimt. Sie trank einen Schluck.

»Zucker rein tun, sonst ist Tee bitter«, warnte Fatma.

Karina gehorchte, denn der Tee schmeckte tatsächlich herb. Eigentlich hatte sie den Zucker mal einsparen wollen. Aber ein Löffel konnte ja wohl nicht schaden.

»Doch«, rief Fatma, »doch. Der Wischmopp. Der war weg. Ich hab überall gesucht und nicht gefunden. Erst später auf Toilette. Den hatte jemand weggenommen. War ganz dreckig. Ich sauer, mich beschweren wollen, hab ich vergessen, weil ...« Tränen füllten ihre Augen. Sie brach ab.

Karina nickte. ›Der Wischmopp war weg gewesen? Hatte da jemand Spuren verwischen wollen? Wenn ja, wer? Es musste ja jemand gewesen sein, der sich im Museum auskannte. Jemand, der wusste, wo Fatma ihre Putzutensilien aufbewahrte. Jemand aus dem Servicebereich oder der Verwaltungsetage? Aber die wussten doch nicht, wo die Putzsachen waren, oder?‹ Sie bemerkte, dass Fatma und Aylin sie anstarrten. ›Hatte sie etwa laut gedacht?‹ »Und sonst?«, fragte sie schnell. »Haben Sie vielleicht irgendetwas gehört? Ein Geräusch?«

Fatma schüttelte den Kopf, was Aylin, die wieder mit der Schere klapperte, erneut erschrocken innehalten ließ. Sie blieb einen Moment wie eingefroren stehen, die Schere in der Hand.

Karina stand auf. Sie nahm noch den letzten Schluck Tee, der war jetzt genau richtig, köstlich. »Okay, dann bin ich mal wieder weg.« Sie hielt Aylin die Hand hin. »Auf Wiedersehen.« Aylin nickte nur, lachte und winkte mit der Schere. »Tschö. Vielleicht kommen Sie mal bei uns zum Schneiden vorbei. Schöne Haare! Könnte ich viel draus machen.«

»Gern«, nickte Karina. Tatsächlich suchte sie noch jemanden, der ihr mal die Spitzen schnitt.

Fatma begleitete sie zur Tür. »Hoffentlich kommt der Mörder nicht wieder«, flüsterte sie ängstlich.

»Bestimmt nicht«, sagte Karina und klang sicherer als sie in Wirklichkeit war. »Wenn Ihnen noch etwas einfallen sollte, rufen Sie mich an oder sprechen mich einfach im Museum an. Dankeschön, auch für den Tee.« Sie setzte sich kurz auf den Teppich, um ihre Schuhe anzuziehen. »Wiedersehen, Frau Aygün.«

Fatma schloss leise die Tür hinter ihr.

Karina sah auf die Uhr. Sie musste sich beeilen, bald würde ihre Freundin Nicole bei ihr vor der Tür stehen.

***

»Lass die Schachtel rüberwachsen, du egoistischste aller Freundinnen!«, Karina warf das quietschrote Kissen nach Nicole.

Die wich geschickt aus, grapschte so viele Likörpralinen, wie sie konnte und schlenderte zu Karina. »Isse leider niche so viele mehr drin, Gnädigste. Tute mir leid, aber dafür, du bleiben so wohlproportionierte un iche wachse in Breite ...«

»Danke, du Monster, auch ich kämpfe mit meinen Kilos und muss ab und zu ein Stück Schokolade weniger essen. Wisch dir mal den Mund ab, du siehst ja aus wie beim Osterfrühstück in der Grundschule«, Karina versuchte streng zu gucken, aber es gelang ihr nicht.

»Liebe Schülerinnen und Schüler der Klasse 3 a, bitte nehmt euch kein Beispiel an eurer Mitschülerin Nicole Stürmer. Sie ist eine wahre Schande für diese Klasse, ja, für die ganze Schule!« Nicoles Stimme klang schrill. Sie stand mit erhobenem Zeigefinger vor Karina. »In meiner ganzen Schullaufbahn ist mir noch nie ein solch ungezogenes, bösartiges und verfressenes Kind begegnet. Mit ihr wird es kein gutes Ende nehmen, da bin ich mir sicher!«

»Oh, Fräulein Steger, bitte sagen Sie das nicht. Ich will mich auch bessern!« Karina hatte sich ganz klein gemacht und zupfte an Nicoles Kleid.

»Nein, Nicole. Du kannst dich nicht bessern, dazu hast du keine Veranlagung!« Nicole drehte sich auf dem Absatz um und rauschte aus Karinas Wohnzimmer.

»Andere Leute geben jahrelang Unmengen Geld für

Therapien aus, wir arbeiten unser Kindheitstrauma sketchmäßig auf! Psychodrama macht richtig Spaß«, lachte Karina als Nicole zurück stürmte und sich neben ihr auf das flauschige Sofa fallen ließ.

»Was die damals als sogenannte Pädagogen auf uns losgelassen haben. Fräuleins, verkorkste Junggesellen und Kinderfeinde. Ist echt ein Wunder, dass wir das halbwegs unbeschadet überstanden haben. Was machen wir heute denn noch, Schätzelchen?« Nicole hatte immer noch Schokolade in den Mundwinkeln.

Karina lehnte den Kopf an ihre Schulter und sah sie mit großen runden Augen an. Nicole nannte das den Bettelblick und er funktionierte auch meist.

»Wir könnten beim Italiener um die Ecke was Leckeres essen und uns dann ›Chocolat‹ ansehen.« Karina fiepte wie ein junger Welpe.

»Italiener ja, ›Chocolat‹ nein. Da kann ich sämtliche Dialoge mitsprechen. Und, bevor du jetzt noch ›Schokolade zum Frühstück‹ oder einen deiner anderen Lieblingsschinken hinterher schiebst, nein, keinen davon! Ich denke, wir sollten auch mal wieder vor die Tür gehen und nicht nur zum Italiener. Was hältst du von abzappeln?«

»Och nö, ich hab nichts anzuziehen.« Karina verzog den Mund. »Was ist denn jetzt mit deinem Knacki?«

Nicole rückte in die Sofaecke und nahm das Kissen auf den Schoß. Sie zeichnete mit dem Zeigefinger das Muster nach. »Ich weiß nicht so recht. Sebastian schreibt witzig, alles klingt ganz lieb. Auch wenn ich ihn besuche ist da nichts, was mich stören könnte. Aber gerade das stört mich. Er ist so perfekt. Und das kann doch nicht sein, irgendeine dunkle Seite muss er ja haben, immerhin ist er ja rechtskräftig verurteilt.« Bevor Karina etwas sagen konnte, hob Nicole die Hand. »Gut, er könnte was gelernt, sich geändert haben. Aber weißt du, von Reue hat er bisher noch nie gesprochen. Tatsache ist und bleibt, dass er einen kleinen Jungen getötet hat, doch darüber spricht er nie. Stattdessen sagt er all das, was ich gerne von einem Mann hören möchte, als hätte er in meinem Tagebuch gelesen. Blöd, was ich sage, nicht?« Sie sah Karina von der Seite an.

»Was sagt denn dein Sozialfuzzi dazu? Die von der Beratungsstelle für die Ehrenamtler müssten da doch mehr Erfahrung haben.«

»Winnie? Ob der so viel Erfahrung hat, weiß ich nicht. Der kommt mir oft völlig weltfremd vor. Außerdem ist der mir gegenüber so komisch.«

»Wie komisch? Vielleicht steht er auf dich, wer könnte ihm das verdenken?«

»Ach Karina, schade, dass wir nicht auf Frauen stehen, wir könnten so ein schönes gemeinsames Leben haben! Und jetzt lass uns was essen gehen – natürlich mit Tiramisu zum Nachtisch!«

***

Stephan Printz fuhr hoch. Die Pyjamajacke klebte feucht auf der Haut. Er probierte es mit Autogenem Training: »Der Bauch ist strömend warm. Es atmet mich. Die Stirn ist angenehm kühl«, wiederholte er, aber es half nicht. Er wurde nur wütend. Wahrscheinlich, weil er nicht überzeugt war von dem Quatsch. Er hatte sich ein Buch gekauft und versucht, die darin beschriebenen Schritte systematisch nachzuvollziehen. Arme schwer, Beine schwer, …, aber nichts hatte geklappt. Dieser ganze Psychokram kam ihm immer genau so unnötig vor wie die Homöopathie. Die weißen Kügelchen wirkten selbst bei Leuten nicht, die daran glaubten. Bei ihm also schon erst recht nicht.

»Immer diese Scheißträume!«, fluchte er und schlug die Decke zurück. Die Kühle tat ihm gut. Wieder und wieder träumte er, er säße in der Badewanne. Das Wasser warm und angenehm. Er planschte darin herum. Dann stand seine Mutter plötzlich am Wannenrand.

»Du musst dich da richtig waschen«, sagte sie. Und seifte ihn mit einem Waschlappen unter der Achsel ein. Tatsächlich sah er, dass ihm da Unkraut wuchs. Kleeblumen, Gras, Gänseblümchen. Mutter rupfte die Blumen raus und fuhr dann langsam mit der Hand an seiner Seite entlang nach unten. »Da überall musst du dich besser waschen«, sagte sie mit einer ekligen Stimme. Er war wie gelähmt, konnte sich nicht wehren, nichts sagen und wachte schweißnass auf. Jedes Mal.

Er dachte an seinen Chef und daran, dass er ihm empfohlen hatte, sich ›kompetente‹ Hilfe zu holen. War es wirklich soweit? Printz nannte Psychologen und Therapeuten immer nur ›Seelenklempner‹ und sagte jedem, der es hören und nicht hören wollte, dass die nur studiert hätten, um ihre eigenen Macken und Neurosen bearbeiten zu können. Wie sollte so ein Gestörter ihm schon helfen können? Er hatte sein Leben bisher ja auch gut gepackt und er fand sich im Prinzip ganz in Ordnung. Printz stand auf, ging in die Küche und schaltete die Kaffeemaschine an. Während sie die Bohnen mahlte, tappte er ins Bad. Der Mann im Spiegel hatte dunkle Ringe unter den Augen, verschwitzt abstehende Haare, dunkle Bartstoppeln im blassen Gesicht, sein Schnurrbart sah wie angefressen aus. Printz drehte sich um, stellte sich in die winzige Dusche. Der Boden war kalt, er mochte das und wartete immer eine Weile, dann drehte er das Wasser auf. Es prasselte erst kalt, dann kühl, dann immer heißer auf seinen Kopf, in dem der letzte Traum klebte wie zäher Kaugummi. Er hatte jahrelang keine Badewanne in seinen Wohnungen gehabt, seit er zu Hause ausgezogen war. In seiner jetzigen Wohnung gab es beides. Aber meist duschte er, konnte sich gar nicht erinnern, wann er die Badewanne zuletzt benutzt hatte.

Das Shampoo roch säuerlich, angeblich sollten da Limone, Süßholzwurzel und Koffein drin sein. Printz versuchte, sich an die Reklame zu erinnern, das half manchmal ungewollte Bilder zu verdrängen. ›Speziell für die Bedürfnisse der Männerhaut entwickelt, Koffein sorgt für einen frischen Start in den Tag.‹ Printz fragte sich, ob es nicht reichen würde, sich morgens eine Tasse Kaffee über den Kopf zu schütten und rubbelte sich trocken. Das Badelaken war hart, er hasste Flauschiges, Weiches, er musste es spüren, wenn er sich frottierte.

Dann griff er zum Rasierer. Das gleichmäßige Brummen und Knistern, wenn er über die Bartstoppeln fuhr, zog ihn in das morgendliche Ritual hinein und forderte seine ganze Aufmerksamkeit. Nachdem er glatt rasiert war, musste der Schnurrbart noch gekämmt und ein wenig mit der Bartschere gestutzt werden. Printz sah ihn sich zufrieden an, doch die Augenringe waren noch da. In einer Zeitung hatte er gelesen, dass mittlerweile auch Männer Abdeckcremes oder -stifte benutzten, aber das fand er affig. Aber eine Feuchtigkeitscreme war vielleicht nicht schlecht. Obwohl er eigentlich nicht so trockene Haut hatte.

In Hemd und Jeans saß er am Frühstückstisch. Vor ihm sein Standardfrühstück: Kaffee schwarz und zwei Scheiben Toast mit Leberwurst. Sein Blick wanderte von der Kaffeemaschine zum Toaster, über die Arbeitsplatte, auf der nichts Unnötiges lag, zum Kalender. Das Novemberbild zeigte Patok Bay, eine der fünf Schnorchelbuchten von Koh Racha. Thailand, da würde er bald wieder hinfahren, der Urlaub war schon gebucht.

»Vielleicht schreib ich die Träume mal auf«, sagte er zu der Orchidee, deren große weiße Blütenzweige vom Küchenfenster bis an den Tisch reichten. »Ist ja sowieso immer dasselbe. Entweder sitze ich in der Badewanne oder ich laufe treppauf, treppab und suche. Komme an Räumen vorbei, deren Türen offen stehen und ich mag gar nicht rein sehen. Manchmal guck ich doch und erschrecke über die angstverzerrten Gesichter der Eingesperrten; die sind wirklich eingesperrt, obwohl die Tür ja offen ist. Und dann bin ich selber in einem dunklen, engen Raum und warte darauf, dass das Schlimme wieder passiert. Und das Warten dauert und dauert. Und dann renne ich wieder. Aber was soll mir das sagen?!«

Er zupfte ein wenig an der Orchidee und stand mit einem Ruck auf, der Stuhl kippte nach hinten, er fing ihn gerade noch auf: »Alles Quatsch, es gibt Wichtigeres! Columbo, die Arbeit wartet!«

Printz war vor den Kollegen im Besprechungsraum. Die Luft roch abgestanden, muffig. Er öffnete die Fenster, damit frische Luft hereinkam, und baute sich vor der Pinnwand auf. Annas Stimme war auf dem Flur nicht zu überhören: »Mal sehen, welche Laune der Printemann heute hat!« Jemand lachte, dann war noch ein beipflichtendes Brummen zu hören, vermutlich Schorsch. Printz blieb stehen, den eintreffenden Kollegen den Rücken zugewandt.

»Oh«, sagte Anna und dann: »Guten Morgen.« Sie ging zum Fenster und schloss es. »Ist das kalt hier drin.«

Begrüßungsfloskeln folgten, dann wurden Stühle gerückt.

Printz hatte den ›Printemann‹ schon ein paar Mal gehört: ›Print‹ – Der Printenmann war das Wahrzeichen des Aachener Weihnachtsmarktes. Es gab sogar ein Lied von dem ›Leeve kleine Printemann‹. Und in Aachen war ›Der Printemann‹ sogar ein Karnevalshit. Printen waren ein Weihnachtsgebäck. Es gab steinharte und ganz weiche Honigprinten. Er gehörte wohl eher zu den Harten. Vielleicht nannten ihn die Kollegen so, weil er steif und ungesellig rüber kam.

Ihm war nicht klar, was die Kollegen von ihm dachten und der Spitzname irritierte ihn. Er drehte sich um, zwang sich zu einem Lächeln: »Morgen. Was gibt es Neues?«

Schorsch stand auf, ging zur Pinnwand und heftete ein Foto an. Darauf posierte eine blonde, mädchenhafte Frau mit hohen Wangenknochen. »Das ist Irina Bogdanowa, eine sehr junge Prostituierte aus Russland. Prostitution ist in Russland größtenteils erlaubt und wird im Höchstfall mit einer Geldstrafe bedroht. Dagegen werden aber Formen der Beihilfe zur Prostitution, wie Zuhälterei oder die Betreibung eines Bordells, als Straftat angesehen und als solche bestraft. Wie ich von den Kollegen gehört habe, sollen etwa eine Million russische Mädchen, Frauen und auch Jungen ins Ausland verschleppt werden, um mit ihnen Geld zu verdienen. Irina ist eine von ihnen.«

»Und was hat das mit unserem Fall zu tun?« Printz knetete seine Finger. Der Vortrag ging ihm auf die Nerven. Völlig unnötig, so viele Infos.

»Unser Herr Leutschler«, Schorsch tippte mit dem Zeigefinger auf das Foto des Altstadtopfers, »hat zwar offiziell bei der Firma ›Dree Foods‹ gearbeitet, aber es könnte sein, dass er – ganz nebenbei – in Mädchenhandel verwickelt ist.«

»Nee jetzt, wie kann das denn sein? Verdient man als Manager in der Lebensmittelbranche nicht mehr genug?«, Anna rollte mit den Augen.

»Paul Getty hat einmal gesagt: Wenn man kein Geld hat, denkt man immer an Geld. Wenn man Geld hat, denkt man nur noch an Geld.« Schorsch stemmte die Hände in die Hüften.

»Das war aber kein Spruch von deinem Klokalender, oder?«, kicherte Brigitte. »Sonst höre ich solche Weisheiten immer von unserem Guru Andreas!«

»Auf meinem Klokalender stehen nur die Geburtstage meiner Lieben – und du, Brigitte, stehst nicht drauf!«, gab Schorsch zurück.

»Bitte, wir konzentrieren uns jetzt noch mal, oder braucht irgendwer eine Pause?«, Printz kam sich selbst vor wie der strenge Lehrer Lämpel bei Max und Moritz, aber er leitete ja schließlich diese Mordkommission.

Schorschs Augen verengten sich zu Schlitzen. »Es läuft ein Ermittlungsverfahren gegen einen großen Menschenhändlerring und die Kollegen haben mir mitgeteilt, dass Leutschlers Name da auftaucht. Er reiste viel, hatte viele Kontakte und war zum Beispiel häufiger Gast in einem sogenannten Flatrate-Bordell in der Nähe von Stuttgart.«

Brigitte pfiff durch die Zähne. Dass sie das konnte, wurde von den Kollegen häufig kommentiert. Wenn sie an einem Tatort eine interessante Spur oder einen gut versteckten Hinweis fand, pfiff sie kurz und schrill, sodass alle Anwesenden zusammenfuhren.

»Strafbar ist der Besuch eines Bordells aber nicht. Vielleicht wollte ihm ja auch nur einer eins auswischen.« Printz schrieb an die Pinnwand ›Mädchenhandel‹ mit etlichen Fragezeichen dahinter. Für ihn war diese Spur viel zu vage. Andererseits wusste er aus eigener Erfahrung, dass sich hinter biederen Fassaden oft die größten Schweinereien verbargen.

»Das heißt, wir müssen bei den ermittelnden Kollegen nachforschen, ob es Anhaltspunkte für ein Mordmotiv in diesem Milieu gibt.« Anna tippte gerade auf der Tastatur ihres Laptops.

Brigitte kaute auf der Unterlippe: »Da bin ich ja mal gespannt, ob sich da irgendwo ein Motiv findet, warum man den Leutschler abgeknallt hat.«

»Ist erst mal nicht logisch, aber wir müssen das abklopfen.« Printz nickte Anna zu und wandte sich dann an Schorsch. »Gibt es eine Verbindung zu Weinsberg?«

»Na ja, ›Dree Foods‹ und ›Frastrat ‹ gehören beide zu den drei größten Lebensmittelkonzernen der Welt. Ihren größten

Gewinn ziehen beide aus Schokolade und Schokoladenprodukten. Weinsberg und Leutschler kannten sich von verschiedenen Veranstaltungen und Geschäftstreffen. Ob sie privat oder nebenberuflich verbunden waren, weiß ich bisher noch nicht, bleibe aber natürlich dran.«

Brigitte lehnte sich vor: »Weißt du denn schon etwas über den familiären Hintergrund von Leutschler?«

»Verheiratet seit 2005 mit einer Liliana Molevic aus Rumänien, 27 Jahre alt. Die Erstvernehmung durch die Kollegen in Stuttgart hat sich sehr schwierig gestaltet, da Frau Leutschler der deutschen Sprache kaum mächtig ist. Soll ich mich noch mal dran hängen und sie erneut mit einem Dolmetscher befragen lassen?«

Printz nickte wohlwollend: »Gut, da Anna sie nicht erreichen konnte, befrage ich Weinsbergs Frau, eine gebürtige von Prenzel, altes deutsches Adelsgeschlecht, die hat er bestimmt nicht gekauft!«

Die Kollegen starrten Printz mit offenen Mündern an; hatte der Printemann da etwa einen Witz gemacht? Schorsch lachte laut, Brigitte griente und Anna beäugte Printz wie einen Gefahrguttransport.

»Schorsch, wann kümmerst du dich?«

Jetzt glotzte Schorsch genauso wie Anna. Printz benutzte doch sonst immer nur ihre Nachnamen. »Jetzt gleich, warte nur auf die Rückmeldung des Dolmetschers. Die Kollegen haben Frau Leutschler noch einmal für heute um 14 Uhr einbestellt.«

»Gut, dann setzen wir die Nachmittagsbesprechung aus und sehen uns morgen früh wieder. Frau Sabrowski, knöpfen Sie sich doch bitte die Bank von Weinsberg vor – Konten, Depots, Kredite, Sonstiges.«

Anna schmunzelte, das war wieder der alte Printemann.

***

Printz hob den Kopf und stierte in Richtung der Überwachungskamera. Als er die Adresse von Dr. Weinsberg, dem Opfer aus dem Schokoladenbrunnen, gelesen hatte, hatte er sich ein ›typisch‹ nicht verkneifen können. Das Haus, vor dem er jetzt stand, war nicht einfach nur ein Haus, sondern eher ein Anwesen, umzäunt von einer glatten weißen Mauer, deren Krone mit Eisenspitzen bewehrt war. Vermutlich patrouillierten dahinter schwarz gekleidete Muskelmänner mit Hunden. »Fahr mal wieder etwas runter, Printz!«, ermahnte er sich. Er hasste nichts so sehr wie klischeehaftes Denken und Unprofessionalität. Dann legte er den Zeigefinger auf den Klingelknopf.

»Ja, bitte?«, schnarrte eine Stimme, von der Printz nicht hätte sagen können, ob sie zu einem Mann oder einer Frau gehörte. »Kriminalhauptkommissar Stephan Printz von der Mordkommission Köln, ich möchte bitte Frau Weinsberg sprechen.«

»Die gnädige Frau ist zurzeit unpässlich. Das Ableben ihres Mannes hat sie arg mitgenommen. Im Übrigen hat sie ihren Geburtsnamen behalten und wird mit Gräfin oder Frau von Prenzel angesprochen, dies nur zu Ihrer Information, Herr Kommissar!«

Printz war sich jetzt sicher, dass die Stimme einer Frau gehörte. »Ich kann verstehen, dass es Ihrer Chefin nicht gut geht, aber die Befragung muss sein, schließlich möchte Frau Prenzel doch bestimmt, dass wir den Täter schnell festsetzen.«

Die Gegensprechanlage blieb stumm.

»Hallo?« Printz betätigte wieder die Klingel. »Verdammt noch mal!«, fluchte er, aber da schwang das schwere Eisentor schon lautlos auf. Printz ließ sich Zeit, als er dem leicht geschwungenen Weg durch die gepflegten, winterfest gestutzten Blumenrabatten zum Haus folgte, Kiesel knirschten unter seinen Sohlen. Hier fand mehr als ein Gärtner sein Auskommen.

Eine blonde, sehr schlanke Frau in einem Hosenanzug mit beige-braun-rotem Karomuster kam ihm die wenigen Stufen der großzügig angelegten Eingangstreppe entgegen. Sie war genauso groß wie Printz. Ungewöhnlich für eine Frau, denn dem Kommissar fehlten nur wenige Zentimeter bis zur Zweimetermarke. Printz versuchte sich an Weinsbergs Größe zu erinnern, so um die 1,80 meinte er, aber war sich nicht ganz sicher. Wahrscheinlich hatte seine Frau ihn um fast 20 Zentimeter überragt, wenn sie hohe Schuhe anhatte. Printz mochte keine großen Frauen – wie sollte man die beschützen können?

»Herr Kommissar Printz, ich begrüße Sie! Ich bin Anette von Prenzel.« Die Hand der Gräfin schnellte nach vorn, griff nach Printz' rechter Hand, packte fest zu und schüttelte sie kurz. Dabei scannten ihre wässrig blauen Augen ihn sekundenschnell. »Wie kann ich Ihnen helfen?«

»Wenn es Ihnen möglich ist, würde ich Ihnen gerne ein paar Fragen stellen, und Sie erzählen mir etwas über Ihren verstorbenen Mann. Übrigens, mein Beileid!« Printz wendete sich der Eingangstür zu.

»Danke, Herr Kommissar, aber drinnen passt es gerade nicht so. Ich habe den Polsterer da, er soll das Sofa meines Mannes, meines verstorbenen Mannes, neu beziehen.« Printz fuhr herum und zog die rechte Augenbraue hoch. »Sie haben wen da?«

Anette von Prenzel verschränkte die Arme vor der Brust. »Der Termin wurde vor drei Monaten ausgemacht, und ich kann auch nicht die ganze Zeit nur herumsitzen und heulen!«

Printz konnte sich nicht vorstellen, dass Frau von Prenzel jemals in ihrem Leben eine Träne vergossen hatte, so unterkühlt kam sie ihm vor. Nichts in ihren Augen, in ihrem Gesicht, deutete darauf hin, dass sie kürzlich geweint hatte, oder es noch tun würde.

»Gehen wir in den Wintergarten, da sind wir ungestört.« Dr. Weinsbergs Witwe drehte auf dem Absatz um und stapfte auf dem Kiesweg ums Haus, Printz trottete hinterher. In den Wintergarten hätte Printz' komplette Wohnung hineingepasst. Anette von Prenzel ging zu dem dunkelroten, amerikanischen Kühlschrank: »Möchten Sie etwas trinken? Wasser, Bier, natürlich alkoholfrei?« Sie griff nach einer Bitter-Lemon-Flasche und öffnete sie an einer Vorrichtung, die am Kühlschrank angebracht war.

»Nein, danke, ich möchte nichts.« Printz wartete, bis sich die Gräfin in einem der schweren Ledersessel niedergelassen hatte, griff nach einem der goldfarben bezogenen Stühle und setzte sich ihr gegenüber. »Hatte Ihr Mann Feinde, oder gibt es jemanden, der von seinem Tod profitiert?«

Anette von Prenzel griff nach einem Glas, goss sich ein und trank einen Schluck. »Er hatte bestimmt Feinde. Menschen, die erfolgreich sind, haben immer Neider und Feinde. Aber ich wüsste niemanden, der ihn deswegen umbringen würde, denn das«, sie sah ihn an, »ist doch das, was Sie interessiert.«

»Gab es denn in der Vergangenheit ungewöhnliche Situationen? Sind Sie bedroht worden?« Printz merkte, dass sein Handy vibrierte, aber er ließ es in der Hosentasche.

»Nein, es gab keine Hinweise.«

»Hat Ihr Mann Ihnen gegenüber etwas von Börsenspekulationen erwähnt, oder dem Preiskampf in seiner Branche?«

Die Gräfin hatte die Beine übereinandergeschlagen und Printz sah, dass der obere Fuß zu wippen anfing. »Wissen Sie, die geschäftlichen Dinge ließ mein Mann im Büro. Ich langweilte ihn ja auch nicht mit meinen Alltäglichkeiten. Um auf Ihre Frage zu antworten – nein, davon weiß ich nichts. Und da Sie wissen wollen, wer von seinem Tod profitiert – ich auf jeden Fall nicht, mein Auskommen ist auch ohne sein Zutun gesichert, Sie haben sich ja bestimmt über meinen familiären Hintergrund erkundigt.« Die Gräfin legte den Kopf in den Nacken und schloss die Augen.

»Haben Sie Kinder?«

»Sie wissen doch mit Sicherheit schon, dass wir keine Kinder haben.« Anette von Prenzels Kopf schnellte nach vorne und sie stellte das Glas auf dem auf Hochglanz polierten Tisch hart auf.

»Und sonst? Gibt es etwas, das, Ihrer Meinung nach, für die Polizei wichtig sein könnte? Außergewöhnliche Kontakte?« Bevor Printz die Frage stellte, war ihm bereits klar, dass er nicht viel erfahren würde.

»Fragen Sie seine Sekretärin, Frau Steinhaus, sie ist ausgezeichnet informiert über all seine Kontakte und beruflichen Schritte.«

Printz stand auf und nickte ihr kurz zu. Haltung zu bewahren, war dieser Frau wohl mit der Muttermilch eingeflößt worden. Um Gefühle zu zeigen, musste man sie erst einmal aus ihrem Eisblock herausschmelzen. »Danke, dass Sie sich die Zeit genommen haben. Bitte bemühen Sie sich nicht, ich finde allein hinaus.«

Anette von Prenzel war sitzen geblieben und nickte ihm zu. Als Printz wieder draußen stand, atmete er erst einmal tief durch.

***

Karina stand in der Küche und bewegte leicht die Hüften im Rhythmus. Das Getrommel im Wohnzimmer war ganz schön laut. Sie nahm ihre Tasse mit dem warmen Kakao hoch und umfasste sie mit beiden Händen. Jeden Moment würde Frau Meisenbrink, die unter ihr wohnte, oder Herr Schmidt von nebenan klingeln, um sich zu beschweren. Hoffentlich war Chioma bald mit ihrer Geisterbeschwörung fertig.

Geisterbeschwörung – wenn das ihre Eltern oder ihre Schwester Susi wüssten. Sie würden sie vermutlich sofort in die Klapsmühle nach Porz-Ensen oder in die geschlossene Abteilung der Merheimer Klinik verfrachten. Karina streckte ihrem Spiegelbild in der Fensterscheibe die Zunge heraus und sog tief den beruhigenden Kakaoduft ein. »Kakao ist dein Sanitäter in der Not, Kakao ist dein Fallschirm und dein Rettungsboot« – Karina sang das Grönemeyerlied leise vor sich hin. Lieder konnte man abändern, wie es einem passte.

Sie hatte es Chioma nicht glauben wollen, als die behauptete, Verbindungen zu irgendwelchen Ahnen und Göttern zu haben, schon am Katholizismus mit seinen vielen Heiligen und Schutzpatronen hatte Karina heftig gezweifelt. Wie oft hatte sie mit Kaplan Klein im Religionsunterricht über die unbefleckte Empfängnis und den Heiligen Geist diskutiert. Und dann begegnete ihr diese Frau aus Nigeria an der Obst- und Gemüsetheke beim Discounter. Karina war ihr beinahe in die Hacken gefahren, hatte ihren Einkaufswagen schnell um sie herum gelenkt und dabei gehört, wie sie vor sich hinmurmelte. Es hatte sich eher nach einer Beschwörung angehört und Karina war stehen geblieben. Die Frau hatte die Augen geschlossen und hielt eine Ananas in der rechten und eine Mango in der linken Hand. Ein Geruchsgemisch von Porree und Kohl war Karina in die Nase gestiegen und aus dem Lautsprecher tönte »Frau Müller, bitte an die Kasse!«

Ohne lange nachzudenken, hatte Karina der Frau auf die Schulter getippt und gefragt, ob sie ihr vielleicht helfen könne. Große schokoladenbraune Augen hatten sie angesehen. Da war keine Angst, keine Überraschung oder Distanz, diese Augen waren Karina bekannt erschienen, ja beinahe vertraut, als würde sie sie wiedererkennen.

»Alles gut!«, hatte die Frau gesagt, die beiden Früchte in einen bunten Beutel gesteckt und war dem Ausgang zugestrebt. Nicht dem Kassenausgang.

Karina war ihr gefolgt und hatte nach ihrem Arm gegriffen. »Sie müssen vorher bezahlen, sonst bekommen Sie Ärger«, sie hatte dabei in Richtung der Kassen gedeutet und Daumen und Zeigefinger der rechten Hand gegeneinander gerieben.

Die Frau hatte den Kopf geschüttelt und sich über den Bauch gestrichen.

»Kommen Sie mit mir, ich regel das«, hatte Karina sich sagen hören und war mit der Frau zu ihrem Einkaufswagen zurückgegangen. Sie hatte mit einer einladenden Geste hineingedeutet und da hatten Ananas und Mango schon neben ihren Einkäufen gelegen. Dann waren sie zusammen zur Kasse gegangen und Karina hatte bezahlt.

»Ach, hätt dat Nejerlein widder ne Dumme jefunge?!«, giftete die Kassiererin, auf deren weißem Kittel Roswitha Müller stand.

»Das geht Sie gar nichts an. Im Übrigen sollten Sie vorsichtig sein mit Ihrer Wortwahl, gute Frau!« Karina hatte vor Wut gezittert, aber die dunkelhäutige Frau hatte Frau Müllers Hand genommen, darüber gestrichen, kurz ihre Stirn berührt und ein paar unverständliche Worte gemurmelt.

»Geht das hier irgendwann mal weiter?«, hatte ein untersetzter Mann mit Zweiwochenbart geschimpft. Roswitha Müller hatte verklärt in die Runde gelächelt und zu Karina und der Farbigen mit sanfter Stimme gesäuselt: »Schön, dass Sie da waren, kommen Sie doch bitte recht bald wieder!«

So hatte Karina Chioma kennengelernt. Sie waren dann zu Chiomas Unterkunft gegangen – einem Asylantenheim an der Vorgebirgsstraße.

Chioma hatte nicht gewollt, dass Karina sie begleitete, aber Karina war einfach an ihr vorbei spaziert und hatte einen Mitarbeiter, der gerade karierte Wolldecken verteilte, angesprochen: »Können Sie mir sagen, wie diese Frau heißt und wie ich ihr helfen kann?«

Der Mann hatte sie aus müden Augen angesehen und herunter geleiert: »Sie heißt Chioma Soundso, kommt aus Nigeria, kann nicht lesen, kann nicht schreiben und versteht so gut wie kein Deutsch. Wenn sie nicht mit einem reden will, schließt sie einfach die Augen.« Hinter vorgehaltener Hand hatte er noch hinzugefügt: »Die anderen in ihrem Zimmer haben Angst vor ihr, sagen, sie wär ne Voodoopriesterin. Wenn Sie mich fragen: Quatsch.«

»Hat sich schon wer um ihre Papiere gekümmert?« Karina stand mit verschränkten Armen vor dem Mann, der sich andauernd im Gesicht und auf dem Kopf kratzte.

»Nee, sie hat noch den ganzen Papierkram vor sich, aber ich hab im Moment keinen, der das machen kann. Eigentlich sollten wir ein paar Praktikanten bekommen, sonst gibt es auch immer etliche Ehrenamtler, die sich kümmern, aber da ist grad keiner«, er kratzte sich wieder und Karina tippte auf Schuppenflechte.

Karina hatte dann mit Chioma die zuständige Meldebehörde und das Büro für Integration abgeklappert. Sie hatte bei Kirchen, Asylverbänden und dem ISS vorgesprochen und Chioma einen Deutschkurs besorgt.

Chioma erwies sich als Naturtalent. Sie lernte und verstand in Rekordzeit die deutsche Sprache, weigerte sich aber, Grammatik und Semantik zu erlernen. Das hielt sie für überflüssig. Stattdessen hatte sie bald schon, dank Karinas Kontakten, in der Kirchengemeinde St. Severin einen Job als Putzhilfe und Mädchen für alles. Seither besuchte Chioma Karina jede Woche und orakelte für sie. Zu jedem Thema gab sie einen Kommentar ab, versuchte Klarheit in Karinas Liebesleben zu bringen, half, wenn es Ärger mit dem Chef gab und manchmal hatte sie sogar den einen oder anderen brauchbaren Tipp zu Karinas Detektivarbeit beigesteuert. Einmal hatte sie Karina sogar geholfen, ein vermisstes Kind aufzuspüren. Was und wie sie das gemacht hatte, blieb Karina ein Rätsel, aber es funktionierte. Das war die Hauptsache.

Es klingelte an der Tür. Frau Meisenbrinks Gesicht hatte die ungesunde Farbe von Kirschmarmelade angenommen, der Busen wogte. Nur die Partie oberhalb des verkniffenen Mundes war weiß wie Damenschokolade: »Frau Sprängel, mein Hugo kann nich in Ruhe Fernseh gucken bei däm Krach! Wat machen se denn da immer?« Frau Meisenbrink reckte den Kopf, um einen Blick in Karinas Diele zu werfen.

»Das ist ein Trommelkurs, Frau Meisenbrink, wir üben, aber wir sind bald fertig. Auf jeden Fall ab 22 Uhr sind wir still wie die Mäuschen, guten Abend!« Karina warf die Tür ins Schloss.

7

Stephan Printz saß an seinem Schreibtisch und beantwortete Franks Mail. Frank Kautsch. Printz hatte ihn bei den Aufnahmeprüfungen zur Kriminalpolizei in Münster kennengelernt, da hatte er sich vorgestellt mit: »Kautsch wie die Couch nur mit K, wie Kollege, und autsch.« Mit seinem offenen Lachen, seinem kumpelhaften Benehmen, hatte er Printz' Distanzierungsversuche schon am zweiten Prüfungstag überrannt und Printz hatte sich eingestehen müssen, dass ihn das beeindruckte. Abends waren sie in einer Kneipe so richtig ins Gespräch gekommen und Printz hatte so viel wie niemals vorher und niemals danach von sich erzählt. Das hatte nicht nur am Alkohol gelegen, sondern Frank hatte Ruhe und Verständnis ausgestrahlt. Er schaute Menschen mit einem ganz bestimmten Blick an und sie redeten und redeten. Printz hatte das später oft miterlebt. Auch bei ihm war der Damm gebrochen und er hatte Frank sogar einiges aus seiner Kindheit anvertraut. Der Schankraum war da schon so gut wie leer gewesen und der Wirt hatte mit grimmigem Gesicht zum wiederholten Mal die Theke vor ihnen abgewischt und angefangen, die Stühle auf die Tische zu stellen.

»Ich war immer allein. Einzelkind. Beide Eltern Beamte – meine Mutter bei der Post, mein Vater beim Finanzamt. Und jetzt bewerbe ich mich auch auf eine Beamtenstelle, ist doch verrückt, oder?« Printz sah Frank von der Seite an.

»Nö, das ist doch 'ne sichere Sache, ist für mich auch ein wichtiger Grund, hier zu sein. Beamtentum muss ja nicht prinzipiell schlecht sein. Warum soll man nicht in die Fußstapfen seines Vaters treten, zumindest in gewisser Hinsicht?« Frank grinste verständnisvoll und prostete Printz zu. «Einzelkind ist doof, wir waren zu fünft zu Hause, da war immer die Hölle los. Auch nicht immer nur toll.«

»Aber da lernst du zu reden und vielleicht auch, irgendwie mit Leuten umzugehen. Sozusagen zwangsweise.« Printz starrte auf die Theke. Der Biergeruch vermischte sich mit dem von feuchtem Holz.

»Mit Menschen umzugehen?« Frank nahm den Faden wieder auf, schaute ihn aber nicht an. Das war das Tolle an ihm. Er bedrängte niemals sein Gegenüber, sondern ließ immer Raum.

»Na ja, ich weiß nicht genau. Vielleicht so, dass man es schön findet, wenn man mit jemand zusammen ist. Also zusammen lachen und raufen, ohne sich gegenseitig zu verletzen. Was halt Geschwister so machen.« Printz musste sich zwischendurch immer wieder räuspern.

»Ja, das stimmt.«

Frank sah ihn jetzt kurz nachdenklich an. Dann wieder zur Seite.

»Ist doch so, oder? Aber ist ja auch egal. Schön, dass es bei dir so war. Bitte noch zwei Bier«, rief er dem Wirt zu, der sich an einen Tisch gesetzt hatte, auf dem noch keine Stühle standen und der in der Morgenzeitung blätterte. Die hatte er sich wohl eben hereingeholt. Sie hatten es gar nicht bemerkt, dass er das Lokal verlassen hatte.

»Du musst ja nicht darüber reden, aber wenn du willst ...«, Frank legte die Hand kurz auf Printz' Arm und zog sie dann gleich wieder zurück.

Ob es die Berührung oder der warme Klang seiner Stimme war, Printz spürte, dass er reden wollte. »Wenn es für dich wirklich okay ist?«, wartete er Franks Kopfnicken ab, dann räusperte er sich: »Wir lebten in einem Reihenhäuschen, auf das meine Eltern immer sehr stolz waren. Meine Eltern kamen aus dem Münsterland, du weißt schon, da wo die Menschen eher wortkarg sind und stur. Es wurde nur das Nötigste gesagt und Distanz gehalten. Ich hab noch nie gesehen, dass meine Eltern sich in den Arm genommen haben.

Frank sah ihn weiter an, wich seinem Blick nicht aus und nickte.

»Als meine Mutter dann irgendwann einmal zu mir ins Bett kam, habe ich mich zuerst gefreut, weil ich dachte, sie will mit mir kuscheln. Aber das wollte sie nicht.« Printz stellte das Glas hart auf der Theke ab, ein Teil schwappte heraus.

Frank schwieg. Er hatte verstanden.

Printz nickte, er wollte nicht mehr reden, hatte vermutlich schon zu viel gesagt. Auf einmal war wieder alles da. Die alten Bilder. Seine Mutter. Die Hände seiner Mutter. Sein Magen rebellierte, ihm war schwindelig.

»Hat dir keiner geholfen?«

Printz zuckte die Schultern. »Wer denn?«, brach es aus ihm heraus. Seine Stimme klang rau.

»Lass uns zahlen, ich muss hier raus!«

Frank winkte dem Wirt und sie machten halbe-halbe mit der Rechnung. Dann waren sie durch die menschenleeren Straßen von Münster geschlendert. Printz hatte, mit abgewandtem Gesicht, ein paar Tränen freien Lauf gelassen und Frank war einfach neben ihm gegangen. Er hatte nichts gesagt, aber er war da. Das hatte Printz gut getan. Nachdem Printz sich ausgiebig geschnäuzt hatte, fragte Frank: »Und dein Vater?«

Printz ballte die Fäuste. »Der hat mich verprügelt, wenn ich dummes Zeug geredet hab in seinen Augen. Der wollte nichts hören. Seitdem weiß ich, dass es sich meist lohnt, an heilen Fassaden zu kratzen. Das ist doch für die Polizeiarbeit ganz gut, oder?«, stieß er hervor.

Frank hatte ihm auf den Rücken geklopft. »Ja, wir werden die besten Ermittler aller Zeiten, wenn wir denn die Prüfungen geschafft haben!« Und sie hatten beide gelacht. Damals spürte Printz zum ersten Mal, was Verbundenheit bedeutete und wie sich Freundschaft anfühlen konnte.

Nachdem sie beide bei der Polizei angenommen worden waren, hatten sie die Ausbildung in Köln durchlaufen. In dieser Zeit waren sie Freunde geworden. Frank hatte mehrfach versucht, Printz zu verkuppeln, sogar mit seiner jüngeren Schwester Hanni, aber zu mehr als ein paar Kinobesuchen war es nicht gekommen. Printz hatte es blockiert, als Hanni im Kino die Initiative ergriff und ihre Hand auf seine legte. Er hatte jeden weiteren Annäherungsversuch damit unterbunden, dass er ihr erklärt hatte, er sei nicht beziehungsfähig. Dann war Frank zum Bundeskriminalamt nach Wiesbaden gegangen und arbeitete dort mit ähnlich gutem Erfolg wie Printz in Köln bei der Mordkommission.

Frank Kautsch war inzwischen in festen Händen, aber bis heute Printz' einziger Freund und der einzige Mensch, dem er sich je wirklich geöffnet hatte. Am Anfang hatte Printz befürchtet, dass er es nicht ertragen würde, dass Frank so viel von ihm wusste. Aber der hatte nie irgendwelche Andeutungen gemacht. Er hatte ihm signalisiert, dass er ihn verstand und dass sein Geheimnis bei ihm unter strengstem Verschluss war. Sie blieben in Verbindung, telefonierten, mailten miteinander und besuchten sich, wenn die Arbeitslage es zuließ. Auch tauschten sie sich über ihre Fälle aus. ›Den Blick über den Tellerrand hinaus‹, nannten sie das und es hatte in der Vergangenheit schon zu verblüffenden Ergebnissen geführt.

Printz hatte Frank die beiden ›Schokoladenfälle‹, wie er sie ihm gegenüber bezeichnete, detailliert geschildert und der hatte, außer Gegenfragen, noch nicht viel auf Lager gehabt. Er entschuldigte das mit seinem aktuellen Fall, in dem es um Auftragsmorde im weltweiten Drogenmilieu ging. Die bisherigen Ergebnisse deuteten auf die Russenmafia hin. »Ich hätte lieber mit und im Schokoladenmuseum zu tun«, hatte er, versehen mit etlichen Smileys, die Printz doof fand, unter seine Mail geschrieben.

»Na dann, bis die Tage und viel Erfolg«, antwortete Printz ihm, »mit Mafiakillern kann ich dir im Augenblick nicht dienen, aber wer weiß, was noch kommt ...« Nachdem er noch Grüße an Frau und Kinder abgesetzt hatte, spurtete er zur Dienstbesprechung.

***

»Männer machen mich selten glücklich«, pflegte Karina zu sagen, wenn sie auf ihr Singledasein angesprochen wurde, »deshalb halte ich mich an Schokolade, die ist treu bis in den Tod!«

Clevere Schlankheitsfanatiker fragten dann nach: »In welchen Tod – deinen oder den des Schokoriegels?« Genießer pflichteten ihr bei und ihre Mutter seufzte und verdrehte die Augen. Nicht, dass ihr Karinas Faible für Schokolade fremd war, sie bezeichnete sich des Öfteren selbst als »schokosüchtig«, nein, sie wollte eine heile Familie, mit wohlgeratenen Töchtern, netten Schwiegersöhnen und putzigen Enkeln. Wenn Karina so weiter machte, würde sich ihr Traum nie erfüllen. Weder Susanne noch Karina arbeiteten geradlinig auf eine solche Familienplanung hin.

Wobei Karina einmal ganz nah dran gewesen war. Mit Markus. Familienname: Sprängel, der sich nur durch das - ä - von der Schokoladenmarke unterschied. Nur den Nachnamen hatte Karina behalten, der Mann konnte ihr gestohlen bleiben. Der smarte IT-Fachmann hatte ihrer Mutter gut gefallen. Und nicht nur ihrer Mutter. Karina knirschte noch heute mit den Zähnen, wenn sie sich an ihre Hochzeit, besser gesagt an die Hochzeitsfeier erinnerte. Da hatte sie irgendwann nach Mitternacht Markus vermisst. Die Gäste, die noch halbwegs nüchtern waren, hatten geunkt, dass dieses Mal nicht die Braut, sondern der Bräutigam entführt worden sei. Nach kurzer Suche fand Karina ihn – auf der Damentoilette mit ihrer Schwester Susi. Das Bild der ineinander verschlungenen Körper hatte sich in Karinas Gedächtnis eingebrannt, was sie gebrüllt hatte, dagegen nicht. Nicole und Perlchen hatten sie aus dem Toilettenbereich geschleppt und in ein Taxi bugsiert. In Nicoles Wohnung hatten sie ihr den dämlichen Schleier, bei dem sich ihre Mutter durchgesetzt hatte, abgenommen, das Kleid ausgezogen, sie abgeschminkt. Sie hatten sie in Nicoles großes Wasserbett gesteckt und die Freundinnen hatten sich rechts und links neben sie gelegt. Karina redete, weinte, schluchzte und fluchte. Nicole und Perlchen hielten dabei ihre Hand und hörten einfach nur zu. Was sollten sie auch sagen? Irgendwann war Karina eingeschlafen. Sie hatte geträumt, sie liefe durch eine Wüste, mit riesigen Clownschuhen, die voll Sand liefen und die sie kaum anheben konnte. Jeder Schritt mühevoll und zeitlupenlangsam. Karina war mit Krämpfen in den Beinen aufgewacht und hatte immer weiter weinen müssen. Sie hatte nicht geahnt, wie viel Flüssigkeit man nur durch Tränen verlieren konnte.

Das würde ihr nie wieder passieren! Nicht, dass sie allen Männern abgeschworen hatte, im Gegenteil. Gegen eine unverbindliche Affäre hatte sie nichts einzuwenden, auch One-Night-Stands fand sie nicht schlecht, aber verlieben würde sie sich so schnell nicht mehr – und ›schnell‹ war ein sehr dehnbarer Begriff.

Und tief schürfende Gespräche wollte sie mit den Männern auch nicht führen, dafür hatte sie ja Nicole und Perlchen. Mit Perlchen traf sie sich in jeder Mittagspause, die bei ihnen eine Nachmittagspause war, denn Perlchens Dienst an der Rezeption begann ja erst um 10 Uhr und so schob Karina ihre Pause etwas nach hinten.

»Die Trinkschokolade ist mir absolut zu süß!« Perlchen schüttelte sich.

Karina sah sie nachdenklich an. »Meiner Mutter konnte die Schokolade nie süß genug sein. Sie konnte auch nie genug davon bekommen. Schokolade, Schokolade, flüssig, fest, Nugat, Kuchen, die Eszett-Scheiben, alles hat sie gegessen. Und war doch immer so schlank – ganz im Gegenteil zu mir.«

»Deine Mutter ist ein Hungerhaken, die hat bestimmt eine Stoffwechselkrankheit. Ich hab da mal von einem genetischen Defekt gehört, wart mal, das hieß IRS 1, das soll das Gen sein, das den Körperfettanteil steuert. Leute, die das haben, können Herzprobleme oder Diabetes bekommen. Auf jeden Fall ist so dünn zu sein nicht gesund und auch nicht schön! Und in der Steinzeit hätten solche Leute eh nicht überlebt.« Perlchen sah Karina treuherzig an und tätschelte ihre Hand.

»Mein Vater steht drauf und in ihrem Tennisklub wird sie von allen angehimmelt: ›In Ihrem Alter, Frau Fritsch, noch so sportlich und fit zu sein, ist einfach phänomenal!‹« Karinas Stimme klang schrill und Perlchen wusste, dass sie einen wunden Punkt getroffen hatte. »Aber Timo, der Cowboy, den du Karneval kennengelernt hast, der steht doch auf dich und deinen superweiblichen Körper – ich ja übrigens auch, aber mich willst du ja nicht!« Sie machte einen Schmollmund.

Karina winkte ab: »Ja klar, Timo steht auf mich, aber vermutlich runde ich nur seinen Harem im wahren Sinne des Wortes ab. Da gibts bestimmt noch eine schwarzhaarige Dünne, eine blonde Durchtrainierte, eine normale Brünette und, und, und.«

»Liebelein, wenn er dir nicht gut tut, dann schieß ihn ab!« Perlchen hatte den Zeigefinger erhoben. »Wir können dem Wind nicht gebieten, aber wir können unsere Segel neu setzen und den Kurs neu bestimmen.«

Karina stöhnte auf: »Perlchen, komm mir nicht wieder mit deinen schlauen Sprüchen!«

»Warum soll man nicht von den Großen der Weltgeschichte lernen? Es zeigt uns doch, dass wir nicht allein sind, wir kleinen Rädchen im Getriebe des großen Ganzen! Willst du noch etwas heiße Schokolade?«

»Auf jeden Fall lieber als weitere Sprüche! Und dann lasse uns überlegen, was wir am nächsten Mädelabend machen.«

***

»Sorry, Brigitte musste raus, ungeklärte Todesursache in Bocklemünd, aber sie hat mich über den Stand der Dinge informiert. Ihr müsst mit mir vorlieb nehmen!« Andreas Röttger oder der ›Guru‹, wie sie ihn nannten, sah aus wie ein vom Kindergeburtstag übrig gebliebener Flummi – orangefarbene Jeans, orangefarbenes T-Shirt, die einen kugeligen Körper umspannten und natürlich orangefarbene Schuhe. Er hatte nach etlichen Jahren Selbsterfahrung in seine spirituelle und sich farbenfroh ausdrückende Mitte gefunden, wie er gerne erzählte. Er war überall beliebt, weil er nie meckerte oder schimpfte, ihm war nie etwas zu viel und er lächelte ununterbrochen. Andreas ergänzte sich ideal mit Brigitte. Sie war rational, korrekt bis penibel und ging methodisch vor. Er ging intuitiv an die Fälle heran, schien sich in Tote, Situationen und Gegenstände regelrecht hinein zu versetzen, war äußerst emotional, aber immer professionell dabei.

Die Kollegen erzählten noch immer gerne von dem Mord an einer Obdachlosen, zu dem Andreas und Sigurd Sassler, der heutige Dienststellenleiter, gerufen worden waren. Nachdem Andreas alle Spuren gründlich erfasst und dokumentiert hatte, war er in den Mantel der Frau geschlüpft, hatte sich den Einkaufswagen, in der ihr weniger Besitz verstaut gewesen war, gegriffen und ihn über die Domplatte geschoben. Der hektische Sassler war ihm dabei in die Quere gekommen und Andreas hatte ihn umgefahren. Der Fall war, dank Andreas, schnell geklärt worden, aber Sassler mochte ihn seitdem nicht mehr. Schon allein aus diesem Grunde war Andreas Röttger Printz sympathisch. Auch die Tatsache, dass er mit Gegenständen sprach, fand Printz gut, schließlich waren ihm seine Pflanzen ja auch kompetente Gesprächspartner.

Anna platzte herein und mit ihr eine Mischung aus Klee und Rosenduft. Sie hatte einen Hang zu ausgefallenen Parfüms und hatte sich bei einem Duftseminar bei 4711 in der Glockengasse ihr ganz persönliches Parfum zusammengestellt. Anna warf eine Mappe auf den Tisch, wühlte darin herum und zog zwei Blätter heraus: »Darf ich?«

Printz nickte und sie ging zur Pinnwand. »Also, der Weinsberg hatte gut Dreck am Stecken. Der hat mit jeder Menge Kohle spekuliert. Und nicht nur mit seiner.« Anna sah einen nach dem anderen an.

Printz fragte sich, ob sie auf Applaus wartete.

»Weinsberg hat in großem Stil Warentermingeschäfte an den Rohstoffbörsen abgeschlossen und muss dabei Insiderinformationen bekommen haben. Es gab einige Firmen, in deren Auftrag er riesige Mengen Kakao als Termingeschäft aufkaufte, um damit die Preise nach oben zu treiben. Dann wollten sie absahnen. Aber es gab eine megagute Ernte und die Preise rauschten in den Keller. Eine Firma, die ›Takona Trade‹, musste daraufhin Insolvenz anmelden, ein Manager dieser Firma hat sich das Leben genommen.«

»Wissen wir, ob Leutschler auch spekuliert hat?« Printz sah Schorsch erwartungsvoll an. Anna trat von einem Fuß auf den anderen.

Schorsch ließ sich nicht beirren. »Nicht, dass ich wüsste.

Bei Leutschler könnte es Rache aus dem Milieu gewesen sein. Seine Frau sagt, sie bekäme in letzter Zeit so komische Anrufe und bei ihr wäre auch vor einigen Tagen die Autoscheibe eingeschlagen worden.«

»So ganz verheißungsvoll klingt das aber nicht!« Annas Augen blitzten. »Falls ich denn auch noch etwas sagen dürfte.«

Printz wusste nicht, ob sie wütend war oder einfach gesteigerten Redebedarf hatte. »Ja, ja, immer, natürlich!«

»Ich habe einen Kollegen vom Wirtschaftsdezernat gebeten, für mich nachzuforschen. Ein Neuer. Lars Winkler. Er hat bei der BaFin nachgefragt. Nichts.«

»He?«, fragte Printz. Immer diese Kürzel.

»Bei der Bundesanstalt für Finanzdienstleistungsaufsicht in Bonn, BaFin. Dort können Banken, Versicherungen oder auch Anwälte Meldung machen bei Verdacht auf Geldwäsche, wenn sie es nicht selbst beim Bundeskriminalamt oder anderen zuständigen Strafverfolgungsbehörden anzeigen wollen. Im Finanzsektor unterstehen der Geldwäscheaufsicht der BaFin neben Kredit-, Finanzdienstleistungs- und Zahlungsinstituten insbesondere auch Lebensversicherungsunternehmen, Kapitalanlage- und Investmentaktiengesellschaften sowie Personen und Unternehmen, die Elektronisches Geld verkaufen oder zurück tauschen. Zentrales Ziel ist es, auf risikoorientierter Basis für Transparenz in den Geschäftsbeziehungen und Finanztransaktionen zu sorgen. Hierzu gehört etwa, Geldflüsse nachzuvollziehen und ungewöhnliche oder gar verdächtige Transaktionen oder Geschäftsbeziehungen zu erkennen und zu melden.« Sie schaute von ihrem Laptop hoch. »So steht es in den Richtlinien der BaFin. Ich hab da mal nachgeschaut. Aber es liegen keinerlei Erkenntnisse oder Meldungen zu Leutschler und Weinsberg vor. Keinerlei Verbindungen, nichts.« Anna verschränkte die Arme vor der Brust und ging mit durchgedrückten Knien zu ihrem Platz zurück.

Andreas gähnte. »Zwei Morde innerhalb weniger Stunden, zwei Opfer, die nicht nur in derselben Branche arbeiteten, sondern kurz vor ihrem Tod auf derselben Veranstaltung waren, die sich zwar kannten, aber sonst offenbar nichts miteinander zu tun hatten. Zwei Mörder, oder einer, das ist hier die Frage?«

»Ermitteln, ermitteln, ermitteln!« Printz' linke Schläfe pochte, es fühlte sich an, als käme eine dicke Migräne. »Röttger, guck doch mal, ob ihr Fälle in eurer Datei habt, bei denen irgendeine Ähnlichkeit in der Tatausführung erkennbar ist. Sabrowski, du recherchierst mit Schorsch bei den Zuhältern und Konsorten, ich nehme mir noch einmal die Angestellten im Museum vor. Heute Nachmittag 16:30 Uhr wieder hier. Irgendwo muss doch da ein Zusammenhang bestehen. Das gibts doch nicht.« Er drehte auf dem Absatz um und ließ die Tür unsanft ins Schloss fallen. Kaffee, er brauchte Kaffee und seinen Urwald, sonst würde er noch zu schreien anfangen.

***

»So, Edward Fetcher, wer bist du wirklich?« Karina hatte heute während der Arbeitszeit schon etliche Kollegen zu dem Toten im Schokobrunnen befragt und wollte jetzt noch an Samanthas Ermittlungsauftrag weiterarbeiten. Sie hatte in der Mittagspause die Adresse, die auf Fetchers Visitenkarte stand, überprüft. Es handelte sich um den Geschäftssitz einer renommierten Immobilienfirma, aber ein Makler namens Fetcher war dort unbekannt. Dann hatte Karina ihre Beziehungen spielen lassen. Aus der Meldebehörde in Köln-Kalk konnte ihre frühere Schulfreundin Sybille vermelden: Ein Edward Fetcher war in Köln weder gemeldet noch jemals gemeldet gewesen. Aber Karina ließ sich so schnell nicht entmutigen. In der heutigen Zeit hinterließen die Menschen im Internet mehr Spuren als in den Karteien der Meldeämter. Doch waren die üblichen Suchmaschinen mit ›Edward Fetcher‹ tatsächlich überfordert. Sie kannten nur einen ›Egon Fetcher‹, der wohnte in Bonn. Seine Daten standen nun in ihrem Notizbuch. »Bonn ist ja so gut wie um die Ecke, eine Ermittlungsreise nach Lugano wäre zwar eine schöne Abwechslung, aber zu teuer für Samantha gewesen! Da hat sie ja Glück. Opa, was meinst Du dazu?« Karina sprach gerne mit sich selbst oder mit ihrem verstorbenen Großvater, wenn sie alleine war. Dann rief sie bei Perlchen an, um sich ihren Wagen zu leihen.

»Willst du allein dahin fahren, oder brauchst du Verstärkung?« Perlchens Stimme klang besorgt.

»Ich komme gar nicht in seine Nähe, versprochen, Mutti!«, hänselte Karina ihre Freundin.

»Miss Marple hatte auch immer diesen Mr. Stringer, der im Hintergrund gearbeitet, ihr den Rücken frei gehalten und sie beschützt hat!«, schmollte Perlchen. »Ich meine es doch nur gut!«

»Das weiß ich doch und verspreche dir, dass ich dich sofort anrufe, wenn es gefährlich werden sollte. Und dann kommst du mit dem Überfallkommando, denn ich hab ja deine Ente.« Perlchen war eine Nostalgikerin, bisher hatte sie es immer wieder geschafft, ihre klapprige rote Ente durch den TÜV zu bringen.

Perlchen schnaubte: »Ich muss nachher noch einkaufen, auf dem Rückweg werfe ich dir den Schlüssel in den Briefkasten.

»Die Papiere sind wie immer hinter der Sonnenblende«, vervollständigte Karina, »danke, Perlchen! Wann brauchst du den Wagen zurück?«

»Übermorgen, da muss ich Großeinkauf machen, wenn du ihn früher bringst, ist auch okay, du kannst mir den Schlüssel ja dann im Museum geben.«

»Okidoki, so machen wirs. Danke dir!« Karina legte auf. Dann überprüfte sie die Adresse bei Google Maps. »Wie eine Villengegend sieht das aber nicht aus«, knurrte sie. Dann rief sie bei Samantha an und fragte sie nach einem aktuellen Foto ihres Freundes.

»Ich habe eins mit dem Handy gemacht, es ist nicht so toll, aber man kann sein Gesicht gut erkennen, ich schick es dir schnell rüber. Bist du an ihm dran?« Ihre Stimme zitterte leicht.

»Ich kann dazu noch nichts sagen, ich melde mich bei dir, sobald ich was weiß. Schick mir das Foto an meine E-Mail-Adresse, dann druck ich es mir aus.« Nichts war schlimmer, als neugierige Klienten, die drängelten. Karina beendete schnell das Gespräch.

Als sie in Bonn in die Mainzer Straße einbog, sah sie den Häuserblock schon von Weitem. Sozialer Wohnungsbau nannte man diese Architekturmissbildungen, oder auch ›Plattenbausiedlung‹. Hier wohnte garantiert kein gut situierter Immobilienmakler. Karina parkte die Ente auf einem Parkplatz neben dem Haus Nummer 38. Dann schlenderte sie hinüber und inspizierte das Klingelbrett, auf dem an die sechzig Namen standen. Manche waren überklebt, andere kaum leserlich. Eins stach hervor: E. Fetcher, schwarzer Druck auf silbernem Metall. Karina drückte auf den daneben liegenden Klingelknopf. Die Gegensprechanlage brummte: »Ja?«

»Frau Müller? Entschuldigen Sie bitte die Störung, ich komme von der Hausverwaltung und hätte einige wenige Fragen an Sie.« Karina atmete tief ein und erst, als der Türöffner summte, wieder aus. Im Hausflur versperrte eine Kinderwagenkolonne den Weg, die schlammigen Reifenspuren reichten bis zur ausgetretenen Treppe. Es roch feucht und muffig, wie Socken, die man nach einem Crosslauf durch Matsch und Pfützen in der Sporttasche vergessen hatte. Karina eilte die Stufen bis in den zweiten Stock hinauf. Hier wurden irgendwo Zwiebeln angebraten und Kohl gekocht.

Eine Frau stand in der offenen Wohnungstür und sah ihr ängstlich entgegen. »Ich werde die Miete bezahlen, ganz bestimmt, ich habe das Geld schon fast zusammen«, rief sie ihr entgegen.

»Deshalb bin ich nicht hier, Frau Müller, machen Sie sich keine Sorgen«, beschwichtige Karina.

Die Frau mit den dunkelsten Ringen, die Karina jemals unter schlecht geschminkten Augen gesehen hatte, sah sie jetzt argwöhnisch an. »Sozialamt? Familienkasse? Gesundheitsbehörde?«

Karina schüttelte bei jeder Behördennennung den Kopf. »Hören Sie Frau Müller, es geht um etwas ganz anderes. Ihr Nachbar, der Herr Fetcher, hat sich über Schimmel in der Wohnung beschwert und ich wollte fragen, ob sie damit auch ein Problem haben.«

»Schimmel? Beim Fetcher? Niemals! Der ist doch so pingelig, der hat immer Handschuhe an, wenn er hier was anpackt, bestimmt auch in der Wohnung.« Frau Müller nickte bei jedem Wort wie eine Taube, die im Stadtpark Krümel pickt.

Karina hielt ihr das Foto hin. »Ist das hier Herr Fetcher?«

»Jau. Der Schönling.«

»Und der wohnt hier neben Ihnen?«

»Ja sicher, wenn Se von der Genossenschaft sind, müssten Se das doch wissen …«, sie wischte sich mit dem Handrücken den Schnodder unter der Nase weg.

»Es gibt da auch schon mal Meldebetrug. Fremde Menschen melden den Behörden und Verwaltungen eine falsche Adresse.« Karina sah die Frau streng an.

»Hier, in der Kaschemme? Das glaub ich nich! Wenn Se sonst nix mehr haben, ich hab noch zu tun!« Frau Müller knallte, ohne eine Antwort abzuwarten, die Tür zu. Auf der Fußmatte stand ›Schön, dass du gehst‹.

Karina ging zu der Tür, an dessen Klingel E. Fetcher stand, sah den langen Flur entlang und legte dann ein Ohr an das dunkelbraune Holz. In der Wohnung lief klassische Musik, dann klingelte ein Telefon und eine Männerstimme sagte etwas Unverständliches.

Fetcher war zu Hause, das war gut. Karina hüpfte wieder die Treppe hinunter und setzte sich in die Ente. Sie legte das Foto auf das Lenkrad und kramte in Perlchens Handschuhfach herum. Perlchen hatte immer Müsliriegel gebunkert und Karina fischte sich einen heraus. Als sie die Packung aufriss, roch es fruchtig, nussig und nach Haferflocken. Karina biss hinein, dann fluchte sie. Dieser Riegel musste schon länger im Handschuhfach gewohnt haben. Er hatte bestimmt schon Hitze und Kälte erlebt, und das nicht nur einmal, und es war ihm nicht gut bekommen. Für wackelige Zähne könnte er der Tod sein. Karina suchte in ihrer riesigen Handtasche nach der Flasche Wasser, die sie sich eingesteckt hatte. Sie musste die Betonkrümel herunter spülen. Gerne hätte sie Musik gehört, aber das Radio funktionierte nicht. Ein Taxi hielt vor dem Haus. Fetcher trat aus der Tür und steuerte es an. Er trug einen dunklen Zweireiher mit rosa Krawatte. Karina startete die Ente und fuhr in sicherem Abstand hinter dem Wagen mit der Nummer 273 her. Hoffentlich kam es nicht zu einer Art Verfolgungsjagd, da könnte sie mit der Ente nicht mithalten, das Lenkrad vibrierte schon bei Tempo 50, als hätte es ein Eigenleben. Aber das Taxi zockelte Richtung Innenstadt und hielt vor einem Kosmetiksalon. Fetcher stieg aus, der Wagen blieb stehen.

Nur wenige Minuten später kam Fetcher mit einer dunkelhaarigen Frau auf pinkfarbenen Killerpumps aus dem Laden. Er hatte seinen Arm um sie gelegt und sie glühte ihn an. Fetcher hielt ihr galant die Tür des Taxis auf und krabbelte zu ihr auf den Rücksitz.

Während der nun folgenden Fahrt konnte Karina das Geturtel der beiden gut beobachten. Als beide Wagen an einer Baustelle halten mussten, schoss sie vorsichtig ein paar Fotos mit der Kamera, die sie bereitgelegt hatte. Die beiden waren mit sich beschäftigt und bemerkten nichts. Vor einem eleganten Restaurant hielt das Taxi wieder, beide stiegen aus und gingen hinein.

Als Karina ihnen folgen wollte, hielt sie ein Mann in schwarzem Anzug auf. »Haben Sie reserviert?«

»Nein, nein, habe ich nicht, aber ich komme vom Bonner Generalanzeiger und wollte einen Artikel über französische Küche in Deutschland schreiben«, sie sah ihn treuherzig an.

»Im Generalanzeiger? Wäre da nicht eher ein Gourmetmagazin zuständig?« Er zwinkerte ihr zu und zog sie an die Seite. »Wenn Sie mir ehrlich sagen, was Sie hier möchten, könnte ich mich vielleicht«, er hatte das vielleicht besonders betont, »erweichen lassen. Also, ich höre.«

Karina betrachte den Anzugmann genauer. Er sah gut aus und das nicht nur nach Nicoles Meinung, die ja aus jedem Frosch noch den Prinzen herausblitzen sah. Dunkles, fast schwarzes Haar, das nach leichter Naturkrause aussah, Augen, die sie an geschmolzene Bitterschokolade erinnerten, eine aristokratische Nase, ein wenig wie Steffi Graf, und ein markantes Kinn. Um seinen Mund spielte ein leicht spöttisches Lächeln.

»Ähm, ja, ähm, was soll ich, ähm, sagen«, Karina druckste herum wie ein Teenager im Ausnahmezustand.

»Karina erkennst du mich denn nicht? Ich müsste jetzt eigentlich beleidigt sein!« Er tat so, als wolle er die Unterlippe vorschieben.

»Wir, wir kennen uns? Gib mir einen Tipp, bitte!« Sie versuchte ihr charmantestes Lächeln.

»Hölderlingymnasium, Deutsch-LK?«

Karina ließ den Kopf sinken. »Es tut mir total leid, aber ich erinnere mich nicht.« Sie seufzte.

»Du hattest ja auch nur Augen für Michael, den Supersportler, hinter dem alle Mädchen her waren. Seinen pickligen Freund mit Zahnspange, Panzerglasbrille und Afrolook hast du mit Nichtbeachtung gestraft, ja, gequält!«

Karina legte den Kopf schief und sah ihn fragend an: »Christopher?«

»Zumindest weißt du meinen Namen noch, so unsichtbar war ich ja dann anscheinend doch nicht!« Jetzt lächelte er und Karina wurde es warm. »Das ist ja ein Ding. Du bist, du bist hier, ja, was machst du denn? Oberkellner oder so?«

»Na super, das wäre ja eine richtige Karriere! Du sagst noch immer direkt, was du denkst, ohne auch nur einen Hauch von Diplomatie, deshalb bist du damals aus dem Kurs rausgeflogen, als du dem Trauth mit den Revolutionsgedichten gekommen bist.« Er zwinkerte ihr zu. »Nein, mir gehört der Laden.«

»Oops, sorry, aber ich hatte das nicht abfällig gemeint. Oberkellner ist doch auch, ähm, gar nichts Schlimmes«, stotterte sie.

Eine junge Frau in weißer Bluse, schwarzem Rock und langer roter Schürze kam zu ihnen und sprach in kurzen hastigen Sätzen mit Christopher. »Ich komme gleich, er spielt sich nur auf, mach dir keine Sorgen, ich kümmere mich um Mr. Wichtig!« Er wandte sich Karina zu: »Ein Gast spielt sich anscheinend vor seiner Flamme auf, ich muss mich darum kümmern. Aber sag noch schnell, was du hier willst.«

»Das ist vermutlich derselbe Mann, hinter dem ich her bin.« Karina runzelte die Stirn.

»Du bist jetzt hinter Männern her und dann noch so ungehobelten?« Christopher hob die linke Augenbraue. »Bist du bei der Polizei?«

»Nein, nicht Polizei. Privatdetektivin. Also nicht richtig. Eigentlich arbeite ich im Schokoladenmuseum in Köln, aber ich ermittle gerne und mach das nebenher.« Sie rieb ihre Hände aneinander.

»Soso, Privatdetektivin. Habt ihr nicht selbst einen Toten im Schokoladenmuseum gehabt? Vielleicht solltest du dich erst mal darum kümmern. Oder beschattest du den Kerl da drinnen, weil er damit zu tun hat?« Christopher riss die Augen auf.

»Quatsch, das ist vermutlich ein Ehebrecher. Dem bin ich auf der Spur. Ist ein weitverbreitetes Übel«, kam Karina verletzter über die Lippen, als sie wollte.

Christopher hatte es registriert. »Er sitzt vorne links, du kannst von der Wintergartenseite aus gut ein paar nette Fotos schießen, aber beeil dich, denn wenn ich an den Tisch komme, ist es aus mit den Nettigkeiten. Komm hier entlang.« Er nahm ihre Hand und zog sie durch die Küche, in der es herrlich nach frischen Champignons und Spinat duftete, bis in den Wintergarten. «Hast du eine Visitenkarte? Wenn ja, könntest du die als Dankeschön da lassen …« er sah sie bittend an.

»Ich werde darüber nachdenken«, jetzt zwinkerte Karina. »Schließlich würde ich schon ganz gerne wissen, ob du Kontaktlinsen trägst und wie du den Streuselkuchen aus dem Gesicht entfernt hast!«

Er knuffte sie in die Seite und zeigte nach vorne. Fetcher beugte sich gerade über den Tisch und küsste die Pinkpumpsfrau ausgiebig. Karina zückte die kleine Digitalkamera und schoss etliche Bilder.

»Du Mistkerl!«, murmelte sie leise.

»Sollte ein Ermittler nicht völlig vorurteilsfrei seiner Arbeit nachgehen?« Christopher stand immer noch hinter ihr, Karina zuckte zusammen, sie hatte ihn schon auf dem Weg ins Restaurant vermutet. Er roch gut, irgendwie nach Fruchtessig und Vanille.

»Stimmt. Das bin ich auch – meistens.« Sie griff in die Jackentasche, gab Christopher ein Kärtchen und stürmte aus dem Wintergarten, wieder durch die Küche hinaus auf die Straße. In der Ente griff sie zu ihrem Notizblock und notierte Ort, Uhrzeit und Begebenheiten und spürte, dass ihre Wangen brannten.

Nur wenig später verließen Fetcher und seine Begleitung das Restaurant. Fetchers Gesicht war tomatenrot, er schimpfte. Ein Klingelton schrillte, Fetcher griff in seine Jackentasche. Die Pinkpumpsfrau legte ihm die Hand um die Taille, aber er schüttelte sie ab. Ein Taxi fuhr vor und beide stiegen hinten ein. Dieses Mal wurde nicht geturtelt, Fetcher hatte die ganze Zeit das Handy am Ohr, seine gestikulierende Hand war auch gut zu sehen. Karina folgte dem Wagen und sprach ihre Beobachtungen in das Diktiergerät, das sie zwischendurch immer wieder auf den Beifahrersitz mit dem verschlissenen Polster legte. Das Taxi überquerte eine Brücke auf die andere Rheinseite und hielt später vor einem Einfamilienhaus in Troisdorf-Spich. Fetcher hatte sein Handy nicht mehr am Ohr, sondern hielt wieder mit der Dunkelhaarigen Händchen. Pinkpumps schloss die Tür auf und die beiden verschwanden im Haus.

Karina parkte die Ente vor dem adretten Kinderspielplatz, auf dem ein paar rauchende Mütter standen, während ihre Kinder, eingepackt in dick wattierte Ganzkörperanzüge, versuchten auf die Klettergerüste und die Rutsche zu kommen. Sie sahen aus wie Astronauten bei der Mondlandung und Karina fragte sich, ob die Mütter ihre Kinder durch die entsprechende Kleidung zum Bravsein zwingen wollten. Die lieben Schätze bewegten sich wie programmierte Roboter.

Sie stieg aus und schlenderte zum Spielplatz hinüber. Die Frauen musterten sie argwöhnisch. »Die Karola ist einfach die beste, keine hat das mit dem Peeling so drauf wie sie«, sagte gerade die mit der sehr blonden Löwenmähne. »Ja und die Massage ist auch einsame Spitze«, pflichtete die andere bei und kniff die Augen zu Schlitzen zusammen, während sie Karina von Kopf bis Fuß musterte.

»Tach auch, wie gehts denn so?« Karina versuchte, so freundlich wie möglich zu sein. Die Frauen murmelten etwas, das sich wie ein Gruß anhörte. »Ist schon ganz schön kalt, ein Heizstrahler wäre hier wohl nicht schlecht«, Karina rieb die Hände aneinander.

»Das wär mal ne gute Idee«, die Frau mit der Norwegerstrickmütze lächelte vorsichtig. »Sie sind aber nicht von hier?«

Karina schüttelte den Kopf. »Aber vielleicht ziehe ich ja in die Nähe … Wollte mich einfach mal ein wenig umsehen, habe schon so viel Gutes von der Gegend gehört.« Sie machte eine ausholende Armbewegung.

»Sind Sie auch Kundin bei Karola«, die Blonde deutete auf das Haus, in dem Fetcher verschwunden war.

»Ja ja, richtig, ich war das ein oder andere Mal bei ihr in Bonn, kann man sich denn auch hier behandeln lassen? Am Haus steht aber nichts in der Richtung.«

Die Frau mit der Norwegermütze legte den Zeigefinger verschwörerisch auf die Lippen. »Das ist nur für ganz gute Kunden und Nachbarn. Aber wenn Sie dann hierhin ziehen, betrifft Sie das ja auch. Haben Sie denn schon was ins Auge gefasst? Ich wusste gar nicht, dass jemand verkauft?« Sie sah die Blonde fragend an. Die zuckte die Schultern. Fetcher trat auf den Balkon. Er trug einen weißen Bademantel und zündete sich einen Zigarillo an. Die beiden Mütter und Karina sahen zu ihm hoch, er sah sie an. Karina trat hinter die beiden: »Oh, ist das ein Kunde von Karola?«

»Nein, ihr Liebhaber, hat sie Ihnen noch nicht von ihm vorgeschwärmt, sie spricht doch von nichts anderem beim Massieren!« Die Blonde dreht sich wieder um.

»Doch, doch, er heißt doch Egon und ist Immobilienmakler, sehr erfolgreich«, Karina hatte verschwörerisch die Stimme gesenkt.

»Zuhören ist eine Kunst«, tadelte die mit der Mütze, »er heißt Edward und ist sehr erfolgreich, aber als Banker in Frankfurt und New York.«

Fetchers Handy klingelte wieder.

»Da haben Sie sicher recht, ich hab da nicht richtig zugehört, aber danke. Ich schau mich jetzt mal in der Gegend um. Ihnen noch einen schönen Tag!« Karina verließ den Spielplatz, auf dem eines der Kinder losheulte. Ein anderes hatte ihm mit der Schaufel Sand ins Gesicht geworfen. »Henrike Viktoria, das gehört sich nicht!«, rief eine der Mütter. »Augenblicklich entschuldigst du dich bei Hugo Sören.« Das Mädchen mit der Schaufel legte noch eine Wurfsendung nach. Hugo Sören brüllte noch lauter.

Karina setzte sich in die Ente, winkte den beiden Frauen zu und fuhr los. Die Frauen waren erst einmal mit Erziehung beschäftigt.

Zu Hause angekommen, zog Karina ihren dunkelblauen Nickianzug an und kochte sich Kakao. Glücksduft nannte sie das, was von der Tasse mit heißer Schokolade in ihre Nase stieg. Sie schloss die Augen, sog den Duft tief ein und es gelang – wie immer. Sie sah die warmen braunen Augen ihrer Großmutter Maria vor sich, hörte ihre zärtliche Stimme und fühlte, dass ihre Kinderhand in der faltigen, doch sehr weichen Hand der alten Dame mit den weißen kurzen Locken lag. Um sie herum das geschäftige Treiben eines gut besuchten Cafés: Tellerklappern, Kaffeeduft, gedämpfte Gespräche, eine freundliche Bedienung, die zwei Tassen heiße Schokolade mit Sahne, einen Schokokuss für Karina und ein Stück Havannatorte für die Großmutter auf dem kleinen Marmortisch abstellte. Omas Augen hatten geleuchtet, als sie sagte: »Das ist unser kleines Geheimnis, mein Schätzchen. Das hier und du, ihr seid nach Opas Tod mein größtes Glück!«

Und auch für Karina war es das Schönste überhaupt gewesen. Ihre Eltern hatten nie viel Zeit für sie, schon gar nicht nach Susis Geburt. Susi, die dünne Kleine, die dauernd krank gewesen war. Andauernd musste Mutter mit ihr zum Arzt oder fuhr mit ihr in irgendwelche Kurheime. Dann ›musste‹ Karina immer zur Oma. Irgendwann wollte sie gar nicht mehr zurück nach Hause, aber das hatten die Eltern der Oma dann übel genommen. »Das Kind der Mutter zu entfremden«, hatte ihre Mutter wütend geschluchzt.

Oma hatte Karina überredet, es doch wieder mit den Eltern zu versuchen. Sie hatte auf ihre Großmutter gehört, widerwillig. Ihre gemeinsamen Cafébesuche hatten von da an noch häufiger stattgefunden, die Eltern mussten ja nichts davon erfahren. Oma wusste bis heute, was ihr fehlte, was sie brauchte, deshalb besuchte Karina sie auch einmal in der Woche in dem AWO-Altersheim am Severinswall.

Karina seufzte, steckte sich eine ihrer momentan favorisierten Pralinen in den Mund. Herbsüß prickelte der Champagnertrüffel auf der Zunge. Dann nahm sie sich wieder ihre Aufzeichnungen zur Hand und gab alles, was sie heute im ›Fall Fetcher‹ notiert hatte, in ihren PC ein. Danach öffnete sie den Ordner ›Schokomord‹ und las sich die Aussagen, die sie bisher von ihren Kollegen erhalten hatte, durch. Außer Tabio und Sanne hatte sie alle befragt. Ihr Blick ging zu dem schwarz-weißen Porträtfoto von Margeret Rutherford alias Miss Marple, das in einem schweren Bronzerahmen auf ihrem Schreibtisch stand. »Was würdest du tun, liebe Freundin?«, hörte sie sich fragen. »Wir haben zwei Tote, aus derselben Managerdelegation, die ich auch noch durchs Museum geführt habe. Der eine bleibt im Museum und stirbt, der andere geht Karneval feiern und wird erschossen. Im Museum hat niemand etwas mitbekommen. Wie hängt das zusammen?« Karina blickte lange auf Miss Marple. »Genau«, sagte sie auf einmal. »Zunächst schauen wir mal, was in der Kneipe passiert ist. Da muss ich hin und fragen, ja, das mach ich gleich morgen!« Sie zwinkerte Miss Marple zu und fuhr den PC herunter.

8

Christel Stüttgen hob den Kopf, als Tabio die Wohnungstür aufschloss. Die große Altbauwohnung wirkte noch heller und freundlicher, wenn ihr Sohn da war. Draußen war es zwar diesig und grau, aber sie und ihr Mann hatten die Wohnung in Gelb- und Orangetönen gestaltet, sodass in allen Räumen die Sonne schien – zumindest vom Gefühl her. Sie lächelte, als ihr Sohn zu ihr ins Arbeitszimmer kam. Er stellte sich hinter ihren Schreibtischstuhl und legte seine Hände auf ihre Schultern.

»Na, korrigierst du Klausuren?«, fragte er und lugte über ihre Schulter hinweg auf die Klausurbögen. Seine Mutter war Englisch- und Sportlehrerin am HVB, Hildegard-von-Bingen-Gymnasium, in Köln-Sülz. Sein Vater unterrichtete Sozialwissenschaften und Deutsch am Gymnasium Kreuzgasse. Tabio hatte auch das HVB besucht, nachdem seine Eltern ihn für die Schule fit gemacht hatten. Sie hatten neben der Schule geduldig mit ihm gearbeitet. Ihn die deutsche Sprache gelehrt und alles, was er sonst brauchte, um das Gymnasium besuchen zu können. Sie hatten ihm beigebracht, stolz auf sich und seine Hautfarbe zu sein, sich gegen Angriffe zu wehren oder sich zurückzuziehen, wenn er überfordert war. Sie hatten ihn in einem Judoverein angemeldet, damit er sich auch körperlich sicher fühlte. Seine Albträume hatten sie aufgefangen, ihn getröstet und vor allem wirklich geliebt. Das hatte er jeden Tag gespürt. Als Schüler am HVB war er stolz auf seine Mutter gewesen, die unter den Schülern den Ruf hatte, kompetent und immun gegen Schleimerei zu sein. Als Sportlehrerin scheuchte sie schon mal ihre Klassen ordentlich über den Sportplatz und durch die Halle. Aber sie war beliebt, ihre Noten galten als gerecht. Die Schulleitung hatte immer darauf geachtet, dass Tabio nicht von seiner Mutter unterrichtet wurde. Das war genau richtig für ihn gewesen. Tabios Eltern hatten ihn mit einer Mischung aus liebevoller Nachsicht und angemessen streng erzogen. Sie waren in den Schulferien mit ihm in alle möglichen Länder gereist, hatten ihm Kultur und Bildung vermittelt. Er fühlte sich bei ihnen immer aufgehoben und sicher – und akzeptiert.

Christel Stüttgen traute ihren Ohren nicht. »Wie bitte?«

Tabio wiederholte langsam, was er gerade gesagt hatte. »Ich möchte in meine Heimat reisen. Republik Elfenbeinküste. Ich möchte wissen, wo ich herkomme und mir das Land und die Menschen ansehen, meine Wurzeln kennenlernen.«

Christel Stüttgen traten Tränen in die Augen. »Wir sind doch deine Heimat, deine Eltern, die dich lieben. Was willst du denn da? Von deiner Familie lebt vermutlich keiner mehr. Haben wir irgendetwas falsch gemacht? Wir sind doch deine Familie.« Sie stand auf und stellte sich vor Tabio, wollte ihn in den Arm nehmen.

Tabio wich einen Schritt zurück. »Mama, bitte versteh mich doch. Ihr werdet immer meine Eltern sein, immer. Aber ich muss einfach mal dahin. Ich will einmal in einer Umgebung sein, wo ich nicht der Exot bin, wo alle so aussehen wie ich. Wo ich geboren bin und wo ich die ersten Jahre meines Lebens verbracht habe.« Er hatte jetzt auch Tränen in den Augen. »Ich habe fast alles vergessen, ich kann mich nur noch an ein paar Szenen erinnern. Meine Geschwister haben keine Gesichter mehr. Ich weiß kaum noch, wie unser Dorf aussah, wo mein Vater gearbeitet hat. Wie die Landschaft dort aussieht. Ich will doch einfach nur wissen, wo ich herkomme. Was da früher war, was früher mein Leben war.« Er wollte seine Eltern nicht verletzen, niemals. Und trotzdem. Er musste einfach dorthin, es zog und drängte ihn gleichzeitig. Vor einigen Wochen hatte er die afrikanische Gemeinde in Lindenthal besucht, in der Clarenbachstraße. Dort fand jeden Sonntag um sechzehn Uhr ein Gospelgottesdienst statt. Er war fasziniert gewesen von den Afrikanern, die dort zusammenkamen. Sie stammten aus allen möglichen Regionen Afrikas und lebten unterschiedlich lange in Köln, wie er aus dem einen oder anderen Gespräch herausgehört hatte. Ein richtiges Sprachengewirr war das gewesen. Afrikanische Sprachen, Englisch, Französisch. Die Frauen trugen ihre traditionelle Kleidung oder zumindest bunte Tücher und High Heels. Auch die Männer hatten bunte Hemden an. Irgendwie hatte er sich fremd und gleichzeitig heimisch gefühlt. Der Gottesdienst war unglaublich emotional gewesen, keinen hatte es auf dem Stuhl gehalten. Der Gesang war ihm unter die Haut gegangen. Er hatte gespürt, dass die Kleidung, die Trommeln, das Singen und Beten, die regelmäßigen sonntäglichen Treffen für diese Menschen ein wichtiges Ritual waren, um in Verbindung mit ihren Wurzeln zu bleiben, mit ihrer Heimat. Tabio war kurz vor Schluss aus dem Haus geschlüpft, noch draußen auf der Straße hatte er den Stimmen gelauscht. Dann war er im Stadtwald herumgewandert, hatte sich schließlich auf eine Bank gesetzt und den Sonntagsspaziergängern zugeschaut. Er wollte mit niemandem reden, wollte für sich sein. Damals hatte er zum ersten Mal darüber nachgedacht, ob er nicht für ein paar Wochen in seine alte Heimat fliegen und sich sein Waisenhaus und auch das Dorf ansehen sollte.

»Hast du denn schon einen Plan?«, unterbrach seine Mutter seine Gedanken. Sie versuchte auch jetzt, ihn zu unterstützen. »Willst du, dass wir dich begleiten? Wir könnten doch die Reise für die Ferien planen. Jetzt können Papa und ich nicht weg, das weißt du. Aber in den Weihnachts- oder Osterferien ginge das doch. Lass uns das zusammen machen.«

Tabio bemerkte die Angst in ihren Augen. Sie hatte Angst, ihn zu verlieren. Er machte einen Schritt auf sie zu und legte die Arme um sie. »Noch habe ich nichts Genaues geplant, es ist einfach nur so ein Wunsch, Mama. Ich wollte es dir sagen, damit du nicht aus allen Wolken fällst, falls ich mal ...« Er beobachtete, wie sie sich entspannte und durchatmete. »Noch ist es ja nicht akut, Mama. Irgendwann mal.«

Christel Stüttgen lächelte wieder. »Dann ist es ja gut«, sagte sie. »Komm, wir machen uns etwas zu essen. Die Klausuren können noch warten.«

***

»Schwarz wie die Hölle, stark wie der Tod, süß wie die Liebe – so muss ein Kaffee sein!« Tabios Augen blitzten, als er die Tasse vor Karina abstellte. Die schaute ihn nur an.

»So ganz allein und nachdenklich heute?«, Tabio platzierte noch ein schmales Stück Schokoladentorte mit Sahne vor Karina. Irgendwie hatte er mitbekommen, dass sie sich im Moment etwas mit dem Süßen zurückhalten wollte. Sie warf nur einen kurzen zustimmenden Blick auf den Kuchen und blätterte in einem Notizblock, neben dem eine Digitalkamera lag. »Samantha macht Diät und Perlchen hat Spätdienst. Und meinen lieben Kollegen Björn muss ich nicht auch noch in der Mittagspause um mich haben!« Sie löffelte sich eine dicke Portion Sahne vom Teller in die Kaffeetasse.

»Allein essen ist wie allein sterben – das ist ein afrikanisches Sprichwort«, Tabios Zähne blitzten weiß, als er lachte. Er nahm ein weiteres Stück Kuchen von seinem Tablett, stellte es auf den Tisch und setzte sich ihr gegenüber. Karina sah ihn fragend an.

»Das ist meine Mittagspause, ist doch im Moment wenig zu tun«, er deutete auf die Nachbartische. »Ich wollte schon immer mal mit einer wunderschönen Frau dinieren!«

Auch wenn er immer noch lächelte, konnte Karina einen schmerzvollen Zug um seine Augen sehen. Gerade das berührte sie mehr, als sein Kompliment. So ein Zug war auch immer um die Augen ihres Großvaters gewesen.

»Mit einer wunderschönen Frau, die beinahe deine Mutter sein könnte«, fügte sie hinzu, um sich und ihn auf den Boden der Tatsachen zu bringen, zu ›erden‹, wie Nicole es immer nannte.

»Das Alter eines Schwarzen ist ganz schwer zu schätzen«, sagte Tabio belehrend. »Selbst wenn ich zwanzig Jahre älter wäre, würde ich wahrscheinlich jünger als du geschätzt. Das ist so. Daher gilt: Alter ist irrelevant, es sei denn, du bist eine Flasche Wein!« Sein Lachen kam ganz tief aus dem Bauch, das konnte Karina hören und sie stimmte mit ein.

»Aus Afrika?« Sie zwinkerte ihm zu.

»Fast! Joan Collins hat das einmal gesagt. Aber da ihr Vater aus Südafrika kam, kommt das beinahe hin.«

»Joan Collins? Das war doch die Böse aus dem Denver-Clan, nicht wahr? Was du alles weißt!« Karina kratzte die letzten Krümel Schokoladentorte von ihrem Teller.

»Meine strenge Lehrerinnenmutter hat eine dunkle Seite ...«, er beugte sich vor und kam mit seinem Mund ganz nah an ihr Ohr.

Augenblicklich kribbelte es auf Karinas Haut und es fühlte sich an, als folgten die Härchen auf ihren Armen einem Weckruf.

»Frau Studienrätin Stüttgen ist ein Seifenopernjunkie! Sie guckt alles von ›Verbotene Liebe‹ über ›Lindenstraße‹ bis hin zu den alten Schinken wie ›Denver-Clan‹ und ›Dallas‹!«, flüsterte er mit Grabesstimme. »Aber kein Wort zu niemandem«, setzte er verschwörerisch hinzu und sah sich nach allen Seiten um. »Das sind Familiengeheimnisse, die keiner wissen darf. Allein die Vorstellung, ihre Schüler könnten davon Wind bekommen. Unerträglich.« Er gluckste. Als er den Kopf zurückzog, streifte seine Wange Karinas.

Sie räusperte sich. »Und übrigens, wir dinieren hier nicht, das könnte höchstens als Lunch durchgehen ...«, ihre Stimme klang dunkel, beinahe fremd und sie räusperte sich noch einmal.

»Da habe ich in der Schule wohl nicht aufgepasst. Verzeihung. Doch dann müssen wir das noch tun!«, Tabio stand auf und räumte das Geschirr aufs Tablett, »wir könnten ja zusammen kochen, ich mache ein fantastisches Couscous ...«.

»Und ich hab ein total leckeres Rezept für ein Curryhühnchen, das passt doch zueinander!«, Karinas Wangen glühten.

»Wann hast du denn mal Zeit?«, er balancierte das Tablett auf der linken Hand und legte die rechte auf die Herzgegend, »für mich?«

»Ich seh mal in meinen Terminkalender und sag dir Bescheid, okay?«

Er griff nach ihrer Hand und führte sie an die Lippen. »Bis dahin werde ich von dir träumen, denn träumen heißt, durch den Horizont blicken.«

Bevor Karina fragen konnte, ob das nun auch von Joan Collins oder aus Afrika stammte, hatte Tabio schon mit schwungvollen Schritten hinter der Theke Position bezogen. Neue Kunden drängten ins Café.

Karina sah ihm noch einen Moment zu, wie er mit einer jungen Frau plauderte, die mit herausforderndem Lächeln etwas bei ihm bestellte. Das war ein charmantes Bürschlein. An Angeboten hatte der wohl keinen Mangel. Trotzdem, ein Abendessen war ja unverfänglich, oder?

Dann fiel ihr ein, dass sie Tabio doch noch zu dem Mordabend hatte befragen wollen, aber das musste sie dann spätestens bei ihrem Date machen. War das denn überhaupt ein Date?

***

»Ich hab denn mal den Benno mitgebracht«, Andreas Röttger von der KTU zog einen Enddreißiger mit Glatze hinter sich her in den Besprechungsraum. »Wirtschaftskriminalität ist ja sein Metier und ich hab schon von ihm ein paar auf die Finger gekriegt, als ich deinen Anweisungen, lieber Herr Printz, nachgekommen bin, und nach Ermittlungsberichten in Zusammenhang mit unserem Fall gesucht habe.« Andreas zwinkerte in die Runde.

Benno Fischer ging schnurstraks zur Pinnwand und tippte auf das Foto von Weinsberg. »Da schau mal her, der Herr Dr. Weinsberg. Ein alter Bekannter von mir.« Er drehte sich zu den anderen um. »Ich werde euch erst mal was über den Schokoladenmarkt erzählen, damit ihr versteht, um was es geht. Der internationale Handel bietet für Kaufleute jeglicher Couleur günstige Perspektiven und in den osteuropäischen Ländern und im Nahen Osten sind für den Absatz von Schokoladenwaren sogar noch erhebliche Wachstumspotenziale. Die Preisentwicklung auf diesem Markt hängt essenziell von erzielten und erwarteten Kakaoernten ab und wird auch durch die politische und wirtschaftliche Lage in den Anbauländern beeinflusst. Wenn zum Beispiel in der Elfenbeinküste, deren Weltmarktanteil bei über vierzig Prozent liegt, eine Rekordernte erzielt wird oder die Ernten dort wegen des Bürgerkriegs gefährdet sind, schlägt die Fieberkurve der Rohkakaonotierungen an den Börsen in New York und London prompt aus. Zudem kommt hinzu, dass die Preisbildung für Kakao in der letzten Zeit weniger vorhersehbar geworden ist, weil sich internationale Investmentfonds immer stärker am Terminmarkt beteiligen. Und bevor ihr bei meinem Vortrag einschlaft«, Fischer hatte gesehen, dass den Kollegen schon die Augenlider zufielen, »hier kommt dieser Dr. Weinsberg ins Spiel. Der war einer der größten Zocker, einer der die Märkte kannte, nutzte und ausnutzte – natürlich nicht zum Wohl der Menschheit, sondern um seine Kakaoböhnchen ins Trockene zu bringen. Wir beobachten ihn schon seit zwei Jahren, konnten ihn aber bisher nicht wirklich festsetzen. Und jetzt, wo er tot ist, war alles umsonst.« Fischer seufzte.

»Das würde ich nicht sagen«, Printz starrte auf den Laptop und scrollte sich durch Fischers Unterlagen. »Deine Arbeit hilft uns doch bei den Ermittlungen.«

Fischer zog die rechte Augenbraue hoch. Hatte Andreas ihm nicht auf dem Weg zur Dienstbesprechung gesagt, dass Printz ein Mensch sei, der ganz schön unangenehm werden könne? Der klang doch ganz harmlos.

»Erklär mir doch mal die ganzen Kontenbewegungen hier.« Printz zeigte auf den Bildschirm.

»Das sind die Termingeschäftsabwicklungen und hier«, er öffnete noch weitere Fenster, »hier sind die Konten, zu denen er freien Zugang hatte. Das sind Treuhänderkonten, Firmenkonten und solche von Privatleuten.«

»Und dazu hatte Weinsberg Zugang?« Anna starrte auf ihren Bildschirm. Jeder der Kollegen hatte einen Laptop vor sich, alle waren miteinander vernetzt.

»Dr. Weinsberg genießt, nein genoss, in der gesamten Branche einen ausgezeichneten Ruf. Integer, erfolgreich und er hatte eine Nase für gute Renditen. Und die Gier der Menschen ist unstillbar. Ich meine«, Fischers Stimme klang jetzt als stünde er auf einer

Bühne, »niemand hat diese Anleger gezwungen, ihre Millionen in seine Hände zu geben. Sie sahen in ihm den Messias, denn er hatte ihnen nicht nur das Gelobte Land prophezeit, sondern pflasterte den Weg dorthin mit goldenen Brücken.«

Annas Augen leuchteten, anscheinend gefiel ihr Fischers biblisch angehauchter Vortrag.

»Und dann«, Fischers Stimme wurde drohend, »kam die Sintflut. Der Markt brach ein, die Renditen waren futsch und auch das Geld der Anleger.« Jetzt wurde seine Stimme wieder lebendiger. »Ihr hättet mal sehen müssen, was da auf Weinsbergs Handy und der Firmennummer los war. Sein E-Mail-Programm schmierte sogar ab – das war eine Flut von Anrufen und Mails und er war nicht erreichbar, der war untergetaucht.«

»Ihr hattet die richterliche Anordnung für eine solche Überwachung, ohne dass eine Straftat vorlag? Wie habt ihr das denn geschafft?« Schorsch beäugte ihn skeptisch.

»Ja, der Richter fand das in Ordnung und hat uns grünes Licht gegeben. Preisabsprachen, Marktmanipulation und Handel mit Insiderinformationen als Vortaten zur Geldwäsche sind in diesem unseren Lande immerhin verboten und das war unsere Ausgangslage«, Fischer verschränkte die Arme vor der Brust. Wegen solcher Formalitäten wollte er sich nicht festnageln lassen.

»Habt ihr die Drohmails noch? Oder die Drohanrufe aufgezeichnet?« Printz ging es nur um den aktuellen Fall.

Fischer nickte. »Der Ordner ist noch für den normalen Zugriff gesperrt, ich schick dir gleich den Inhalt. Federführend war damals ein Mitarbeiter der Firma ›Takona Trade‹, ein Manager hat sich kurz nach dem Crash mit Autoabgasen umgebracht. In seinem Abschiedsbrief beschuldigte er Weinsberg schwer, aber das Verfahren gegen ihn wurde sehr schnell eingestellt. Wir gehen davon aus, dass da Schmiergelder geflossen sind.« Er tippte auf eine hohe Summe, die als Zahlungsausgang von Weinsbergs Konto verzeichnet war.

»Das heißt, du kannst mir Namen und Adressen nennen?« Printz hob den Kopf und streckte die Nase in die Luft, wie ein witternder Jagdhund.

»Klar kann ich das, aber das geht in Richtung Mafia, Schokomafia, da gibt es Allianzen, von denen man denkt, die darf es gar nicht geben!« Fischer tippte auf der Tastatur seines Laptops.

»Schokomafia klingt doch irgendwie niedlich«, griente Andreas.

Fischer klickte und auf allen Bildschirmen erschien ein Foto. »Apropos niedlich. Das hier ist eines der Opfer«, erläuterte er. Alle atmeten fast gleichzeitig und laut ein. »Das ist zur Abschreckung gedacht. Sie haben dem armen Kerl die Zunge abgeschnitten, die Augen raus gehebelt und in die Höhlen die sogenannte Fruchtpulpa, eine weißliche Masse aus dem Inneren der Kakaofrucht geschmiert und diese mit getrockneten Bohnen dekoriert. Ob sie das alles vor oder nach seinem Tod gemacht haben, weiß ich nicht. Es konnte ihn ja keiner mehr dazu befragen. Normalerweise töten die gezielt und unauffällig. Die Zielperson wird in einer dunklen menschenleeren Ecke meist mit Kopfschuss hingerichtet oder es wird mit einem Zielfernrohr gearbeitet.«

»Auch im Getümmel mit Schalldämpfer?« Printz' Nasenflügel arbeiteten die ganze Zeit.

»Auch das, es gibt da etliche Fälle. Habt ihr das hier auch? Ich dachte, der Weinsberg lag im Schokobrunnen?« Fischer starrte auf die Pinnwand.

»Weinsberg im Schokobrunnen, aber Leutschler, der andere Tote, in einer Altstadtkneipe«, Printz war aufgestanden und zeigte auf das Foto von Rudolf Leutschler. »Wo ist da bloß der Zusammenhang?« Er schwieg.

»Also, der gehörte zwar zu einer Firma, die mit Schokolade handelt, aber der ist, was die Zockerei angeht, sauber«, wandte Anna ein und senkte den Blick. »Zumindest soweit wir das bisher wissen.«

»Da gehen wir im Moment dem Verdacht nach, dass es Rache aus Milieukreisen sein könnte«, pflichtete Schorsch ihr bei.

Fischer sah von einem zum anderen. »Ich geb euch alles, was ich habe und wenn noch Fragen sind, nur zu! Ich kann euch nur sagen, die Mafiosi sind überall!«

»Mafiosi?« Anna blätterte hektisch in ihren Unterlagen. »Hatten nicht mehrere Zeugen was von einem als Mafioso verkleideten Jecken am Schokoladenmuseum erzählt?«

»Doch, ja, stimmt«, Printz stand neben ihr. »Hier, an den konnte sich eine komplette Gruppe erinnern.«

»In der Kneipe war auch ein Mafioso«, rief Schorsch, »das hat mir der Wirt an dem Abend erzählt. Der wäre gar nicht ›jeck‹ gewesen, hätte nichts trinken wollen und hat wohl auch eine Frau angepflaumt, die ihm den weißen Schlips abschneiden wollte.«

»Das muss ja nicht ein und derselbe Typ gewesen sein. Vermutlich sind an dem Tag Hunderte als Mafiosi verkleidet durch die Stadt gepilgert. Da brauchen wir schon mehr, das wisst ihr!« Printz ging mit langen Schritten auf und ab.

»Doch, das war derselbe!«, warf Anna ein. »Du hattest doch die Manager befragt und ich habe auch noch einmal mit einem von denen, mit dem Schäfer, gesprochen. Der sagte, es wäre derselbe Mafioso gewesen. Der hätte so einen besonderen Hut getragen, Moment«, sie blätterte wieder in den Unterlagen. »Ah ja, hier. Er sagte, das wäre ein klassischer schwarzer Borsalino mit breiter Krempe gewesen, der hätte eine besonders hochwertige Haarfilzqualität.«

»Bitte?« Schorsch beugte sich über den Tisch.

»Ich wiederhole nur, was er gesagt hat. Er hat ein Faible für Hüte und besonders für die Marke Borsalino. Früher hätte es die nur in ausgesuchten Geschäften gegeben, aber mittlerweile könnte man die auch im Internet für um die 250 Euro bestellen. Das heißt doch, dass der Typ keinen Karnevalshut getragen hat. Das wäre ja ein merkwürdiger Zufall, wenn gleich zwei Jecken so einen teuren Hut getragen hätten, oder?«

»Selbst wenn es derselbe Mafioso war, was haben wir davon? Ich fänd das zu platt, jetzt irgendwelche Schlüsse zu ziehen. So etwas denken sie sich doch nur in den Fernsehkrimis aus: Ein Killer als Mafioso verkleidet – ist doch völlig blöde, trotzdem«, er zögerte einen Moment. Dann traf er eine Entscheidung. »Aber wir gehen der Sache nach. Jeder noch so bescheuerte Hinweis ... Die BaFin hatte ja auch nichts über den Weinsberg vorliegen«, fügte er mit einem Blick in Annas Richtung noch an.

»Wie jetzt?« Benno sah ihn entgeistert an. »Natürlich hat die BaFin etwas von Weinsberg vorliegen. Steht alles in meinen Unterlagen.«

»Aber wir haben da eine andere Auskunft aus deinem Dezernat erhalten«, Anna sah von Printz zu Benno und wieder zurück.

»Blödsinn, wen habt ihr denn gefragt? Den Hausmeister?« Benno grinste frech.

»Nein, ich habe mit einem Lars Winkler gesprochen und der hat mir das gesagt.«

Benno lachte. »Das ist fast so effektiv wie den Hausmeister zu fragen. Lars ist Durchläufer, der hat von nichts auch nur den Hauch einer Ahnung!«

»Aber er hat so getan, als sei er der neue Kollege, verdammt!«, verteidigte sich Anna.

»Ja, der spielt sich gern am Telefon als der Experte auf. Dem sind schon mehrere Kollegen auf den Leim gegangen.« Benno wurde ernst. »Dem werd ich was erzählen.«

»Ja, Mann, sorg da mal für Ordnung. Ihr könnt doch so einen nicht ans Telefon lassen«, pflichtete Printz bei. »Aber passiert ist passiert. Und was den Mafioso angeht – vielleicht hat da ja einer Sinn für Humor oder fühlt sich einfach zu sicher ...«, Printz fixierte Leutschlers Foto. »Wir brauchen auf jeden Fall eine Personenbeschreibung von dem Typen, falls es ein und derselbe Mann sein sollte. Vielleicht handelt es sich ja auch um zwei verschiedene Jecken. Solche Kostüme gibts doch öfter, oder? Sprecht noch einmal mit den Zeugen. Vielleicht haben wir Glück und es reicht für ein Phantombild. Obwohl ich da schwarz sehe. Befragt zehn Zeugen und ihr bekommt zehn verschiedene Beschreibungen. Egal, wir bleiben da dran. Schorsch und Sabrowski, kümmert ihr euch darum?«

Beide standen auf. Anna überlegte kurz, ob sie sich noch einmal rechtfertigen sollte wegen des BaFin-Flops oder erwidern sollte, dass sie den Job schon lange genug machte, sodass Printz ihr nicht andauernd erklären musste, was zu tun sei, aber sie entschied sich dagegen. Im Moment war er ja relativ umgänglich, auf Stress mit ihm hatte keiner Lust. Und sie war ihm dankbar, dass er nicht darauf herumritt, dass sie so einem Ignoranten einfach naiv geglaubt hatte. Anna sah in Printz' Richtung. Der nickte nur leicht und wandte sich ab.

»Wie weit sind eigentlich die Ergebnisse der Rechtsmedizin?«, fragte er schnell, bevor alle von der Bildfläche verschwinden konnten.

Brigitte schüttelte den Kopf. »Die hat sich noch nicht festgelegt.«

»Machst du denen noch mehr Dampf?«

»Die lassen sich keinen Dampf machen, Printz, du kennst die doch. Sie arbeiten systematisch.« Brigitte zwinkerte in die Runde: »Genau wie wir!«

9

Karina lag wach und starrte in die Dunkelheit. Auf dem Rücken hatte sie noch nie einschlafen können und Timo, der Karnevalscowboy, hielt ihre linke Hand so fest umklammert, dass es wehtat und sie sich auch nicht auf die Seite drehen konnte.

Timos schüchterner Blick, sein zaghaftes Lächeln und sein freches Mundwerk hatten ihr schon bei der Karnevalseröffnung am 11.11. gefallen. Sobald er sie ansah, leuchteten seine Augen, deren Farbe zwischen blau, grau und grün wechselte, je nach Beleuchtung. Zuerst hatte sie auf blau getippt und Perlchen auf der Toilette vorgeschwärmt: »Endlich mal einer mit blauen Augen und dunklen Haaren, findest du nicht, dass er aussieht wie Bradley Cooper in Hangover?! Er könnte zumindest sein Bruder sein. Der ist echt süß!«

Und Perlchen hatte in den Spiegel gegrinst und ihr zugezwinkert: »Wurde Bradley Cooper nicht letztens zum ›Sexiest Man Alive‹ gewählt? Und hat nicht schon Mark Twain gesagt: Gib jedem Tag die Chance, der schönste Tag deines Lebens zu werden? Ran an den Speck, Karina!«

»Wenn er welchen hat, Perlchen, aber ich werde es rausfinden!« Karina hatte nicht wie sonst über Perlchens Griff in die Schlaue-Sprüche-Kiste gemeckert, dafür ging es ihr viel zu gut. Sie hätte am liebsten noch viel mehr geschwärmt; wie toll sie sich mit ihm unterhalten konnte, wie gut er ihr zuhörte, trotz der lauten Karnevalsmusik, wie interessiert er fragte, wie viele ähnliche Ansichten sie hatten, aber Perlchen war mit einem »Und Tschüss« hinausgerauscht.

Mit Nicole hatte es kein konspiratives Treffen auf der Damentoilette gegeben. Zum einen war sie von Perlchen schon informiert worden, zum anderen wusste Karina, dass Nicole Kurzzeitaffären blöd fand und – so wie sie es nannte – eine längere ›Vorglühphase‹ brauchte.

Karina und Timo hatten dann die Handynummern ausgetauscht und ein paar Mal telefoniert. Und gestern, nach dem einen oder anderen Kölsch im ›Früh‹ am Chlodwigplatz, waren sie zu ihr gegangen. Auf der Severinstraße kamen ihnen viele Nachtschwärmer entgegen, vor den Restaurants füllten die Raucher ihre Lungen mit Qualm. Karina hielt jedes Mal, wenn sie durch eine solche Rauchwolke ging, die Luft an. Früher war diese Qualmerei ja normal gewesen, aber heute störte sie das mehr und mehr.

Das Odeonkino spuckte nach der letzten Vorstellung noch beachtlich viele Leute aus; Karina und Timo hatten auf die andere Straßenseite wechseln müssen und sich über ihre Lieblingsfilme unterhalten. Als er dann meinte, sie würden ja in Zukunft bestimmt gemeinsam ins Kino gehen, hatte er dabei nach ihrer Hand gegriffen und sie waren Händchen haltend weiter geschlendert. Warum sie da ausgerechnet an Tabio hatte denken müssen, hatte sie selbst überrascht. Die Imbissbuden waren noch geöffnet und der Duft nach Zwiebeln, Gyros und Zaziki hatte so gelockt, dass Karinas Magen mit einem lauten ›Bittebittebitte‹ geknurrt hatte. Am dritten Grill hatte Timo gefragt, ob sie nicht Lust auf ein kleines Nachtmahl hätte – da hätte sie ihn küssen können, war aber nur kommentarlos vor ihm durch die Tür gestürmt. Zwiebeln und Zaziki hatte Karina sich verkniffen, Timo nicht.

Karina roch das jetzt – die Luft in ihrem kleinen Schlafzimmer war, zurückhaltend ausgedrückt, verbraucht. Am liebsten hätte sie das Fenster aufgerissen. Timo lag auf der Seite, sein Gesicht hatte er ihr zugewandt, und atmete gleichmäßig ein und aus. Bei jedem Einatmen gab er einen Ton durch die Nase ab, kein richtiges Schnarchen, aber trotzdem nervte es. Zudem sonderte er mit jedem Atemzug nicht nur intensiven Dönergeruch ab, sondern auch noch Bierdunst. Karina drehte den Kopf und versuchte vorsichtig ihre Hand aus seiner zu lösen. Er brummelte etwas Unverständliches und fasste fester zu.

»Das darf doch wohl nicht wahr sein! Das ist dein Bett, deine Wohnung, los Karina, steh auf, wann du es willst!«, murmelte sie, zog ihre Hand mit einem Ruck aus seiner und glitt aus dem Bett. Er fuhr kurz hoch, grummelte, drehte sich um und schlief sofort wieder ein.

Hätte sie gewusst, dass es so einfach werden würde, wäre sie früher aufgestanden. Sie trat ans Fenster und öffnete es weit. Tief sog sie die frostige Luft ein, erschnupperte Kälte, Kohle und Holz. Viele Häuser hier im Vringsveedel, wie die Kölner das Severinsviertel liebevoll nannten, hatten noch keine Zentralheizung. Das gleichmäßige Rauschen der Autos, die über die Severinsbrücke fuhren, beruhigte sie. Sie schloss das Fenster, klappte dann leise die Zimmertür hinter sich zu. In der Küche machte sie sich einen Kakao. Während ihre Hände wussten, was zu tun war, dachte sie an die letzte Nacht.

Sie hatten sich nicht gerade die Klamotten vom Körper gerissen, wie es in den Filmen immer so eindrucksvoll gezeigt wurde. Ein wenig verkrampft hatten sie auf dem Sofa gesessen, einen Kaffee getrunken und erzählt. Über Timos Selbstständigkeit und Karinas Liebe zur Schokolade. Irgendwann war ihnen der Gesprächsstoff ausgegangen und er hatte sie in den Arm genommen und geküsst. Der Kuss war nicht wirklich überzeugend gewesen, aber Karina wollte nicht überkritisch sein – vielleicht war er ja ein wenig aus der Übung. Dann hatte er angefangen sie auszuziehen und wie er ihre Haut geküsst hatte, das hatte ihr gefallen.

»Meine Güte«, Karina fröstelte. Sie waren dann mit einem Heißhunger übereinander hergefallen, als wären sie jahrelang zur Hautabstinenz gezwungen worden. Dieses immer wieder anfassen, streicheln, küssen müssen! Ob es das war, was in den Büchern immer als ›Raserei‹ bezeichnet wurde? Wenn ja, dann wäre Timo der Richtige für sie. Aber sie hatte zwischendurch an Tabio denken müssen und irgendwie war sie nicht mit dem Herzen dabei. Nur die Haut spielte verrückt, wollte noch mehr.

Karina stellte die Tasse in die Spüle, legte beide Hände auf den kalten Edelstahl. Dann schlich sie zurück zum Bett. Als sie sich unter die Decke kuschelte, legte Timo sofort den Arm um sie.

***

»Los Wolkow, beweg deinen Arsch zur Tür!« Die Stimme des Vollzugsbeamten schrillte durch die Luke. Er war erst seit drei Monaten hier in der JVA Köln-Ossendorf und fühlte sich von den Kollegen und den Inhaftierten nicht ernst genommen. Sein Gefühl stimmte.

Wolkow ließ sich Zeit, ging noch mal geräuschvoll pinkeln und schlurfte dann zur Tür: »Na Pickelgesicht, was wollen?«

»Für dich immer noch Herr Pajak!« Er schlug die Luke zu und schloss die Tür auf. Dabei fiel ihm der Schlüssel aus der Hand.

»Du Polensau, Pajak, Russland fickt Polen und ich«, er machte zwei schnelle Schritte auf den Aufseher zu, der wich zurück, »ich fick dich, wann ich will, Tomasz Pajak!« Er tippte auf das Namensschild des Beamten.

»Das werden wir noch sehen, ab, du sollst zum Direktor kommen.«

Andrej Wolkow ballte die Hände zu Fäusten, schlug auf einen imaginären Sandsack ein und tänzelte wie ein Boxer vor Pajak den Flur entlang. Jeder Zellentür, die sie passierten, versetzte er einen Faustschlag und es schien ihm nicht wehzutun. Zumindest ließ Wolkow keine Regung erkennen.

»Das sind alles Gestörte hier!«, dachte Pajak und wünschte, er hätte sich besser auf die Stelle beworben, bei der er ausschließlich für die Aus- und Vorführung von Straftätern zuständig gewesen wäre. Hier in der JVA fühlte er sich bedroht. Er konnte noch nicht einmal genau sagen, von wem oder wovon. Es gab Kollegen, die beendeten ihr Gespräch, sobald er das Zimmer betrat und die Gefangenen verhöhnten ihn, wann immer sie konnten. Wolkow war da keine Ausnahme, aber er war besonders aggressiv. Pajak hatte seinen Vorgesetzten

Rudolf Schmidt auf Wolkow angesprochen, aber der hatte nur abgewunken.

»Der Wolkow macht immer einen auf brutal, aber hat sich bisher benommen. Der darf mittlerweile stundenweise unter Aufsicht raus und arbeitet auf Ausgang hin, das wird der sich nicht selbst versauen. Wenn du den erst mal besser kennst, und er dich, dann wirst du sehen, dass der nicht schlimmer ist als die anderen Jungs hier.«

Pajak hatte ihm das nicht geglaubt, aber nichts mehr daraufhin gesagt. Damals hatte er angefangen, seine Beobachtungen in einer Kladde zu dokumentieren, die er zu Hause versteckte.

Sie waren beim Büro des Gefängnisleiters angekommen. Ralf-Dieter Richards stand auf dem Schild neben der Tür. Pajak hatte ihn kurz bei den Einstellungsgesprächen kennengelernt, aber sonst nichts mit ihm zu tun gehabt. Richards eilte der Ruf eines den Menschen zugewandten Chefs voraus. Probleme wurden besprochen und aus der Welt geschafft. Bei Angriffen vonseiten der Häftlinge oder von außen stellte er sich vor seine Mitarbeiter. Pajak klopfte, öffnete die Tür zu Richards Büro und schob Wolkow vor sich hinein. Richards telefonierte, zeigte dabei auf den Stuhl vor seinem Schreibtisch. Wolkow setzte sich und Pajak blieb hinter ihm stehen.

»Verpiss dich!«, zischte Wolkow, doch Pajak stellte sich breitbeinig hin und verschränkte die Arme vor der Brust. Richards Blick wanderte von Wolkow zu Pajak und wieder zurück. »Ja, ja, ich habe verstanden. Natürlich. Es bleibt dabei. Ich halte mich daran.« Er nickte bekräftigend. »Sie müssen das nicht immer wieder betonen!« Sein Tonfall wurde schneidend, dann sprach er auf Russisch weiter.

Pajak sah kurz von Wolkows Hinterkopf auf, Richards starrte auf die Dokumente vor sich. Pajak konnte dem Redeschwall kaum folgen, verstand nur wenige Brocken, aber war da nicht von Erpressung die Rede? Wolkow hustete, einmal, zweimal, dreimal. Richards starrte ihn an, dann legte er die Hand auf die Sprechmuschel: »Herr Pajak, warten Sie doch bitte draußen, ich lasse Sie anpiepen, wenn Sie gebraucht werden.«

Wolkow drehte den Kopf, Pajak sah, dass er grinste. Er hätte gerne widersprochen, die entsprechende Anweisung im Umgang mit Häftlingen zitiert, aber Richards scheuchte ihn mit einer eindeutigen Handbewegung hinaus.

Pajak trat auf den Flur, atmete tief den metallenen Geruch in den Bauch hinein, dahin, wo die Wut saß. Mit wem konnte er darüber sprechen? Wen konnte er fragen, was das zu bedeuten hatte? Pajak ging gedanklich alle Kollegen durch und merkte, dass es niemanden gab, dem er vertraute. Da war kein Kollege, mit dem er mehr als Small Talk geführt hatte. »Du bist kein Teamplayer«, hörte er einen seiner Ausbilder sagen. »Da wirst du noch Probleme bekommen, wenn du das nicht lernst. Die einsamen Wölfe sterben auch einsam!« Pajak schluckte. Vielleicht sollte er es einmal bei Kai probieren, der war nur ein halbes Jahr länger als er hier in der JVA. Pajak rückte den Gürtel zurecht, ging mit festem Schritt und geradem Rücken den Flur entlang. Wie beim Marschieren zählte er stumm mit: »Eins, zwei, drei, vier. Eins, zwei, drei, vier.«

***

»Miss Marples Enkelin persönlich!« Nicole applaudierte und Perlchen warf nicht vorhandenes Konfetti. »Hoch soll sie leben ...«

Karina griente und zeigte ihre Oberarmmuskeln. Ihre Freundinnen sangen lauthals: »Ich muss nur noch kurz die Welt retten ...«

»Danke, genug, es soll mir ja nicht zu Kopfe steigen!«, theatralisch legte Karina den Handrücken an die Stirn. »Aber ich finde manchmal selbst, dass ich verdammt gut bin!«

»Und das hast du sogar schriftlich.« Nicole tippte auf den Brief in Karinas Hand. Perlchen bettelte. »Komm, lies es noch einmal vor und dann stoßen wir auf die Belohnung an!«

Karina ließ sich nicht lange bitten. »Sehr geehrte Frau Sprängel, der Polizeipräsident bedankt sich bei Ihnen persönlich für Ihre Mithilfe beim Auffinden des gesuchten Straftäters Richard Adrian.« Sie sah ihre Freundinnen an. Sie hörten zu. Also weiter. »Nur kurze Zeit, nachdem die Münchner Kollegen die Fahndung über unserer Homepage veröffentlicht hatten, sind Sie schon in Aktion getreten und haben mit Ihren sachdienlichen Hinweisen zur Ergreifung des mutmaßlichen Täters beigetragen. Somit steht Ihnen die Belohnung von 2000 Euro zu. Bitte geben Sie uns Ihre Kontoverbindung an.

Schon des Öfteren haben Sie, liebe Frau Sprängel, der Kölner Polizei mit Ihren Hinweisen und Darstellungen bei den verschiedensten Fällen geholfen. Das wirft die Frage auf, ob Sie vielleicht als Privatdetektivin arbeiten.« Karina prustete los: »Na, der hat ja richtig Fantasie.«

»Hauptsache die Kohle stimmt. Was machen wir denn damit?«

»Wir? Ich leg sie erst mal auf die hohe Kante. Denn ...!«, hier stimmte Nicole ein und sie beendeten den Satz gemeinsam: »... sparst du in der Zeit, dann hast du in der Not!«

»Der Wahlspruch Fräulein Stegers und er stand auch auf der Schutzhülle meines ersten Sparbuchs, das ich in der Grundschule mit fünf Mark drauf bekommen habe.«

»Ja, ich hatte auch so eins.« Perlchen lachte. Und auf der Rückseite stand ›Von nix kütt nix‹. Du und ich, wir haben uns daran gehalten, die meisten Politiker nicht. Aber mal ehrlich: Willst du dir denn nichts von dem Geld gönnen? Was kostet denn diese Ausbildung zur Detektivin?«

»An die 4000 Euro und ich muss zwei Jahre lernen. Wie soll ich das denn mit meinem Job im Schokoladenmuseum vereinbaren? Aber vielleicht mach ich mal ne schöne weite Reise von der Kohle.« Karina sah träumerisch ins Weite. »Geld muss auch fließen. Aber die Ausbildung wär echt mein Traum. Zeit müsste man haben ...«

Perlchen umarmte Karina fest: »Du hast aber doch mal erzählt, das ginge größtenteils auch per Fernstudium. Da könntest du doch dann zu Hause lernen, statt Schokoladenfilme zu gucken. Das wolltest du schon immer, Karina.«

»Ja und nein. So wie ich spannende Fälle und deren Auflösung liebe, so liebe ich die Schokolade. Schon allein der Duft, wenn ich morgens ins Museum komme. Das ist Heimat für mich. Früher hat es wohl im ganzen Severinsviertel so gerochen, als es noch die Schokoladenfabrik Stollwerck dort gab.

Das hat meine Mutter erzählt. Die hat dort in der Fabrik gearbeitet, meine Familie wohnte da ganz in der Nähe. Ich bin mit den Geschichten rund um die Schokolade aufgewachsen, für mich ist sie und alles, was damit zu tun hat, Lebenselixier!« Karina hatte, während sie sprach, nach einem Schokoriegel gegriffen.

»Moooment, das sollten wir mit der Kamera festhalten!« Nicole zog das Handy aus der Hosentasche. »Damit wirst du die neue Werbebotschafterin für das braune Gold! Beiß mal rein. Und Action!«

Karina posierte und Nicole fragte, während sie Karina von allen Seiten fotografierte: »Sag mal, ermittelst du auch bei dem Mord vom Schokomuseum?«

»So ein bisschen«, Karina machte ein spitzbübisches Gesicht. »Das kann ich mir ja wohl nicht entgehen lassen!«

Dann konnte sie ihre Ergebnisse doch nicht für sich behalten. Stolz berichtete sie, mit wem sie schon gesprochen hatte und war froh, endlich einmal laut aussprechen zu können, was ihr im Kopf herumging: »Dieser Dr. Weinsberg wollte ja auch in die Altstadtkneipe. Wenn er nicht sein Handy gesucht hätte, wäre er direkt mit der Gruppe dorthin gegangen. Wäre er dann auch in der Kneipe getötet worden? Und der andere Manager auch, oder hätte es nur einen von beiden erwischt?«

Nicole und Perlchen antworteten nicht, denn sie wussten, dass Karina diese Fragen nur rhetorisch stellte. Sie folgten Karina in die Küche und sahen ihr zu, wie sie frischen Kakao zubereitete.

»Habe ich etwas übersehen?«, fragte Karina am offenen Kühlschrank und schloss die Tür wieder. Nicole sagte nichts. ›Selbst der Kühlschrank hält die Klappe‹, dachte Perlchen und grinste.

»Wer von beiden starb zuerst? Ob dieser Kommissar mir dazu etwas sagen wird? Vermutlich nicht. Aber ich könnte zumindest ja den Wirt von der Altstadtkneipe nach der genauen Uhrzeit fragen. Vielleicht ist der ja auch in der Lage, mir zu sagen, wie die anderen der Gruppe so drauf waren. Vielleicht ist ja einer der Manager der Täter. Wenn ja, wäre das denn zeitlich möglich gewesen? Dass er zuerst den Weinsberg um die Ecke bringt und dann lustig mit der Gruppe in die Kneipe geht, um sein zweites Opfer niederzumetzeln? Und warum hat er den Weinsberg nicht auch erschossen?« Karina trank in kleinen Schlucken und schloss die Augen dabei. Oft genug stiegen, ausgelöst durch den köstlichen Geschmack, Bilder und Gedanken in ihr auf, die ihr beim Lösen ihrer Probleme halfen oder zumindest eine neue Perspektive eröffneten. Aber heute funktionierte es nicht. Sie öffnete die Augen wieder und starrte Nicole an. Die räusperte sich: »Du hast gesagt, dass Weinsberg allein im Museum geblieben war, die Kollegin vom Service habe gesehen, wie die Gruppe abmarschiert ist.«

»Aber es könnte ja auch einer zurückgekommen sein, oder ist gar nicht erst mitgegangen ...«, grübelte Karina laut und überlegte, ob Chioma ihre Geister zu Hilfe rufen und sie befragen könnte? Karina würde sie beim nächsten Treffen einfach fragen, aber zuerst musste sie noch in der Altstadtkneipe vorbei.

***

»Hallo Frank, vielleicht gibt es ja doch eine Verbindung zwischen deinen Ermittlungen und meinen Mordfällen hier in Köln.« Stephan Printz beugte sich über die Tastatur seines PCs und überlegte kurz. »Es ist total vage, aber ich habe da so ein Bauchgefühl ...«, Printz hielt inne. Sein Finger schwebte über der Löschtaste.

»Bauchgefühl!«, knurrte er dem Gummibaum zu. »Nur weil da ein verkleideter Mafioso in der Nähe war. Frank denkt dann, ich wäre jetzt völlig durchgeknallt«, er tippte sich mit dem Zeigefinger an die Stirn, schob den Stuhl zurück und holte die Düngestäbchen aus der Schreibtischschublade.

»So, meine Lieben, ihr bekommt von mir eine Sonderration Futter, aber dafür will ich eure Meinung! Soll ich Frank mailen, auch auf die Gefahr hin, dass ich völlig daneben liege?« Er stopfte ein Stäbchen nach dem anderen in die verschiedenen Töpfe. »Und überhaupt ›Bauchgefühl‹, wie unprofessionell ist das denn? Das ist was für die Kommissarinnen im Fernsehen, aber nichts, was im normalen Leben funktioniert!« Printz stand jetzt mitten in seinem kleinen Urwald, umrahmt, fast umarmt von grünen Blättern und Ranken. »Stimmt. Frank ist ja ein Freund. Selbst wenn ich total daneben liege, wird er mir das nicht krummnehmen, schon eher, wenn ich ihm einen Verdacht verschweigen würde, und sei er noch so unbegründet.« Die Blätter vibrierten kaum spürbar. »Habe verstanden, danke Jungs und Mädels!«

Printz führte die Mail weiter: »... und du predigst ja immer, dass sich ein guter Polizist auf all seine Sinne verlassen sollte (nur für den Fall, dass ich falsch liege!).« Er beschrieb seinem Freund das Szenario in der Altstadtkneipe und die Fakten, die er und sein Team bisher ermittelt hatten. An die Mail hängte er das Foto von Rudolf Leutschler an und klickte auf ›Senden‹.

***

Feierabend – was war das für ein Tag gewesen! Karina eilte aus dem Museum und es nieselte schon wieder. Ihre Mail-Box hatte gedroht überzulaufen, alle wollten wissen, was da im Museum passiert war und ob das Museum seine Termine einhalten würde, keine Gefahr bestünde und, und, und. Gut, dass es eine klare Verlautbarung der Leitung gab. Kollege Björns Laune war wegen der Vorfälle und eines Streits mit seiner Mutter unterirdisch gewesen. Seine Mutter machte sich natürlich Sorgen um ihren Björn und hatte ihn genötigt, sich krankschreiben zu lassen oder Urlaub einzureichen. Björn hatte sich geweigert, erstmals hatte er seiner Mutter die Stirn geboten.

In der Mittagspause hatte an ihrem Tisch auch noch dieser durchgeknallte Weltverbesserungsaktivist gesessen. Eigentlich war gegen ihn Hausverbot für das ganze Museumsgelände verhängt worden, aber irgendwie hatte er sich mal wieder reingeschmuggelt. Na ja, es waren auch keine Plakate mit seinem Kopf und darüber ›Wanted‹ oder so ähnlich im Eingangsbereich ausgehängt, wie sollten die Mitarbeiter ihn da erkennen?

Karina zog die Kapuze ihres Regenmantels tiefer ins Gesicht, denn jetzt blies der Wind vom Rhein her, als wolle er sie anschieben.

Daniel Steinkamp hieß der Typ, war Ende zwanzig, hatte langes, blondes, strähnig-schütteres Haar und studierte irgendetwas im Bereich Soziologie. Vielleicht ein Kommilitone von Tabio Stüttgen? Sie musste ihn bei Gelegenheit mal fragen. Käme so eine Figur in einem Roman vor, würde Karina sagen: »Meine Güte, das ist ja wohl zu dick aufgetragen!« Aber dieser Daniel bediente wirklich alle Klischees, er war das Abziehbild eines Menschen, der sein Leben damit verbrachte, die Welt ein kleines bisschen besser zu machen. Er konnte sich noch nicht einmal für eine Organisation entscheiden, sondern hatte sie fast alle auf seine Fahne geschrieben. Im Juni war er vor dem Schokoladenmuseum aufgetaucht und hatte, in Anlehnung an die Fußball-Europameisterschaftskampagne von ›foodwatch‹, seine eigene, ganz persönliche Aktion durchgeführt. Bekleidet mit dem EM-Trikot der deutschen Nationalmannschaft, hatte er einen Stand direkt neben dem Haupteingang des Museums aufgebaut. An dem Tisch selber prangten Logos von ›foodwatch‹, ›OCCUPY‹, ›Fair Trade‹, ›Greenpeace‹, ›Amnesty International‹, ›Blockupy‹, ›Rettet den Regenwald‹, ›PETA‹ und ›Attac‹. Ein großes Transparent mit ›Gegen die Partnerschaft von S. Cröger mit dem DFB!‹ vervollständigte den Stand. Auf der Tischplatte links waren Gläser mit Nussnugatcreme, Waffelplätzchen, Schokoladenriegel, Schokominzbonbons und andere Schokoprodukte drapiert. Daneben sechs Zuckerpakete á ein Kilo, 18 Päckchen Butter und ein Schild: ›59.000 Kalorien‹.

Daniel hatte sich noch ein anderes Schild umgehängt:

Für 10 Schokoriegel gibt es 2 Sammelpunkte …
Ein Original EM-Fußballtrikot gibts für 100 Punkte …
Ich muss dafür NUR 500 Riegel essen …
Das sind 59.000 Kilokalorien.
Um die abzutrainieren muss ich NUR
100 Stunden Fußball,
also bei allen Partien der EM
90 Minuten, mitspielen …
Oder gibt es das Trikot auch in XXXXL?

Diesen Text kannte Karina auswendig, denn Björn hatte ihn damals kopiert und neben den EM-Spielplan in ihrem Büro aufgehängt. Pfiffig hatte sie das Video von ›foodwatch‹ gefunden und den Link dazu an all ihre Bekannten verschickt.

Die Museumsmitarbeiter hatten Daniel während der Aktion damals zuerst freundlich gebeten, woanders zu protestieren. Doch der hatte lautstark alle um ihn herum bezichtigt, sie würden mit den korrupten Lebensmittelkonzernen unter einer Decke stecken. Schließlich hatte die Polizei ihn vom Gelände geschafft und die Museumsleitung Hausverbot verhängt.

Und heute hatte dieser Verrückte an ihrem Tisch gesessen, vor sich einen dicken Stapel Handzettel. Da das Café um diese Zeit immer gut besucht war, hatte Karina sich dazu gesetzt, ohne darauf zu achten. Dann waren ihr die Namen ›Cröger‹, ›Lumoda‹, ›Takona Trade‹ und ›Sastikl‹ ins Auge gesprungen und sie hatte den Mann angesprochen, um was es sich denn da handelte. Hätte sie gewusst, was passieren würde, hätte sie den Mund gehalten.

Aber da hatte er schon losgelegt: »Ich mache aufmerksam«, wetterte er los, »auf unser aller Konsumverhalten. Denn mit unserem Geld können wir Einfluss nehmen auf korrupte Großkonzerne der Lebensmittelindustrie.«

»Aber es sind doch nicht alle korrupt!«, hatte Karina versucht, ihn zu besänftigen.

Die Gesichtsfarbe des Mannes hatte sich Richtung gekochter Hummer verändert. »Doch! Hinter welchem Mond leben Sie denn?«, blaffte er sie an. »Konzerne mit einer menschenverachtenden Geschäftspolitik, korrupte Manager, die an den Börsen zocken und Handelspartner über den Tisch ziehen ...«

Ihm ging die Luft aus und Karina nutzte ihre Chance: »Haben Sie da jemand Speziellen im Blick? Kennen Sie Mitarbeiter oder Manager persönlich?« Sie hatte natürlich an die Ermordung von Dr. Weinsberg gedacht.

Doch dieser Daniel Steinkamp ließ sich nicht beirren, sondern hatte stur seine Argumente abgespult. »Jeder von uns kann diesen Konzernen eine oder, besser noch, mehrere Lektionen erteilen. Mit unserem Geld. Wir entscheiden, ob wir bei den großen Imbissketten essen und damit die Abholzung des Regenwaldes vorantreiben oder ob wir zu lokalen Gemüse- und Fleischlieferanten gehen. Dasselbe gilt auch für unseren Kaffee – kaufe ich bei den etablierten Kaffeeröstern ein, die den Kaffeebauern nur Hungerlöhne zukommen lassen, oder kaufe ich Fair-Trade-Kaffee? Und«, er hob pathetisch den Zeigefinger, »jetzt komme ich zu diesem Schokoladentempel.« Er fuchtelte wild mit den Armen. »Die Frage, die sich jeder stellen muss, lautet: Werfe ich den Schokoladenfirmen, die ich Ihnen ja wohl nicht alle aufzählen muss, mein Geld in den Rachen, oder kaufe ich Schokolade mit dem ›fair-gehandelt‹-Logo. Die schmeckt genauso gut wie die andere Schokolade, wird aber unter menschenwürdigen Bedingungen hergestellt. Sie haben ja wohl schon mal was von Kindersklaven und Pestizidverseuchung der Arbeiter gehört? Oder von den Arbeitern in den Kakaoplantagen in Westafrika, die 1990, als die Preise weltweit einbrachen, fast verhungert sind? Damals gab es Aufstände, die blutig niedergeschlagen wurden. Bis heute gehen diese Unruhen weiter, bis heute, fast 25 Jahre später. Denen geht es so was von schlecht. Und wir fressen hier gemütlich unsere Pralinchen.« Er schien keinerlei Antwort von ihr zu erwarten, sprang auf und rannte mit seinen Handzetteln von Tisch zu Tisch. Auch denen, die nicht wollten, drückte er wütend die knatschgelben Blätter in die Hand und wiederholte seine Anschuldigungen gebetsmühlenartig. Tierversuche, die ein Lebensmittelkonzern für die Erprobung seiner Kindertees durchführte, Palmöl-Plantagen, Regenwaldrodungen und das Aussterben der Orang-Utans, Trinkwasserhandel und genveränderte Inhaltsstoffe der Schokolade. Er hatte nichts ausgelassen.

Zwei Mitarbeiter aus der Küche hatten den Hyper-Aktivisten schließlich gepackt und unter lautem Protest aus dem Museum geschleift.

Karina hatte sich einen der Handzettel mitgenommen und noch im Büro recherchiert. Auch wenn dieser Daniel Steinkamp total überdreht war, etwas war ja wohl immer an solchen Sachen dran. Ob der so durchgeknallt war, dass er für seine hehren Ziele auch einen Mord beginge? Vielleicht meinte er ja, wenn er einen Kopf des vermeintlichen Ungeheuers abschlug, hätte er das Problem gelöst. Sollte sie der Polizei mal einen Hinweis geben? Es könnte ja nicht schaden, wenn Kommissar Printz dem einmal auf den Zahn fühlte. Oder sie würde es selber tun.

10

»Kommt, hier ist noch frei.« Karina deutete auf den Tisch direkt am Fenster. Die Freundinnen schoben die Stühle so, dass sie auf den Alter Markt schauen konnten. Karina holte tief Luft. »Ich muss euch was erzählen, ich glaube, ich komme demnächst ins Fernsehen. Ich konnte schon die ganze Nacht nicht schlafen.«

»War RTL bei dir oder Stefan Raab? Oder bist du im Quiztaxi mit Thomas Hackenberg gelandet und hast dich blamiert, weil du seine Fragen nicht beantworten konntest?«, fragte Perlchen.

»Das Quiztaxi fährt doch im Moment gar nicht. Jetzt halt doch mal die Klappe«, fauchte Nicole. »Lass sie doch mal zu Wort kommen. Was ist denn passiert?«

Karina sah ganz blass aus. Als die Bedienung kam, bestellte sie nur ein Wasser. Sie musste krank sein, selbst der Appetit auf heiße Schokolade war ihr vergangen. Die anderen beiden bestellten Cola und Kaffee.

Karina seufzte: »Also, ich hab euch doch erzählt, dass ich vor ein paar Wochen eine Radtour nach Zündorf gemacht habe. Mit dem sportlichen Sandro, ihr wisst doch, der Typ, den ich über dieses komische Internetportal ›Freizeitgestaltung‹ kennengelernt habe. Unterwegs haben wir am Rhein haltgemacht. Irgend so eine Aussichtsterrasse in Porz. Rheinblick oder so.«

»Und da hast du dich volllaufen lassen, bist vom Stuhl gefallen und dabei hat dich einer gefilmt. Uups, die Pannenshow«, unterbrach Perlchen kichernd.

»Quatsch doch nicht dazwischen«, zischte Nicole.

»Nein, nein, ganz anders. Also, wir sitzen auf dieser Terrasse und trinken Berliner Weiße, ich guck so rum und seh draußen vor dem Lokal einen jungen Schwarzen sitzen. Da steht so ein

Baum und rundherum ein Blumenbeet mit einem Geländer. Und auf diesem Geländer sitzt der Schwarze. Sah ein bisschen aus wie unser Tabio, der aus dem Café.«

»Aha«, Perlchen hielt es nicht länger aus. »Du hast dich verknallt. Wo die Liebe hinfällt, da wächst kein Gras mehr. Aber in wen denn jetzt – Tabio oder Sandro? Und was hat das mit dem Fernsehen zu tun?«

»Ach, Perlchen, jetzt halt doch mal die Luft an.« Nicole wurde richtig wütend.

»Lass sie doch.« Karina nahm einen Schluck Wasser. »Also, ich guck da so zu dem Schwarzen, da setzt sich einer neben ihn. Verkleidet wie einer von den ›Poller Negerköpp‹. So ne komische Perücke auf und angemalt wie mit schwarzer Schuhwichse. Von den Gesichtskonturen konnte das gar kein Schwarzer sein. Völlig unmöglich.

›Guck mal‹, sag ich zu Sandro und zeige mit dem Finger auf den verkleideten Kerl. ›Der sieht aber komisch aus. Ist doch noch gar kein Karneval. Ob der sich so verkleidet, um sich an echte Schwarze ranzumachen? Vielleicht ein Perverser.‹

Sandro guckt und grinst. »Stimmt«, sagt er auch. »Du hast recht. Der ist verkleidet«. Und wir gucken und überlegen, was der wohl von dem echten Schwarzen will. Der Verkleidete scharwenzelt dann immer so um die Tische rum, alle gucken. Und wir schütteln den Kopf und ich sag so, dass der das hören soll: ›Haben wir schon Karneval? Komisch, was manche Leute in ihrer Freizeit so machen ...‹ «

»Und was hat das mit dem Fernsehen zu tun?«, wollte jetzt auch Nicole wissen.

»Und wieso bist du so fertig?«, setzte Perlchen nach.

»Das war der Günter Wallraff! Der hatte sich als Schwarzer verkleidet und wollte zeigen, wie rassistisch die Bevölkerung ist. Der hat alles aufgenommen und gefilmt. Der Film soll demnächst im Fernsehen gezeigt werden. Stellt euch vor, ich sitze da und sage: ›Haben wir schon Karneval?‹ Aber ich habe doch gesehen, dass das kein echter Schwarzer war. Der war doch verkleidet.« Karina rief so laut, dass einige Leute zu ihnen herüber sahen.

»Und ich schäme mich so und will nicht, dass jetzt alle

denken, ich wär gegen Schwarze. Wo ich doch den Tabio so nett finde und mich mit ihm treffen will. Wenn der das jetzt sieht. Was soll denn der von mir denken?«

Nicole fing an zu lachen. Perlchen prustete im gleichen Moment los.

»Du hast wirklich gesagt, ›wir haben doch keinen Karneval?‹ Ich lach mich tot.«

»Nee, ehrlich, du bist aber auch ›ne Nummer ...«

Karina grinste unsicher. »Was soll ich denn jetzt machen?«

»Gar nix. Warte erst mal ab. Es wird nichts so heiß gegessen wie gekocht«, meinte Perlchen. »Vielleicht kommst du ja gar nicht vor in dem Film. Der will doch bestimmt nicht zeigen, wie Leute seine Verkleidung durchschauen. Warte mal ab.«

Karina nickte dankbar. Perlchen traf immer den richtigen Ton. Sie winkte der drallen schwarzhaarigen Kellnerin. »Jetzt bestell ich mir erst mal einen Kakao.«

»Ich muss auch noch etwas loswerden«, Nicole nestelte an ihrer Serviette herum.

»Der Sozialfuzzi hat dir einen Antrag gemacht?« kicherte Perlchen.

»Nein, du darfst als Mitarbeiterin des Jahres von deinem Reisebüro aus eine Weltreise machen«, Karina legte ihre Hand auf Nicoles. »Los, red schon!«

»Alles Quatsch! Dafür, dass ihr meine besten Freundinnen seid, kennt ihr mich so gut wie gar nicht!« Sie zog einen Flunsch, zwinkerte den beiden aber gleichzeitig zu. »Es geht um Sebastian.«

»Och, nur der Knacki. Vielleicht engagierst du dich besser in einem Tierheim und nimmst Hund, Katze oder Meerschwein auf. Sag nicht, du willst ihn im Gefängnis heiraten«, Perlchen pikte Nicole in die Seite.

»Der Sebastian hat seine Zelle direkt neben so einem komischen Russen, hat er mir erzählt. Und der spaziert aus der JVA raus und wieder rein, so wie er will.«

»Wie bitte? Das kann nicht sein! Es sei denn, er hat Haftuurlaub oder wie man das nennt. Das hab ich mal in einem ›Tatort‹ gesehen«, Perlchen verpasste kaum eine Folge.

»Wirklich. Ich habs ja auch erst nicht glauben wollen. Aber

Sebastian sagt, der kommt und geht, wann er will. Und wenn er geht, wird er immer von ein und demselben Beamten abgeholt und auch wieder zurück gebracht. Sebastian sagt auch, dieser Russe, er heißt …« Sie kramte in ihrer Handtasche, zog einen blauen Zettel heraus und hielt ihn sich näher an die Augen, »Andrej Wolkow, oder so ähnlich.«

»Kann es sein, dass sich dein Sebastian wichtig machen will?« Karina sah Nicole nachdenklich an.

»Klar, kann so etwas sein. Aber ich glaube ihm. Ich meine, der hat doch nicht viel zu tun in seiner Zelle. Lesen, schreiben, nachdenken, und die Ohren offen halten. Und da ich ihm erzählt habe, dass meine Freundin die neue Miss Marple ist, hat er gesagt, dass er dir, nein uns, zu einem spektakulären Fall verhelfen kann. Ganz ohne Hintergedanken, sagt er.«

Karinas Zunge glitt über ihre Lippen. Erst kürzlich hatte sie einen Bericht über Gefängnisse gelesen. Dieser Sebastian war ein Teil eines solchen geschlossenen Systems, und wenn der etwas erzählen oder sie auf etwas hinweisen wollte ... »Weißt du, ob er sich aufgeschrieben hat, wann dieser Russe denn draußen war?«

»Ja klar, hat er, sonst hätte er ja nichts Interessantes für uns in der Hand.« Nicole schwenkte den blauen Zettel und gab ihn Karina.

»Das ist ja ein Ding! Der war am 11.11. draußen!« Nicole und Perlchen sahen sie verblüfft an. »Ja, und?«, fragte Nicole. »Vielleicht war er Karneval feiern.«

»Vielleicht.« Karina witterte eine Fährte. Das konnte natürlich Zufall sein, andererseits glaubte sie schon lange nicht mehr an Zufälle.

***

»Ey, Bruder, guck mal, ein Schoko!«, rief ein Jugendlicher und boxte seinen Kumpel in die Seite, beide lachten.

Sanne sah, wie sich ein Schatten über Tabios Gesicht legte und er die Lippen aufeinander presste. »Das sind kleine, dumme

Jungs, die haben von nichts ne Ahnung und wollen sich nur aufspielen«, sagte sie beschwichtigend.

»Ich weiß.« Tabio starrte auf die Theke. »Aber manchmal ist es dann doch zu viel.« Er seufzte und Sanne legte den Arm um seine Schulter.

»Ich kann mir das gar nicht vorstellen, wie das ist, mit einer anderen Hautfarbe als die anderen rum zu laufen. Bei manchen ist es vielleicht auch nur Unsicherheit.«

Tabio rückte von ihr ab. »Du überlegst dir doch auch nicht, wie du mit dem oder der da umgehen sollst«, er zeigte auf die weißhäutigen Gäste des Cafés.

»Na ja, warum auch? Ich hab bisher persönlich noch keinen Schwarzen kennengelernt, außer dich jetzt natürlich.«

»Und das in der Multi-Kulti-Stadt Köln!« Tabio sah sie schräg von der Seite an.

»Ich wohne erst seit drei Jahren hier«, flüsterte Sanne ihm zu. »Ich komm vom Land, aber sags keinem weiter!«

»Na ja, dann«, das Lächeln auf Tabios Gesicht kehrte langsam zurück. »Das erklärt natürlich alles. Ach Sanne, weißt du. Ich will ja nicht jammern. Aber glaub mir, ich hab schon so einiges erlebt. Als ich zwei, drei Jahre hier war, zur Schule ging und – wie meine Kölner Eltern immer wieder betonten – schon ganz toll integriert war, wurde ich zu einem Kindergeburtstag meiner Klassenkameradin Ina eingeladen. Es gab Kuchen, Negerküsse«, er rollte mit den Augen, »und Kakao. Weil es regnete, fand die Kinderbelustigung im Haus statt. Als wir zu wild tobten, meinte Inas Mutter, wir sollten jetzt mal etwas ruhiger spielen, ›Schwarzer Peter‹ wäre doch schön. Die erste Runde verlor mein Freund Julian. Ina malte ihm die Nase schwarz und alle riefen: ›Wer hat Angst vorm schwarzen Mann? Keiner! Und wenn er kommt? Dann laufen wir!‹, und rannten johlend hinter Julian her, jagten ihn um den Tisch. Mir wurde richtig übel. Die Mutter ermahnte alle, sie sollten sich wieder an den Tisch setzen und weiter spielen. Würstchen und Fritten kämen auch bald. Bei der nächsten Runde verlor ich. Und Ina sah mich mit dem Stift in der Hand an und fragte: ›Wie soll ich den Tabio denn schwarz machen, der ist ja schon ganz schwarz!‹

Tabio seufzte: »Sie meinte es nicht böse. Ich weiß. Und das war noch harmlos gegen andere Sprüche, die ich mir später anhören musste. Und die waren böse gemeint.«

Ihr Chef, Theo Sander, war unbemerkt zu ihnen getreten und hatte zugehört. Er räusperte sich, Sanne und Tabio drehten sich erschrocken um.

»Hallo, ihr zwei. Ich war nur auf der Suche nach Tabio, hilf mir doch bitte, die Torten in die Auslage zu tragen. Schlimm, was du da erzählst. Bitte sag uns, wenn wir was falsch machen, ja? Keiner will dich hier kränken.«

Tabio nickte und ging Richtung Küche.

***

Chioma setzte sich Karina gegenüber und nahm die widerspenstige Locke, die ihr immer ins Gesicht fiel, zwischen Daumen und Zeigefinger, zog daran und wickelte sie mal um den einen, dann um den anderen Finger. »Du haben Problem? Du wissen, ich helfe. So wie du hilfst mir.« Sie lächelte und es war, als würde die Sonne mitten in Karinas Küche aufgehen.

»Ach, Chioma, es gibt nicht für alles ein Zaubermittel, sonst sähe es doch auf der Welt ganz anders aus«, seufzte Karina. Chioma schüttelte den Kopf, griff nach Karinas linker Hand und fuhr mit dem Zeigefinger den Linien nach. »Bei Voodoo glaubst du wieder geboren werden. Leben heute liegt an Leben früher. Du waren gut, gläubig, alles richtig gemacht, du powervoll, machst Welt besser. Wenn du früher nix gut, nix böse, du kommen wieder als Mann, als Frau.« Chioma runzelte die Stirn. »Wenn du warst böse, ganz böse, dann oft krank.« Sie fuhr über ihren Bauch, die Beine, die Brust, dann zeigte sie auf ihren Kopf.

Karina zog ihre Hand hastig zurück: »Chioma, lass bitte, das ist nicht nötig. Ich habe doch nur immer wieder Kopfkino wegen der Männer und so, sonst nichts!« Aber Chioma war schon aufgesprungen und aus der Küche gelaufen.

»Du kommen!« Chiomas Stimme klang dunkel, drohend,

anders als sonst. Karina stand langsam auf und setzte vorsichtig Fuß vor Fuß. An der Küchentür blieb sie stehen. Der Flur lag im Dunkeln, aus dem Wohnzimmer flackerte Kerzenlicht und warf Schatten. Tanzten sie? Es roch wie früher bei den hohen Kirchenfeiertagen in St. Severin, war das Weihrauch? »Tadam tadam tadam«, wummerte die Trommel, »Tatatadam tatatadam«. Karina hörte Worte, Laute, die sie nicht verstand. Als würde sie an einem unsichtbaren Faden voran gezogen, ging sie weiter. Beim Schritt ins Wohnzimmer erstarrte sie und hielt den Atem an. Aus verschiedenen Töpfchen quoll weißer Rauch. Chioma lag auf dem Boden, das Gesicht starr wie eine Totemmaske. Von den Augen war nur noch das Weiße zu sehen. Karina schnappte nach Luft, denn um Chioma tanzte ein Schatten. Chiomas Schatten, das konnte sie genau erkennen – das waren ihre Locken, ihr Kleid. Karina rieb sich die Augen, der Schatten tanzte weiter und aus Chioma drang ein gurgelnder Singsang, der mal heulte, mal schmeichelte, dann wieder monoton abfiel. Der Schatten winkte Karina zu und in Karinas Kopf befahl jemand: »Komm her, setz dich, schließ die Augen.«

Karina folgte der Stimme, es gab keinen Widerspruch, keine Angst. Die Trommel schlug die ganze Zeit und Karina saß im Schneidersitz mit geschlossenen Augen und horchte in sich hinein. Sah sich als kleines Mädchen mit hüpfenden Zöpfen auf dem Mäuerchen am Rheinufer balancieren. Vor sich ihre Schwester Susi, neben ihnen ihre Mutter, allzeit bereit, ihnen eine Hand zu reichen. Vater war einige Meter vorausgegangen und hatte einen schwarz-silbernen Fotoapparat vor dem Gesicht. Karina stieg sogar dieser fischig-modrige Dieselgeruch in die Nase, den der Rhein bei Niedrigwasser verströmte. Susi sang ›Auf der Mauer, auf der Lauer, sitzt ne kleine Wanze‹ und Karina hörte sich mitsingen. Die Trommel wurde lauter und Karina merkte, dass ihr Gesicht nass war, sie hatte geweint. Dann erkannte sie die gefletschten Zähne eines Hundes und hörte eine Stimme, die schrie: »Weg mit euch, gottverdammtes Pack. Geht dahin zurück, wo ihr herkommt, hier habt ihr nichts verloren und von uns kriegt ihr nichts!« Sie sah sich mit beiden Händen Wasser aus einer Pfütze schöpfen. Sich? Da war ein Mädchen, von dem sie glaubte, dass sie es war, zumindest fühlte es sich so an. Aber das war zu einer anderen Zeit. Da war ein Flüchtlingsstrom und sie gehörte dazu. Sie war allein, hatte alles verloren und nahm einem Kind, das am Boden lag, die Puppe aus dem Arm und lief schnell fort.

»Tatatadam, tatatatadam.« Die Trommel führte sie weiter und weiter zurück. Da waren Orte, Menschen, Zeiten, die ihr fremd und vertraut zugleich erschienen.

»Karina, Liebe, Augen auf, jetzt!« Chiomas Stimme holte sie zurück in die Realität.

»Schschsch, keine Angst.«

Karina seufzte tief. Ihr war nach Lachen und Weinen zumute, sie fühlte sich uralt und jung zugleich. »Was war das?«

»Alles gut, Karina, alles gut. Du gutes Kind. Du nix schlimm böse in alte Leben. Alles gut. Ich wissen, welche Zauber gut für dich.«

»Bitte, Chioma, für heute reicht es wirklich, ich bin ganz durcheinander. So viele Bilder in meinem Kopf, so viele Gefühle, mir ist ganz schwindelig!«

»Is normal. Bei nächste Mal, nix mehr so schlimm.« Chioma lächelte zärtlich. »Du wollen lieben, du haben Angst. Du haben Schmerz, weil da Wunde von früher.« Sie zog ein Amulett aus der Tasche ihres Kleides. »Das hier Oshun. Göttin von Liebe. Du tragen, hilft. Bestimmt.«

Karina rieb sich die Augen. »Ich habe Bilder gesehen, das war vor meiner Zeit. Kann das Mutter gewesen sein? Oder Großmutter?«

»Du fragen. Fragen Mutter. Ist Zeit zu reden. Über Schmerz. Von allen.« Chioma hängte Karina das Amulett um.

Es klingelte, Karina umarmte Chioma und ging nachdenklich zur Tür. Nicole stand mit versteinertem Gesicht vor ihr. »Wo bleibst du denn? Heute ist Mädelabend, wie jeden ersten Mittwoch im Monat seit über dreihundert Jahren«, Nicole stand vor Karina, die sich so breit wie möglich machte, damit ihre Freundin nicht in die Wohnung schlüpfen konnte. Nicole reckte den Hals: »Oder hast du nen Kerl da drin und ihr ...«, sie schnalzte mit der Zunge.

»Nein, kein Kerl, aber ich habe Besuch. Es geht heute wirklich nicht!«

»Perlchen sitzt unten im Auto und wenn ich die rufe, dann könnten wir deine Bude stürmen!« Nicole stemmte die Fäuste in die Hüften. »Also, wer ist da drin und wieso lässt du uns sitzen?«

»Meine Güte, Nicole, du bist nicht meine Mutter, komm mal wieder runter!«

»Ich will gar nicht runter kommen, warum auch? Wir sind verabredet und du servierst mich, nein uns, deine besten Freundinnen, einfach so ab? Sind wir es dir nicht wert, zumindest mal vorher anzurufen? Und erklären willst du auch nichts?« Nicoles Wangen glühten, als hätte sie Fieber.

»Hallo, hallo, Erde an Nicole, du übertreibst. Gerade als Freundinnen solltet ihr mich doch verstehen. Ich muss euch doch nicht alles erklären und ihr müsst auch nicht alles wissen.«

»Das war bisher aber anders!« Nicoles Stimme wurde schrill. »Hast du etwas Besseres gefunden? Ich höre doch da wen reden in deiner Bude.«

»Das ist Chioma. Ich hab euch schon von ihr erzählt«, Karina hatte es nicht sagen wollen, aber jetzt war es heraus.

»Die Voodootante empfängt bei dir ihre Kundschaft? Soll sie doch. Komm du mit uns.«

»Schamanische Reisen und Rituale, das macht sie, und zwar richtig gut.« Jetzt waren auch Karinas Wangen rot.

»So gut, dass sie sich jetzt in deine beste Freundin verwandelt hat?« Nicole wurde jetzt richtig laut. Karina wich zurück, gleich würden sich die Nachbarn beschweren. Nicole folgte ihr in den Flur. »Räucherstäbchen, ach, wie gemütlich, und Kerzenschein, na das wird bestimmt ein netter Abend!« Chioma kam in den Flur und lächelte Nicole freundlich an. »Oh, schön, da sein Freundin, gute!«, sie streckte ihr die Hand hin.

»Von wegen ›gute‹!« Nicole drehte Chioma den Rücken zu und blickte Karina an. »Viel Spaß mit deiner neuen Freundin, was immer ihr auch macht – Tische rücken oder Karten legen, nicht mit mir! Wenn wir dir nicht mehr wichtig sind, kannst du uns mal!« Sie rannte aus der Wohnung und mit klappernden Absätzen die Treppe hinunter. Karina stand starr. Chioma ging an ihr vorbei und schloss die Haustür. »Seele verletzt, armes Kind in Freundin, braucht Liebe viel. Werde später mich kümmern, heute du.« Sie umarmte Karina. »So viel Schmerz in Kind in dir, aber wir werden heilen!« Sie nickte Karina aufmunternd zu.

11

»Guten Tag, Herr Schröder.« Printz zückte den Dienstausweis. »Printz, KK 11, ich würde Sie gerne zu dem Mord vom 11.11. befragen.«

Der Altstadtkneipenwirt hatte dunkle Schatten unter den Augen und war schlecht rasiert. »Schon wieder?«, wetterte der. »Kommt jetzt jeden Tag ein anderer von Euch vorbei? Ich bin schon gestraft genug, dass bei mir einer ermordet wurde. Ich hab hier meinen Job zu machen und nicht die Polizei zu unterhalten! Ich bin doch nicht der Kölner Express!« Er knallte eine leere Wasserflasche in den Kasten.

»Jetzt kommen Sie mal wieder runter, Herr Schröder. Sie sind am Mordabend von einem Kollegen der Schutzpolizei befragt worden und dann war noch ein Kollege der Mordkommission bei Ihnen. Das ist das übliche Prozedere. Und heute komme ich, um noch mal nachzuhören, vielleicht ist Ihnen ja noch etwas im Nachhinein eingefallen.«

»Und dann war noch diese Blonde hier und hat mir ein Loch in den Bauch gefragt«, schnauzte der Wirt, ohne auf seine Frage einzugehen.

»Von uns war noch keine Kollegin hier, zumindest keine blonde.« Printz fiel es schwer, freundlich zu bleiben.

»Doch, so ne hübsche. Ungefähr so groß«, Schröder hielt seine Hand bis vor Printzens Nase. »Kein Klappergestell, so ne Kurvige halt. Was heißt blond, eher so rotblonde Haare in nem dicken Zopf. Eigentlich nett, nur total neugierig.«

»Das ist keine Kollegin! Das ist ...«, Printz durchzuckte ein Bild, dann sagte er mehr zu sich selbst: »Das ist eine Mitarbeiterin des Schokoladenmuseums, der müssen Sie überhaupt keine Auskunft geben. Hat sie Ihnen einen Dienstausweis gezeigt?«

Der Wirt schüttelte den Kopf. »Nee, ich dachte halt nur, weil sie genauso fragte wie die anderen.« Seine Stimme war jetzt leiser.

»Dann stell ich Ihnen jetzt mal meine Fragen.« Printz schlug die Akte auf und versuchte gegen die aufsteigende Wut anzukämpfen.

Er würde sich diese Karina Sprängel vorknöpfen müssen. Was machte die da eigentlich? Schnüffelte in seinem Fall herum. Als er vor ein paar Tagen beim Küchenchef des Schokoladenmuseums gewesen war, hatte der ihm berichtet, dass Tabio mit dem Weinsberg bei der Veranstaltung schon Probleme gehabt hatte. Der hätte ihn ganz gemein beschimpft, quasi gemobbt. »Aber für den Jungen lege ich meine Hand ins Feuer«, war dann gekommen und »aber das habe ich Ihnen doch schon alles erzählt!« Als Printz das verneint hatte, war prompt die Antwort gekommen: »Ach nee, dann war das wohl die Karina, die wollte das wissen.«

***

»Iiiih, das schmeckt ja eklig!« Das Mädchen mit den strohblonden Haaren und den vielen Sommersprossen spuckte auf den Boden. Bevor Karina etwa sagen konnte, sprang die Lehrerin nach vorn, die sich ihr als Sibylle Faber-Maier vorgestellt hatte, zückte ein Papiertaschentuch und hielt es der Schülerin hin. »Sofia, bitte hebe die Kakaobohne auf und entsorge sie in dem Müllbehälter dort drüben.«

Das Mädchen wurde rot und ein paar Mitschülerinnen kicherten schadenfroh. Zwei Jungen der Schulklasse hatten sich von der Gruppe entfernt und rannten um die hinter Plexiglas ausgestellte Produktionsstraße für Schokoladentäfelchen herum.

Karina hob die Stimme: »Wie Sofia richtig festgestellt hat, ist die Kakaobohne als solche überhaupt nicht süß, sondern schmeckt eher bitter. Erst durch das Be- und Verarbeiten erhält die Schokolade schließlich den Geschmack, den wir kennen.«

Die Lehrerin versuchte, die beiden Schüler einzufangen. Karina blickte in mehr oder weniger interessierte Gesichter. »Die Kakaobohne ist ursprünglich auch gar nicht braun. Sie steckt mit bis zu sechzig anderen Samen, denn die Kakaobohnen sind Samen«, hier kicherten einige Schüler wieder, »in einer Frucht, die so aussieht.« Sie hielt eine getrocknete Kakaofrucht hoch. »Die Schale ist sehr fest, ihr könnt mal dagegen klopfen.« Etliche Fäuste reckten sich vor, hämmerten heftig auf der Frucht herum.

»Vorsicht, Kinder, nicht so wild!« Das Gesicht von Frau Faber-Maier glänzte, auf der Oberlippe bildeten sich Schweißperlen.

›Wahrscheinlich Wechseljahre‹, dachte Karina. Das kannte sie von ihrer Mutter. ›Die Arme.‹ Die Referendarin, die zur Begleitung mitgekommen war, lehnte am Geländer und tippte entrückt auf ihrem Handydisplay herum.

»Diese Frucht hängt mit über hundert anderen Früchten an einem Baum. Ja«, sie nickte bekräftigend, denn einige Schüler machten sehr skeptische Gesichter, »der Kakao wächst quasi auf den Bäumen.« Karina erzählte von den Verarbeitungsmöglichkeiten und wie die Bohnen auf großen Containerschiffen von Afrika, Mittel- und Südamerika und Indonesien nach Europa, auch nach Deutschland kamen. Als sie über die Verarbeitung sprach, ging sie mit den Schülern weiter zu den Mitarbeitern der Schokoladenproduktion, die in weißen Kitteln und mit weißen Hauben über dem Haar zeigten, was früher viele Frauen in der Großproduktion in der Kölner Schokoladenfabrik Stollwerck getan hatten und in anderen Städten und Ländern noch taten. Sie zeigten, wie die Kakaobohnen geröstet, gebrochen und gemahlen wurden und mischten mit den Kindern die Zutaten für die Schokolade bis zu einer fertigen Masse, die sie dann in die Eintafelanlage und in die Hohlformen füllten. Dann schoben sie die Produkte in die Kühlmaschinen, in denen die Schokolade fest wurde. Die fertigen Schokoladen wurden aus der Form gerüttelt und auf das Band gestürzt, damit die Kinder zugreifen konnten.

Durch diese Miniproduktion bekamen die Kinder – und natürlich auch die anderen Besucher – eine Vorstellung davon, wie die Schokolade hergestellt wurde. In speziell konzipierten Kursen bestimmten die Besucher selbst die Zutaten zu ihrer Schokolade oder ihren Pralinen, helfen bei der Herstellung ihrer eigenen Tafel mit und entwarfen sogar die Verpackung selbst. Bevor sie das Museum verließen, konnten sie ihre eigenen Werke dann abholen und mitnehmen. Im Sommer gab es sogar ein selbst kreiertes Schokoeis mit auf den Weg.

Wenn Karina sich hier in der Produktion aufhielt, erinnerte sie sich an die Erzählungen ihrer Mutter, die Mitte der 1970er Jahre in der richtigen Schokoladenfabrik Stollwerck am Fließband gearbeitet hatte. Damals war die Produktion schon aus der Kölner Südstadt nach Köln-Poll verlagert worden. Ihre Mutter hatte die Aufgabe gehabt, Pralinen in die Schachteln zu füllen. Die erste Frau am Band hatte den Plastikeinsatz zuunterst in die Schachtel gepackt, die nächste Frau legte dann zwei bestimmte Pralinen rechts oben und links unten hinein, immer an die gleichen Stellen. Mutter hatte, wie jede Frau am Band, einen Vorrat einer bestimmten Praline neben sich stehen – der Vorrat war regelmäßig mit frischen Pralinen von einer Kollegin aus der Produktion aufgefüllt worden. Sie hatte immer die gleichen zwei Pralinen an die gleichen Stellen im Karton gepackt. Die anderen Frauen hatten ihre Pralinen hinzugefügt. Am Ende war so jede Pralinenschachtel identisch gefüllt. Da musste immer eine bestimmte Raumtemperatur herrschen, damit die Pralinen ihre Form behielten. Die Maschinen heute konnten kaum präziser arbeiten, kosteten aber weniger Stundenlohn. Die letzte Frau am Band hatte dann die Aufgabe, die Schachtel vom Band herunter zu nehmen, den Inhalt zu kontrollieren und dann weißes Abdeckpapier und die Chargeninformation obenauf zu legen. Dann wurde der Deckel darauf gesetzt und die Pralinenschachtel in der Folienmaschine mit Folie umhüllt. Die Schachtel wurde mit den anderen in einem großen Karton auf einer Palette gestapelt.

Ob Karina das alles richtig im Gedächtnis gespeichert hatte, wusste sie nicht. Aber sie hatte sich die Entstehungsgeschichte einer einzigen Schachtel Pralinen so genau ausmalen können.

Jede Stunde, oder zu Zeiten der Hochproduktion vor Ostern und Weihnachten auch nur alle zwei Stunden, hatte die Vorarbeiterin per Knopfdruck das Band angehalten und die Frauen konnten sich eine kurze Verschnaufpause gönnen. Ihre Mutter hatte immer berichtet, dass sie irgendwann nicht mehr gewusst hätte, ob sie selbst sich vorwärts bewegte oder ob das Band an ihr vorbeifuhr. Darum hatte das Innehalten und einmal in eine andere Richtung schauen zu können, richtig gut getan. Manchmal musste sie auch an einem anderen Fließband aushelfen, dort, wo die Pralinen, die aus der Produktion kamen, kontrolliert wurden. Die eingedrückten oder sonst wie beschädigten Pralinen wurden herausgenommen und zur Seite gepackt. Nur die gelungenen Stücke kamen in die Verpackung und in den Verkauf.

»Da haben wir oft gesagt: ›Ach, dat Pralinchen sieht ja gar nich jut aus.‹«, hatte ihre Mutter geschwärmt. »Obwohl die Praline perfekt war. Dann haben wir uns das gute Stück schnell in den Mund gesteckt. Die Vorarbeiterin hat nie was gesagt. Dat war ja keine große Sache. Wenn man heute hört, dass eine Frau den Job verliert, weil sie mal in ein Brötchen gebissen hat, da hättense uns aber massenhaft kündigen müssen.« Sogar ihren Namen verdankte Karina einer Schokoladenmarke der Firma Stollwerck. Ihre Mutter hatte diese Schokolade geliebt.

Die alte Schokoladenfabrik in der Südstadt war ein paar Jahre später, im Mai 1980, besetzt worden. Damals sollten Wohnungen auf dem Gelände errichtet werden. 49 Tage hatte die Stollwerckbesetzung im Kölner Severinsviertel gedauert. Die 600 Besetzer erfuhren große Unterstützung seitens der Kölner Bürger und fanden auch bundesweit Beachtung. Die Besetzung endete erst, als die Besetzer nach Verhandlungen mit einem Ratsvertreter abzogen. Ihr Hauptziel, der selbstverwaltete Umbau der Fabrikgebäude in preiswerten Wohn- und Kulturraum, wurde nie umgesetzt. Allerdings wurde die Fabrik mehr als sieben Jahre lang als Kulturzentrum von der progressiven Kölner Kunst- und Theaterszene genutzt. Sogar das Ensemble des Kölner Schauspielhauses hatte schon auf dem besetzten Gelände gespielt, bis ihnen Strom und Wasser abgedreht wurden. Im Jahre 1987 wurden die meisten Gebäude abgerissen, eine neue Wohnsiedlung entstand.

›Das mussten tolle Zeiten gewesen sein, heute gab es nur noch das Bürgerhaus Stollwerck‹, dachte Karina. Darin fanden Trommelworkshops, Kabarett- und Theaterabende statt und Künstler arbeiteten dort in ihren Ateliers.

Karina schaute sich um. Die Kinder standen am Band und schauten begehrlich auf die Schokolade. Frau Faber-Maier hatte sich auf eine der Besucherbänke gesetzt und fächelte sich Luft zu.

»Am besten fand ich das Schiebepuzzle – wie lange hast du gebraucht, um es zusammenzusetzen?«

»Hab ich nicht gemacht, ich fand die Duftröhrchen besser!« Die Schüler schwatzten, als Karina sie später zum Schokobrunnen führte. Brav stellten sie sich paarweise hintereinander, nahmen die Waffel, die die lächelnde Mitarbeiterin in die flüssige Schokolade getunkt hatte und ihnen jetzt entgegen hielt, bedankten sich und machten Platz für die nächsten.

Frau Faber-Maier nickte Karina zu: »Eigentlich sind das ganz liebe Kinder, richtige Problemfälle habe ich nicht, zum Glück!«, sagte sie stolz. Dann verzog sie besorgt den Mund. »Hoffentlich wird der Todesfall bald geklärt«, flüsterte sie Karina zu. »Wir haben mit den Eltern extra einen Elternabend einberufen wegen der Fahrt hierher. Die waren ganz schön unsicher. Ich auch«, setzte sie dann offen hinzu. »Gut, dass Sie uns so beruhigt haben.«

Karina nickte und schaute zu, wie sich die meisten Schüler, nachdem sie ihre Schokoladenprobe gegessen hatten, sofort wieder am Ende der Reihe anstellten. Aber das machten die erwachsenen Besucher oft auch.

Über das Bild des umlagerten Brunnens legte sich ein anderes, das Karina vor wenigen Tagen gesehen hatte. Der tote Mann kopfüber in der flüssigen Schokolade. Der weiße Hemdkragen vollgesogen mit dem cremigen Braun, das dann an ihm heruntergelaufen war und einen Schokoladensee gebildet hatte.

Kindergelächter holte Karina in die Gegenwart zurück. Sie fror. Betont fröhlich klatschte sie in die Hände: »Ich lade euch jetzt noch in unseren Urwald ein. Kommt mal alle mit, ich zeige euch, wie die Schokolade früher verpackt und in welchen sonderbaren Automaten sie verkauft wurde. Und zum Schluss«, sie hörte, wie einige »oooohhh« sagten und folgte den Blicken der Schüler zum Brunnen, »und zum Schluss kommen wir noch einmal hierhin zurück und ihr bekommt noch einmal etwas Süßes. Versprochen!«

Karina ging zur Treppe und die Schulkinder folgten ihr laut rufend und hüpfend.

In der Mittagspause traf sie sich mit Perlchen im Café. »Nicole ist etwas übers Ziel hinausgeschossen, aber du weißt doch, wie sie ist – sie trägt das Herz auf der Zunge.« Perlchen saß Karina gegenüber, beide hatten einen Salat mit Putenstreifen vor sich. Sie schafften es ja leider nicht, jeden Mittag gemeinsam zu essen, aber heute war es Perlchen egal, was der Chef sagen würde, Karina und sie mussten reden.

»Es wäre besser, sie würde es nicht auf der Zunge, sondern da tragen, wo es andere Menschen auch haben.« Karina spießte ein Tomatenstück auf. »Es tut mir leid, dass ich euch habe sitzen lassen. Die Treffen mit Chioma haben doch überhaupt nichts mit meiner Freundschaft zu euch zu tun. Diese Frau ist einfach ...«, Karina schaute hinaus auf den Rhein. Ein vorbeifahrendes Passagierschiff wurde von der Sonne angestrahlt, einige Reisende saßen an Deck, hatten sich in Decken eingemummelt. Jetzt im November konnte es ganz schön ungemütlich auf dem Rhein sein. Viele solcher Schiffe waren nicht mehr unterwegs. Perlchen aß schweigend weiter.

»Chioma ist eine Zauberin, auch wenn sich das dämlich anhört. Und auch wenn ich früher über so eine Aussage gelacht hätte, irgendwie ist sie ...« Sie wusste nicht weiter.

Perlchen starrte auf ihren Teller, als stünde dort eine Antwort.

»Chioma hilft mir, mit meinen Ängsten nicht nur klarzukommen, sie gehen nach und nach weg. Frag mich nicht, wie sie das macht! Sie ist so lebensklug und voller Liebe. So eine Mutter hätte ich mir gewünscht ...«, Karinas Blick schweifte wieder nach draußen. Auf den Wellen schaukelte eine weiße Plastiktüte. Die Kaffeemaschine an der Theke fauchte, als würde ein Drache Feuer speien. Wenig später roch es bis an ihren Tisch nach Mocca und Nüssen; die neue Kaffeesorte war ganz besonders aromatisch.

Perlchen hustete, als hätte sie sich verschluckt. »Wenn dir das mit dieser Chioma was bringt.« Sie hustete nochmals heftig und nieste dann, »entschuldige, ich habe ein Salatblatt eingeatmet.« Aus ihrer Tasche holte sie ein Papiertaschentuch heraus, schnäuzte sich kurz und sah Karina an. »Also, wir sind doch die Letzten, die etwas dagegen hätten. Wir wollen nur nicht einfach stehen gelassen werden.«

Sie griff nach Karinas Hand. »Wir haben Angst, vielleicht auch, weil wir diese Frau nicht kennen, dass sie irgendetwas mit dir macht, was nicht gut für dich ist.«

Karina drückte die Hand der Freundin fest. »Das weiß ich doch und ich bin Nicole auch gar nicht mehr böse. Ich fand das total blöd in dem Moment, aber ich hätte mich an ihrer Stelle vielleicht auch so verhalten. Wir könnten uns ja mal gemeinsam treffen, dann könnt ihr Chioma kennenlernen. Und«, sie zwinkerte Perlchen zu, »sie hat jede Menge Liebeszauber auf Lager, davon können bestimmt auch meine besten Freundinnen profitieren!«

***

Karina hatte mit Samantha telefoniert und war geschickt ihren Fragen ausgewichen. Sie musste ihr immer wieder entgegen halten, dass es noch zu früh sei, sie habe noch nicht genügend Fakten zusammengetragen. Nun wartete sie wieder in Perlchens roter Ente vor dem Häuserblock, in dem Fetcher wohnte.

Samantha hatte noch erzählt, dass Fetcher sie morgens angerufen und sich für den übernächsten Sonntag mit ihr verabredet hätte. »Er muss sich bis dahin um eine Immobilienveräußerung in der Schweiz kümmern und hat vorher keine Zeit.«

Karina hatte deutlich den fragenden Unterton herausgehört. Sie dachte an Christopher Berghorst, ihren ehemaligen Klassenkameraden, der ihr noch am selben Tag ihres Treffens in seinem Restaurant eine E-Mail geschickt hatte. Der hatte sich wirklich vom hässlichen Enterich in einen ansehnlichen Mann verwandelt. Sie würde sich bei nächster Gelegenheit die

Kiste mit den alten Fotos vornehmen, Christopher, oder Chris, wie er früher genannt wurde, war bestimmt auf dem einen oder anderen zu sehen. Und zum nächsten Treffen würde sie sie dann mitnehmen – wenn denn ein Treffen zustande käme. Abgeneigt wäre sie nicht, schließlich fing Christopher mit einem ›C‹ an, das war ein wichtiges Kriterium. Nach dem Reinfall mit ihrem Kurzzeitehemann Markus hatte sie sich geschworen, keine Männer mehr an sich heranzulassen, deren Vorname mit dem Buchstaben ›M‹ anfingen. Prinzipiell wollte sie sich nur noch verlieben, von festen Beziehungen hatte sie erst einmal die Nase voll. Sie würde sich nie wieder so verletzen lassen, wie ihr das bei Markus passiert war. Völlig naiv war sie in die Falle getappt. Ihre berühmte Spürnase hatte sie damals im Stich gelassen. Bestimmt hätte sie vorher schon etwas bemerken können, aber sie war ja in ihrem Liebeswahn blind und taub gewesen. Sie würde keinem Mann mehr erlauben, sie so einzuwickeln. Die Sache mit Timo musste sie auch bald beenden, denn für ihn schien es mehr zu sein. Er bombardierte sie mit E-Mails und SMS, um sich mit ihr zu verabreden. Aber sie hielt sich bewusst zurück, machte sich rar. Was sie irritierte war, dass sie immer wieder an Tabio denken musste. Irgendetwas an ihm faszinierte sie. Was es genau war, konnte sie sich nicht erklären, noch nicht. Klar, sie fand ihn attraktiv, keine Frage. Aber da weckte noch etwas ihre Neugier, er hatte ein Geheimnis, das spürte sie. Und das lag nicht in der Seifenopernsucht seiner Adoptivmutter. Da war sie sich sicher.

Fetcher trat aus dem Haus und ging zu einem dunklen Audi. Karina notierte das Kennzeichen und fuhr ihm hinterher. Schon nach kurzer Fahrt parkte er seinen Wagen vor einem Tanzlokal, zumindest stand das über der zweiflügeligen Eingangstür und ging hinein. Karina stellte die Ente in einer Seitenstraße ab und folgte Fetcher. Ohne ihren Mantel abzugeben, spazierte sie zum Tanzsaal und stellte sich an die Theke. Es roch nach Kerzenwachs und schwerem, pudrigem Parfum. Von hier aus hatte sie die Tanzfläche und die Sitznischen gut im Blick. Sie bestellte sich eine Cola und entdeckte Fetcher, der mit einer Rothaarigen in azurblauem Plisseekleid zu einem Wiener Walzer gekonnt durch den Saal kreiselte.

Mit leichtem Brechreiz erinnerte sie sich plötzlich an ihren Hochzeitswalzer, bei dem Markus ihr andauernd auf den Kleidersaum getreten war. Aber dieser Fetcher beherrschte die Tanzschritte richtig gut, und nicht nur den Walzer, sondern auch Tango und Rumba. Karina staunte, sie kannte kaum einen Mann, der gerne und gut tanzte. Die meisten drückten sich lieber. Fetcher tanzte nur mit der Rothaarigen, zwischendurch küssten sie sich auch und des Öfteren glitt seine Hand an ihrem Rücken hinunter und blieb auf der linken Pobacke liegen. Dann lachte die Rothaarige kokett, warf den Kopf in den Nacken und drückte sich an ihn.

Reiner Tanzsport war das wohl eher nicht. Ein schmächtiger Endsechziger mit lichtem Haar schlug vor Karina die Hacken zusammen und bat sie um den nächsten Tanz. Disko Fox. Karina lehnte dankend ab, erklärte ihm etwas von Knieoperation und dass sie krankgeschrieben sei. Er wusste, dass sie log, aber es war ihr egal, zumal Fetcher gerade in Begleitung der Rothaarigen an ihr vorüber in Richtung Saalausgang tanzte. ›Old Spice‹, ein schwerer Blumenduft und leichter Schweißgeruch waberten mit ihnen an Karina vorbei. Während Fetcher an der Garderobe warten musste, hastete Karina hinaus. Das Schloss der Ente hakte und sie hätte beinahe den Schlüssel abgebrochen, konnte die Tür dann aber doch öffnen. Höchste Zeit, denn Fetcher fuhr gerade mit durchdrehenden Reifen an. Die Fahrt führte aus Bonn hinaus über die Autobahn bis nach Königswinter. Die Ente gab ihr Äußerstes, zum Glück hielt sich Fetcher an die Geschwindigkeitsbegrenzungen.

Hätte Perlchen jetzt neben ihr gesessen und das Ortsschild gelesen, hätte sie bestimmt wieder zu singen angefangen: »Es war in Königswinter, nicht davor und nicht dahinter, es war gleich mittendrin, als ich damals auf dich reingefallen bin.« Der dämlichste Karnevalsschlager, den Karina kannte. Aber Perlchen liebte alles, was mit der fünften Jahreszeit zusammenhing, kannte beinahe jeden Karnevalshit auswendig und nicht nur den Refrain, sondern jede einzelne Strophe.

Fetcher lenkte seinen Audi in eine Tiefgarage und Karina fluchte, als sie das ›Nur für die Bewohner der Appartements‹-Schild über der Schranke entdeckte. Sie setzte die Ente zurück, parkte im Halteverbot auf der gegenüberliegenden Straßenseite und lief die Einfahrt hinunter. Bestimmt gab es einen Aufzug, der direkt vom Parkdeck zu den Wohnungen führte, wenn die beiden den nahmen, würde Karina sie niemals finden. Da schlug eine Autotür, dann noch eine, Karina folgte dem Geräusch von klappernden Absätzen und schrillem Lachen, das musste die Rothaarige sein. Dann hörte das Klappern auf. Karina hastete um eine Betonwand herum. Die beiden standen am Aufzug. Gerade öffneten sich die Türen, Fetcher machte eine einladende Handbewegung und die Rothaarige schritt selbstbewusst wie Angelina Jolie persönlich in den kleinen silbernen Kasten. Fetcher gab ihr einen Klaps auf den Po, sie quiekte, dann schlossen sich die Türen.

Karina rannte los, kam atemlos vor der Stockwerkanzeige zum Stehen. »Vierter, fünfter, sechster Stock«, zählte sie mit und drückte auf den Knopf mit der Aufschrift ›Lift‹. Der Aufzug war schnell wieder unten, Karina schlüpfte in die Kabine und drückte die ›6‹. Leise Barmusik sickerte aus unsichtbaren Boxen. ›Old Spice‹ hatte sich auf die Spiegelwände gelegt. Mit leisem ›Pling‹ glitten die Türhälften auseinander und vor Karina lag ein dezent ausgeleuchteter Flur in Gold- und Beigetönen, an dessen Ende die Rothaarige und Fetcher vor lauter wildem Geknutsche nicht den Schlüssel ins Schlüsselloch bekamen.

»Letzte Tür links«, sagte sich Karina leise, drückte auf den Türschließknopf und dann die ›5‹. In der fünften Etage stieg sie aus und nahm die Treppe nach oben. Karina lugte vorsichtig in den Flur, die beiden Turteltauben waren verschwunden. Der dickflorige Teppich schluckte ihre Schritte, es war ein bisschen, als ginge sie auf Wolken. ›S. von Root‹ stand an der Klingel, Bingo! Karina notierte sich den Namen, die Adresse und machte sich auf den Heimweg. Sie brauchte nicht zu warten, bis E. Fetcher das Appartement wieder verließ, dafür war sein Benehmen zu eindeutig gewesen. Morgen würde sie einen Bericht schreiben und sich dann mit Samantha verabreden. Was die dann mit den Informationen anstellte, war nicht mehr Karinas Angelegenheit.

Sie hob den Kopf und nickte sich im Rückspiegel wohlwollend zu: »Gut gemacht, Miss Moppie, wieder ein Beziehungsschwein überführt!« Zu Hause würde sie sich eine heiße Schokolade kochen, Timo anrufen und ihm sagen, dass sie nicht mehr mit ihm zusammen sein wollte und dann Christophers Mail beantworten. Ein erfolgreicher Tag.

Karina schraubte das Glas mit Nussnugatcreme auf, eine kleine Belohnung war wohl angebracht. Sie steckte den Finger hinein und leckte ihn genüsslich ab. Dann fuhr sie den Laptop hoch. Ihr war eingefallen, dass sie noch wegen des Aktivisten Daniel Steinkamp hatte recherchieren wollen. Sie fand etliche Einträge unter seinem Namen, aber so, wie es aussah, war der wirklich nur ein Spinner. Trotzdem sandte sie eine kurze E-Mail an Kommissar Printz, in der sie ihm von Daniels großem Auftritt im Museum berichtete und die Links zu den Einträgen zufügte. Dann schaute sie nach den Eingängen in ihrem Postfach. »Na, Christopher Berghorst, hast du mir gemailt? Ah ja«, lächelte sie. Er schrieb von einer Fete, bei der sie angeblich wild und sehr sexy getanzt hatte, und er schickte ihr ein Foto von der Klassenfahrt nach London. Das hatte sie noch nie gesehen. Sie saßen mit der ganzen Clique im Hyde Park auf einer sattgrünen Wiese. Alle hatten lange Haare, trugen Parkas und wirkten, als wären sie zugekifft, dabei waren sie damals mit fünfzehn noch viel zu naiv gewesen und Rotwein, Zigaretten und Bier waren das einzige Verbotene, das ihnen in den Sinn gekommen war. Karina scannte ein Foto aus dem Physikunterricht ein. Das würde sie gleich an ihre Antwort anhängen. Christopher sah darauf aus wie ein Superstreber – weißes Hemd, Pullunder, Stoffhose, dicke Brille, Lippen zusammengekniffen, vermutlich wegen der Zahnspange, und den Arm zum Aufzeigen nach oben gestreckt. Nur die Lockenmähne, die bis zum Kinn reichte, sprach gegen das Strebertum.

»Lieber Chris«, schrieb sie, »freue mich über deine schnelle Antwort und das Foto, das ich noch nicht in meinem Album hatte. Das sah schon aus, als hätten wir alle eine Mega-Drogenkarriere vor uns, und doch ist – soweit ich das weiß – aus allen etwas ›Anständiges‹ geworden.*lol*

Ja, meine Beschattung, wie du es nennst, ist erfolgreich verlaufen. Den Bericht schreibe ich nachher noch und werde mich dann bald mit der Klientin treffen. Wie sie dann weiter verfährt, wird man sehen. Und ja, das Hauptgeschäft der Privatdetektive liegt in diesem Bereich – Eifersucht, Misstrauen und Kontrollsucht treiben die Leute zu mir und oft erweisen sich ihre Ängste leider als begründet. Das trifft nicht nur häufig auf gehörnte Partner, sondern auch auf Arbeitgeber zu.

Wie siehts denn bei dir aus? Was hast du denn für ›Leichen im Keller‹? Blessuren hat sich ja wohl jeder zwischenzeitlich eingefangen, oder?

Wünsche dir eine gute Nacht und viel Spaß mit dem Foto – ich finde, du hast dich zu deinem Vorteil verändert! ;-) LG Karina.«

Als sie auf ›Senden‹ klickte, lächelte sie immer noch.

12

Anna und Schorsch kamen als letzte zur Dienstbesprechung. Schorsch wedelte mit einem Blatt Papier, stapfte zur Pinnwand und heftete es an. »Darf ich vorstellen – der verkleidete Mafioso! Ihr habt ihn auf euren Rechnern, frisch eingestellt.«

Printz sah sich lieber den Ausdruck an. »Waren die Beschreibungen eindeutig oder haben sich die Zeugen widersprochen?«

»Na ja«, Schorsch rieb sich den Nacken, »bei den Klamotten waren sich alle einig, die Größe – mindestens ein Meter achtzig – war auch kein Problem, aber dann gings los. Die einen meinten, er hätte kleine Hände gehabt, die anderen sprachen von großen. Dann war von einem Schnurrbart die Rede, den haben aber nur vier von vierzehn Befragten gesehen ...«

Anna seufzte: »Aber es soll ein eher hellhäutiger Typ mit vermutlich blauen oder grauen Augen und blonden Haaren gewesen sein. Schlank, durchtrainiert. Keiner hat von einem südländischen Aussehen gesprochen. Das Alter wird auf vierzig Jahre plus/minus drei angegeben.«

Printz war beim Zuhören vor der Pinnwand auf und ab gegangen und stoppte jetzt. »Akzent? Der Wirt hat doch mit ihm gesprochen? Mir hat er nämlich nichts davon gesagt. Er konnte sich nicht mehr genau erinnern. Manchmal denkt man, die Leute haben alle Alzheimer.«

»Der Wirt hat mir direkt am 11.11. erzählt, dass er den Kerl angesprochen habe, aber der Mafioso habe nur den Kopf geschüttelt, nichts geantwortet und eine Grimasse gezogen.« Schorsch legte die Stirn in Falten.

»Aber«, platzte Anna heraus, »die Frau, die ihm den Schlips abschneiden wollte, tippte auf polnisch oder russisch. Er habe so etwas in der Art vor sich hingemurmelt und sie meinte noch, er hätte kalte Augen gehabt und wäre sie richtig heftig angegangen. Sie hätte nach seinem Schlips gegriffen und schneller, als sie gucken konnte, hatte er ihre Hand gepackt und zugedrückt. Wie in einem Schraubstock soll sich das angefühlt haben, sagte sie. Er hätte ihr dann noch so etwas wie ›blöde Nutte‹ und andere Worte, die sie jedoch nicht verstanden hätte, zugezischt, sodass ihr Angst und Bange wurde. Ihr wäre dann die Schere heruntergefallen und als sie sich gebückt hätte, wäre er weg gewesen. Sie hat ihn danach auch nicht mehr gesehen, sagte sie.«

»Gut, Anna, immerhin etwas!« Printz sah sie direkt an, und Anna merkte, dass ihr plötzlich warm wurde. Sie sah auf ihre Notizen. »Die Frau konnte sogar den Zeitpunkt ganz gut benennen, denn sie hatte erst kurz vorher auf ihr Handy geschaut, weil sie auf ihre Freundin wartete. Kurz nach 20:30 Uhr.«

»Dann haben wir eine konkrete Zeitangabe!« Printz trat an die Pinnwand und notierte die Zeit.

Brigitte Zimmer von der Spurensicherung setzte sich aufrecht und schaute auf ihren Laptop. »Der Todeszeitpunkt soll bei Leutschler zwischen 20:30 und 21 Uhr liegen. Um 21:15 Uhr wurde er ja schon gefunden.«

»Das würde ja passen!« Printz rieb sich die Hände. »Natürlich kann der Kerl auch einfach aufs Klo gegangen oder in eine andere Kneipe umgezogen sein.« Dann stoppte er. »Weiß man schon genauer, wann Weinsberg gestorben ist?«

Brigitte schaute gespielt vorwurfsvoll in die Runde. Sie hatte wohl schon die ganze Zeit auf ihren Auftritt gewartet. »Ich hatte schon gedacht, ihr fragt überhaupt nicht danach. Wir wissen nämlich schon einiges. Den Todeszeitpunkt haben die Kollegen von der Rechtsmedizin hauptsächlich durch das Ausmaß der Verdauung der im Magen vorgefundenen Nahrung, sowie der Transportstrecke des Speisebreis im Dünndarm bestimmt. Wir wissen, Dr. Weinsberg hat mit den anderen Delegationsteilnehmern gegen 17:30 Uhr gegessen. Von da ab rechnen sie, wie lange so ein Shrimpssalat braucht«, Brigitte zwinkerte in die Runde, »um in seine einzelnen Bestandteile aufgelöst und verdaut zu werden. Deshalb ist es unerheblich, dass unser Toter stundenlang mit dem Gesicht in der warmen Schokolade gehangen hat. Das beeinflusst zwar minimal die Körpertemperatur und somit den Grad der Verwesung, aber nicht entscheidend den Mageninhalt. Dazu lag er ja viel zu kurz in der süßen Suppe.«

»Und das heißt jetzt genau?«, Printz trommelte mit den Fingern auf der Tischplatte. Dann besann er sich und beherrschte seine Ungeduld. »Also, Kollegin? Nur Mut.« Fast hätte er gelächelt.

»Das heißt, dass Dr. Weinsberg im Zeitraum zwischen 20:30 und 22 Uhr gestorben sein muss. Körpertemperatur, Totenflecken und Totenstarre untermauern das auch.« Brigitte schaute etwas ungläubig, was war denn in den Printemann gefahren? Hatte der Zahnschmerzen oder warum hatte der so komisch geguckt?

»Die beiden Morde fanden definitiv im gleichen Zeitraum statt. Wobei die beiden Tatorte ja nicht weit voneinander entfernt liegen. Wir müssen in alle Richtungen denken und ermitteln. Wer checkt die möglichen Überwachungskameras?«

Er überlegte kurz. »Trotzdem bleiben wir auch an dem Mafioso und an allem anderen dran. Vielleicht ist ja irgendetwas Interessantes zu finden.« Printz sah sich um.

Anna hob die Hand: »Ich werde mal sehen, welche Kneipen und Geschäfte mit Kameras ausgestattet sind und wer sie auch in Betrieb hatte.«

Schorsch fiel ihr ins Wort: »Und ich gehe zu unseren Freunden bei der KVB, in der Hoffnung, dass die Verkehrsbetriebe unserer Stadt die Technik im Griff haben und die Überwachungsdaten nicht schon gelöscht sind ...«, grinste er vielsagend.

Printz tippte auf das Phantombild des Mafioso. »Wir warten noch ab, ob es von den Überwachungskameras etwas Besseres als dieses hier gibt. Und haltet die Augen auf, wer sonst noch interessant sein könnte. Das ist ja nur eine vage Spur. Er ist zumindest ein wichtiger Zeuge. So wie es aussieht, war er ja wohl vor dem Museum und später in der Kneipe.« Printz murmelte noch ein ›bis später‹ und rannte aus dem Besprechungsraum. Er musste Frank anrufen, um ihn auf den neuesten Stand zu bringen.

Der lachte erfreut.

»Stephan, gerade wollte ich anrufen. Aber du zuerst!«

Printz legte los: »Ich hatte dir doch die Mail mit dem Foto des Altstadtopfers geschickt, ist dir dazu etwas eingefallen?«

Frank Kautsch verneinte. Dann erzählte Printz von dem verkleideten Mafioso, mit dem teuren Hut.

»Gibt es eine Personenbeschreibung?« Printz hörte Franks Anspannung, seine Stimme wurde dann ein, zwei Nuancen heller. Er berichtete ihm, was die Zeugen gesagt hatten, auch mit den Merkmalen, die sich widersprachen.

Frank seufzte. »So richtig ergiebig ist das ja nicht ...«

»Noch nicht, aber wir sind ja noch dran. Vielleicht gibt es ja Bilder der Überwachungskameras. Jetzt erzähl du. Was gibt es bei dir?«

Frank schien sich etwas schwer zu tun. »Ich habe da einen Tipp von einem Informanten bekommen. Da soll ein Berufskiller unterwegs sein, unter anderem im Auftrag der Russenmafia. Es geht da um Morde im Drogenmilieu. Der Name, der in diesem Zusammenhang gefallen ist: Andrej Wolkow. Der ist aktenkundig wegen Drogendelikten, Körperverletzung und Bandenkriminalität.«

»Das passt doch dann zur Vorbereitung zu dem Job als Profikiller. Und was ist jetzt mit ihm?«

»Nun kommt das Problem. Dieser Wolkow kann das nicht sein. Der sitzt im Moment in der JVA in Köln-Ossendorf ein.« Frank hielt inne.

»Na, das hört sich wirklich nach Fehlinfo an.« Printz wischte mit der Hand über den Schreibtisch.

»Aber die Personenbeschreibung, die der Informant gegeben

hat, passt genau. Ich weiß auch nicht, vielleicht kannst du ja mal vorsichtig bei der JVA nachhören? Aber bitte, beweg dich diskret. In dem Bereich musst du Samthandschuhe anziehen, aber das weißt du ja. Auf keinen Fall darf da irgendwer Wind von unserem Informanten bekommen, dann ist der tot.«

»Ja klar, Frank, ich kümmer mich drum, sobald ich etwas Luft habe. Machs gut, ich meld mich wieder.« Printz legte auf und starrte aufs Telefon.

***

Karina klingelte. Ihre Mutter riss energisch die Wohnungstür der Parterrewohnung auf. Kaffeeduft mischte sich mit dem von Schokolade und frisch gewaschener Wäsche.

»Wir haben schon mal angefangen, wir wissen ja, du kommst nie pünktlich!« Sie eilte schon wieder zurück in die Wohnung.

»Ich freu mich auch, dich zu sehen, Mama!« Karina machte einen Schmollmund und schlüpfte aus dem Mantel.

»Die Garderobe ist wegen Überfüllung geschlossen, leg deine Sachen aufs Bett!«, tönte es aus dem Wohnzimmer. Das hieß für Karina, heute war wieder volle Besetzung im Hause Fritsch: Ihre Eltern und ihre Schwester Susanne waren eh da, dann noch Oma Maria, Tante Käthe und Onkel Kurt, sowie Tante Margot mit Onkel Richard. Käthe und Margot waren Mutters Schwestern. Vaters Geschwister hatten schon vor etlichen Jahren den Kontakt abgebrochen. So blieb mehr Kuchen für die anderen Gäste übrig, wie Vater jedes Mal betonte. Wenn ihre Mutter nicht wäre, hätte Karina auch jeglichen Kontakt zu Susanne abgebrochen, aber damit musste sie noch warten, vermutlich bis zu Mutters Tod. Bis dahin würde sie weiter zu den Familienfeiern gehen und so tun, als machte es ihr nichts aus, dass die falsche Schlange Susanne auch dort war.

»Pünktlichkeit ist die Höflichkeit der Könige!« Karinas Vater sah sie streng an.

»Danke, Papa, aber ich wusste nicht, dass wir neuerdings zu einem Königshaus gehören, habe ich da was verpasst? Und übrigens halte ich es lieber mit Oscar Wilde, der sagt, dass Pünktlichkeit die beste Zeit stiehlt.« Karina beugte sich zu ihrer Großmutter hinunter, die ihr zärtlich in die Wange kniff.

»Da ist ja mein Schokoladenmädchen! Du wirst von Mal zu Mal hübscher. Karina, liegt das an einem Mann?« Oma Marias Augen blitzten.

»Oma, das ist nur die Arbeit, die mir gut tut!«

»Arbeit ist nicht alles. Du wirst auch noch schlau werden.« Oma holte tief Luft. »Wenn ich daran denke, wie ich Opa lieben gelernt habe ...«

Karinas Mutter grätschte in die bedeutungsvolle Pause: »Mama, bitte nicht ...«

Karina grinste nur und ging von Tante zu Onkel und umarmte alle. Sie merkte, dass sie dabei stocksteif wurden und gerade deshalb machte sie es immer wieder gerne. In dieser Familie wurde nicht umarmt und schon gar nicht geküsst. Karina war froh, dass sie so gar nicht in das Schema passte. Wie Oma, die war auch eine Ausnahme.

»Buttercreme oder Havannatorte?« Karinas Mutter hatte schon ein Stück Havanna auf der Kuchenschaufel, es handelte sich, wie so oft, nur um eine rhetorische Frage. Karina hielt ihr den Kuchenteller mit dem Goldrand entgegen und zählte schnell nach. Sechs Stücke waren noch auf der Platte, die anderen Gäste waren schon alle versorgt, Oma würde ein Stück mitnehmen, dann könnte sie ja vielleicht auch zwei für heute Abend einpacken.

Havannatorte der Konditorei Zimmermann, das war ein Relikt aus dem heilen Teil ihrer Kindheit. Mit Oma Maria war sie einmal in der Woche ins Café in der Nähe der Hohestraße gegangen und hatte dort einen Mohrenkopf mit Puddingfüllung gegessen.

Mohrenkopf durfte man heute bestimmt nicht mehr sagen, dachte sie lächelnd, das war bestimmt nicht politisch korrekt. Aber damals hatte man sich darüber keine Gedanken gemacht.

Oma bestellte sich, wenn sie ins Café hinein kamen, an der Kuchentheke immer Havannatorte und Karina den Mohrenkopf. Die Frau hinter der Theke händigte dann einen Zettel mit einer Nummer aus und man suchte sich einen Tisch. Die

Kellnerinnen mit den weißen Schürzen und den Gesundheitsschuhen begrüßten sie höflich, nahmen die Zettel und die Bestellung entgegen. Dann brachten sie auf einem silbernen Tablett heiße Schokolade und auf einem Extratellerchen die Sahne. Das und der hochflorige Teppichboden, die plüschbezogenen Polster, die freundliche Toilettenfrau, die sie immer mit ›kleines Fräulein‹ angesprochen hatte, die leisen Gespräche um sie herum und die liebevolle Zuwendung ihrer Großmutter – all das bedeutete für Karina pures Glück.

»... das ist das Allerletzte, das mit den Kindern. Karina,« Susannes Stimme war schrill, »hörst du wieder nicht zu?«

Karina hob mühsam den Blick vom Teller und starrte ihre Schwester an. Susanne, der blonde Modeltyp, Susanne, die Bankerin, die zwischen Köln, Frankfurt und der Wall Street umher jettete. Susanne, die eine Wohnung in einem der superteuren Kranhäuser am Rheinauhafen besaß. Susanne, die ihr den Mann ausgespannt hatte. Karina zupfte an ihrem linken Ohr.

»Entschuldige bitte, ich hatte gerade ans Café Zimmermann gedacht.«

»Das ist wirklich schade, dass die in der Herzogstraße zugemacht haben, das war ein Traditionscafé!« Tante Margot seufzte und Onkel Richard stand auf: »Ich bin dann mal eine rauchen.«

»Die Dokumentation letzte Woche, Karina. Da ging es um die Kinderarbeit auf den Kakaoplantagen an der Elfenbeinküste, hast du das gesehen?« Susanne trommelte mit den Fingern auf dem Tischtuch.

»Ich hab es mir mit den anderen Kollegen im Büro angesehen, natürlich. Wir gehen im Museum auch auf diese Aspekte ein.«

»Dann ist es ja gut, denn die Diskussion wird nicht vor dem Schokoladenmuseum haltmachen, da müsst ihr als Mitarbeiter auch die richtigen Argumentationshilfen vonseiten der Geschäftsleitung bekommen! Das betrifft ja auch den Bankensektor, die Börsenwerte der Großen der Schokoladenindustrie sind nach dem Bericht erst einmal in den Keller gegangen. Dann kamen aber umgehend die Stellungnahmen der Unternehmen und danach haben sich die Anleger wieder beruhigt.

Man weiß ja auch nicht, welches Interesse so ein Journalist da hat ...« sie nickte bekräftigend bei jedem Satz. »Bei euch scheint es ja im Moment eh drunter und drüber zu gehen.« Sie sah Karina neugierig an.

Karina setzte einen Löffel Sahne auf ihre heiße Schokolade. »Wie mans nimmt. Und Journalisten machen ihren Job, Susanne, so wie du und ich auch. Sie recherchieren und decken Missstände auf. Hätten diese Firmen eine durch und durch reine Weste, wäre nichts zu finden. Ich liebe Schokolade, ich liebe meine Arbeit im Museum, aber ich möchte auch nicht, dass solche Sachen gedeckelt werden!«

»Dann darfst du heutzutage nichts mehr anfassen, trinken oder essen. Seit wann bist du denn zum Moralapostel avanciert?« Susanne wirkte, als hätte sie Zitronensaft statt Kaffee in der Tasse.

»Konjäckchen oder Eierlikör?«, flötete Mutter in die Runde und hielt zwei Flaschen hoch.

»Dann musst du auch die richtigen Gläser holen«, brummte Vater. Ihm fielen die Familientreffen auf die Nerven, er wollte seine Ruhe haben. Nachher kam eine Geschichtsdokumentation im Fernsehen, die wollte er auf gar keinen Fall verpassen. Er hatte sein Arbeitszimmer in Susannes und Karinas ehemaligem Kinderzimmer eingerichtet. Ein PC, ein Fernseher und jede Menge Bücher über die römische, griechische und deutsche Geschichte stapelten sich in den Regalen.

»Was meint Susi denn mit avan ..., awangiert?«, flüsterte Tante Käthe Onkel Kurt ins Ohr. Der zuckte die Schulter: »So sprechen die Banker, alles nur Wichtigtuerei. Ich geh dann mal aufs Klo, Kaffee und Cognac wegbringen.«

Susanne und Karina sahen sich an. Mit Perlchen und Nicole hätte Karina jetzt laut los gelacht, aber mit Susanne würde sie das niemals wieder tun.

***

Der Geruch von Salbei, Zimt und Weihrauch erfüllte Karinas Wohnzimmer. Sie, Nicole, Perlchen und Chioma hatten es sich auf dem flauschigen Wohnzimmerteppich gemütlich gemacht und sich an Couch und Sessel gelehnt. Ihre Freundinnen hatten die Afrikanerin kennenlernen wollen. Alle Vorbehalte waren nun vom Tisch. Chioma hatte sie mit ihrer offenen, freundlichen Art gleich für sich eingenommen.

Karina stand auf, ging in die Küche und kam mit einem Tablett zurück. »Chioma hat uns einen besonderen Tee mitgebracht, einen Freundschaftstee«, zwinkerte sie den Freundinnen zu.

»Und da die Stimmung gerade so gut ist, möchte ich gerne noch etwas Anderes besprechen, was mir unter den Nägeln brennt.« Karina sah Nicole ernst an. »Wenn dein Sebastian uns helfen will, brauchen wir noch mehr Informationen. Hat er ein Handy?«

Nicole schüttelte den Kopf.

Karina griff in ihre Handtasche und holte ein kleines Mobiltelefon heraus. »Prepaid, kein Vertrag, die Nummer ist bisher nur mir bekannt. Aber ich habe unsere drei Handynummern gespeichert. Sebastian soll anrufen, oder simsen, wenn sich bei dem Russen etwas tut, okay?«

Nicole nickte. »Ich will aber nicht, dass wir uns irgendwie in Gefahr bringen.« Ihre Augen waren ganz dunkel.

Chioma legte den Arm um sie. »Gefahr überall, aber nicht für dich, dich und dich!« Sie zeigte nacheinander auf die drei Freundinnen.

»Jetzt sag bloß, du kannst auch in die Zukunft sehen?« Perlchen beäugte sie wieder skeptisch.

»Zukunft ist immer nur Vergangenheit, die durch andere Tür wieder hereinkommt. Wenn du bist achtsam, du wissen viel mehr, als glaubst.« Chioma sah Karina eindringlich an. »Du gutes Gespür, guter Polizist!«

Karina hob abwehrend die Hände. »Nein, keine Polizistin, Detektivin bin ich. Aber jetzt mal ehrlich. Kannst du mir helfen?«

»Was du willst wissen?«

»Na ja, da war der Tote im Schokoladenbrunnen und einer in der Altstadtkneipe. Zuerst einmal würde mich schon interessieren, ob das derselbe Täter war.«

»Jetzt wird es spannend!« Nicole nickte Perlchen zu.

»Vielleicht sollten wir uns dazu ein Glas Sekt gönnen – falls die liebe Karina noch welchen für ihre besten Freundinnen hat.«

»Ihr wisst ja, wo ihr ihn findet, bedient euch!«

Nicole und Perlchen verschwanden in Richtung Küche. Karina setzte sich an den Tisch zu Chioma, die schnell verschiedenfarbige Steine, Holzstücke in bizarren Formen und kleine Tonfigürchen vor sich ausgebreitet hatte. »Das Schokomann«, sie stellte eine Figur in die Mitte. »Ich reden mit ihm.«

Karinas Herz schlug schneller. Chiomas Gesicht wurde wieder starr wie eine Maske, von ihren Augen konnte Karina nur noch das Weiße sehen. Sie bewegte ihre Hände kreisförmig, schneller und schneller. Der Kreis wurde größer und Chioma murmelte einige Worte.

Nicole und Perlchen standen in der Tür und beobachteten sie. Ohne hinzusehen, griff Chioma nach einer zweiten, einer dritten und einer vierten Figur. Sie bewegte sie zueinander und voneinander fort. Die Laute, die sie nun von sich gab, klangen, als ahmte sie verschiedene Stimmen nach.

Dann verstummte Chioma abrupt und schlug die Augen auf. Ihr Blick war klar. »Seele von Schokomann nicht ruhn. Seele wandert zwischen Welten. Erzählt. Mörder wütend, traurig, ohne Wurzel.« Sie zeigte auf eine andere Figur. »Toter in Stadt, Seele schon andere Ebene. Mörder kaltes Herz. Höre noch ›ohne Sinn‹.« Sie sah Karina fragend an.

»Ich denke darüber nach, danke, Chioma!« Karina sprang auf.

»Sag doch«, Chioma wandte sich Perlchen und Nicole zu, »Karina besondere Frau, gute Intuition.«

»Schleimerin!« Karina lächelte verlegen. »Aber ich wüsste da gerne noch etwas – kam einer der Mörder aus der Gruppe, die im Museum und in der Kneipe zusammen war? Verstehst du die Frage?«

Chioma nickte, griff nach weiteren Figürchen, stellte sie zu den anderen und verfiel in einen gleichförmigen Singsang. Dann schloss sie die Augen. »Nein!«

»Gut, sehr gut, das hilft mir weiter, danke Chioma!« Karina wollte die Voodoopriesterin umarmen, doch die blickte starr auf den Tisch.

»Was ist denn mit dir?«

»Habe gesehen was. Ich nicht glauben will. Werde noch mal prüfen«, sie hob müde den Kopf, in ihren Augen war so viel Traurigkeit, dass Karina schlucken musste. »Aber du sagst es mir, wenn es wichtig für mich ist?«

Chioma nickte, ohne sie anzusehen und steckte mit schnellen Handgriffen Steine, Hölzer und Figürchen in einen bunt gemusterten Beutel.

***

Samantha saß schon an ihrem Lieblingstisch am Fenster und blickte Karina erwartungsvoll entgegen. Ihre Wangen waren leicht gerötet und sie hielt sich noch gerader als sonst. Noch bevor Karina sich setzen konnte, brach es aus ihr heraus: »Er ist ein Betrüger, nicht wahr? Er hat mich angelogen, oder? Er hat eine andere!«

Karina reichte ihr im Hinsetzen wortlos ein Blatt Papier.

Samantha riss es ihr aus der Hand und überflog die ersten Zeilen. »Oh Gott, Egon heißt er, auch das noch. Er wohnt in Bonn?« Sie runzelte die Stirn, die Wangen leuchteten inzwischen hochrot. «Was? Er hat nicht nur eine andere, sondern zwei?!« Ihr Blick löste sich vom Blatt und sie starrte Karina an. Die nickte: »Zwei, von denen ich zum jetzigen Zeitpunkt und nach nur wenigen Tagen Observation weiß. Ihre Namen und Telefonnummern stehen unten drunter, im Grunde genommen verarscht er die ja genau wie dich.«

»So ein Schwein!« Samantha schlug mit der flachen Hand auf den Tisch und Karina fing reflexartig den Sturz der kleinen Blumenvase ab.

»Da seid ihr ja wieder!« Tabio stand breit lächelnd an ihrem Tisch. »Was darf es denn heute sein? Salat mit Tofu, Schokoladentorte?« Den letzten Vorschlag hatte er an Karina gerichtet.

»Einen doppelten Cognac für mich!«, stieß Samantha hervor, sie war jetzt ganz blass.

»Geht es dir nicht gut, Sam?« Tabio schaute sie erschrocken an. »Hat der Chef dir was getan? Du weißt, wir Afrikaner können Voodoo! Und für dich könnte ich da mal aktiv werden ...«, er zwinkerte ihr zu.

Samantha schüttelte nur den Kopf und kramte in ihrer Handtasche.

»Du kennst dich mit Voodoo aus?« Karina fixierte ihn ernst.

»Ja, genauso wie ein Bär steppen kann«, lachte er. »Ich wollte nur das gängige Klischee bedienen. Was willst du denn jetzt, Karina, erst einmal eine heiße Schokolade und den Kuchen später?«

Sie nickte und Tabio verließ schnell den Tisch und wandte sich geschäftig ab, als er bemerkte, dass Samantha weinte.

»Das sind nur Wuttränen, ich kann gar nichts dafür, dass sie kommen. Und auch nichts dagegen«, versuchte sie zu scherzen.

»Du hast es eigentlich doch schon geahnt, sonst hättest du dich nicht an mich gewandt, nicht wahr?« Karina legte kurz ihre Hand auf die Samanthas.

»Ja, schon, aber es dann schwarz auf weiß zu lesen, ist heftig!« Sie blies die Wangen auf und ließ die Luft langsam entweichen. »Was mache ich denn jetzt? Was würdest du tun?«

Tabio brachte die Getränke, sein Blick flog zwischen den beiden Frauen hin und her, aber sie beachteten ihn nicht, bedankten sich nicht einmal.

»Willst du dich rächen oder nur deine Wunden lecken?« Karina verrührte die Sahne und knabberte an dem Plätzchen.

»Rache und dann die Wunden lecken!« Samantha trank den Cognac in einem Zug und schüttelte sich.

»Ich würde mich vermutlich mit den anderen Geschädigten zusammentun ...« Karina trank in kleinen Schlucken. Die Kaffeemaschine verarbeitete gerade frische Bohnen zu Pulver, das machte einen Höllenlärm und übertönte sogar die beiden plärrenden Babys vom Nebentisch. Deren Mütter versuchten schon seit einiger Zeit erfolglos, das Gebrüll zu unterbinden. Die eine hatte zwischendurch sogar ihre Brust ausgepackt und das Baby angelegt. Aber das wollte lieber weiter brüllen. ›Wahrscheinlich Zähne‹, vermutete Karina und schaute wieder auf Samantha. Die Babys verstummten im selben Moment wie das Mahlwerk des Kaffeeautomaten.

»Du meinst, ich soll die anderen Frauen anrufen?«, fragte Samantha in die darauf folgende Stille.

Karina nickte. »Und dann überlegt ihr euch, wie ihr ihn kriegt. Ich meine, er hat dir ja keinen wirtschaftlichen Schaden zugefügt, wollte es aber vielleicht noch. Keine Ahnung, welches Spiel er treibt, aber man, nein frau, könnte ihm ja zeigen, was ne Harke ist!«

Tabio kam mit einem großen Stück Schokoladentorte und einem Extra-Tellerchen Sahne an den Tisch.

»Das will ich heute auch!«, rief Samantha. «Ich pfeif' auf die Diät, für so einen blöden Typen muss ich mir nicht auch noch das Leben schwer machen!«

Tabio reagierte sofort. »Ich weiß ja nicht, was passiert ist, aber Schokolade ist immer eine gute Lösung. Wer dich nicht toll findet, so wie du bist, der hat dich nicht verdient!«

»Ach, Tabio, du hast ja keine Ahnung.« Samantha seufzte.

»Wenn du dich da mal nicht täuschst«, grinste er und drehte sich weg, als sie ihn knuffen wollte. »Habt ihr sonst noch Wünsche? Kulinarischer oder«, er rollte mit den Augen, »anderer Natur?« Jetzt lachte er und rannte weg, bevor sie ihm irgendetwas hinterher werfen konnten.

»Der ist richtig süß«, seufzte Samantha und Karina senkte den Blick. Ja, das war ihr auch schon aufgefallen und ihre Nasenflügel bebten leicht. »Aber der ist nicht mehr unsere Altersklasse, Sam.«

»Altersklasse, Quatsch, so jung ist der doch gar nicht. Ich würde ihn nicht von meiner Bettkante schubsen, aber mir wirft er ja auch keinen seiner Verführerblicke zu …«

»Wie jetzt? Mir etwa?« Nun waren Karinas Wangen rot.

»Hallo? Ist die Superspürnase bei sich selbst betriebsblind? Das sieht doch ein Blinder mit nem Glasauge!« Samantha hatte ihr Kuchenstück inzwischen verputzt. Offensichtlich hatte es gewirkt. Sie stand auf: »Entschuldige, ich glaub, das war nicht ganz akzeptabel, oder? Ich sage wohl besser: Das sieht doch ein Zyklop mit seinem einen Auge. Oder wie? Ach, was solls. Ich werde jetzt meine Leidensgenossinnen kontaktieren und dann zieh dich warm an, Eduard Egon Egoist Fetcher!« Sie ballte die rechte Hand zur Faust und reckte sie pathetisch in die Luft. »Danke, Karina, wegen deines Honorars überlege ich mir etwas. Gut, dass du deine Stunden aufgeschrieben hast!« Sie umarmte Karina und bewegte sich Richtung Kasse.

Schnell kam Tabio an Karinas Tisch. »Du wirst mir bestimmt nicht erzählen, was los war? Dachte ich mir«, fügte er hinzu, als sie den Kopf schüttelte. »Aber gehe ich richtig in der Annahme, dass du eine Art Hobbydetektivin bist?«

»Woher kennst du denn Robert Lembke und seine Rate-runde? Da wurde doch immer so gefragt, aber zu der Zeit warst du noch viel zu ...«, Karina zögerte, sie hatte zuerst klein sagen wollen, »viel zu jung«, setzte sie fort.

»Das war die Lieblingssendung meines Vaters, also meines Adoptivvaters, als er klein war und er zitiert Lembke immer wieder gerne. Aber du hast mir nicht geantwortet …«

»Ja, das ist so ein bisschen mein Hobby«, wiegelte sie ab.

»Und ermittelst du auch hier bei uns?« Sein Gesicht wurde ernst.

Karina nickte. »Ja. Obwohl, eigentlich ist das ja die Aufgabe der Polizei. Da war doch dieser schnauzbärtige Kommissar, der ermittelt.«

»Aber du hast doch schon den Kollegen und mir Fragen gestellt und bist immer in der Nähe des Kommissars, wenn er auftaucht. Hat man mir erzählt«, fügte er schnell hinzu, als er Karinas Blick sah.

»Na ja«, Karina kratzte den letzten Rest der Schokolade von ihrem Teller. »Nur so ein bisschen.«

»Und? Hast du einen Verdacht oder eine Vermutung?« Tabio beugte sich zu ihr hinunter.

»Hast du einen?«, fragte Karina zurück, ihre Gesichter waren nur wenige Zentimeter voneinander entfernt. Sie roch sein Deo.

»Dieser Weinsberg war ein arroganter Mistkerl. Ich habe an dem Abend bedient und er hat mich immer wieder beleidigt. Wenn der sonst auch so war, gibts bestimmt ne Menge Leute, die ihn loswerden wollten.«

»Die meisten Taten passieren im nahen Umfeld und aus persönlichen Motiven. Wenn er dich beleidigt hat, hättest du ja auch einen guten Grund gehabt«, legte Karina nach.

Tabio richtete sich auf. »Wenn ich jeden, der mich wegen meiner Hautfarbe beleidigt, umbringen würde, hätte ich viel zu tun.« Er drehte auf dem Absatz um.

Karina schaute ihm nach. Hatte sie ihn gekränkt? Na, sie würde sich ja mit ihm treffen, da würde sie schon noch mehr erfahren.

***

Kommissarin Sabrowski stand an der Rezeption des Schokoladenmuseums. »Sabrowski, KK 11. Frau Meier, hatten Sie am 11.11. Dienst?«

»Nein, never ever, da war doch Sessionseröffnung, da arbeite ich doch nicht!« Perlchen sah die Kommissarin mit großen Augen an. »Ich bin absoluter Karnevalsfan, Frau Sabrowski, ich nehme mir an solch hohen Feiertagen immer frei. Sabine Sürth, die hatte Dienst, ist aber heute nicht da. Im Endeffekt hat mir der Karneval ja das Leben gerettet. Wer weiß, was einem hier alles passieren kann, Mensch.«

Anna sah unbeeindruckt in ihren Unterlagen nach. »Ach ja, Ihre Kollegin ist auch schon befragt worden. Sagen Sie mir doch bitte, wo ich Frau Sprängel finde.«

»Gerne! Die Treppe hoch, dritte Tür links. Frau Sprängel ist meine Freundin, wissen Sie? Sie hat an dem Tag gearbeitet, sie kannte auch beide Ermordeten.«

»Hm, ja«, Anna nickte abwesend.

»Zuletzt war immer so ein Schnauzbärtiger hier, der hat mit allen gesprochen. Der ist, denke ich, rein menschlich gesehen nicht so ganz einfach, oder?« Perlchen war von Natur aus neugierig.

»Das war Kriminalhauptkommissar Printz«, Anna sah sie prüfend an. Perlchen mit ihrem stets lächelnden Gesicht und dem offenen Blick strahlte Vertrauenswürdigkeit aus. Damit brachte sie die meisten Menschen zum Reden.

»Ja ja, der Kommissar ist nicht sehr offen, ist aber im Grunde ganz harmlos. Er hat wirklich ein Händchen, wenn es um Blumen geht. Er spricht sogar mit ihnen«, plauderte Anna Sabrowski aus dem Nähkästchen. Sie erschrak. Manchmal ging ihr Mundwerk mit ihr durch. »Das bleibt aber unter uns, versteht sich«; sie wurde wieder amtlich. »Er macht einen guten Job, seine Aufklärungsquote ist absolut klasse!«, schob sie schnell hinterher.

»Da bin ich aber beruhigt!« Perlchen grinste die Kommissarin an. Karina würde sich kaputt lachen, wenn sie hörte, was der Kommissar für ein Hobby hatte. »Sehen Sie, da kommt auch gerade Karina Sprängel die Treppe herunter.«

***

Sie ist kühl. Kühl wie ein Sommermorgen, den die Sonne noch nicht gefunden hat, dessen Nachtatem die Härchen an den Armen aufstellt. Wenn es um das kalte Metall einer Waffe geht, wird er poetisch. Aber nur dann. Er lächelt. Wenn ein Gewehrkolben oder ein Pistolengriff in seiner Hand liegt, erfüllt ihn Wärme. Das ist eine Beziehung ohne Komplikationen, jeder hat seine Aufgabe, jeder erfüllt sie. Frauen sind da viel schwieriger. Einmal hat eine Nutte etwas von Seelenverwandtschaft geplappert. Direkt ein paar aufs Maul hat er ihr dafür gegeben. Aber das Wort hat sich bei ihm eingenistet und kriecht jedes Mal, wenn er das kühle Metall spürt, aus dem Kokon und flattert durch seinen Kopf. Haben Waffen eine Seele? Hat er eine? Wenn ja, dann gehören seine Seele und die der Waffen zusammen. Dann sind sie mehr mit ihm verwandt, als Eltern und Geschwister. Diese Verbindung ist sinnlich, körperlich. Eine Waffe zu halten und abzufeuern ist wie Sex. Sex mit einer der geilsten Bräute der Welt.

Ob sein Vater und sein Großvater das auch so gesehen haben? Geld mit dem Töten zu verdienen, hat in seiner Familie Tradition. Auftragsmörder in der dritten Generation ist er. Alles was er kann, verdankt er seinem Vater. Und der hat es von seinem Vater gelernt. Die russische Mafia hat gut in seine Familie investiert und die Investition hat sich hundertfach aus-

gezahlt. Auch wenn die Gesellschaft das anders sieht, er weiß es besser: Das Töten ist ein Handwerk. Nur wer sein Handwerk meisterhaft beherrscht, gehört zu den ganz Großen.

Er arbeitet professionell. Das wissen seine Auftraggeber. Still, ruhig, präzise. Niemand erinnert sich an ihn. Darauf ist er stolz.

Er tötet nur mit Feuerwaffen. Nie mit der bloßen Hand oder einem Messer. Er arbeitet so schnell, dass der Getötete nichts davon merkt. Mehr als ein Schuss ist nie nötig.

Er ist ganz ruhig. Hat sich das Gesicht und die Beschreibung eingeprägt. Er legt das Gewehr an die Wange, visiert den Kopf des Mannes an. »Der Tanz beginnt, Todestanz, meine Süße! Darf ich bitten?«, raunt er. Noch lebt der Drogenkurier, der keiner mehr sein will.

»Schlaf gut!«, flüstert er und sein Zeigefinger, der ganz ruhig auf dem Abzug gewartet hat, krümmt sich.

***

Samantha war am Telefon. »Komm heute Abend um acht ins ›Früh‹ am Chlodwigplatz, aber setz dich nicht mit an meinen Tisch, sondern an die Theke oder so.«

Karina hörte sie kichern. »Du willst mir nicht sagen, warum?«

»Nö, wirst du dann sehen! Sei nicht so neugierig.« Samantha ließ sich nicht erweichen.

»Dir scheint es ja schon besser zu gehen, oder?« Karina versuchte es noch einmal.

»Ja, aber heute Abend wird es mir bestimmt noch besser gehen«, jetzt lachte Samantha. Es klang zwar noch etwas gezwungen, aber Karina fand, dass Samantha auf dem richtigen Weg war. »Okay, ich bin dabei. Muss ich meine Kamera mitbringen?«

»Wenn du was für YouTube haben willst oder Anschauungsmaterial für taktische Kriegsführung …«, gluckste Samantha und legte auf.

»Was hast du vor, Samantha Reutler? Auf jeden Fall bist du

nicht mehr das Opfer.« Karina hatte mal wieder mit sich selbst gesprochen und Björn beäugte sie aufmerksam.

»Unsere Samantha aus der Geschäftsleitungsetage? Was will die opfern? Gibt die einen aus?«

»Sie gibt keinen aus, für dich sowieso nicht!« Karina wich geschickt einer Handvoll Büroklammern aus. »Wie weit bist du denn mit der Planung für die Hochzeit von Mr. und Mrs. Wichtig?«, versuchte sie ihn abzulenken.

»Planung steht. Von Essen über Blumenschmuck bis Musik ist alles klar«, brummte Björn. »Aber es sind noch etliche Anfragen von Firmen für Betriebsfeiern mit Sonderführungen hereingekommen, kümmerst du dich darum? Ich glaube, mittlerweile sind die neugierig, ob hier vielleicht ein Krimi live mitzuerleben ist.«

Karina sah ins Postfach. »Jau, fünf Anfragen und alle wollen am selben Wochenende kommen, ist da ein Feiertag oder was? Jaja, ich mach das, Björn«, sagte sie und war gedanklich schon bei den Antwortmails.

13

Der Tag war schnell vergangen, tatsächlich schienen noch mehr Anfragen als sonst eingegangen zu sein. Björn hatte recht, nachdem nichts mehr geschehen war, schien das grausige Ereignis nun die Leute eher anzuziehen, als sie abzuschrecken. Karina konnte es recht sein. Sie liebte es, den Kunden maßgeschneiderte Events vorzuschlagen. Dafür musste sie erst einmal wissen, was sich der Kunde wünschte, welche Voraussetzungen die Teilnehmer mitbrachten und wie hoch das Budget der Firma war. Dann ging sie ans Werk und machte es immer passend. Die wachsende Kundschaft kam natürlich auch wegen des guten Rufs, den sie, ihre Kollegen und natürlich das Museum hatten, die meisten gaben ›Mündliche Empfehlung‹ als Grund für ihre Anfrage an. Aber der eine oder andere hatte die ›Empfehlung‹ bestimmt aus den Presseberichten.

Nun lehnte Karina im ›Früh‹ an der Theke. Vor ihr ein frisch gezapftes Kölsch. Sie hatte zu Hause schnell ein Brot gegessen und sich nur ein wenig aufgebrezelt. Neben ihr thronte ein älterer Mann, dessen Füße kaum bis auf die Querstreben des Hockers reichten. Er biss in ein mit dickem Käse belegtes dunkles Brötchen, der Zwiebelsenfgeruch war unüberriechbar. »Der halven Hahn ist auch nicht mehr dat, wat er fröher mal war!« murrte er und dabei fielen Krümel und kleine Käsestücke auf die Theke und seine Beine.

»Sind Sie hier Stammgast?« Karina wollte nicht unfreundlich sein und nahm das Gesprächsangebot an. »Was hat sich denn geändert an dem Käsebrötchen?«

»Jo, alt zick sechzig Johr!«, sein wirres graues Haar wippte bei jedem Kopfnicken.

»Solange gibts das ›Früh‹ schon?« Karina war verblüfft.

»Dat hieß nicht immer so, das hieß fröher ...«, er kaute bedächtig und schmatzte laut, »dat hieß, Moment, ich komme noch drauf ...« Er stierte angestrengt auf die Theke. Die Tür ging auf und Samantha kam herein. Sie sah Karina kurz an, spazierte ohne eine Miene zu verziehen an ihr vorbei und setzte sich an einen Tisch für vier Personen, genau auf den Stuhl, von dem aus man die Tür gut im Blick hatte.

Karina nippte an ihrem Glas. »Das musste kippen, nicht nippen!« Der alte Mann gab ihr mit dem Ellbogen einen Stups in die Rippen. Er wirkte jetzt gar nicht mehr so mürrisch. Karina überlegte, ob er vielleicht dachte, er hätte Chancen bei ihr, aber das konnte ja nicht sein, der war bestimmt schon hundert.

Die Tür öffnete sich wieder und eine Rothaarige in einem feuermelderroten Mantel trat ein. Samantha hob eine Rose hoch und die Rothaarige steuerte ihren Tisch an. Die beiden taxierten sich kurz, dann gaben sie sich die Hand.

Karina verschluckte sich an ihrem Kölsch und hustete. Das war doch, verdammt, das war doch die Frau, mit der Fetcher so ausgiebig getanzt hatte.

»Heut sin hier aber ne Menge leckere Mädcher!«, jubelte der alte Mann dem Wirt zu.

»Die leckeren Mädchen sind immer hier, aber du siehst die sonst nicht!« konterte der.

»Im Läve nit, ich bin doch nicht blind«, das wollte der Alte nicht auf sich sitzen lassen.

Das Klappern von Absätzen kündigte den nächsten Gast an. Die pinken Killerpumps und ihre blonde Trägerin. Karina schüttelte ungläubig den Kopf. Auch sie war der roten Rose gefolgt, nickte den anderen beiden Frauen zu und setzte sich.

Der Alte rief: »Jupp, bring den schönen Mädchen mal en Piccollöchen un natürlich meiner schönen Frau Nachbarin och!« Er zwinkerte Karina zu. Die wollte abwehren, aber er sagte beinahe drohend: »Widerstand ist zwecklos, sonst hol ich die Schmier, das sind quasi Kollegen von mir!«

»Sie waren mal bei der Polizei?« Karina nahm lachend das Glas entgegen und prostete ihm zu.

»Sieht man mir nicht mehr an, ne? Äver stimmt trotzdem. Früher wor ich hier der Schutzmann Meier von der Ecke. Ich hab sie all jekannt, de Schäfers Nas, den ›Karate Jacky‹, den ›Dummse Tünn‹. Ich hab einige von denen in den Klingelpütz jebracht. Und ich war och schon dabei als et den jroßen Schwarzmarkt in der Elsasstroß gab, direkt nach dem Krieg, da haben die ...«, er brach ab, als die Tür schwungvoll aufflog und Edward Fetcher eintrat, aber nach wenigen Schritten, mit Blick auf die drei Frauen, erstarrte.

»Dat riecht nach Drama, ich hab mir schon jedacht, das die Fraulück was im Schilde führen«, flüsterte er Karina zu, und sie roch seinen säuerlichen Zwiebelatem.

»Komm doch an unseren Tisch, lieber Edward, oh, Pardon Egon!«, rief Samantha und winkte ihm zu. Er steuerte vorsichtig den Tisch an, sah sich Hilfe suchend in der Kneipe um. Der Alte war jetzt in seinem Element. »Jung, die werden dich schon nicht fressen, und zur Not bin ich ja auch noch da!« Karina musste ein lautes Lachen unterdrücken.

Fetcher stand jetzt vor den drei Frauen. Er erinnerte Karina an ein Tier, das die Witterung prüfte, allzeit fluchtbereit.

»Setz dich doch, Liebster«, flötete die Rothaarige. »Die anderen Damen muss ich dir ja nicht vorstellen, oder?« Sie lächelte, aber ihre Augen waren kalt.

»Ich, ich, hab noch einen Termin, muss gleich, gleich wieder weg …«, stotterte Fetcher.

»Setz dich hin!« Die blonde Pinkpumpsfrau hatte einen Ton angeschlagen, wie Karina sich ihn bei einer Domina vorstellte. Fetcher plumpste auf den noch freien Stuhl, zerrte an seinem Schlips und öffnete den obersten Knopf seines Hemdes.

»So, Herr Banker, ach nein, Herr Immobilienmakler, oder nein, Herr Vermögensverwalter, was hast du dir eigentlich dabei gedacht?«, fuhr Samantha ihn an, die Arme vor der Brust verschränkt.

»Ich, ich kann das erklären, das ist ein Missverständnis …«, stotterte Fetcher.

»Miss-ver-ständ-nis?« Die Rothaarige griff nach seiner Krawatte und zog Fetcher zu sich, bis sein Gesicht nah bei ihrem war. »Du hast uns belogen und betrogen, Süßer. Du hast uns ausgenutzt und das soll ein Missverständnis sein? Das war volle Absicht, Schätzchen.« Sie zog den Schlips ruckartig nach unten. Wenn Fetcher sich nicht schnell zur Seite gedreht hätte, wäre er mit dem Gesicht auf den Tisch geknallt.

»Die Rache der Frauen ist tödlich, reize niemals ein Raubtier nur zum Spaß«, kommentierte der Alte auf Hochdeutsch. »Jupp, noch ne Runde Piccollöchen für die Damen, dat ist besser als im Kino!« Er rieb sich die Hände.

Der Wirt stellte einen Sekt vor Karina hin und brachte die anderen Fläschchen an den Tisch. »Und der Herr, wat wollen Sie denn?« Fetcher hob den Kopf, glotzte den Wirt an, wie ein geprügelter Welpe und bestellte weinerlich: »Ein Wasser ohne Kohlensäure, bitte.«

»Wasser? Da drin lieben sich Fische und Sie wollen dat trinken?« Der Wirt schüttelte im Weggehen den Kopf. Zu dem Alten sagte er: »Dat is en Weichei, Wasser ohne Kohlensäure, wat soll aus der Welt bloß werden?!«

Das Gespräch am Tisch wurde jetzt hitziger, die Frauen drehten richtig auf. Sie drohten Fetcher mit der Polizei und der Presse, obwohl sie wussten, dass die nicht an so einem Mr.-No-Name interessiert waren. Fetcher sank in sich zusammen. Dann stand Samantha auf, füllte ihr Glas mit Sekt und schüttete es Fetcher schwungvoll ins Gesicht. Die Rothaarige und die mit den pinken Pumps taten es ihr nach. Fetcher wehrte sich nicht, hob noch nicht mal die Arme zum Schutz, er saß da wie ein begossener Pudel. Dann öffnete die Pumpsfrau geschickt Fetchers Mund und steckte ihm die Rose zwischen die Lippen. Samantha fotografierte das Häufchen Elend.

»So, meine Lieben, jetzt machen wir uns noch einen schönen Abend!« Die drei hakten sich unter und gingen Richtung Tür. »Für alle Kosten, die heute entstanden sind, kommt der Herr dort am Tisch auf!«, rief die Rothaarige dem Wirt noch zu, dann rauschten die drei Damen hinaus.

Der Alte applaudierte. »Wenn ich dat meinem Kättchen nachher erzähle, dat glaubt mir dat garantiert nit!« Er wischte sich über die Augen.

»Geh nicht so spät auf den Friedhof, Karl, du weißt, da läuft abends schon mal Kroppzeug rum«, brummte der Wirt. »Die klauen de Blumen, die Lamp und ding Portemonnaie. Pass bloß op.«

***

»In meiner Familie ist Schokolade schon seit Generationen die Trösterin in schwierigen Lebenslagen, Sonntagskonfekt, Broterwerb – und ...« Karina strich sich eine rotblonde Haarsträhne aus dem Gesicht, die sich vorwitzig über das Kinn Richtung Mund ringelte. Die fast durchsichtige weiße Haut hatte sich leicht gerötet, ihre Finger strichen gedankenvoll über den leichten Ansatz ihres Doppelkinns. Sie sah aus wie eine der Frauen auf den Bildern der Jugendstilmaler und Impressionisten, beinahe wie das Schokoladenmädchen im Rokoko-Boudoir, das so verführerisch in Spitzenunterwäsche, aber dezent hinter einem Paravent verborgen, ihre Schokolade schlürfte. Nicoles Blick fiel auf das Poster, das Karina an ihre Küchenwand gepinnt hatte.

»– Und,« nahm Karina den Faden wieder auf: »Aphrodisiakum.« Sie schaute Nicole vielsagend an.

»Hä?«

»Na, Liebestrank, du Nuss.« Karina wühlte in einer Pralinenschachtel, in der sie Rezepte aufbewahrte. Im Regal in der Küche stapelten sich solche Kartons. Aus der Knuspergold-Ära mit Papageien darauf oder mit Blumen, wie auf dem, den sie jetzt in der Hand hielt.

»Der ist von Muttertag irgendwann, noch von meiner Oma«, grinste sie und nahm einen Schluck aus ihrer zarten Porzellantasse. Karinas Hände erinnerten Nicole wieder an das rundliche Schokoladenmädchen auf dem Poster. Perfekte Haut, zumindest soweit man sehen konnte. Nicole seufzte. »Beneidenswert«, dachte sie.

Karina stellte die Tasse ab, trank einen Schluck Wasser – das gehörte für sie zum Genuss von heißer Schokolade untrennbar dazu. Dann zog sie ein Rezept aus der Pralinenschachtel. »Tataa. Das ist es. Das koche ich, wenn der Tabio kommt. Schokolade mit Koriander, etwas Pfeffer, Honig, Ingwer und ein Hauch Chili. Das habe ich noch hinzugefügt. Bei meiner Oma hat das gewirkt, das kannst du mir glauben. Meine Mutter ist ja eher prüde und katholisch. Oma war zwar auch katholisch, aber bodenständig. Sie hat mir schon von dem Rezept erzählt, als ich noch ein kleines Mädchen war.

Ich sehe sie noch da sitzen: Pralinen, ein Gläschen Likör und dann sagte sie: Hör gut zu, kleine Noissettine. Jetzt will ich dir mal erzählen, wie Oma und Opa zusammengekommen sind.«

Meine Mutter fuhr natürlich dazwischen: »Hör auf, lass doch das Kind. Erzähl doch nicht so einen Quatsch!«

Aber Oma ließ sich nicht beirren. »Sei nicht so verklemmt«, meinte sie nur. »Das Kind soll ruhig wissen, wie es zugeht im Leben.«

Mutter verließ dann wütend das Zimmer, natürlich griff sie vorher noch schnell nach einem Stück Nugat.

Oma nippte kurz an ihrem Marillenlikör, steckte zuerst mir, dann sich selbst eine Praline in den Mund.

»Weißt du, kleine Karina«, sagte sie nun genüsslich kauend, »damals war es üblich, dass die Jungfrauen und die Jungmänner auf Wallfahrt gingen. Die Jungfrauen mit dem Kolpingverein und die Jungmänner mit der KAB. Dein Opa war in der

Katholischen Arbeiter-Bewegung. Wir wanderten bis nach Kevelaer, fuhren natürlich ein ordentliches Stück mit dem Zug. Und dann gings zu Fuß bis in die Gnadenkapelle.«

»Kennst du die Kirche in Kevelaer?«, fragte Karina ihre Freundin. Die schüttelte den Kopf und griff in die Pralinenschachtel auf dem Tisch.

»Die ist echt schön«, fuhr Karina fort. »So bunt und lebensfroh und schon der Gedanke, dass die Kirche so eine wichtige Rolle für unsere Familie gespielt hat ... Aber ich will mal erzählen, was das mit der Schokolade zu tun hat. Also meine Oma war inzwischen in dieser Kirche gelandet. Die Männer saßen alle auf der rechten Seite, die Frauen links. Mein zukünftiger Opa trug die Fahne der KAB. Meine Oma und er hatten sich vor einiger Zeit ineinander verguckt. Er war total in sie verknallt, aber seine Familie wollte von dem – in ihren Augen – armen Bauernmädchen, nichts wissen. Sie arbeitete in der Bäckerei von dem Vater von meinem Opa. Er sollte den Betrieb als einziger Sohn später übernehmen. Im Krieg wurde später natürlich alles platt gemacht. Da blieb nichts von der Bäckerei übrig. Aber sie: Bildhübsch, aber nix an de Föößß.«

Karina grinste und leckte sich genussvoll die Lippen.

»Oma hatte vorher aber eine Schokospeise gekocht, zu Hause, für die Reise. Ein ganz spezielles Rezept. Das hier.«

Karina wedelte kurz mit dem Zettelchen, auf dem in spitzen, verblassten Sütterlinbuchstaben etwas geschrieben stand.

»Auf dem Weg zur Kirche hatte sie dann meinem Opa das Töpfchen mit einem Löffel zugesteckt. Er hatte sich etwas steif bedankt und sie wie immer sprachlos angeschmachtet. Dann aber den Inhalt des Töpfchens mit einem Happs in sich hinein geschaufelt. Oma hat das gesehen und gewusst, so das wars.

In der Kirche brach meinem armen Opa in spe der Schweiß aus, Oma hat das immer gern ausgeschmückt. Er stellte als erstes die Standarte mit der KAB-Fahne an die Wand, dann drängelte er sich ganz an den linken Bankrand, damit er über den Gang seine Maria gut sehen konnte. Die jungen Leute beteten den Rosenkranz. Beim ›Gegrüßet seist du Maria‹, brüllte mein Opa dann immer dermaßen laut zu meiner Oma herüber, dass alle zu ihm hinschauten.«

Nicole lachte laut. »Na, das passte ja, deine Oma hieß doch auch Maria, oder? Der war ja wohl richtig entflammt.«

»Der glühte nicht, der brannte. Die Rezeptur ist gnadenlos. Und es kam noch besser«, erklärte Karina und griff wieder zur Schokolade. Sie genoss es, wie sich der zarte Schmelz allmählich in ihrem Mund ausbreitete. Sie schluckte langsam. »An der Stelle hat meine Mutter immer ins Zimmer gerufen: »Mama, musst du das denn dem Kind erzählen?«

Und Oma: »Ja, sie soll wissen, wie es in der Welt wirklich läuft.« Und ließ sich nicht aus der Ruhe bringen. Herrlich, ich habe die Geschichten meiner Oma immer so geliebt. Also: Die Gruppen verließen nun betend und singend die Gnadenkapelle. Die Prozession durch den Ort begann. Der Prozessionsweg führte ja durch den Ort nach außerhalb und zurück. Meine Oma ging ganz am Ende der Frauengruppe, während mein Opa sich samt Standarte und Fahne direkt hinter sie drängte. An der ersten Station betete er noch halbwegs annehmbar, an der zweiten wurde er lauter, an der dritten schnupperte er an Omas Hals herum. An der vierten und fünften drückte er sich von hinten an sie. An der sechsten Station schließlich reichte er die Fahne kurzerhand an seinen Nachbarn weiter, um an der siebten Kreuzwegstation meine Oma zu packen und mit ihr im Gebüsch zu verschwinden.«

»Nein!«, kreischte Nicole.

»Doch, glaub mir. Er war so heiß gelaufen, dass er an der siebten Kreuzwegstation meinen Onkel Bernhard mit ihr zeugte. Der Kleine starb später im Krieg an Diphtherie. Meine Mutter wurde ja erst nach dem Krieg geboren.« Karina trank den letzten Schluck heiße Schokolade. »Also, das Rezept ist genial. Mal schauen, wie Tabio darauf reagiert. Vielleicht traut er sich nicht. Ich denke, er braucht einen kleinen Anstupser.«

Nicole tat überrascht. »Ist er nicht ein wenig jung für dich?«, fragte sie vorsichtig. »Ich hab ihn ja nur kurz letztens im Museum gesehen ...«

»Ja, das habe ich auch schon überlegt«, antwortete Karina schnell. »Auf der anderen Seite … Ich kann mir die Männer ja nicht backen. Und ich finde ihn wirklich sympathisch. Er ist klug und vertrauenswürdig. Ach, ich schau einfach mal ... Und er sieht auch noch gut aus.«

Karina stand auf, Nicole auch. Sie musste sowieso weiter.

»Bei Gelegenheit kannst du mir mal das Rezept verraten«, bat sie. »Ich kann das auch brauchen, glaub mir ...«

Karina überlegte einen Moment. »Ich denk drüber nach. Es ist ein altes Familienrezept, weißt du. Aber mal schauen, für meine beste Freundin ...«

Sie lachte und umarmte Nicole zum Abschied.

Später piepte Karinas Handy. Eine SMS von Sebastian: 18:45, Wolkow verlässt mit Aufseher Schmalenberg JVA. Karina hatte gebadet, danach die Küche aufgeräumt und einen alten Miss Marple Film angesehen. Dabei meldete ihr Handy wieder eine SMS: 23:50 Wolkow zurück in Zelle, scheint gute Laune zu haben.

Nun saß sie an ihrem Computer und suchte. Aber wonach sollte sie denn suchen? Vielleicht hatte dieser Russe eine Frau oder eine Freundin, bei der er war. Oder eine kranke Mutter, die auf ihn wartete. Es konnte ja auch sein, dass dieser Sebastian sich nur wichtig oder auf Nicole besonderen Eindruck machen wollte.

Karina gab ›Überfall heute‹ ein. Kein Ergebnis, das in diesen Zeitraum passte. Sie versuchte es noch mit ›Prügelei‹. Nichts. ›Mord‹ – Fehlanzeige. Dann las sie plötzlich in den aktuellen Nachrichten »Hinrichtung in Duisburg«. Die Polizei vermutete eine Auseinandersetzung im Drogenmilieu und sprach von einem unbekannten Täter, der das Opfer mit einem Kopfschuss getötet hatte. Bingo.

Ob sie mit diesem Kommissar Printz Kontakt aufnehmen sollte? Vielleicht, wenn sie mehr wüsste. Bis jetzt war das ja nur eine Beschuldigung von Nicoles ›Knasti‹. Aber sie würde Nicole bitten, von ihm die komplette Liste zu besorgen, aus der hervor gehen sollte, wann genau der Russe jeweils die JVA verlassen hatte. Dann könnte sie überprüfen, ob gerade an den Tagen jemand so gestorben war, wie dieser Mann in Duisburg.

Nachdenklich rührte sie in ihrer Tasse, sah den kleinen Strudel immer größeren Schwung bekommen. »Das eine fügt sich zum anderen. Nichts geschieht ohne Grund.« In ihrem Kopf wirbelten Bilder von Windhosen und ihrer Zerstörungswut. Sie rührte stärker, glaubte den Boden der Tasse zu sehen.

»Der Mann in der Altstadt!«, durchfuhr es sie. »Was hatten die Zeitungen berichtet? Wie eine Hinrichtung.« Vielleicht hatte der Russe ja auch mit dem Mord in der Altstadt zu tun.

Immer wieder ging Karina die beiden Morde durch, konnte einfach nicht abschalten. Sie trank in kleinen Schlucken und schloss die Augen dabei. Oft genug stiegen, ausgelöst durch den köstlichen Geschmack, Bilder und Gedanken in ihr auf, die ihr beim Lösen von Problemen halfen. Aber heute funktionierte es nicht. Sie öffnete die Augen wieder und starrte auf den Bildschirm ihres Laptops. Weinsberg war alleine im Museum geblieben, die Kollegen vom Service hatten gesehen, wie die Gruppe sich in Bewegung gesetzt hatte. War von denen einer zurückgekommen? Oder gar nicht erst mitgegangen? Hätten die anderen das nicht bemerken müssen? Vielleicht konnte Chioma noch einmal ihre Geister befragen, obwohl das letzte Mal nicht viel dabei herausgekommen war.

***

Schwarze, eklige Spinnen. Dicke giftige mit kurzen Beinen, andere mit kleinen, aber zweigliedrigem Körper und langen, ungelenken Beinen. Sie quellen aus ihrem Kopf. Aus den Ohren, aus der Nase, drücken sich aus dem Mund, durch die Lippen, sobald sie sie öffnet. Die Spinnen laufen davon, Hunderte, Tausende. Und immer kommen Neue nach. Ihr Kopf scheint voll davon zu sein. Karina sieht den Spinnen aufmerksam nach. Empfindet nur ab und zu etwas Angst, meist ist sie eher überrascht und manchmal auf der Hut. Sie ist bevölkert von Spinnen.

Karina setzte sich mit einem Ruck auf, schaute an sich herunter. Keine Spinne. Sie strich sich leicht über den Mund, über die Ohren, nichts. Sie sprang aus dem Bett, lief in die Küche und drückte den Schalter der Kaffeemaschine. Mit mechanischen Bewegungen legte sie das Kaffeepad ein und stellte eine Tasse unter den Auslauf. Als der Kaffee in die Tasse tröpfelte, schaute sie gedankenverloren zu. Dann setzte sie sich an den Tisch. Essen konnte sie nicht. Zu deutlich meldete sich im Nachhinein Ekel im Magen. Aber ein Kaffee würde gehen. Karina wusste, dass sie von diesen Spinnen noch nie geträumt hatte, daran würde sie sich erinnern. Obwohl sie im Traum den Eindruck gehabt hatte, sie wüsste das alles längst.

Sie grübelte und nahm einen Schluck Kaffee. Der schmeckt cremig und mild. Lecker.

Irgendjemand hatte ihr von den Spinnen erzählt. Eine Arbeitskollegin vielleicht? Es musste schon Jahre her sein. Eine Bekannte der Bekannten war in ein afrikanisches Land in Urlaub gefahren. Genau, jetzt fiel es ihr wieder ein. Der Kaffee brachte sie immer auf Trab. Die Frau, über die ihr erzählt worden war, sei mit ihrem Mann in den Urlaub gefahren. Wohin bloß? Sie erinnerte sich nicht. Dann habe sie am Strand gelegen und eine Spinne sei in ihren Kopf geklettert, durch das Ohr, ohne dass die Frau irgendetwas bemerkt hätte. Und hatte dort ihre Eier abgelegt. Zuhause angekommen hatte die Frau ständig über Kopfschmerzen geklagt. Bis eines Tages die Spinnen aus den Eiern schlüpften. Sie krochen ihr aus den Ohren, den Nasenlöchern, dem Mund. Die Afrika-Urlauberin sei verrückt geworden darüber, sie wäre völlig durchgedreht und hätte den Verstand verloren. Niemand, auch kein Arzt, habe ihr helfen können.

Karina trank den letzten Schluck Kaffee. Das war ja eine furchtbare Geschichte. Sie hatte sich schrecklich gegruselt und sich gefragt, ob so etwas wohl wirklich möglich wäre. Die Bekannte hatte ihr versichert, dass sie alles aus erster Hand erfahren hätte. Das war so ein modernes Märchen, wie das von der Spinne in der Yuccapalme, die im Wohnzimmer bei Nachbarn landete und die ganze Familie umbrachte. Das hatte sie später in einem Buch gelesen. Märchen, die überall kursierten und immer weitererzählt wurden. Nicht anders waren wohl vor über 200 Jahren die Geschichten der Brüder Grimm entstanden. Nur wirkten diese modernen Märchen viel gruseliger, weil sie so lebensnah waren. Karinas Kopf pochte, sie griff nach einem Kuli, der auf dem Tisch lag, und kritzelte auf dem Notizblock herum.

Was hatte sich in ihrem Kopf so tief vergraben und war dabei, auszuschlüpfen? Sicher keine Spinnen. Welche Idee? Was hatte sie wahrgenommen, unbewusst, was drängte jetzt heraus? Karina hatte das Bild der Spinnen noch klar im Kopf. Sie versuchte die Spur zurück zu verfolgen. Wo kamen die Spinnen her? Was hatte sie womöglich als Spinnerei abgetan?

Sie strichelte weiter. Es waren zwei Arten von Spinnen, die sie jetzt skizzierte und deren Formen sie aufs Papier brachte. Nicht nur die mit den langen Beinen. Die waren mit zweigliedrigem Körper, wirkten irgendwie jung, fast ungelenk. Als wüssten sie nicht so recht, was sie mit ihren langen Beinen anfangen sollten. Die anderen waren ganz anders, klein, fleischig, kompakt, giftig, tödlich. Sie waren gefährlich, das war ihr im Traum klar gewesen. Die stachen oder bissen zu, sobald es eine Gelegenheit gab. Sie waren älter als die anderen Spinnen, erfahrener ... Die hatten ihr Angst gemacht, die anderen nicht.

Es waren zwei Täter. Karina holte tief Luft, sie hatte am ganzen Körper Gänsehaut. Es waren zwei Täter unterwegs. Ein junger, unerfahrener Mörder und eine fette, erfahrene, giftige Spinne, die ihr gefährliches Gift verspritzte und wie eine Maschine tötete.

Karina musste mit dem Kommissar sprechen. Jetzt sofort. Da stimmte etwas nicht. Wie spät war es? Ein Blick auf die Uhr sagte ihr, dass der Kommissar wahrscheinlich schon an seinem Schreibtisch sitzen würde. Sie wählte seine Nummer, fuhr einmal kurz mit der Zunge über die Zähne. Gut, dass sie nicht mit ihm skypen musste und er sie nicht sehen konnte, so ungewaschen, ungekämmt und mit ungeputzten Zähnen.

»Printz«, bellte der Kommissar.

Wahrscheinlich hatte sie ihn beim Blumengießen gestört. Perlchen hatte ihr vom Hobby des Kommissars brühwarm berichtet. »Hallo, Karina Sprängel hier«, säuselte sie mit der sympathischsten Stimme, die sie um diese Tageszeit zur Verfügung hatte. Dann zögerte sie.

»Die Schokoladenfrau«, griente Printz. Die Staatsanwältin, die nach einer kurzen Besprechung am frühen Morgen gerade gehen wollte und schon an der Tür stand, zog die linke Augenbraue hoch. Sie lauschte kurz, was Printz noch sagen würde.

»Na, haben Sie noch eine Leiche für mich?«

»Nee.« Karin atmete tief durch. »Ich habe heute Nacht von Spinnen geträumt.«

Zunächst ungläubiges Staunen am anderen Ende der Leitung. Dann: »Hat vermutlich mit sexuellen Ängsten zu tun?«, schlug Printz sanft vor. »Kann ich helfen und einen Kollegen schicken?« Karina hörte den drohenden Unterton genau.

Die Staatsanwältin verdrehte die Augen, winkte kurz und machte kopfschüttelnd die Tür von außen zu. Na, der führte ja interessante Dienstgespräche. Hatte der eigentlich einen Nebentätigkeitsantrag gestellt? Beziehungsberatung während der Arbeitszeit. Sie nestelte nach ihrem Autoschlüssel. Nur weg hier.

Printemann wartete immer noch geduldig. Karina nahm innerlich Anlauf. Dann sagte sie schnell: «Machen Sie doch, was Sie wollen. Aber ich glaube, dass es zwei Täter waren, zwei ganz verschiedene Mörder, der eine könnte ein Serienkiller sein. Und es könnte sein, dass der in der JVA sitzt und nur zum Morden rauskommt.« So nun war es heraus.

Der Kommissar starrte einen Moment den Hörer an, schüttelte ihn. Dann hielt er ihn wieder ans Ohr.

»Das haben Ihnen die Spinnen gesagt? Bitte, Frau Sprängel. Ich kann ja verstehen, dass das Ganze sie mitnimmt. Aber jetzt muss ich wirklich arbeiten. Wiederhören.«

Er legte auf. Und schaute grübelnd auf die Daten auf seinem Monitor, die von der Rechtsmedizin per Mail gekommen waren. Zwei Killer. Einer ein Serienkiller. Das war noch reine Vermutung. Aber zwei Killer. Respekt. Er hatte keine Ahnung, wie sie darauf gekommen war. Aber gar nicht so dumm, die Schokoladenfrau. Gar nicht so dumm … Allerdings, was meinte sie denn damit, einer, der in der JVA sitzt? Wie sollte der denn draußen Leute umbringen? Mit Telepathie? Blödsinn. Irgendetwas klopfte in seinem Gedächtnis an, was war das bloß? Es fiel ihm nicht ein. Dann klingelte das Telefon, er musste weitermachen.

14

Karina und Tabio hatten zusammen gekocht und dabei erzählt und viel gelacht. Meist war es um Anekdoten aus dem Schokoladenmuseum und die Kollegen gegangen. Immer wieder hatten sie sich wie zufällig berührt – beim zeitgleichen Griff nach dem Rührlöffel oder Messer – und ihre Hände blieben dann für ein, zwei Sekunden länger beieinander, als nötig gewesen wäre. Das Essen hatte ihnen geschmeckt. Sie hatten sich gegenseitig gelobt, aber auch ziemlich schnell gegessen und waren dann zunächst auf dem Sofa und dann ganz schnell und sehr selbstverständlich in ihrem Bett gelandet – und zwar ohne den Zauberliebestrank ihrer Oma, den Karina schon vorbereitet hatte.

Später holte sie zwei Tassen, stellte sie vorsichtig auf dem wackligen Jugendstiltischchen ab und schlüpfte wieder zu Tabio unter die Decke.

»Eigentlich hätte ich den bringen müssen, das ist schließlich mein Job.« Er strich ihr zärtlich übers Haar.

»Dein Job ist jetzt, mich zu streicheln«, Karina legte den Kopf auf seinen Arm und kuschelte sich an ihn.

»Das ist kein Job, das ist Vergnügen.« Tabios Mund berührte Karinas Gesicht. »Du küsst richtig gut, es prickelt«, flüsterte sie.

›Schade, dass er zu jung für mich ist‹, dachte sie etwas wehmütig. Sie stellte sich einen Moment vor, was ihre Eltern sagen würden, wenn sie mit einem zehn Jahre jüngeren Farbigen zum Sonntagskaffee käme. Sie schüttelte den Kopf.

»Was denn? Stimmt was nicht?« Tabio sah sie aufmerksam an.

›Hoffentlich konnte er keine Gedanken lesen‹, dachte Karina.

»Nichts, ich habe nur gerade an was Blödes gedacht. Ist nicht wichtig. Gib mir mal bitte die Tasse rüber, danke.« Karina hatte sich halb aufgerichtet und lehnte an der Bettrückwand, während sie an ihrem Kakao nippte. Sie schloss einen Moment die Augen und schnupperte. Dann nahm sie einen Schluck, hielt ihn eine Weile genießerisch im Mund, dann erst schluckte sie. Köstlich. Die Gewürze, die schon ihre Großmutter in den Kakao gemischt hatte, gaben ihm eine ganz besondere Note.

Tabio rückte nach, legte seinen Kopf auf ihren Bauch und wandte ihr das Gesicht zu. »Du bist superschön, Karina!«

Sie griff mit ihrer freien Hand in sein Haar und wuschelte es. Es fühlte sich weich, beinahe flauschig, an, das hatte sie nicht erwartet.

»Ich, ich bin es nicht gewöhnt, dass mich jemand so toll findet.« Karina wusste nicht, ob sie Tabios offensichtliche Begeisterung für sie komisch finden oder ernst nehmen sollte.

»Dann solltest du dich aber schnell umgewöhnen. Eine Frau wie dich muss man einfach verehren. Denk an die Göttinnenstatue im Museum – du siehst ihr ähnlich!« Er küsste jetzt ihren Bauch.

»Ist gut, Tabio, mach mal halblang!« Karina kicherte. «Hör auf, ich will meinen Kakao trinken und ihn nicht ins Bett kippen! Und du hast deinen noch gar nicht angerührt«, sie schmollte und lächelte gleichzeitig, »oder magst du meinen Zaubertrank nicht?«

»Doch, ja, nein. In letzter Zeit hab ich irgendwie ne Aversion gegen alles Schokoladige. Ich rieche sie und schon ist mein Magen dicht. Wenn du willst, kannst du meinen Kakao auch trinken, ist doch sonst zu schade um das Getränk der Götter, nein, der Göttin!« Seine Augen leuchteten.

»Sag mal«, sein Blick schweifte zur Fensterbank, auf der eine rote Grableuchte brannte. »Gehört so ein Teil nicht auf den Friedhof? Gut, dass du keine Gardinen hast, die würdest du glatt abfackeln damit.«

Karina sah ihn durchdringend an. Dann holte sie tief Luft. »Kennst du den Unterschied zwischen Mord und Totschlag?«, fragte sie schnell.

Tabio hielt den Atem an. »Hä?«, sein Gesicht verriet keinerlei Gefühle. »Mord? Totschlag? Was meinst du denn damit?« Er wirkte auf einmal blass unter der dunklen Haut.

Karina atmete bis tief in den Bauch ein. Sie nahm Anlauf. »Die Kerze steht da für meinen Opa.«

»Ist er ermordet worden?«, Tabio machte große Augen.

»Nein.« Karina fiel es schwer, weiter zu sprechen. »Ich hab es noch keinem gesagt. Aber bei dir habe ich das Gefühl, ich muss es dir einfach erzählen. Mein Opa war im Gefängnis. Zuchthaus hieß das damals noch. Er hatte einen Polizisten ermordet.«

»Was? Ein Polizistenmörder?«

»Na ja, eigentlich nicht wirklich. Es war 1947, er war gerade aus der Kriegsgefangenschaft zurück. Meine Oma, die immer zu ihm gehalten hat, sagt, damals herrschten hier in Deutschland Wildwestverhältnisse. Er war Soldat gewesen, Fallschirmspringer. Das waren ziemlich harte Burschen. Obwohl – zu mir war er immer unheimlich lieb«, fügte Karina schnell an und wischte sich mit einer Hand über die Wange. »Er war eben manchmal etwas aufbrausend und unkontrolliert. Und damals hat er mit seinem älteren Bruder zusammen Kartoffeln geklaut, auf einem Feld. Sie hatten Hunger, die Familie hatte nichts zu essen. Es war einfach schrecklich. Mein Opa hatte übrigens die Silberne Nahkampfspange«, setzte sie plötzlich hinzu und errötete.

Tabio griff nach ihrer Hand. »Und wieso war er dann im Knast? Wegen Kartoffeln klauen doch wohl nicht, oder?«

»Nein. Ein Polizist hat die beiden überrascht. Er wollte sie verhaften. Wegen der Kartoffeln. Da haben sie ihn gepackt und in die Sieg geworfen. Und da ist er ›tot geblieben‹, wie meine Oma mir erzählt hat. So nannte sie das. Der Polizist konnte nämlich nicht schwimmen und die Sieg führte richtig viel Wasser. Der Mann hatte keine Chance. Die beiden wurden dann gefasst. Der ältere Bruder bekam fünf Jahre und mein Opa drei Jahre Zuchthaus. Es stand damals in allen Zeitungen, du kannst dir vorstellen, wie meine Oma und dann auch meine Mutter und ihre Schwestern darunter gelitten haben. Sie waren ja die Familie des Polizistenmörders. Mein Opa war dann anderthalb Jahre im Zuchthaus in Werl. Wieso sie ihn da hingebracht haben, keine Ahnung. Es gab ja auch in Köln einen Knast. Meine Oma ist immer mit dem Zug und dem Bus hingefahren und hat Opa besucht. Er hat schrecklich unter der Zeit im Zuchthaus gelitten. Ich bin, nachdem Oma mir das erzählt hat – da war ich schon fast zwanzig – einmal nach Werl gefahren. Der Joe Bausch, der den Rechtsmediziner im Kölner

Fernseh-Tatort spielt, ist dort Gefängnisarzt. Der hat mich dann herumgeführt. Er war ganz gerührt über meine Geschichte und Knackis kennt der auch schon seit seiner Kindheit. Die haben immer bei ihnen zu Hause gearbeitet.

Das Gefängnis in Werl ist wirklich ein altes Gebäude, da ist die Verzweiflung und der Zorn in fast jedem Stein zu spüren. Damals saßen da auch Kriegsverbrecher ein. Aber damit hatte mein Opa nichts zu tun.«

»Und die Familie des Polizisten?«, fragte Tabio leise.

Karina senkte den Kopf. »Er war verheiratet und hatte zwei Kinder. Ich wüsste so gern, was aus denen geworden ist. Am liebsten würde ich mich bei ihnen entschuldigen. Aber ich kann doch gar nichts dafür, oder? Vielleicht ist das der Grund, warum ich mich so gerne mit Kriminalfällen beschäftige.« Sie schwieg.

»Tust du das?« Tabio kaute auf seiner Unterlippe.

»Ja, ich forsche nach der Wahrheit. Das ist es wohl. Aber es ist so schwer sie zu finden. Mein Opa hat einem Menschen das Leben genommen und trotzdem habe ich ihn geliebt. Ich war so traurig, als er starb. Ich habe ihn so vermisst und hatte das Gefühl, in mir gähnte ein tiefes Loch. Weil ich so an meinem Opa hing, haben mir meine Oma und meine Mutter auch so lange nichts erzählt, obwohl sie die Scham und die Schuldgefühle bis heute mit sich herumtragen. Besonders meine Mutter, die versucht immer, mehr als korrekt zu sein und bei allen gut anzukommen. Kein Wunder, bei der Familiengeschichte. Sie will wohl immer beweisen, dass wir doch eine ordentliche Familie sind. Das war schon immer so. Ja, und deshalb brennt eben die Kerze. Für meinen Opa, aber auch ein bisschen für den Polizisten und seine Familie. Verstehst du?«

Tabio nickte langsam, sagte aber nichts. Karina spürte, wie nahe er ihr war.

Sie trank einen weiteren Schluck und schloss die Augen. Der Kakao war inzwischen kalt. »Wenn ich Kakao trinke, denke ich an früher, an die Zeit, als ich noch klein war. Wenn es mir schlecht ging oder es etwas zu feiern gab, bekam ich immer eine Tasse heiße Schokolade. Ich mach den Kakao genau wie früher meine Oma. Aber das hab ich ja schon gesagt, Alzheimer lässt grüßen«, lächelte sie beinahe schüchtern.

»Du liebst sie, deine Oma, ja?«

»Außer meinem Opa, der ja tot ist, ist meine Oma das Beste, was mir in meiner Familie passieren konnte!«, Karina seufzte.

Tabio lag jetzt auf dem Bauch neben ihr und stützte den Kopf in die Hände: »Sind die anderen so daneben?«

»Ja, kannst du laut sagen. Aber ich will da nicht drüber sprechen.« Mit einem kurzen Blick in seine Augen fügte sie hinzu: »Noch nicht, okay? Ich glaube, für heute hab ich schon genug erzählt.«

Tabio nickte. »Reden ist einander lieben, sagt ein afrikanisches Sprichwort.« Er legte den Kopf in seine Armbeuge.

›Lieben‹, dachte Karina, ›meine Güte, so weit sind wir doch noch lange nicht!‹ Sie räusperte sich, trank die Tasse in einem Zug leer. »Also wenn ich an meine Kindheit und den Kakaogeruch denke, fallen mir auch noch andere Düfte und Leckereien ein. Die Colafläschchen und Tritop. Oder Nappos und Schleckmuscheln. Was gabs bei dir denn zum Naschen? Entschuldige, gabs überhaupt etwas? Ich weiß ja gar nicht, wie lange du schon in Deutschland bist und was du vorher gemacht hast. Bin ich zu neugierig?«

»Du bist neugierig«, brummte es aus der Armbeuge. Tabio hob den Kopf: »Aber ›nur im Vorwärtsgehen gelangt man ans Ende der Reise‹«, Tabio robbte hoch und setzte sich neben Karina, »auch ein Sprichwort.«

»Du würdest dich gut mit Perlchen verstehen, sie ist ein wandelndes Sprichwörter- und Zitatenlexikon.« Karina tippte Tabio mit dem Zeigefinger zwischen die Rippen, aber er zuckte nicht zusammen.

»Och, du bist ja gar nicht kitzlig!« Karina schob die Unterlippe vor und Tabio küsste sie darauf. »In meiner Familie, also der afrikanischen, war kitzelig zu sein uncool.«

»Das kann man sich doch nicht abtrainieren!« Karina zwickte und kitzelte Tabio unter den Armen, an der Seite und überall, wo ihre Finger hinreichten.

»Doch, das kann man. Ist eine Frage der Übung und der Körperbeherrschung, wie fast alles im Leben.« Er sah sie ernst an.

»Welcher Geruch oder welcher Geschmack erinnert dich an deine Kindheit?« Karina rückte näher an Tabio.

Sein Blick löste sich von ihr und wanderte über die Schokoladenreklametafel an der Wand und verweilte einen Moment auf einem Kunstdruck, auf dem zwei Kakao trinkende Damen in Biedermeierkleidern ins Gespräch vertieft waren.

»Schokoladenpudding aus der Dose. Mango – du glaubst gar nicht, wie die Mangos in Afrika riechen – die hier in Deutschland sind doch kastriert!«

»Und Süßigkeiten, so wie bei uns die Gummibärchen?«

»Sesamkonfekt und geröstete Erdnüsse mit Honig, das wird auf jedem Markt verkauft.« Tabio starrte auf die Tür. Er glaubte die Gerüche des Marktes von Bouaké zu riechen. Er hatte dort Yamswurzel, Kochbananen und Hirse gekauft. Außerdem noch Pfeffer, Erdnüsse und Zwiebeln. Und natürlich Sesamkonfekt. Dann war er so schnell er konnte nach Hause gelaufen. Auf einmal war alles wieder da:

Tabio kann schon den kleinen Hügel erkennen, an dessen Fuß ihre Hütte ist. Kein Qualm steigt aus dem Ofenrohr an der Seite. Alles ist still. Wo sind seine Eltern, seine Geschwister? Er ruft nach ihnen. Eine Stimme in ihm, die er noch nie vorher gehört hat und die, wie sein Vater klingt, raunt: »Du bist allein, Tabio. Sie sind alle weg!«

In der Hütte schlägt ihm dieser Geruch entgegen, unbekannt, ekelhaft. Die Eltern liegen auf der Strohmatte. Tabio wagt sich nicht näher. Die Stimme in seinem Kopf kreischt.

Dann sind Geräusche vor der Hütte. Jemand ruft etwas. Tabio bleibt sitzen. Schritte nähern sich. Stimmen rufen durcheinander. Tabio presst die Hände auf die Ohren.

Ein Gesicht ist über seinem und bewegt die Lippen. Tabio schüttelt den Kopf. Jemand hebt ihn hoch, dabei fällt der Karton zur Seite und Tabio schreit. Andere Hände greifen nach der Schachtel und drücken sie ihm in die Arme. Tabio ist sofort still.

»Was ist geschehen, Tabio? Erkennst du mich nicht, Tabio? Ich bin Naja, du weißt doch, Eno, dein Bruder, und mein Salim spielen oft zusammen. Als ich niemanden von euch gestern an der Wasserstelle getroffen habe, bin ich heute an der Plantage vorbei. Dein Vater war nicht da und dann bin ich hier her-

gekommen. Was ist denn passiert, Tabio?« Sie schüttelt ihn wie einen Kakaobohnensack.

»Ich weiß es nicht«, will er sagen, aber aus seinem Mund kommt nur ein Krächzen. Jemand reicht ihm einen Becher mit Wasser.

»Haben sie dir etwas gesagt?« Ein Mann in Uniform ist, von Tabio unbemerkt, eingetreten.

Tabio schüttelt den Kopf. Räuspert sich. Einmal. Noch einmal. Dann flüstert er: »Ich war auf dem Markt. Dann bin ich zurückgekommen. Sie lagen einfach da.« Tränen brennen in seinen Augen, aber er schafft es, nicht zu weinen.

»Hast du etwas gesehen? Oder gefunden?« Der Mann sieht ihn streng an.

Tabio öffnet den Karton, zieht das Papier heraus und reicht es ihm. Der Mann liest und runzelt die Stirn. »Er schreibt, er kann nicht mehr leben, wenn er seine Familie nicht ernähren kann. Er sagt, die Dämonen der Weißen haben ihn aufgefressen, erst die Hände, dann das Herz und zuletzt hätten sie ihm den Atem ausgesaugt.« Der Mann nimmt die Mütze ab und wischt sich mit einem großen Taschentuch über die feucht glänzende Stirn.

»Und deshalb bringt er alle um?« Die Frau, die Tabio die ganze Zeit im Arm gehalten und hin und her gewiegt hat, wie ein Baby, hält inne.

Tabio drückt sich fester an sie. Er will, dass sie weiter macht, er will wieder Baby sein. Er will nichts sehen, nichts hören, nichts verstehen.

»Er schreibt, seine Kinder sollen nicht wie Sklaven arbeiten. Er hätte schon immer die Kinder der anderen armen Eltern antreiben müssen. Für seine Kinder wollte er so ein Leben nicht.«

»Aber was ist mit Tabio? Er ist doch sein Erstgeborener.«

Der Polizist hebt ratlos die Schultern. »Vielleicht wollte er, dass er weiterlebt und Rache nimmt. Was weiß ich. Hier steht nicht, warum.«

Tabio greift nach dem Papier und legt es zurück in die Schachtel.

»Ich bringe ihn ins Waisenhaus der Christlichen Mission. Die werden schon wissen, was zu tun ist.«

»Ins Waisenhaus?« Die Stimme der Frau ist dunkel.

»Willst du ihn zu deinen acht Kindern noch dazu?« Das Lachen des Polizisten klingt böse.

Die Frau schüttelte den Kopf. »Komm, ich helf dir ein paar Sachen zu packen. Du brauchst ja was zum Anziehen.«

Später sitzt Tabio auf dem Rücksitz des Polizeiautos. Sein kleiner Bruder und er haben immer davon geträumt, einmal in einem solchen Auto mitzufahren.

»Hast du alles?« Der Polizist dreht den Kopf und sieht ihn an. Zumindest glaubt Tabio das, denn die dunklen Gläser der Sonnenbrille verbergen die Augen des Mannes.

Tabio klopft auf das Bündel neben sich und presst den Karton fest auf seinen Schoß.

»Abfahrt!« Der Polizist wendet den Wagen und Tabio sieht, wie der Medizinmann die Hütte betritt. Er hält einen Gegenstand in der rechten Hand und fuchtelte damit herum.

Sie fahren vorbei am Hügel, passieren die verlassenen Hütten früherer Nachbarn. Dann quer durch die Savanne. Tabio schaut und schaut. Er will sich alles einprägen, will nichts vergessen, nicht die Landschaft, nicht die Gesichter seiner Eltern, seiner Geschwister, niemals.

»Tabio, hörst du mich? Mein Gott, was ist denn los?« Karinas Stimme war besorgt. Sie stand neben dem Bett, halb über ihn gebeugt und rüttelte ihn. »Tabio, Tabio, wach auf!«

Tabio fuhr hoch. »Was ist?«

»Das fragst du? Was weiß ich denn? Wir haben uns unterhalten und dann hast du keinen Ton mehr von dir gegeben und nur an die Tür gestarrt. Und dann hast du die Augen verdreht und ganz flach geatmet.« Karinas Gesicht war blass, ihre Stimme zitterte.

»Hab ich was gesagt?« Tabios Stimme klang, als müsse er sich zum Reden zwingen.

»Nein, du warst stumm wie ein Fisch und auch so kalt hast du dich angefühlt. Was ist denn, hast du irgendeine Krankheit oder so was? Epilepsie vielleicht?«

Tabio schüttelte den Kopf. »Quatsch. Hab ich dich erschreckt?« fragte er leise. »Mir ist nur etwas eingefallen. Sei nicht böse.«

Karina ließ sich aufs Bett fallen und kroch wieder unter die Decke. »Ich hab mir Sorgen gemacht, Tabio. Willst du darüber reden? Ich habe auch schon ein Familiengeheimnis ausgepackt. Trau dich, schlimmer kanns ja kaum werden, oder?«

Tabio sah sie ernst an. Er holte Luft. «Heute ist wohl der Abend der Beichten. Also: Auch bei uns gabs Mord und Totschlag. Mein Vater hat unsere ganze Familie ausgelöscht. Meine Mutter und meine Geschwister. Ich hab als einziger überlebt, weil ich nicht zu Hause war.« Tabios Stimme klang hohl und wie von weit her. »So was nennt man wohl erweiterten Selbstmord.« Er schnaufte.

Karina wagte nicht, sich zu bewegen.

»Danach kam ich ins Waisenhaus und dann haben mich die Stüttgens adoptiert. 1998 bin ich nach Deutschland gekommen.«

»Warum hat dein Vater das getan?« Karina griff nach Tabios Hand und er ließ es zu. Seine Haut fühlte sich eiskalt an.

»Ausweglosigkeit. Die Plantagenbesitzer haben alle dort ausgebeutet. Er war krank und konnte die Familie nicht mehr ernähren. In Afrika gibts kein Sozialsystem wie hier. Wer nicht arbeitet, muss sehen, wo er bleibt. Und da bist du ganz schnell so überschuldet, da kommst du nie mehr raus, die ganze Familie nicht. Irgendwann kriegst du von keinem mehr was und kannst verrecken.« Bitter stieß er das hervor. »Und die Plantagenbesitzer und die ganze Kakaoindustrie verdienen sich dumm und dämlich!«

Karina streichelte Tabios Hand. Zwischen ihren Augenbrauen bildete sich eine Falte. Perlchen nannte sie die ›Miss-Marple-Denkfalte‹; Sie zeigte sich immer, wenn Karina eine Spur aufnahm.

***

Brigitte stand vor der Pinnwand: »Ich habe noch etwas für euch. Die Materialspuren, die wir am Schokobrunnen gefunden haben, waren textiler Art. Das waren Fasern von einem handelsüblichen Reinigungsgerät, das wir Kölner Wischmopp nennen.

Und wir konnten diese Fasern auch eindeutig zuordnen. Sie gehören zu einem Wischmopp des Museums. Genauer gesagt, ein Arbeitswerkzeug von Fatma Aygün, die den Weinsberg gefunden hat.«

»Und? Gabs Spuren? Ihr seid doch sonst so findig?« Schorsch sah sie fragend an.

»An dem Gerät selber gab es keinerlei verwertbare Spuren, denn die Putzfrau hat den Wischmopp intensiv gereinigt, mit heißem Wasser und Putzmitteln, bevor sie damit an die Arbeit ging.«

»Wieso das denn? Das darf doch wohl nicht wahr sein.« Printz runzelte die Stirn.

»Doch, sie hat den Mopp total verdreckt aufgefunden. Frau Aygün hat zu Protokoll gegeben, dass der Mopp nicht, wie sonst, an ihrem Putzwagen, sondern in der Besuchertoilette war.« Brigitte lehnte sich zurück.

»Das heißt, jemand, der wusste, wo dieses Teil ist, könnte ihn benutzt haben, um seine Spuren zu beseitigen, ja?«

Brigitte nickte: »Klar, könnte sein. Wir haben alles genauestens auf Fingerabdrücke, DNA-Spuren abgescannt, die Putzfrau hat ganze Arbeit geleistet!«

»Auch wenn ihr nicht wirklich daran interessiert wart, habe ich mich damit ausführlich beschäftigt!«, platzte Sigurd Sassler, der Dienststellenleiter, herein und wedelte mit einem A3-Blatt herum. »Gerechtigkeit, wem Gerechtigkeit gebührt«, rief er und legte das Blatt beinahe ehrfürchtig auf den Tisch.

»Willst du jetzt tatsächlich damit die Dienstbesprechung stören?« Printz sah aus wie ein Boxer, der im Begriff war, auf den Ringrichter loszugehen.

»Fünf Minütchen, vielleicht auch nur drei, brauch ich, und die werdet ihr eurem alten Chef ja wohl zugestehen, oder?« Sassler hob mahnend den Zeigefinger. Die Kollegen des KK 11 murrten. Sassler hob die Stimme: »Hier seht ihr die verschiedenen Spalten – jede und jeder von euch hat eine – und hier«, sein Finger fuhr auf dem Papier herum, »sind die vergangenen Monate mit den Diensten, die ihr gemacht habt.«

»Drei Minuten sind um«, knurrte Printz. Schorsch sah ihn aufmunternd an.

»Ich habe alle und alles eingetragen und«, Sassler machte eine Kunstpause und sah einen nach dem anderen an, »und habe festgestellt, dass unsere Abteilung ja so was von gerecht ist!« Mit stolz geschwellter Brust stand er da. »Auch die unbeliebten Dienste werden reihum erfüllt, niemand kommt zu kurz, alles ist genau richtig. Hättet ihr das gedacht?!«

»Ja, Sassler, hätten wir, und jetzt geh raus spielen!« Schorschs Gesicht war rot. Er ballte die Hände zu Fäusten.

»Was soll das denn heißen. So etwas verbitte ich mir!« Sasslers Stimme wurde lauter. »Als euer Vorgesetzter muss ich mich auch um das Betriebsklima kümmern und dazu gehört«, die anderen fielen im Chor ein: »die Gerechtigkeitsliste!«, und lachten.

»Für so was hast du Zeit!« Schorsch war das Lachen vergangen. »Du solltest dich lieber einsetzen für Kollegennachschub und gegen die ganzen Kürzungen – das würde das Betriebsklima nachhaltig verbessern!« Anna, Printz, Brigitte und Benno klopften Beifall und Sassler verließ schimpfend den Raum. Als hätten sie sonst nichts zu tun. Unfassbar, dieser Sassler.

***

»Na, Wolkow, gehts heute mal wieder raus?« Der JVA-Beamte, der im Eingangsbereich Dienst machte, schaute auf die Uhr: »Das ist ja schon verdammt spät für ne Ausführung, das ist bestimmt kein Besuch bei der Oma, sondern bei der Freundin.« Sein Lachen klang wie das Meckern einer Ziege. Dann vermerkte er Uhrzeit und Name des Häftlings und des begleitenden Beamten. »Immer erwischt es dich, Heinz. Das muss dir doch auch mal zum Hals heraus hängen, immer das Kindermädchen für den Wolkow zu machen!« Er sah Heinz Schmalenberg mitfühlend an.

»Job ist Job«, winkte der ab. »Und bei mir ist Herr Wolkow brav wie ein Lämmchen. Vielleicht werd ich ja Mitarbeiter des Jahres, kannst mich ja vorschlagen!« Sein dröhnendes Lachen war eine Spur zu laut.

Der JVA-Beamte an der Pforte drückte einen Knopf und mit einem satten Brummen schwang die Tür auf. Tomasz Pajak trat in den Pförtnerbereich und blickte Wolkow hinterher, der zusammen mit Heinz Schmalenberg den Hof überquerte.

»Sonst ist der Wolkow immer so aggressiv.« Pajak kratzte sich am Kopf. »Aber wenn der mit Heinz rausgeht, ist der ganz anders. So wie du und ich.«

»Der freut sich halt, dass er rauskommt. Der Heinz hat auch ein gutes Händchen für die Ausführung von Häftlingen«, brummte der JVA-Beamte, auf dessen Namensschild ›Becker‹ stand.

»Ist der Heinz denn immer für die Ausführungen zuständig?« Pajak lehnte am Türrahmen.

»Na ja, nicht immer, glaub ich. Jetzt, wo du fragst, doch die letzten Male schon.« Becker tippte auf der Tastatur. »Wirklich. Drei Mal im letzten Monat. Und im September schon einmal, immer mit Heinz.« Er sah Pajak fragend an. »Müssen wir das melden?«

Pajak zuckte die Schultern. »In den Anweisungen steht etwas in der Art wie »Der auszuführende Häftling sollte immer von verschiedenen JVA-Beamten ausgeführt werden«, oder so ähnlich. Aber vielleicht gibts ja ne Sonderregelung ... Soll ich den Richards informieren oder wer ist dafür zuständig?«

»Warum direkt den Direktor? Frag doch erst mal den Schmidt, der ist doch unser aller Vorgesetzter. Und das hat bestimmt ja auch bis Montag Zeit, jetzt am Wochenende sollten wir eher die Füße stillhalten. Also, frag den Schmidt!«

»Aber der ist nicht immer so, wie soll ich sagen, ›zugänglich‹«, seufzte Pajak.

»Das haben Vorgesetzte so an sich, sonst wären sie keine Vorgesetzten. Wie kommst du denn eigentlich hier so zurecht? Ich fand es anfangs ätzend.« Becker stieß sich von seinem Tisch ab und wandte sich Pajak zu.

»Na ja, geht so. Bin bei allem irgendwie außen vor.« Pajak spürte, dass er rot wurde und drehte sein Gesicht weg.

»Das ist ne Parallelwelt hier, da musste dich so nach und nach reinfinden. Das wird schon.« Becker war aufgestanden und klopfte Pajak auf den Rücken. »Aller Anfang ist schwer!

Also, du sprichst am Montag mit Schmidt? Nicht, dass hinterher wieder so ein Pressefutzi von einem Drecksblatt über uns und unsere Arbeit herzieht!«

»Gabs da schon mal was?« Pajak wollte gerade den Eingangsbereich verlassen und stoppte.

»Du kennst doch diese Schmierfinken. Da kommt irgendein Knacki und drückt auf die Tränendrüse und schwupps konstruieren die ne reißerische Story über geschmierte Beamte, kriminelle Strukturen im Knast und, und, und!«

»Auch hier über Ossendorf?« Pajak wollte es jetzt wissen.

Becker nickte. »Vor zwei Jahren, da war hier richtig was los.«

»Ja und, was ist dann passiert? Wurde wer belangt?«

»Quatsch mit Soße! Schmidt und Richards waren und sind sauber, da war nichts, das war nur so ein Blödmann, der sich rächen wollte. Wir sind ja immer die Blöden, die hier für viel zu wenig Geld ihren Arsch hinhalten müssen und dann noch so was!«

»Hast ja recht, Becker, reg dich nicht auf, ich war nur neugierig«, wiegelte Pajak ab.

»Nee, ging nicht gegen dich, bin nur immer noch sauer auf die Presseleute!« Becker riss die Schublade seines Schreibtischs auf und griff nach einem Schokoriegel. »Du auch?«

Pajak schüttelte den Kopf. »Lass mal, ich mach mich auf den Weg. Bis die Tage, war gut, mit dir zu reden!« Er wurde schon wieder rot.

»Fand ich auch, komm mal wieder vorbei!«, rief ihm Becker nach.

Heinz Schmalenberg schloss die Beifahrertür auf, Wolkow stieg ein und warf die Tür zu. Schmalenberg ging um den dunkelgrünen Jetta herum, ließ sich ächzend auf den Sitz fallen und knurrte: »Schnall dich an!«

»Du mich auch!«, knurrte Wolkow zurück.

»Wir halten uns an alle Straßenverkehrsregeln, damit wir nicht auffallen, also mach hinne!« Schmalenberg schaltete das Licht ein, setzte den Blinker und fuhr vom Parkplatz.

»Du musst mir nix sagen, was ich mache und wie ich mache. Ich bin dein Goldesel, darum du ›bitte‹ sagen und freundlich sein.« Wolkow grinste unverschämt.

»Wohin möchte der gnädige Herr?« Schmalenberg sah aus, als hätte er eine Zitrone ausgesaugt.

»Hab ich doch schon einmal in Zelle gesagt. Electrum. Kennst du Electrum, da ist heute ›Russischer Abend‹? Viel schöne Frauen ...« Wolkow griff sich in den Schritt.

»Verschone mich mit deinen Geschichten. Gibts noch geschäftliche Termine?«

»Nichts, was du musst wissen.« Wolkow griff ins Handschuhfach, holte die Walther P 99 heraus und steckte sie in den Hosenbund.

»Hey, wenn du nur Frauen aufreißen willst, brauchst du die Waffe nicht. Die ist nur für die Einsätze für den Chef!« Schmalenberg hielt mit der linken Hand das Lenkrad und versuchte mit der rechten an die Waffe zu kommen.

Wolkow schlug mit der Handkante zu: »Ohne Waffe ich kein Mann. Frag Chef, ist meine Lebenversicherung!«

Schmalenberg fluchte: »Irgendwann kriegen sie dich am Arsch!«

»Dann sie kriegen dich auch.«

Schmalenberg bog auf den Parkplatz ein. »Wann soll ich dich wo abholen?«

Wolkow kramte noch einmal im Handschuhfach. »Ich nehm Handy. Wenn abholen, ich ruf an. Wenn nicht anrufen, komm ich so zurück.«

»Wenn wir nicht zusammen reingehen, gibts Ärger. Ruf mich an, wenn du auf dem Rückweg bist. Aber gib mir zehn Minuten Vorlaufzeit.« Wolkow nickte widerwillig und öffnete die Tür. Schmalenberg starrte ihm nach. Wolkow steuerte die Eingangstür an. Schmalenberg wendete den Wagen und fuhr davon. Für Frauen hatte er kein Geld, er wollte so schnell wie möglich in die Spielhalle.

15

Printz verband sein Smartphone per USB-Kabel mit dem PC. Wenn er unterwegs war, notierte er alles ins Handy. Er tippte meist nur Stichworte ein, das reichte ihm. Die Daten mussten dann auf seinen PC, damit er die ungeliebten Protokolle schreiben konnte. Während das Programm arbeitete, wandte er sich seinem Urwald zu: »Na, wie geht es euch? Habt ihr mich vermisst?«

Am Ficus schimmerte etwas gelblich. Printz fuhr mit dem Bürostuhl näher heran, hob vorsichtig einen Zweig hoch, dann einen Zweiten und schaute prüfend darunter. Dann sammelte er ein paar fahle Blätter ein und steckte sie in einen Klarsichtbeutel, den er einmal von der Spurensicherung bekommen hatte. Printz fiel nicht mehr ein, was sich ursprünglich darin befunden hatte, war ja auch egal. Er würde die Blätter mit zu seinem Lieblingsblumenladen in der Nähe der Kalker Kapelle nehmen. Für die meisten Frischblumen dort interessierte er sich ja nicht, und die Gestecke waren eher etwas altmodisch, aber allein der Duft der handtellergroßen Duftrosen, die überreichlich in Vasen und Kübeln drapiert waren, zog ihn immer wieder dorthin. Außerdem war da eine ältere Mitarbeiterin beschäftigt, die sich mit Grünpflanzen aller Art bestens auskannte. Sie hatte Printz schon so manchen guten Tipp gegeben, wenn einer seiner grünen Lieblinge kränkelte.

Er schob sich wieder an den Schreibtisch zurück. Alle Daten waren übertragen, jetzt konnte er mit den Protokollen beginnen. Später würde er es im virtuellen Ermittlungsordner, zu dem alle Kollegen Zugriff hatten, speichern, dann noch ausdrucken und abheften. Printz gähnte, diesen Teil seiner Arbeit mochte er nicht, aber was sein musste, musste sein.

Es klopfte an Printz' Bürotür. Schorsch hielt in der einen Hand eine Tasse, mit den Zähnen hielt er ein Fax oder einen Computerausdruck. Er schob die Tür mit dem Fuß zu und rief: »Hallo, Printz, hast du schon die Anfrage der Kripo Duisburg gelesen?« Sobald er den Mund aufgemacht hatte, segelte das

Blatt zu Boden. Schorsch bückte sich und setzte sich dann unaufgefordert auf einen freien Stuhl.

»Wollte sie gerade öffnen«, brummte Printz. »Aber wenn du sie schon gelesen hast, kannst du mir ja sagen, worum es geht.« Printz schnupperte nach Schorschs Kaffee und unterdrückte den Impuls, sich einen an seiner eigenen Kaffeemaschine zu holen. Er hatte sich vorgenommen, um diese Zeit keinen Kaffee mehr zu trinken. Er schlief eh schlecht genug.

»Die Kollegen in Duisburg schreiben, dass in der Nähe des Duisburger Hafens gestern ein Drogenkurier ermordet wurde.« Schorsch nickte Printz zu. »Kopfschuss. Eine regelrechte Hinrichtung. Und jemand aus dem Milieu hat gesagt, dass in der Nähe des Tatortes angeblich ein Andrej Wolkow gesehen worden wäre.«

Printz starrte ihn an. »Andrej Wolkow?«

»Die Duisburger sind skeptisch, sie meinen, eigentlich könne es sich dabei nur um eine falsche Zeugenaussage handeln. Wahrscheinlich will da jemand einem am Zeug flicken. Trotzdem melden sie sich bei uns. Denn sie haben herausgefunden, dass dieser Wolkow in Ossendorf sitzt. Sie bitten uns um Amtshilfe. Ob wir der Sache mal nachgehen könnten. Ich hab hier mal ein Foto aus unserer Datenbank.« Schorsch winkte mit dem Blatt und sah Printz erwartungsvoll an. Dann trank er noch einen Schluck Kaffee und stellte die Tasse auf den Schreibtisch. Er sprach weiter, da Printz den Mund nicht aufmachte. »Das Kaliber der Mordwaffe bei dem Duisburger Mord ist identisch mit dem, das Leutschlers Mörder benutzt hat.«

Printz nickte. In ihm arbeitete es. »Schon wieder dieser Wolkow.« Er sah auf seine Armbanduhr. »Jetzt ist es zu spät. Wir haben heute eh schon wieder was für die Überstunden getan. Ich fahre morgen früh direkt in die JVA und fühle dem Mann mal auf den Zahn. Das BKA hat auch schon nach dem Kerl gefragt.«

***

»Wann hat er sich eigentlich gemeldet?« Karina klappte die Sonnenblende hinunter und zog sich mit Blick in den kleinen Spiegel die Lippen nach, Nicole sollte nicht merken, wie nervös sie war. »Sebastian hat mich vor einer halben Stunde angerufen. Er hat gehört, dass der Russe raus darf und auch so etwas wie Electrum aufgeschnappt. Ich habe das mal gegoogelt. Das ist eine Russendisko in Poll.« Nicole kaute auf ihrer Unterlippe. »Karina, das ist zu gefährlich! Wenn der ein Killer ist, dann frisst der so was wie uns zum Nachtisch!«

»Wir wollen den ja nicht anbaggern, geschweige denn irgendwie auffallen, wir schauen einfach mal, was der treibt, Nicole.« Karina legte ihre Hand auf Nicoles Schulter. »Bevor dieser Kommissar Printz mich wieder als Psychotante abkanzelt und denkt, ich hätte sie nicht mehr alle, mach ich mir selbst ein Bild von dem Mann. Du weißt schon – mit meiner Intuition und dem Amulett«, sie deutete auf ihre Halskette.

Nicole seufzte. »Das ist ein Amulett für Liebeszauber oder so, erzähl doch keine Märchen! Und der Russe ist doch nicht blöd. Der wird ganz bestimmt nicht vor unseren Augen jemanden umbringen. Und was ist, wenn der merkt, dass wir hinter ihm herspionieren?«

Karina wollte nicht die Innenbeleuchtung anmachen, tastete nach Nicoles Tasche und zog deren Handy heraus. Dann griff sie nach ihrem Eigenen. »Ich speichere dir jetzt die Nummer von Kriminalhauptkommissar Printz ein. Wenn irgendetwas aus dem Ruder läuft, dann rufst du ihn an. Er hat gesagt, er ist Tag und Nacht erreichbar.«

»Und was sage ich ihm dann?« Nicole sprach so leise, dass Karina sie kaum verstehen konnte.

»Ach, mach dir doch nicht ins Hemd. Du sagst einfach, was los ist. Er weiß ja, dass ich eine Art Detektivin bin. Nenn ihm nur Fakten, aber ...«, Karina sah, wie flach Nicole atmete, »das wirst du nicht brauchen. Wir gehen in die Disko, sagen, wenn uns einer fragt, dass wir einen Junggesellinnenabschied organisieren. Wir trinken ne Kleinigkeit, stellen ein paar blöde Fragen und dann gehen wir wieder. Dieser Andrej wird nichts merken, versprochen! Mach dir keine Sorgen, ich bin doch Profi.« Karina war unsicher, aber das zeigte sie nicht.

Nicole stellte den Wagen auf dem gut gefüllten Parkplatz ab. Sie hatte gar nicht gewusst, dass es in Köln-Poll eine Diskothek gab, die beinahe jeden Abend geöffnet war. Vom Auto liefen sie schnell zum Electrum Club, neben dessen Eingang sich lediglich ein knutschendes Pärchen an die Wand drückte. Wahrscheinlich würde es hier erst nach Mitternacht richtig voll werden.

»Meine Güte, das könnten unsere Kinder sein, wenn wir denn welche hätten«, raunte Nicole Karina zu. Eine Duftwolke von viel zu dick aufgetragenem Parfum und Aftershave umhüllte das Pärchen. Von drinnen dröhnten die Bässe. Ein einzelner gelangweilter Türsteher musterte sie kurz und ließ sie dann hinein.

»Hol das Lasso raus«, wummerte ihnen entgegen. Wie sie vermutet hatten, war die Tanzfläche noch weitgehend leer und auch an den Theken war noch nicht viel los. Das konnte auch von Vorteil sein, so würden sie den Russen leichter erkennen, wenn er denn bald käme, denn Nicole hatte nur die Beschreibung, kein Foto. Die beiden gingen zu einer der Theken und bestellten ein Kölsch für Karina und Wasser für Nicole.

»Wie sieht der Typ denn aus?« Karina nahm einen Schluck.

»Gut 1,80 groß, schlank, trainierter Körper. Helle Haare, wohl eher helle Augen. Zwischen dreißig und vierzig Jahre alt. Eher osteuropäische Gesichtszüge. Er trägt meist Jeans, ein weißes Hemd und eine Lederjacke, wenn er raus kommt – sagt Sebastian.« Nicole blickte sich um. »Das trifft hier aber auf einige zu«, schob sie hinterher.

Karina angelte nach einem Hocker und setzte sich. »Ich denke, da brauchen wir Zeit. Von Ossendorf hat er es auch etwas weiter als wir und wir wissen ja auch nicht, ob er direkt hierher kommt.«

Die Musik wurde rhythmischer und weiter hinten, wo die Bühne war, tanzten einige junge Frauen in sehr knappen Nikolauskostümen. An ihren Mützen blinkten kleine Elche.

»Ja, haben wir denn schon Weihnachten?« Karina schüttelte den Kopf. Der Großteil der männlichen Besucher pilgerte wie magisch angezogen in diesen Teil der Disko. Zurück blieben zwei ältere Herren, eine Gruppe kichernder Frauen, vermutlich eine Geburtstagsfeier, denn alle hatten Cocktails vor sich stehen und alberne Hütchen auf. Allmählich füllte sich die Diskothek.

Karina seufzte: »Irgendwie komme ich mir hier deplatziert vor. Wer weiß, wann der Russe kommt und ob er überhaupt kommt.«

»Finde ich auch, komm lass uns schnell bezahlen und gehen«, Nicoles Stimme klang erleichtert und sie winkte dem Barkeeper.

Da kam ein Mann seitlich neben der Theke in Karinas Blickfeld. An seiner Seite stakste eine langbeinige Blondine in Stiefeln, die weit über die Knie reichten. Der Mann schlug der Blondine derb auf den Po, ließ sie stehen und eilte an die Theke, nur wenige Meter von den beiden Freundinnen entfernt. Dort klopfte er einem schwarzhaarigen Mann, den Karina und Nicole nur im Profil sahen, auf den Rücken und überschüttete ihn mit einem Wortschwall.

Karina flüsterte: »Russisch, und die Beschreibung passt!«

Der Barkeeper stand vor Nicole: »Sie wollten bezahlen, jetzt schon? Gefällt es Ihnen nicht bei uns?«

»Doch, doch«, antwortete Karina, »wir hätten nur gerne einen Flyer oder sonst etwas an Information. Wir richten einen Junggesellinnenabschied aus, für unsere Freundin Jasmin, hätten Sie da was für uns?«

Der Mann nickte: »Kommt in null Komma nix, Junggesellen und -gesellinnen fühlen sich hier immer besonders wohl!«

»Sag ich doch, Merle«, rief Karina laut und sah Nicole eindringlich an, »das ist bestimmt etwas für uns!« Der Barkeeper machte sich auf den Weg.

Karina sah zu dem Mann hinüber, auf den die Beschreibung von Andrej Wolkow passte. Er trank Wodka, der Mann neben ihm Whisky, zumindest hatte er ein Johnny Walker Glas vor sich stehen.

»Komm, ich mach mal ein Foto von dem Laden hier und natürlich auch von dir!« Karina war aufgestanden und hatte laut gesprochen. Sie zückte ihr Handy und fotografierte Nicole, die an der Theke posierte, ihr Glas hob und feixte, und sich dann einige Schritte von der Theke entfernte. Karina dirigierte sie solange weiter, bis sie vor Wolkow stand.

»Da wird sich Jasmin aber freuen, komm, Merle, jetzt noch frech lachen!«

Wolkow hatte kurz aufgesehen, sich aber wieder dem anderen Mann zugewandt. Schnell schob er ihm einen Umschlag zu. »Aber nicht wieder so ein Dreck wie letzte Mal!«, hörte Karina ihn knurren und dann steckte er irgendetwas ein. Dabei sah Wolkow erneut kurz hoch und Karina direkt in die Augen. Die lächelte ihn an und versuchte es mit einem verführerischen Blick. Wolkows Augen verengten sich zu Schlitzen. Wahrscheinlich war sie nicht überzeugend gewesen.

Der Barkeeper kam zurück. »Hier, der Flyer, meine Damen!« Er deutete eine Verbeugung an.

Nicole hakte sich bei Karina unter: »Jetzt gehen wir aber!«

»Ich muss noch mal schnell irgendwohin.« Karina löste sich von Nicole und sah sich suchend um.

»Die keramische Abteilung befindet sich dort hinten«, der Barkeeper machte eine ausladende Handbewegung und Karina folgte den Hinweisschildern. »Ich bezahle noch und warte dann draußen«, rief Nicole ihr hinterher.

Karina ging den Flur entlang und betrachtete die Bilder ihrer Handykamera. Auf zwei Fotos war Wolkow richtig gut getroffen, das würde sie dem Printz schicken. Oder auch nicht, denn er wollte ja nicht, dass sie mitmischte. Und was sollte sie ihm überhaupt schreiben? Dass er in der Disko war? Das war ja wohl nicht verboten? Karina tippte unentschlossen eine Kurznachricht ein und wurde unsanft am Arm gepackt.

»Ganz allein, schöne Frau?«, zischte eine Stimme an ihrem Ohr. »Nach vorn gucken und weitergehen. Keine Zicken!«

»Das muss eine Verwechslung sein, ich bin Gast, lassen Sie mich sofort los!« Karina bemühte sich um eine feste Stimme.

»Für ein Gast, du zu neugierig.«

Karina erkannte die Stimme, hatte sie eben erst gehört. »Wolkow!« gellte es durch ihren Kopf. Sie wurde an der Toilettentür vorbei geschoben auf eine Nebeneingangstür zu. Ihr wurde eiskalt. Sie versuchte stehen zu bleiben, aber Wolkow war stärker. Als sie den Kopf drehte, schlug er mit der flachen Hand zu.

»Du machen, was ich sage!«, herrschte er sie an.

Karina fühlte einen harten Gegenstand an ihrem Rücken. ›Ob sich so ein Pistolenlauf anfühlt?‹, dachte sie noch und dann waren sie schon draußen. »Klappe halten«, zischte er. »Ein Mucks, du bist tot.« Zur Bekräftigung schlug er ihr mit der Pistole auf den Hinterkopf. Karina biss die Zähne zusammen, er sollte sie nicht schreien hören.

Wenige Meter weiter standen Taxen. Der Druck auf Karinas Rücken wurde stärker. Sie stolperte vorwärts. Seine Hand schnellte an ihr vorbei, Karina zuckte zur Seite, die Tür wurde aufgerissen und sie hinein gestoßen.

»Fahr los!«, polterte Wolkow.

Der Taxifahrer drehte sich langsam nach hinten. »Könnte ich von den Herrschaften auch eine Adresse erfahren?«

Karina spürte wieder den Pistolenlauf.

»Erst Bickendorf, dann sehen weiter.« Wolkows Gesicht kam ganz nah an Karinas heran. »Du Schnüfflerin, korrekt?« Karina starrte nach unten. Wolkow schlug sie wieder mit der flachen Hand. Karinas Wange brannte. Der Taxifahrer beobachtete sie im Rückspiegel. »Streitet euch woanders, nicht in meinem Taxi!« Er räusperte sich.

Wolkows Mund war ganz dicht an Karinas Ohr. »Du Schnüfflerin!«, wiederholte er.

Karina nickte.

»Wer geschickt?« Seine Hand griff unter Karinas Jacke und tastete sie ab. ›Keine Waffe, also kein Bulle!‹ »Wer dich schicken?« Er umfasste ihre Kehle.

»Niemand«, würgte Karina heraus. »Ich arbeite im Schokomuseum und bin Detektivin, Hobbydetektivin.«

Wolkow drückte fester zu: »Und? Was machen in Disko?«

»Feiern«, presste Karina hervor. »Sonst nichts, Ehrenwort!«

»Glaub ich nix. Wer sagen, du mich suchen?«

»Niemand. Ich war nur rein zufällig dort. Das hatte nichts mit Ihnen zu tun!«

Wolkow schlug sie wieder.

»Bickendorf«, meldete sich der Taxifahrer und Karina drückte auf die Tastatur ihres Handys, das sie die ganze Zeit noch in der Hand gehalten hatte.

»Jetzt Ossendorf!«, befahl Wolkow, »Walter-Schmidt-Straße, Wendehammer!«

***

Das Handy schrillte. Printz hatte endlich im Büro Schluss gemacht und war nach Hause gefahren, hatte sich eine Wanne einlaufen lassen, eine ordentliche Portion Entspannungs-Badesalz in das warme Wasser gerührt und wollte gerade hineinsteigen. Jetzt kramte er in dem Haufen Kleidungsstücke, die er beim Ausziehen achtlos in die Ecke geworfen hatte, nach dem vermaledeiten Handy. »Ja?!«, brummte er missmutig hinein, nachdem er es gefunden hatte.

»Nicole Stürmer hier, Herr Printz? Ich habe Ihre Nummer von Karina, meiner Freundin, Karina Sprängel. Etwas Schreckliches ist passiert!«

Printz setzte sich auf den Rand der Badewanne. Sprängel! Diese nervige Hobbydetektivin. Jetzt riefen schon ihre Freundinnen bei ihm an. Hätte er ihr bloß seine Nummer nicht gegeben. Nicoles Stimme überschlug sich: »Sie ist weg. Entführt. Von diesem Russen. Ich hab noch gesehen, wie er sie in ein Taxi geschubst hat.«

»Welcher Russe? Wieso Taxi? Worum geht es überhaupt?« Printz wollte es eigentlich gar nicht wissen, er war doch nicht für die gesammelten Probleme aus Sprängels Umgebung zuständig. Aber er spürte, dass die Anruferin in echter Not war, und zwang sich zu professioneller Geduld, während Nicole ihm umständlich schilderte, dass Sebastian, also ihr Freund, in Ossendorf einsitze. Natürlich nicht ihr richtiger Freund, sie hätten sich nur über eine Brieffreundschaft kennengelernt. Aber er sei wirklich in Ordnung, der Sebastian, obwohl er im Knast säße.

Printz schielte auf seine Badezimmeruhr.

»Und jedenfalls sitzt in der Zelle nebenan dieser Russe, dieser Andrej. Der hat richtig Dreck am Stecken und die Beamten im Gefängnis wissen Bescheid und machen mit, sagt Sebastian.«

Printz erkannte seine Chance: »Das ist ja höchst interessant, Frau …?«

»Stürmer heiße ich, Nicole Stürmer.« Er hörte, wie sie lautstark die Nase schnäuzte.

»Also Frau Stürmer, da rufen Sie doch direkt morgen früh die Zentrale im Polizeipräsidium an und lassen sich mit den Kollegen verbinden, die für Korruption und Beamtendelikte zuständig sind. Die sind bestimmt für Ihre Hinweise sehr dankbar.« Danach musste er das Handy ein Stück vom Ohr weghalten.

Was ihm eigentlich einfiele, wollte Nicole erbost wissen. »Bis morgen früh hat der Wolkow die Karina doch längst umgebracht!«

»Wolkow? Wieso jetzt Wolkow?« Der Name elektrisierte ihn, da wollte er doch morgen früh hin. Aber was wollte denn diese Frau jetzt von ihm? Printz gestand sich ein, dass er nicht ansatzweise verstand, was diese Nicole ihm da erzählte.

»Ja, sprech ich denn Chinesisch?« Nicole geriet außer sich. »Andrej Wolkow! Ich rede doch die ganze Zeit von nichts anderem!«

Während sich Nicole weiter lautstark darüber wunderte, dass Karina ihr seine Nummer gegeben habe, wo es doch offensichtlich völlig sinnlos sei, ihn anzurufen, denn so etwas von schwer von Begriff habe sie ja überhaupt noch nicht erlebt, und unter Kriminalkommissar hätte sie sich aber wirklich etwas anderes vorgestellt, griff Printz resignierend nach seiner Hose. Immerhin: Wieder schien eine vage Verbindung zwischen Wolkow und dem Schokoladenmuseum durchzuscheinen, denn diese Sprängel arbeitete ja dort. Also gut, er musste es systematisch angehen, der Reihe nach.

»Was ist mit Frau Sprängel?!«, unterbrach er Nicoles Wortschwall.

»Der Wolkow hat sie in ein Taxi gestoßen und ist mit ihr weggefahren. Die ist auf keinen Fall freiwillig eingestiegen – der hat sie entführt. Bestimmt hat er gemerkt, dass wir ihn beobachtet haben.«

»Warum sie ihn beobachtet haben, erklären Sie mir später.« Printz knöpfte schon sein Hemd zu. »Jetzt sagen Sie mir bitte, wo Sie sind.«

»Electrum Club, Rolshover Straße in Köln-Poll.«

»Da bleiben Sie jetzt und rühren sich nicht von der Stelle!«, wies er sie an. »Ich verständige die Kollegen, dann rufe ich Sie zurück, damit Sie mir auf dem Weg noch mal erzählen, was genau passiert ist.« Printz drückte das Gespräch weg, alarmierte Schorsch, der Dienstbereitschaft hatte. Der würde den ganzen Apparat in Bewegung bringen. Als er schon im Auto saß, suchte er im Protokollverlauf seines Handys nach der Nummer von Nicole. »Scheiße! Unterdrückte Nummer!« Er warf das Gerät entnervt auf den Beifahrersitz, da klingelte es.

»Sie können mich gar nicht zurückrufen, ist mir gerade eingefallen.« Nicole klang gefasster.

»Gut, dass sie es gemerkt haben«, brummte Printz. »Jetzt erzählen Sie mir bitte noch einmal, wie sie ausgerechnet an diesen Andrej Wolkow gekommen sind.«

»Ich hatte meinem Freund ein Handy in den Knast geschmuggelt.« Nicole stockte, als ihr klar wurde, dass sie gerade im Begriff war, sich selbst und auch Sebastian eine Menge Scherereien einzubrocken, aber Printz schien darauf nicht zu reagieren. Mutig fuhr sie fort: »Er hat mich heute angerufen und gesagt, dass der Russe wieder rausgelassen wird. Der wird nämlich immer rausgelassen, um krumme Sachen zu machen, das hat Karina schon anhand der Liste von Sebastian rausgefunden. Da war nämlich was in Duisburg und noch woanders, hat sie gesagt. Dann habe ich Karina angerufen, bin zu ihr gefahren und wir sind dann direkt zu der Diskothek.«

»Wolkow fährt aus dem Knast in die Disko. Habe ich das richtig verstanden?« Die Skepsis gewann in Printz' Stimme wieder die Oberhand. »Und was hat Frau Sprängel aus welcher Liste entnehmen können? Unwillkürlich nahm er den Fuß vom Gaspedal.

»Der bekommt doch Ausgang oder Freigang, oder wie das heißt, wo immer ein Beamter von der JVA dabei ist«, erklärte Nicole.

»Ausführung?«

»Ja, keine Ahnung. Ist doch egal. Oder nicht? Sie bringen mich ganz durcheinander! Auf jeden Fall hat Sebastian darüber Buch geführt und ich habe diese Liste Karina gegeben. Und die hat rausgefunden, dass ganz, ganz oft, wenn er draußen war, jemand ermordet wurde.«

»Und sie hielt es nicht für nötig, diese wichtige Information an mich weiterzugeben?«, schrie Printz.

»Sie wollte sich den Wolkow doch erst noch mal aus der Nähe ansehen und sich dann auf ihre Intuition verlassen, dann wollte sie Ihnen sofort Bescheid geben«, Nicole druckste herum.

»Intuition!«, schnaubte Printz. »Woher wussten Sie denn, wohin er will?«

»Sebastian hatte gehört, dass der Russe dem Beamten, der ihn abholte, etwas von Electrum zuraunte. Ich hab dann im Internet nachgesehen. Bei den Bewertungen zu der Disko stand, dass die gerne von Russen besucht wird. Deshalb dachten wir, dass das ja passt. Wir sind dann dahin gefahren, haben uns an die Theke gesetzt und gewartet. Mir war von Anfang an mulmig dabei, aber Karina hat immer wieder gesagt, dass nichts passieren könnte. Da sind doch genügend Leute um uns herum.« Printz hörte, dass sie wieder weinte.

»Ich bin gleich da«, hörte er sich beruhigend sagen und schüttelte den Kopf. Diese bescheuerten Hühner.

»Wir wollten schon fast gehen, da kam er rein. Karina musste dann unbedingt ein paar Fotos machen, um sie an Sie zu schicken. Wir haben das auch eigentlich ganz gut getarnt, aber irgendwas hat er wohl doch mitbekommen.« Sie schnäuzte sich wieder.

Printz fand das Geschniefe jetzt langsam nervig, sagte aber nichts.

»Sie wollte dann zur Toilette, ich hab bezahlt und bin nach draußen. Da hab ich gewartet und als ich gerade ein Stück von dem Gebäude weg war, sah ich, dass der Russe mit Karina hinter dem Gebäude war und sie in ein Taxi schubste. Ich bin einfach losgelaufen, aber das Taxi ist in die andere Richtung gefahren. Dann hab ich Sie angerufen.«

Printz bog mit quietschenden Reifen auf den großen Parkplatz ein und steuerte auf eine Frau mit Handy am Ohr zu. »Ich bin das«, brummte er noch und legte auf. Er war kaum ausgestiegen, da stürzte Nicole schon auf ihn zu und warf sich in seine Arme.

Printz erstarrte und klopfte ihr linkisch den Rücken. »Na, na, wird schon alles gut werden«, brachte er gerade noch heraus. Das musste als emotionale Unterstützung genügen.

Ein Streifenwagen näherte sich mit Blaulicht und eingeschaltetem Martinshorn, einige Autos verließen hastig den Parkplatz.

Printz wurde umgehend wieder sachlich: »Haben Sie sich die Taxinummer gemerkt?«

Nicole schüttelte den Kopf. »Es war zu weit weg«, wimmerte sie. »Es tut mir leid, dass ich nicht helfen kann.« Ihr Schluchzen wurde lauter.

»Doch, doch, Sie haben mir, uns, schon geholfen. Ich werde jetzt die Kollegen instruieren, dann sprechen wir mit der Taxizentrale. Setzen Sie sich so lange in mein Auto. Alles okay bei Ihnen, oder brauchen Sie einen Arzt?«

Nicole winkte ab und sank auf den Beifahrersitz.

Printz eilte zum Streifenwagen und informierte die Kollegen: »In einem Taxi wurde von hier eine Frau entführt. Der Wagen hat zwei Fahrgäste gegen 23:45 Uhr aufgenommen. Bitte fragt bei der Taxizentrale nach, ob die Fahrt noch andauert und wenn ja, wohin sie geht, und falls er die Fahrgäste schon abgesetzt hat, wo? Die Anfrage an das Taxi bitte verdeckt ausführen, sonst gefährden wir die Entführte.«

Die Beamten nickten.

Jetzt stoppte auch Schorsch seinen Wagen neben ihnen und wurde von Printz ins Bild gesetzt.

»Soll ich noch wen in der Disko befragen?«, wollte Schorsch wissen. »Haben wir denn ein Foto oder ne Beschreibung von dem Kerl? Oder von der Entführten?«

Printz' Handy piepte. Ungläubig starrte er auf das Display. »Nachricht von Karina Sprängel?« Er öffnete die MMS und atmete heftig ein. »Hier hast du deine Fotos von Andrej Wolkow!«, er drehte das Handy Schorsch zu.

»Schick es auf das Diensthandy und ich geh damit rein. Hat sie noch was geschrieben?«

»SOS. Und ›bicjendnrf‹ – was immer das bedeuten soll?«

Schorsch war schon auf dem Weg zum Eingang und zückte seinen Dienstausweis.

Printz leitete die MMS an ihn weiter.

Der Polizist in Uniform winkte Printz zu sich: »Die Fahrt dauert noch an. Der Fahrer ist informiert, dass es sich um eine Entführung handelt. Er soll angeblich ein älterer und besonnener

Angestellter sein. Er hat als erstes Ziel Bickendorf angegeben.«

Printz schlug sich an die Stirn. »Natürlich – ›bicjendnrf‹!«

Der Polizist runzelte die Stirn. »Jetzt sind sie auf dem Weg nach Ossendorf. Um nichts zu riskieren, hat die Zentrale nicht nach der Straße gefragt, will ihm aber Straßen in der Nähe anbieten. Hast du da einen Vorschlag?«

»Eine in der Nähe der JVA vielleicht. Schau mal auf dem Stadtplan. Und du«, er deutete auf den anderen Uniformierten, »hol mir bitte den Schorsch aus der Disko raus, er muss mit nach Ossendorf. Schickt ihn hinter mir her! Und dann informiert bitte über die Leitstelle die Kollegen auf der anderen Rheinseite, sie sollen im gesamten Bereich Bickendorf/Ossendorf unauffällig nach dem Taxi Ausschau halten, bei Antreffen aber nur Meldung und stille Beobachtung und einstweilen nicht eingreifen. Die Taxinummer und das Kennzeichen habt ihr?«

Der Polizist reichte Printz einen Zettel mit den Daten und setzte sich murrend in Bewegung, Printz spurtete zu seinem Auto.

»Wohin?« Nicoles Augen waren rot unterlaufen, ihr letztes Papiertaschentuch völlig durchweicht.

»Eigentlich kann ich Sie überhaupt nicht dabei gebrauchen.« Printz nagte an seinem Schnurrbart. »Was mach ich denn mit Ihnen?«

»Ich kann jetzt nicht allein nach Hause.«

Ihr flehender Blick rührte ihn. »Haben Sie keine Familie oder Freunde, wo Sie hinkönnten?«

»Perlchen, die habe ich schon angerufen.« Nicole hielt ihr Handy hoch.

»Ich muss nach Ossendorf. Kann ich Sie irgendwo absetzen?« Printz startete den Wagen.

»Sie fahren nach Ossendorf? Der Typ will bestimmt wieder in die JVA zurück. Aber da kann er Karina doch nicht mit rein nehmen, der wird, der wird doch ...«, die Augen weit aufgerissen, starrte sie Printz an, »der will sie loswerden!« Sie schlug die Hand vor den Mund.

»Nun beruhigen Sie sich!« Printz sah aus dem Augenwinkel, dass Nicoles Finger über das Handydisplay flogen.

Kurz darauf piepte das Handy und von der einen auf die andere

Sekunde war Nicole die Ruhe selbst: »Fahren Sie durch!« Ihre Stimme war jetzt ganz fest. »Perlchen kommt auch nach Ossendorf. Wir müssen da sein, wenn Karina uns braucht!«

Printz' Kehle entrang sich ein tiefer Seufzer: diese Weiber! Er schnaufte. »Unterstehen Sie sich, noch mehr Freundinnen dahin zu beordern.«

Nicole legte ihre warme Hand auf seinen Arm, die ungewohnte Berührung ließ Printz kurz zurückzucken. Beinahe schien es, als sei er jetzt derjenige, der beruhigt werden müsste. »Wir behindern Sie nicht, versprochen. Wir bleiben im Auto, sind still wie die Mäuschen. Ehrenwort!«

Printz schielte skeptisch zu ihr hinüber, schnaufte noch einmal und gab Gas.

Der Verkehr auf der Venloer Straße forderte Printz selbst um diese Uhrzeit mehr Geduld ab, als er in diesem Moment aufbringen mochte. Wäre er doch nur mit dem Dienstwagen unterwegs, dann könnte er das Blaulicht aufs Dach setzen. Sein Handy klingelte. Nicole sah zu ihm herüber. Sie hatte ihn unterwegs mit weiteren Details versorgt, die ihr Freund Sebastian ihr erzählt hatte. Das waren schier unglaubliche Verwicklungen von JVA-Beamten in die geheimnisvollen Aktivitäten Wolkows.

»Gut! Endziel Walter-Schmidt-Straße. Das Taxi steht noch da. Nein, keinen Zugriff! Wo finde ich euch?« Printz nickte. »Ja, weiß ich, kenn ich. Bin schon fast da. Noch was: Fragt in der JVA nach, bis wann ein Andrej Wolkow Ausführung hat und wer ihn begleitet«. Er buchstabierte den Namen.

Ein kurzer Seitenblick zu Nicole: »Die Kollegen haben das Taxi gefunden.«

»Zugriff bedeutet, dass Sie den Wagen stürmen?« Nicoles Stimme zitterte.

»Na ja, das ist nicht so wie im Fernsehen. Aber trotzdem nichts für Zivilisten.«

Nicole hielt ihr Handy ans Ohr: »Bleib wo du bist, Perlchen. Ich melde mich wieder.« Sie schaute Printz flehend an: »Meine Freundin steht an irgendeiner Pizzeria und weiß nicht, wo sie hin soll.«

Printz brummte: »Sie soll um Himmels willen da bleiben, wo sie ist.« Abrupt und viel zu schnell bog er auf einen Schulhof ein und bremste neben zwei dort stehenden Streifenwagen. Nicole hielt ihr Handy umklammert, die Augen schreckgeweitet.

»Und Sie bleiben im Wagen!« Printz' Zeigefinger zielte auf Nicoles Nase.

Er sprang aus dem Auto und eilte zu den Kollegen. Auf der Motorhaube eines Streifenwagens war ein Stadtplan ausgebreitet.

Eine Polizistin, die Printz schon von früheren Einsätzen kannte, hielt eine kleine Taschenlampe hoch und deutete auf die Karte: »Das Taxi steht in diesem Wendehammer. Wir können von hier aus durch die Schrebergärten gut zu Fuß von hinten heran, ohne gesehen zu werden. KK Schmidt, unsere Zivilstreife, ist vor Ort und beobachtet. Er kann von seiner Position aus aber nicht erkennen, wie viele Personen sich im Taxi befinden.« Printz nickte.

»Wolkow müsste eigentlich schon wieder zurück sein und der begleitende Beamte heißt Heinz Schmalenberg«, gab der Kollege in dem anderen Streifenwagen die Auskunft der JVA weiter.

»Und wo wohnt der Schmalenberg?« Printz beugte sich zu ihm hinunter.

»Ähm, da muss ich noch mal nachfragen.«

Printz starrte ihn an. Er konnte nur schwer verstehen, dass andere seinen Gedankengängen nicht von selbst folgten, dass er Dinge erklären und Fragen stellen musste, von denen er selbstverständlich annahm, dass sie sich allen Anwesenden genau so aufdrängten, wie ihm selbst.

»Besser ist das«, knurrte Printz, der seine aufsteigende Nervosität nur mühsam verbergen konnte. »Mir dauert das alles zu lange!« Er wanderte auf und ab. »Hat der Schmidt noch nichts Neues?«

Als der Polizist im Streifenwagen den Kopf schüttelte, ließ er sich von ihm den Hörer des Funkgeräts herausgeben und drückte die Sprechtaste.

»Schmidt! Hier ist Printz vom KK 11. Was tut sich denn im Taxi?« Krächz. »Wie nichts?« Krächz. »Wie nah bist du denn dran?« Krächz. »Ja, dann geh doch mal näher ran! Lernt man das nicht auf der Polizeischule?!«, brüllte Printz und schlug unbeherrscht auf das Dach des Streifenwagens, sodass der Uniformierte darin sich erschrocken duckte. Krächz. »Nur eine Person? Dann geh jetzt hin, wir kommen auch!« Er warf dem Kollegen den Hörer zurück in den Streifenwagen und wandte sich an die anderen: »Die scheinen weg zu sein. Fahrt direkt rüber und sobald wir eine klare Lage haben, lösen wir eine Nahbereichsfahndung aus.« Noch einmal wandte er sich an den Fahrer des Streifenwagens: »Gib mir mal so eine Handquetsche, damit ich Kontakt zu euch halten kann.« Der Polizist schaltete das Handfunkgerät auf den richtigen Kanal und reichte es ihm heraus.

»Danke. Wer bin ich?«

»93/15.«

»Kann ich mir merken. Fahrt schon mal los!«, rief Printz den Polizisten zu und rannte zu seinem Auto.

»Keinen Mucks! Oder ich lasse Sie hier draußen stehen!«, zischte er Nicole an und wählte Schorschs Nummer, um ihn über die aktuelle Entwicklung zu informieren.

Schorsch war der Ansicht, dass sie die vorgesehene Alarmierungskette für Geiselnahmen und Entführungen einhalten und sich im Übrigen zurückhalten sollten.

Printz hatte die dunkle Ahnung, dass dieser Rat so falsch nicht war, aber irgendetwas trieb ihn voran, wo er doch so dicht an dem Wolkow dran war. Und wenn Nicoles Behauptungen über die Verwicklung von JVA-Beamten nur halbwegs zutrafen, dann waren sie gerade dabei, in ein riesiges Hornissennest zu stoßen und dann mussten da ein paar richtig große Nummern ihre Hände im Spiel haben. So etwas machte Printz immer ganz hibbelig. Beim Anlassen würgte er den Motor ab. Fluchend startete er noch einmal und raste los.

»Wir sind am Fahrzeug und greifen jetzt zu!« rauschte es aus dem Funkgerät. Eine andere Stimme meldete sich: »93/15 von Arnold 13/1 kommen!«

»93/15 hört.« Printz radierte am Bordstein entlang, als er mit nur einer Hand lenkte, um mit der anderen das Funkgerät zu bedienen.

«Der Heinz Schmalenberg ist gemeldet für den Haidubrandweg 36.«

»Scheiße, ich habs doch gewusst!« Printz drückte wieder die Sprechtaste. »Einer kümmert sich um das Taxi – alle anderen sofort in den Haidubrandweg«, befahl er und warf der erschrockenen Nicole das Funkgerät in den Schoß.

Von hier aus war er näher am Haidubrandweg als die Streifenwagen. Printz hielt mit der linken Hand die Hupe gedrückt und raste bei Rot über die Kreuzung. Nicole presste die Hände auf die Ohren und wurde in ihren Sitz gedrückt.

Schmidts blecherne Stimme meldete über Funk: »In dem Taxi ist nur der Fahrer. Er ist nicht bei Bewusstsein, lebt aber. Rettungswagen ist angefordert. Bist du schon in der Haidubrandstraße?«

Printz fuhr mit einem Satz auf den Bürgersteig, krallte sich das Funkgerät wieder aus Nicoles Schoß und riss die Wagentür auf. »Ja, verdammt, ich geh jetzt da rein und ihr kommt so schnell ihr könnt alle hinterher«, brüllte er in die Muschel, »aber bitte leise, ohne Musik.« Und, »Sitzenbleiben, nicht rühren!«, fuhr er Nicole mit erhobenem Zeigefinger an und rannte los.

Die Nummer 36 war ein zweigeschossiges kleines Stadthaus mit einer hässlichen, einstmals weißen Klinkerfassade, eingezwängt zwischen die Nachbarhäuser der durchgehend bebauten Haidubrandstraße. Die Haustür war nur angelehnt, im Erdgeschoss hatte ein Versicherungsvertreter sein Büro. Dem Klingelschild nach zu urteilen, wohnte Schmalenberg im ersten Obergeschoss. Schon auf dem Treppenabsatz hörte Printz erregte Stimmen aus der Wohnung, vorsichtig schlich er bis zur Tür. Jetzt konnte er die einzelnen Worte verstehen.

»Lassen Sie mich gehen, Heinz. Was haben Sie denn davon, wenn Sie mich jetzt erschießen? Ich bin nur eine einfache Frau, die ganz aus Versehen hier hineingeraten ist. Mir ist es völlig schnuppe, was Sie und dieser Mann da miteinander zu tun haben. Ich war, ich bin, nur zur falschen Zeit am falschen Ort. Heinz, machen Sie keinen Fehler, Heinz!«

Schmalenberg war also offenbar bewaffnet. Unbedachte Einzelaktionen würden die Sprängel nur gefährden, zumal die Situation innerhalb der Wohnung völlig unklar war. Waren Schmalenberg und die Frau alleine? Wo steckte Wolkow? Printz wusste, dass sein Alleingang hier endete, dass er jetzt das

SEK anfordern musste, aber vorsorglich zog er dennoch seine Dienstwaffe.

Die Stimme von Schmalenberg drang durch die Tür: »Du hast ja keine Ahnung! Du ...«

Printz hatte gerade das Funkgerät an sein Ohr genommen, um die anderen Kräfte zu informieren und den SEK-Alarm auszulösen, als der Apparat mit voller Lautstärke loskrächzte: »Arnold 13/12 von Arnold 13/1.«

Augenblicklich verstummte Schmalenberg, er musste das Geräusch gehört haben und er konnte sich zweifellos denken, was ein Funkgerät vor seiner Wohnungstür zu bedeuten hatte.

»Nein!«, gellte die verzweifelte Stimme der Frau. »Nein!«

Jetzt hatte Printz keine Wahl mehr. Mit aller Kraft trat er in Höhe des Schlosses gegen die Tür. Die gab zu seiner Verwunderung schon beim ersten Versuch nach und schlug mit dem Geräusch splitternden Holzes weit auf. Am Ende der Diele kniete Karina, Schmalenberg mit einer Schusswaffe in der Hand über ihr.

Printz riss die Dienstpistole hoch: »Polizei! Waffe fallen lassen!« Heinz Schmalenberg sah ihn mit glasigen Augen an.

»Waffe runter!« Printz hielt seine Pistole mit beiden Händen auf den JVA-Beamten gerichtet, blieb aber im Türrahmen stehen, um sich nicht von Wolkow überrumpeln zu lassen, falls der ebenfalls noch in der Wohnung wäre.

»Und du hast auch keine Ahnung!«, wandte sich Schmalenberg Printz zu. »Der wird euch alle kalt machen. Und wenn nicht der, dann einer seiner Leute.« Schmalenbergs Kopf schlenkerte hin und her, als hinge er an Fäden wie eine Marionette.

»Waffe runter, Schmalenberg!«, wiederholte Printz stereotyp. Solange Schmalenberg redete, würde er nicht auf die Sprängel schießen. »Wo ist Wolkow?«

Schmalenberg lachte schrill, seine Augäpfel traten hervor. »Wolkow«, krächzte er. »Wolkow, den kriegst du nicht, der kriegt dich. Und mich auch.« Er riss die Waffe hoch und steckte sich den Lauf in den Mund.

»Nicht, Schmalenberg, Sie können uns helfen, das wird sich strafmildernd auswirken. Arbeiten Sie mit uns zusammen, wir brauchen Sie!«

Schmalenberg schloss die Augen und drückte ab.

Karina schrie und schrie und schrie.

Printz eilte zu ihr und zog sie von dem an der Wand zusammengesunkenen Schmalenberg weg, da polterte es auch schon auf der Treppe und drei Polizisten stürmten in die Wohnung. Printz bedeutete ihnen mit einer Kopfbewegung, die anderen Zimmer der Wohnung zu durchsuchen und half der am ganzen Körper schlotternden Karina auf die Beine.

»Wo ist Wolkow?« Er hielt sie an beiden Armen gepackt. Sie starrte ihn an, selbst ihre Lippen zeigten kaum Farbe, sie wies mit einer unbestimmten Geste auf das offene Fenster. Printz ließ Karina los und war mit wenigen Schritten dort. Das Fenster ging hinaus auf den Hinterhof. Von unten rief jemand Printz' Namen durchs Treppenhaus. Karina wandte den Kopf, ihr Blick wurde klarer.

»Nicole«, sagte sie mit erstauntem Gesichtsausdruck, dann kreischte sie, »Nicole«, und rannte zur Tür hinaus und die Treppe hinunter.

»Alles sauber«, meldeten die anderen Polizisten, die aus den verschiedenen Zimmern wieder in die Diele traten, und steckten ihre Dienstwaffen ein.

Printz stand noch am Fenster. Direkt darunter gab es im Hof einen überdachten Fahrradstellplatz, kein Problem für Wolkow, hier herunterzukommen. Printz konnte im Licht der Hofbeleuchtung sogar die Stellen auf dem Dach erkennen, an denen Wolkows Schuhe Spuren im Moos hinterlassen hatten. Aber wo war er jetzt? Printz blickte auf den typischen Innenbereich eines städtischen Wohnblocks, der auf allen Seiten von geschlossenen Häuserzeilen umgeben war. Ausgefüllt mit kleinen rechteckigen Hinterhöfen, die mit verschiedensten Mauern und Zäunen aus Holz oder Draht voneinander abgetrennt waren. Kleine Schuppen und Unterstände. Manche Parzellen waren liebevoll als Stadtgärten angelegt und gepflegt, andere verwildert oder als Sperrmüllablage genutzt. Dazwischen ein paar Bäume. Die Konturen verschwammen im Licht, das aus einigen Fenstern fiel, alles war in einheitliches Grau getaucht.

›Unübersichtlicher geht es wohl kaum‹, dachte Printz und griff wieder zum Funkgerät. Er gab Anweisung, weitere Kräfte anzufordern und das gesamte Straßenkarree zu umstellen und abzusperren. Sie durften Wolkow von hier nicht mehr weglassen! Printz hatte die Sprechtaste gerade losgelassen, als er in einer der schmalen Parzellen eine Bewegung wahrnahm. Das musste er sein, Printz' Augen verengten sich. Wie er schon vermutet hatte, war Wolkow auf dem Weg zur gegenüberliegenden Häuserzeile, um von dort das Karree verlassen zu können.

Dabei war er ausgerechnet in die Parzelle mit den höchsten Mauern des gesamten Innenbereichs geraten, die er ohne Hilfsmittel nicht überwinden konnte. So trug er alte Holzpaletten und Bretter zusammen, um sich ein Podest zu bauen. Printz erkannte von hier oben, was Wolkow unten in dem Gewirr nicht sehen konnte: Ein Stück links von ihm, vielleicht zwei Häuser weiter, gab es eine beinahe durchgehende schmale Verbindung durch den gesamten Innenbereich bis zur gegenüberliegenden Häuserzeile. Nur ein niedriger Maschendrahtzaun, vor dem ein paar Kaninchenställe standen, trennte die lange Parzelle in der Mitte. Mit wenigen Sätzen war Printz die Treppe hinunter und stürmte aus der Haustür. Neben seinem Wagen hockten Nicole und Karina Sprängel und klammerten sich aneinander. Um sie konnte er sich jetzt nicht kümmern. Vor den Nachbarhäusern hatten sich kleine Gruppen von Bewohnern gebildet, die durch den Knall in der Nummer 36 und die Streifenwagen vor der Tür aufgeschreckt geworden waren. Eben traf ein weiteres Einsatzfahrzeug mit Blaulicht ein.

Printz schickte die Kollegen mit knappen Worten um den Block herum in die Parallelstraße der Haidubrandstraße, dann stürmte er auch schon durch die erschrocken auseinander stiebende Traube von Menschen vor der Hausnummer 32 hindurch in den Hausflur und sofort durch die Hintertür wieder hinaus.

Gut geschätzt, es war die richtige Parzelle. Der Kaninchenstall half Printz beim Überklettern des Zaunes, er musste sich beeilen. Schon hatte er die gegenüberliegende Häuserzeile erreicht, die Hintertür war offen und nach wenigen Schritten stand er wieder auf der Straße. Jetzt zwei Häuser nach rechts, mit der flachen Hand drückte er sämtliche Klingelknöpfe gleichzeitig. Am Ende der Straße sah er den Streifenwagen einbiegen, Printz gab mit seinem Funkgerät kurz die Hausnummer durch, da summte auch schon der Türöffner und die Haustür schwang auf. Printz schob sich im schummrigen Treppenhaus an Kinderwagen und einem Fahrrad vorbei in Richtung Hoftür. Er stellte den Lautsprecher des Funkgeräts so leise wie möglich, so ein Fehler wie vorhin vor der Wohnung sollte ihm nicht noch einmal passieren. Der Gang verengte sich, links führte die Treppe ins erste Stockwerk hinauf, darunter befand sich der abgemauerte Abgang zum Keller. Nur noch zwei Meter und Printz stand vor der Tür zum Hinterhof, einer einfachen Holztür mit einer geriffelten Milchglasscheibe im oberen Drittel, durch die das schwache Licht einer Laterne hereinfiel. In den oberen Stockwerken öffneten sich Türen und eine männliche Stimme fragte laut in das Treppenhaus, welcher Idiot um diese Uhrzeit geklingelt habe.

Eine Frauenstimme antwortete, bei ihr habe es auch geläutet und eine Unverschämtheit sei das. Dann fielen die Türen wieder zu und es war still. Printz hörte nur seinen eigenen Atem und das Rauschen des Blutes im Ohr. Etwas mehr Sport würde ihm nicht schaden, fiel ihm bei dieser Gelegenheit wieder auf. Er zog seine Dienstwaffe. Wolkow müsste jeden Moment erscheinen, eigentlich müsste er längst hier sein. Sollte er ihn hinter der Tür erwarten, oder sollte er ihm lieber entgegen gehen und ihn im Hof stellen?

Die heisere Stimme Wolkows in seinem Nacken machte die Entscheidung überflüssig: »Beweg dich nicht! Sonst blas ich dir dein Kopf weg.«

Der Druck von Wolkows Waffe an seinem Hinterkopf ließ in Printz jeden Gedanken an irgendeine Form von Gegenwehr sterben. Auf Anweisung Wolkows musste er ganz langsam die rechte Hand heben, sodass dieser ihm die Dienstwaffe abnehmen konnte. Hätte er bloß auf Schorsch gehört! Aber er musste ja mal wieder auf eigene Faust lospreschen. Und schon der zweite Fehler in so kurzer Zeit: Jetzt hatte Wolkow einen Polizisten als Geisel! Aber noch war Printz ein Rest von Geistesgegenwart geblieben. In seiner linken Hand hielt er das Funkgerät, das Wolkow bisher offenbar nicht bemerkt hatte. Printz drückte die Sprechtaste und hielt sie fest.

»Wolkow, seien Sie vernünftig! Das hilft Ihnen doch nicht,

dass sie mich mit der Waffe bedrohen. Wo wollen Sie denn mit mir hin?«

Printz Stimme war lauter, als es nötig gewesen wäre, aber Wolkow deutete das anscheinend als Zeichen von Angst und blaffte genau so laut zurück: »Maul halten. Jetzt wir gehen raus auf Straße, wie normale Leut, wir zwei, du vorn, ich hinten, ganz langsam. Eine falsche Bewegung, tot.«

Wolkow stieß ihm die Waffe in den Rücken und dirigierte ihn durch den Flur auf die Haustür zu. Printz blieb stehen, fieberhaft überlegte er die weiteren Optionen. Aber im Augenblick bestimmte Wolkow den Lauf der Dinge.

»Soll ich jetzt die Tür aufmachen?«, fragte Printz laut und deutlich.

Wolkow antwortete nur mit einem neuen Stoß des Pistolenlaufs in den Rücken. Printz zog die Tür auf, draußen war nichts Ungewöhnliches zu entdecken, Wolkow drängte ihn weiter. Als Printz im Licht des Bewegungsmelders auf die zwei kleinen Stufen hinaustrat, nahm er aus den Augenwinkeln rechts und links an der Hauswand etwas Dunkles war und dann ging alles ganz schnell. Printz machte noch einen großen Schritt nach vorne, sodass Wolkow ihm folgen konnte, und ließ sich dann unvermittelt zu Boden fallen. Augenblicklich erhob sich hinter ihm großes Getöse. Die beiden Polizisten zielten mit ihren Dienstwaffen von beiden Seiten direkt auf Wolkows Kopf und schrien unablässig mit voller Lautstärke auf ihn ein: »Polizei! Waffe weg! Auf den Boden! Waffe weg!«

Wolkow war so irritiert, dass er nicht sogleich ans Schießen dachte. In der nächsten Sekunde war es dafür auch schon zu spät. Einer der Beamten schlug ihm die Hand mit der Waffe nach unten, der andere stellte ihm ein Bein. Einen Wimpernschlag später hatten sie ihn bäuchlings auf der Erde liegen. Printz rappelte sich auf und half, die Handfesseln anzulegen. Seine Dienstwaffe konnte er aus Wolkows Hosenbund nehmen und wieder einstecken. Dann standen sie alle drei um Wolkow herum und atmeten erst einmal tief durch.

»Alle Achtung, Jungs! Das war echt klasse«, bedankte Printz sich bei seinen Rettern. Es war aufrichtig gemeint.

16

»Herr Wolkow, wir stellen zuerst einmal Ihre Personalien fest.« Anna Sabrowski schaltete das Aufnahmegerät ein. »Sie heißen Andrej Wolkow und sind am 2.12.1975 in St. Petersburg in Russland geboren. Sie verbüßen zurzeit eine Strafhaft von fünf Jahren wegen gewerbsmäßiger Einfuhr von und dem Handel mit Amphetaminen – stimmt das?«

Wolkow hatte es sich auf seinem Stuhl bequem gemacht und die Beine ausgestreckt. Er nickte.

Während Anna Sabrowski ihm eröffnete, dass er zunächst als Beschuldigter in der Sache »Freiheitsberaubung zum Nachteil von Sprängel, Karina« sowie wegen der Körperverletzung des Taxifahrers und unerlaubtem Waffenbesitz vernommen werden solle und es ihm freistehe, sich zur Sache einzulassen, verzog er nur das Gesicht zu einer Grimasse und schwieg.

Printz wartete, bis seine Kollegin die Belehrung beendet hatte: »Dann erzählen Sie uns doch mal, warum Sie Frau Sprängel während Ihrer Ausführung aus der JVA Köln-Ossendorf entführt haben!«

Doch so leicht ließ sich Wolkow nicht überrumpeln.

»Ohne Anwalt, ich sage nichts«, grinste er. »Kenne meine Rechte.«

Es klopfte an der Tür und Schorsch kam herein. Er flüsterte Anna etwas ins Ohr und legte eine Kladde auf den Tisch. Anna nickte ihm zu. »Danke, super!« Schorsch zwinkerte ihr und Printz zu und verließ den Vernehmungsraum.

»Herr Wolkow, Sie kennen doch sicher den Herrn Pajak, Tomasz Pajak, er ist Vollzugsbeamter in der JVA Ossendorf.«

Wolkows Grinsen erstarb.

»Dieser Herr Pajak hat Buch geführt.« Sie hob die Kladde hoch und reichte sie dann Printz, der sofort zu blättern und zu lesen begann.

»Fein säuberlich hat er all Ihre Bewegungen und Kontakte chronologisch festgehalten – das ist eine große Hilfe für uns!« Jetzt lächelte Anna.

»Pajak, Polenschwein!« Wolkow war vom Stuhl hochgefahren und schlug mit beiden Fäusten auf den Tisch. »Ist eine Ratte! Der nicht mehr lange leben!«, stieß er hervor.

Printz räusperte sich und forderte ihn auf, sich wieder zu setzen. »Hier steht, dass Herr Schmalenberg Ihre Ausführungen immer begleitet hat, stimmt das?«

»Ja, und?«

»Heinz Schmalenberg hat mir vor seinem Tod noch gesagt, dass nicht nur er, sondern auch ein Kollege von der Pforte, sowie Direktor Richards ihre Hände über Sie gehalten haben.« Printz merkte, wie Anna die Schultern runter drückte und den Rücken gerade machte. Sie wusste genauso gut wie er, dass das so nicht stimmte, aber Printz war gerade beim Blättern in der Kladde auf einen derartigen Vermerk gestoßen.

»выблядок« entfuhr es Wolkow. »Bastard! Ein Schwall russischer Flüche folgte, deren Bedeutung Printz und Anna gar nicht wissen wollten.

»Das heißt, Herr Direktor Richards hat nicht nur von allem gewusst, sondern hat Ihnen die Aufträge übermittelt?« Printz wusste, dass Richards in einem der anderen Verhörräume saß. Nach der Verhaftung von Wolkow und der Behauptung des JVA-Beamten Pajak, dass der Direktor nicht nur von Wolkows Aktivitäten gewusst, sondern sie angeordnet hätte, waren die Kollegen zu Richards nach Hause gefahren und hatten ihn ins Präsidium befördert. Den feinen Herrn würden sie sich im Anschluss vorknöpfen.

»Da, aber nur kleines Licht. Nichts gegen ...«, er hielt abrupt inne. »Sie mich nicht kriegen, ich nichts sagen, ohne Anwalt!« Er lehnte sich wieder zurück und verschränkte die Arme vor der Brust.

Printz und Anna verständigten sich mit einem kurzen Blick, die Vernehmung zu unterbrechen. Was er jetzt sagte, wäre ohnehin nicht verwertbar, nachdem er einen Anwalt verlangt hatte.

»Bleiben Sie bitte bei Herrn Wolkow und sagen Sie uns Bescheid, wenn sein Anwalt da ist.« Anna nickte dem Beamten in Uniform, der die ganze Zeit in Türnähe gesessen hatte, zu.

»Gehen wir direkt weiter?« Sie nahm die Akte und die Kladde vom Tisch und drückte sie gegen ihre Brust.

»Ja, gerne!« Printz hielt ihr die Tür auf.

»Weißt du, Stephan«, Anna starrte angestrengt auf die Wand des Flurs hinter Printz, »auch wenn es da manchmal Spannungen gab, ich arbeite gerne mit dir zusammen.« Printz sah, dass sich ihre Wangen leicht röteten.

»Ich auch mit dir.« Er war sich nicht sicher, ob er das wirklich so meinte, aber es war ihm irgendwie herausgerutscht, beinahe wie ein Reflex. Hatte er nur nett sein wollen? War das gut, wenn er nett war?

»Auch die Kollegen schätzen dich sehr«, schob Anna nach.

»Schätzen«, echote Printz. »Wenn sie das tun würden, würden sie mich nicht Printemann nennen!«

Anna versuchte sich das Lachen zu verkneifen, aber es gelang ihr nicht ganz. »Du hast es schon gehört?«

Printz schnaubte, drehte sich um und ging den Flur entlang. Anna rannte schnell hinter ihm her. »Du, das ist doch nicht bös gemeint. Jeder hat hier doch so einen Beinamen, mich nennen sie ›Swarowski‹, wie diesen unechten Schmuck. Da könnte ich mich auch drüber ärgern, von wegen unecht und nur Modeschmuck, aber ich kann auch denken: »Schmuckstück ist Schmuckstück!«

»Ein Printemann ist steif und lahm, gilt als ungesellig und eingebildet dazu. Habe ich irgendwo gelesen«, brummte er.

»Ach, Stephan, du musst doch selbst eingestehen, dass du eher der Einzelgänger bist. Du redest nur das Nötigste mit den Kollegen und bleibst fast immer auf der rein dienstlichen Ebene. Von uns hat bestimmt keiner nachgeschlagen, was der Name beinhaltet. Es ist eher eine Ableitung von Printz, siehst du, Printz, Print, Printemann. Und Printemann klingt doch eher nett, finde ich.«

»Find ich eher nicht.« Printz wollte noch nicht versöhnlich sein.

»Meinen Opa, den haben wir immer ›Opa-Steiff-Knopf-im-Ohr‹ genannt, weil der so ein komisches Hörgerät getragen hat und unsere Kuscheltiere auch so ein silbernes Knöpfchen im Ohr hatten. Und meinen Opa habe ich sehr lieb gehabt.« Annas Stimme klang weich.

»Na ja, lieb haben musst du mich jetzt aber nicht gleich«, Printz drehte sich zu ihr um und grinste schief.

Anna trat einen Moment ganz nah an ihn heran. Sie konnte seinen Atem spüren. »Keine Sorge, so weit kommts auf gar keinen Fall! Vorerst«, fügte sie noch ganz leise hinzu. Dann öffnete sie die Tür zum Verhörzimmer und Printz folgte ihr. Er fühlte sich gut. Der JVA-Direktor Ralf-Dieter Richards offensichtlich nicht. Er saß am Tisch, die Arme aufgestützt, den Kopf in beiden Händen. Als er bei ihrem Eintreten das tränenüberströmte Gesicht hob, wusste Printz, dass Richards reden würde.

Direkt nach ihnen betrat Michael Schmitz, der Kollege vom KK 32, dem Kommissariat, das für Korruption und Beamtendelikte zuständig war, den Raum. Sie nickten sich kurz zu und stellten sich Richards vor.

Anna befragte den Direktor nach seinen Personalien, aber Richards unterbrach sie: »Die werden mich töten. Ich brauche Schutz, können Sie mich schützen?«

»Ihr Problem!« So weich Annas Stimme eben noch geklungen hatte, so metallisch klang sie jetzt. »Sie reden und wir schauen mal.«

»Ich will reden. Eigentlich schon lange. Aber … Jeder weiß, dass die Drogensucht in den Gefängnissen ein großes Problem ist. Als ich anfing, als Direktor zu arbeiten, hatte ich mir vorgenommen, den Drogenhandel in der JVA zu bekämpfen, hatte mit Sozialpädagogen und Psychologen ein Konzept entwickelt. Nachdem wir angefangen hatten, das umzusetzen, verunglückte meine Frau tödlich. Irgend so ein Idiot hatte ihr die Vorfahrt genommen und war dann abgehauen. Unser zweijähriger Sohn saß im Kindersitz neben ihr und wurde schwer verletzt. Er kam in eine Spezialklinik, liegt da seit sechs Jahren im Koma. Kurz nach dem Unfall bekam ich eine Mail. Ich habe versucht, zurück zu verfolgen von wem, aber selbst ein befreundeter Computerfreak schaffte das nicht. In der Mail stand, dass meiner Tochter auch etwas Schlimmes passieren könnte, wenn ich das Anti-Drogenprogramm im Knast nicht stoppen würde. Ein Stopp wäre auch für die Auslagen für Leons Klinik, die die normale Krankenversicherung nicht übernimmt, von Vorteil. Ich habe mich darauf eingelassen.« Er sah die beiden Kommissare an und dann schnäuzte er sich.

»Was war mit Wolkow und seinen Aktivitäten?« Printz starrte

auf das Aufnahmegerät. Ihm war schlecht. Jetzt spielte der auch noch das Opfer und ertrank im Selbstmitleid.

»Der kam ein gutes Jahr später nach Köln. Und kurz danach erfolgte der erste Anruf. Ich sollte ihm eine Ausführung ermöglichen. Stellen Sie sich vor, die wussten genau den Unterschied zwischen Ausgang und Ausführung. Die wissen mehr über die Details unseres Strafvollzugs, als die meisten unserer Beamten im Einfachen Dienst!« Richards fuhr mit zwei Fingern zwischen Hemdkragen und Hals und zog am Kragen. »Die wissen, wo ich lebe, wie ich lebe, mit wem ich zu tun habe, wie ich arbeite, alles. Sogar, dass ich in der Schule in Dresden damals Russisch gelernt hatte.«

»Heinz Schmalenberg war involviert?«

»Ja, ich konnte das ja nicht allein durchziehen. Und da er spielsüchtig ist, braucht er immer Geld. Das mit der Spielsucht wusste ich vorher auch nicht, aber die wussten es! Hat Herr Schmalenberg schon gestanden?«

»Herr Schmalenberg ist tot. Selbstmord.«

Richards Augen weiteten sich, er stöhnte auf.

»Wer wusste noch davon?«

»Rudolf Schmidt, der Dienstgruppenleiter. Er hat die Ausführungsprotokolle auch manipuliert.«

»Inwieweit?«

»Na ja, so eine Ausführung findet normalerweise tagsüber statt. Aber Herr Wolkow war auch abends und manchmal über Nacht weg.«

»Und das hat keiner gemerkt?« Anna stand auf und ging hinaus. Printz wusste, dass sie die Kollegen zu Schmidt schicken würde.

»Wie oft haben Sie Wolkow Ausführung verschafft und wussten Sie, was der da machte?«

»Wie oft genau, weiß ich nicht. Aber das wurde ja immer am Empfang notiert. Und ich wusste nicht genau, was er tat. Ich versuchte mir einzureden, er würde sich nur eine gute Zeit machen. Urlaub vom Knast, auf den er ja keinen Anspruch hatte, vielleicht als Belohnung seiner Leute für frühere Verdienste. Aber ich glaube, dabei ist es nicht geblieben.« Er stützte wieder den Kopf in die Hände. Printz war mit der letzten Antwort nicht zufrieden, machte Richards nicht nur ihm, sondern auch sich selbst etwas vor? Verdrängte er das Ausmaß und die Bedeutung seiner persönlichen Verstrickung in die mafiösen Strukturen? Von wem genau hatte er seine Anweisungen erhalten? Bevor er nachfragen konnte, klopfte Anna.

»Wolkows Anwalt ist da, kommst du?«

Printz nickte dem Vollzugsbeamten zu. »Passen Sie gut auf Herrn Richards auf, wir brauchen ihn noch! Vielleicht sollte er in den Sicherheitstrakt? Kollege Schmitz vom KK32 wird jetzt die weitere Befragung übernehmen.«

Der Anwalt sah aus, wie ein Model aus einem Männermode-magazin. Dr. Markus Tenzel, LL.M. stand auf der Karte, die er Anna und Printz über den Tisch schob.

So, so den Master of Law hat er, dachte Printz. In den USA studiert. »Nun, Herr Dr. Tenzel, Sie sind informiert, was Ihrem Mandanten vorgeworfen wird und Sie konnten sich schon mit ihm besprechen, nicht wahr?« Printz schaute nur kurz auf, um sich zu vergewissern, dass er seinen Feststellungen nicht widersprach. »Was möchte Ihr Mandant uns zu den Vorwürfen sagen?«

»Mein Mandant wird meiner Empfehlung folgen und von seinem Recht Gebrauch machen, zur Sache überhaupt nichts zu sagen«, erwiderte der Anwalt in dem gleichen geschäftsmäßigen und unbeteiligten Ton, mit dem Printz das Gespräch eröffnet hatte.

»Bei Ihrer Empfehlung haben Sie sicher bedacht, dass die Vorwürfe gegen Ihren Mandanten sehr schwer wiegen und eine Kooperation seinerseits sich in erheblichem Maße strafmildernd auswirken könnte ...«, Printz machte eine Kunstpause und schaute erst dem Anwalt, dann Wolkow in die Augen, » … insbesondere, wenn Herr Wolkow zur Aufdeckung von Strukturen, Hintermännern und so weiter beitragen würde.«

»Na ja«, wiegelte der Anwalt ab, »Freiheitsberaubung und unerlaubter Waffenbesitz sind zwar strafbar, aber so schwerwiegend, wie Sie das jetzt darstellen, ist es ja nun doch nicht.«

»Stimmt!«, schaltete sich Anna ein. »Für einen wie Herrn Wolkow und im Vergleich zu den Dingen, die uns wirklich interessieren, sind das in der Tat Peanuts.«

Die Augen des Anwalts zeigten ein sehr leichtes Flackern.

»Vielleicht könnten Sie etwas deutlicher werden?«, tastete er sich vor.

Anna und Printz waren sich einig gewesen, dass es äußerst schwierig werden würde, aus Wolkow etwas heraus zu bringen, zumal wenn er anwaltliche Unterstützung hatte. Also hatten sie nach dem Motto ›Wir haben keine Chance, also nutzen wir sie‹ beschlossen, aufs Ganze zu gehen und durch gezielte Provokationen vielleicht eine unbedachte Reaktion hervor zu rufen, die ihnen einen Hinweis geben könnte.

»Herr Rechtsanwalt, Sie wissen, von welchem Kommissariat wir sind, meine Kollegin und ich?« Ohne eine Antwort abzuwarten, fuhr Printz fort. »Dann wissen Sie auch, dass wir uns für gewöhnlich nicht für Freiheitsberaubungen interessieren – solange dabei niemand zu Tode kommt. Und wir interessieren uns erst recht nicht für unerlaubten Waffenbesitz – es sei denn, mit einer solchen Waffe wäre jemand getötet worden – oder gar mehrere.«

Natürlich wusste das Dr. Tenzel und es war ihm auch längst klar, dass Printz mit etwas hinter dem Berg hielt, was gewichtiger war, als Wolkows Entführungs-Eskapade mit dieser Frau. Er hielt es deshalb für ratsam, erst einmal abzuwarten, was Printz noch auf der Pfanne hatte.

»Tja, und jetzt haben wir eine solche Waffe bei Herrn Wolkow gefunden ...«

Anna fuhr fort: »... und wir haben einen dazu passenden toten Mann.«

Sie knallte das Foto auf den Tisch und ließ Wolkow dabei nicht aus den Augen. Es war ein Versuchsballon. Die Kugel, die Leutschlers Schädel durchschlagen hatte und dann in der Mauer stecken geblieben war, war so stark zersplittert und verformt, dass nach Meinung der Ballistiker kein sicherer Nachweis möglich war, aus welcher Waffe sie stammte. Aber es gab ja noch Duisburg und die anderen Fälle, die jetzt auf einen Zusammenhang mit Wolkow untersucht wurden. Auch dort waren Projektile sichergestellt worden, die mit Wolkows Waffe abgeglichen werden konnten – so würde ein Puzzlesteinchen neben das nächste gesetzt werden.

Wolkow hatte dem Gespräch zuletzt beinahe unbeteiligt zugehört; nachdem der Anwalt ihm ausdrücklich verboten hatte, auch nur die kleinste Kleinigkeit zur Sache auszusagen, betrachtete er die Veranstaltung als für sich beendet. Jetzt warf er aber doch einen Blick auf das Foto, auf das ein weißes Etikett geklebt war, auf dem in deutlicher Schrift der Name Leutschler stand. Wolkow stutzte, rutschte auf seinem Stuhl nach vorne und nahm das Foto in die Hand.

»Und wie es aussieht«, übernahm Printz wieder das Gespräch mit dem Anwalt, »haben wir nicht nur einen toten Mann, sondern ganz viele.«

»Das ist doch lächerlich!«, warf der ein. »Mein Mandant sitzt seit mehreren Jahren in Strafhaft!«

»Ja, manchmal«, unterbrach ihn Anna mit einem triumphierenden Timbre in der Stimme, »... aber manchmal auch nicht. Und ausgerechnet an den Tagen, an denen Herr Wolkow laut dieser Liste außerhalb der JVA war ...«, sie wedelte mit den Aufzeichnungen Pajaks in der linken Hand, »sind laut dieser Liste«, jetzt wedelte sie mit einem wahllos aus der Akte gegriffenen Blatt in der rechten Hand, »ganz böse Sachen passiert.«

»Und jetzt ist es für uns nur eine Fleißarbeit, die verschiedenen Spuren zusammenzuführen, die Projektile mit Wolkows Waffe zu vergleichen, ihn den Zeugen gegenüberzustellen und so weiter und so weiter.« Wieder machte Printz eine Kunstpause und senkte die Stimme: »Deshalb sage ich noch einmal, Herr Dr. Tenzel: Für Ihren Mandanten sieht es ganz finster aus. Ihn haben wir so oder so. Wenn er sich noch etwas Gutes tun will, dann sollte er mit uns kooperieren und uns Informationen geben, die wir nicht sowieso schon haben.«

»Das stimmt nicht!«, meldete sich Wolkow.

Alle schauten ihn überrascht an, aber sein Einwurf bezog sich gar nicht auf Printz' letzte Sätze. Er meinte das Foto, das er immer noch in der Hand hielt.

»Das nicht Lutsch..., Leut..., Leutschler«, schüttelte er den Kopf. »Das Weinsberg.«

Der Anwalt riss ihm das Foto aus der Hand und warf es zurück auf den Tisch. Mit rotem Kopf erklärte er, das sei nicht als Aussage seines Mandanten zur Sache zu verstehen, sein Mandant mache generell keinerlei Aussage zur Sache. Im Übrigen benötige er mehr Zeit zur Einarbeitung und zur ausführlichen Besprechung mit seinem Mandanten. Daher bitte er darum, die Vernehmung jetzt förmlich zu beenden und seinen Mandanten in die JVA zurück zu bringen.

Mit den letzten Worten war er schon aufgestanden und es war Anna und Printz klar, dass weiteres Nachhaken sinnlos wäre. Sie ließen Wolkow abführen und schauten sich, nachdem auch der Anwalt den Raum verlassen hatte, erst einmal schweigend an.

»Was war das denn?«, fand zuerst Anna ihre Sprache wieder. »Was meint der denn mit ›Weinsberg‹, das ist doch eindeutig Leutschler?« Sie starrte auf das Foto.

Printz lief im Zimmer auf und ab, das half ihm beim Nachdenken, wenn er nicht mit seinen Pflanzen sprechen konnte.

»Der Leutschler hat doch die Gruppe nur übernommen, weil der Weinsberg sein Handy suchen musste, richtig?«, rekapitulierte er. »Wäre also der Zufall mit dem Handy nicht gewesen, hätte Weinsberg die Gruppe in die Kneipe geführt.«

»Richtig.«

»Hat irgendein Zeuge den Mafioso im Schokomuseum gesehen?«

»Nein, nur draußen. Zuerst auf der Straße, später in der Kneipe.«

»Nehmen wir einmal an, der Wolkow war dieser verkleidete Typ und hatte nur eine Beschreibung von Weinsberg, so in dem Sinne, dass da etwa um die und die Uhrzeit eine Gruppe aus dem Museum herauskommt, mit einem Mann an der Spitze ...«

Anna kramte eine Reihe von Tatortfotos aus der Akte, »Hier, guck mal!«, und verglich dann die persönlichen Daten anhand der Obduktionsberichte.

»Das waren zwar keine eineiigen Zwillinge – aber sie waren ungefähr gleich groß, ungefähr gleich alt und sie hatten am 11.11. sehr ähnliche Anzüge an. Die Ähnlichkeit ist uns doch schon mal aufgefallen.« Als sie sah, wie Printz seine Stirn in Falten legte, schob sie nach: »Die Schokolade bei dem Weinsberg musst du dir natürlich wegdenken, guck hier, das Hosenbein.«

Printz nickte bedächtig: »Der hat die verwechselt! Der hat die schlicht und einfach verwechselt. Deshalb haben wir bei dem Leutschler kein rechtes Motiv für eine geplante Hinrichtung gefunden ...«

»... und bei dem Weinsberg hätten wir uns so etwas vorstellen können, aber da haben wir es offenbar mit einer Affekttat zu tun«, ergänzte Anna.

»Ja, da beginnt manches Rätsel sich zu lösen. Jetzt ist auch klar, dass die beiden Taten in keinem Zusammenhang stehen und wir tatsächlich nach zwei Tätern suchen.«

»Na, jetzt nur noch nach einem. Wir müssen schleunigst eine Dienstbesprechung einberufen.«

***

Karina holte ihre Mutter zu Hause ab. Auf der Straße überlegte sie kurz, ob sie sie unterhaken sollte, ließ es aber dann. So spazierten sie mit dem normalen Familienabstand zwischen sich die Severinstraße hinunter, vorbei an den vielen kleinen Geschäften mit ihren Auslagen, bis zum Café in der Nähe des Chlodwigplatzes, in dem sie frühstücken wollten. Hier war immer etwas los und nur mit Mühe ergatterten sie einen kleinen Tisch am Fenster. Es roch nach Rührei, frischen Brötchen, Kaffee und Roibuschtee. Sie bestellten sich ein kleines Frühstück und warteten. Sie plauderten über das Wetter, das Museum, den Karneval.

Schließlich hielt es ihre Mutter nicht mehr aus: »Was gibt es denn so Wichtiges, das du nur mit mir besprechen willst? Der Papa war ganz beleidigt, dass er nicht mit durfte.« Ursula Fritsch sah ihre Tochter fragend an.

Karina öffnete den Mund, doch bevor sie etwas sagen konnte, brachte die junge Serviererin Brötchen, Wurst, Käse, Rührei, Marmelade und Kaffee. Karina und ihre Mutter sahen ihr schweigend zu, wie sie alles auf dem Tisch platzierte.

»Also, ich …« Karina setzte neu an. »Weißt du Mama, mir liegt da was auf der Seele.«

Die Mutter griff sich ans Herz. »Is was passiert? Bis du jet schwanger? Hast du deine Stelle verloren?« Das war wohl das Schlimmste, was sie sich vorstellen konnte.

»Blödsinn, nichts davon!« Karina schaute auf ihr Brötchen, schnitt es umständlich auf und schmierte Butter darauf. »Ich, ich hab da eine neue Freundin.«

»Ich hätte kein Problem damit, wenn du dich jetzt zu Frauen hingezogen fühlst. Wundern tät mich dat nicht, nach der Sache mit Markus. Susi hat mir alles gebeichtet. Papa und ich sin da sehr aufjeschlossen, Kind.« Ursula Fritsch saß kerzengerade und sah Karina erwartungsvoll an.

»Mama, lass mich doch mal ausreden! Es geht nicht um Markus und auch nicht um Susi. Es geht um dich und mich!«

»Aber wieso fängst du dann mit der neuen Freundin an?« Karinas Mutter schüttelte den Kopf und pikte ungehalten mit der Gabel Rührei vom Teller und stopfte es sich in den Mund. Dann brach sie ein Brötchen durch und knabberte an einer Hälfte.

»Meine neue Freundin, sie heißt übrigens Chioma, ist eine afrikanische Heilerin. Nein, bitte sag jetzt nichts!« Karinas Augen funkelten drohend, sie hielt ihr Messer noch in der Hand. Ihre Mutter klappte den Mund wieder zu und schluckte.

»Ich hab, im Gespräch mit ihr, herausgefunden, dass wir zwei da noch was zu klären haben. Es hat etwas mit Liebe zu tun, und dass die nicht so richtig zwischen uns fließen kann.« Karina griff nach ihrem Käsebrötchen und biss hinein. Jetzt war es heraus.

Ihre Mutter schwieg, trank zunächst ratlos einen großen Schluck Kaffee und schob dann ihren Teller von sich weg. Sie hatte keinen Appetit mehr.

»Liebe«, sagte sie zweifelnd und so vorsichtig, als spräche sie ein Fremdwort aus. »Ach, Kind. Was soll dat denn?« Sie sah ihre Tochter Hilfe suchend an.

Karina schluckte.

»Was weiß ich denn davon? Ich bin ja mitten in der Nachkriegszeit geboren. Weißt du, wie dat hier in Köln aussah? Alles kaputt. Kein Stein auf dem anderen. Wir haben nur aufgebaut, aufgebaut, aufgebaut. Dat war wichtig. Im Krieg hatte meine

Mutter, deine Oma Maria, ihre Eltern und zwei Schwestern in den Bomben verloren, ihr Sohn starb an Diphtherie, dann war mein Vater in Gefangenschaft. Über das, was meine Eltern im Krieg erlebt haben, wurde nie gesprochen. Als ich ein Jahr alt war, wurde zuerst Tante Käthe und wieder ein Jahr später Tante Margot geboren.«

»Das weiß ich doch, Mama.« Karina bestellte sich ein Glas Wasser.

»Drei kleine Kinder und dazu noch dat kleine Einkommen, mit dem die Familie über die Runden kommen musste, dat war bestimmt nicht leicht für meine Mutter, da konnt man keine Ansprüche stellen.« Sie nahm eine Haarsträhne zwischen Daumen und Zeigefinger und drehte sie, genau wie Karina das auch immer tat.

»Meine Mutter hat uns alle immer gut versorgt. Kein Wort darüber, dass dein Opa, mein Vater, im Zuchthaus gewesen war. Wir sahen immer aus wie aus dem Ei gepellt. Aber die Leute haben trotzdem über uns geredet. Und immer kam von meiner Mutter, wat sollen die Leute denken? Das war ihr wichtig damals. Liebe … Für so einen Firlefanz hatten wir keine Zeit.«

»Aber Oma Maria ist doch sehr liebevoll«, wandte Karina ein.

»Zu dir, ja!«, stieß ihre Mutter hervor. »Erst als Oma hat sie das gekonnt. Wenn ich das gesehen hab, wurd ich richtig eifersüchtig. Ich weiß, dat passte nicht. Ich war ja erwachsen, aber trotzdem ...«, sie beobachtete eine junge Frau, die gerade ihr Baby an die Brust legte und ihm dabei zärtlich über den Kopf strich.

Karina sah, wie sich die Augen ihrer Mutter mit Tränen füllten. »Ich war gut in der Schule, aber ich musste bei Stollwerck ans Band. Da hätte ich mir auch was Anderes vorstellen können, dat glaub mir mal. Bei Stollwerck hab ich ja dann deinen Vater kennengelernt. Dat war die schönste Zeit.« Sie hielt einen Moment inne und lächelte versonnen. Karina sagte nichts. Endlich erzählte ihre Mutter mal von sich. Endlich.

»Aber dann mussten wir heiraten. Nach der Entbindung wusste ich überhaupt nicht, wie ich mit Susi umgehen sollte. Wie dat alles geht.« Karinas Mutter kramte in ihrer Tasche, holte ein Stofftaschentuch heraus und putzte sich die Nase. »Ich hab mich da so durchgewurschtelt, konnte ja auch keinen fragen. Dann kamst du noch und Susi war andauernd krank. Ich dachte, dat kommt davon, dat ich keine gute Mutter bin, weißt du? Ich hab mich so angestrengt, immer, damit ich alles richtig mache. Und du«, sie schaute Karina scheu an, »du warst kerngesund, es gab nie Probleme. Du warst so selbstständig, hast alles alleine gemacht und gebrüllt: Nein und allein machen!, schon als du noch ganz klein warst. Da dachte ich immer, du magst mich nicht leiden. Dann bist du immer um den Papa rumscharwenzelt. Oder wolltest zur Oma.« Karinas Mutter schluchzte auf. »Du warst immer so bockig zu mir. Aber ich hab dich doch lieb gehabt, immer.«

Karinas Augen füllten sich mit Tränen.

»Ich hab das aber nicht gespürt, Mama. Nie. Ich dachte, du magst nur die Susi. Susi hier und Susi da, die Susi ist krank, da musst du vernünftig sein. Für mich blieb gar nichts übrig.«

Ihre Mutter sah sie an und legte dann unbeholfen die Hand auf Karinas. »Dat is Unsinn, ich hab dich immer lieb jehabt«, wiederholte sie leise und lächelte schüchtern.

Karina nickte unsicher. Die Hand ihrer Mutter zitterte leicht und war feucht. Karina zog ihre Hand weg. Ihre Mutter sah sie bittend an. Da legte Karina ihre Hand auf die der Mutter. Sie sah sie ernst an. »Ich glaub dir, Mama. Ich hab dich auch lieb gehabt, immer.«

Dann wandten sich beide gleichzeitig zur Serviererin. »Zahlen, bitte.« Irgendwie war die ungewohnte Nähe schwierig. Sie verabschiedeten sich vor der Tür.

»Komm bald mal vorbei«, bat die Mutter. »Ich freu mich.«

Karina umarmte sie zum Abschied etwas linkisch.

Auf dem Weg ins Schokomuseum war Karina sehr nachdenklich. In dem Moment, als ihre Mutter sich auf sie zubewegte, hatte sie einen Rückzieher gemacht. Das kannte sie aus ihren Beziehungen. Waren die Männer von ihr begeistert, zog sie sich zurück. Das wurde ihr schnell zu viel, unangenehm, unglaubwürdig. Wenn aber die Männer sich rarmachten und entfernten oder sich erst gar nicht auf sie einließen, wie Markus, dann legte sie sich ins Zeug. Dann musste sie sich anstrengen.

Dann fühlte sie sich wie zu Hause. Sie musste mit Chioma darüber sprechen. Immerhin, ein Anfang war gemacht.

***

Das Telefon unterbrach Anna. Printz hob ab und bedeutete ihr mit der anderen Hand, sie solle im Zimmer bleiben. Es war die JVA in Ossendorf: Ein Häftling namens Andrej Wolkow habe verlangt, mit Printz zu sprechen, ob das in Ordnung sei, fragte der Mann am Telefon.

»Aber sicher!« Printz war gespannt, was Wolkow ihm zu sagen hatte. Mit der Hand deckte er die Muschel des Telefonhörers ab und flüsterte Anna vielsagend zu: »Wolkow!« Schon knackte es in der Leitung und Wolkow meldete sich. Nachdem er sich vergewissert hatte, dass er tatsächlich mit Printz verbunden war, kam er gleich zur Sache.

»Ich will aussagen, alles was du wissen willst.«

»Sie wollen ein Geständnis ablegen?«, vergewisserte sich Printz. Anna zog die Augenbrauen hoch.

»Geständnis, ja. Und noch mehr. Ich sage alles. Auch über den Direktor von Gefängnis und die anderen Sachen.«

»Das ist eine sehr kluge Entscheidung, Herr Wolkow. Aber was hat Sie denn plötzlich zu diesem Sinneswandel gebracht?« Printz wollte verstehen, was es mit der neuen Aussagefreudigkeit Wolkows auf sich hatte.

»Ist mein Sache«, wehrte Wolkow ab.

»Sicher. Aber ich muss mir natürlich ein Bild davon machen, wie ernst Sie es mit ihrem Angebot meinen und wie glaubwürdig es ist. Verstehen Sie?«

Wolkow überlegte nicht lange.

»Ich jetzt allein. Direktor ist weg, Schmalenberg weg. Ich nix mehr nützen, ich jetzt Risiko, was können nicht gebrauchen. Wenn ich Polizei helfe, Polizei muss mir helfen.«

»Das klingt, als ob Sie Angst vor etwas oder jemandem hätten?«

»Ich bin stark. Niemals aufgeben, immer kämpfen. Aber im

Knast ich kann mich nicht verteidigen, wie ich kann draußen. Wenn die mich setzen auf Liste, ich keine Chance.«

Da hatte er wohl recht. Printz war überzeugt, das sah nicht nach taktischen Spielchen aus. »Herr Wolkow, ich organisiere für morgen eine Vernehmung, entweder hier bei uns oder wir kommen zu Ihnen in die JVA. Es werden noch andere Kollegen dazu kommen. Wir müssen aber auch Ihren Anwalt verständigen, der will sicher dabei sein.«

»Nix Anwalt!«, widersprach Wolkow. »Anwalt gehören auch dazu.«

Printz rieb sich im Geiste schon die Hände. Das versprach ja ein Großreinemachen zu werden. Endlich gab es einmal eine Möglichkeit, über die Ebene der Handlanger und Söldner hinaus an die Hintermänner zu gelangen.

»Abgemacht, Herr Wolkow. Dann sehen wir uns morgen.«

Als er den Hörer aufgelegt hatte, stieß er mit der geballten Faust in die Luft und ließ ein lautes Ja hören. Soviel Emotionalität hatte Anna noch nie bei Printz beobachtet.

»Den hätten wir nie geknackt!« Seine Augen leuchteten. »Und jetzt kommt er von alleine und will auspacken!« Printz war aufgesprungen. Der Drang, Anna zu umarmen war so ungewohnt, dass er ihm nur mühsam widerstehen konnte.

»Jetzt kommt Arbeit auf dich zu: Kläre mit der JVA, ob sie uns den Wolkow morgen hierhin vorführen können oder ob wir zu ihm raus fahren, in dem Fall brauchen wir eines der großen Vernehmungszimmer. Wir müssen Kollegen mitnehmen, KK 32 sowieso, aber auch jemand von der Organisierten Kriminalität und ich informiere das BKA.« Printz war ganz konzentriert.

Anna nickte bei jedem Satz und wollte dann wissen: »Und wer ist von uns noch mit dabei?«

»Du natürlich.« Für Printz schien das eine Selbstverständlichkeit zu sein, über die er nicht eine Sekunde nachzudenken brauchte, aber in Anna löste diese knappe Ansage Herzrasen aus. Jetzt war sie es, die den Impuls, ihm um den Hals zu fallen, erst im letzten Moment unterdrücken konnte. Mit einem »Ich eile« schoss sie aus dem Raum und musste sich in der Kaffeeküche bei einem Glas kaltem Wasser erst einmal sammeln.

***

Es war der am besten gelaunte Printz, den eine Morgenbesprechung jemals gesehen hatte. Die gute Laune färbte auch auf Sigurd Sassler ab, seinen Chef, der sich darüber freute, dass Printz endlich das Prinzip der Teamarbeit verinnerlicht zu haben schien. Die Mannschaft war bis auf Schorsch vollständig anwesend, dazu Schmitz vom KK 32 und gleich zwei Organisierte vom KK 21. Obwohl Anna sich noch beim Frühstück fest vorgenommen hatte, heute ganz cool zu sein, senkte sie mit einem Anflug von Erröten den Blick, als Printz verkündete, dass sie ihn zur Vernehmung von Wolkow in die JVA begleiten würde, und alle den Kopf nach ihr drehten. Printz hatte seine Zusammenfassung der aktuellen Sachlage fast abgeschlossen, war aufgestanden und wollte mit einem Blick auf die Uhr gerade zum baldigen Aufbruch drängen, als Schorsch den Kopf zur Tür herein steckte, aber vorsichtshalber mit dem Rest seines Körpers draußen blieb.

»Was gibts, Schorsch?« Auch Printz wunderte sich über Schorschs ungewöhnliches Benehmen.

Schorsch zögerte noch ein wenig, aber schließlich musste es heraus: »Ihr braucht nicht rüber zu fahren. Die JVA hat gerade angerufen: Sie haben Wolkow heute Morgen tot in seiner Zelle gefunden. Erhängt.«

In die eintretende Stille drang überlaut das Klappern des Porzellans, als Anna ihre Tasse mit zitternden Händen abstellte. Printz musste sich setzen, sein Gesicht war ganz grau geworden, fahrig sortierte er die Unterlagen vor sich auf dem Tisch. In seinem Kopf überschlugen sich die Gedanken: Hätte er noch schneller auf Wolkows Angebot reagieren, noch am selben Tag hinfahren müssen? War irgendetwas an Wolkows Worten auffällig gewesen, hatte er Anhaltspunkte für eine Suizidgefahr übersehen?

»Das war kein Selbstmord!«, beendete er das allgemeine Schweigen und er war überzeugt von dem, was er sagte.

Einer der Kollegen vom KK21 meldete sich zu Wort: »Wir können getrost davon ausgehen, dass der Arm der Organisierten

Kriminalität bis in die JVA hineinreicht, und zwar auf ganz verschiedenen Ebenen. Der Ausfall des Direktors und einiger Beamter war zwar ein Rückschlag, hat aber mit Sicherheit nicht alle Fäden zerschnitten.«

»Deshalb hatte Wolkow ja Angst«, bestätigte Printz.

»Ich verstehe schon nicht, dass Wolkow nach den Vorkommnissen in Ossendorf nicht in eine andere JVA verlegt wurde«, warf Schorsch ein, der sich inzwischen ganz in den Raum getraut hatte. »Aber dafür ist zum Glück das Justizministerium verantwortlich, nicht wir.«

Sigurd Sassler schritt ein: »Tja, liebe Kollegen, ich kann verstehen, dass ihr alle enttäuscht seid, ich bin selbst wie vor den Kopf gestoßen. Das schien unsere große Chance zu werden und jetzt stehen wir da, wie begossene Pudel. Aber lasst euch bitte nicht zu wilden Spekulationen hinreißen. Der Wolkow war doch wirklich in einer verzweifelten Situation, er selber wäre sein Leben lang kaum wieder aus dem Knast herausgekommen und seine Hoffnung, er könne durch eine Aussage noch etwas für sich heraus handeln, war ja nun auch, sagen wir mal, etwas naiv. Sollte ihm das klar geworden sein, wäre ein Suizid nicht so ganz fernliegend.«

»Nicht der Wolkow.« Printz schüttelte den Kopf. »Kneifen war nicht sein Ding, der hätte gekämpft bis zuletzt, auch wenn er nicht gewinnen konnte.«

Anna versuchte zu vermitteln: »Richtig ist zumindest, dass wir über die genauen Umstände seines Todes überhaupt noch nichts wissen. Deshalb müssen wir erst einmal abwarten, ob die Untersuchungen Anhaltspunkte für ein Fremdverschulden ergeben, und dann können wir dem nachgehen.«

Printz wusste, dass sie recht hatte. Aber damit bewegten sie sich wieder auf der Ebene der Handlanger und Söldner. Die Chance, endlich auch einmal an die Hintermänner heranzukommen, war vertan. Bevor sein Chef die Besprechung offiziell für beendet erklärte, verließ der frustrierteste Printz, den eine Morgenbesprechung jemals gesehen hatte, den Raum. Nur Anna war vielleicht noch frustrierter.

***

»Hallo Karina, ich bins, Tabio«.

Karina musste ihr Handy fest ans Ohr pressen, so schlecht war die Verbindung. »Rufst du von Timbuktu aus an, ich kann dich kaum verstehen«, versuchte sie zu scherzen, aber ihr Magen krampfte heftig, als wisse sie schon, was kommen würde. Bevor sie ihren Kurzzeitehemann mit ihrer Schwester auf der Toilette erwischt hatte, hatten sich ihre Eingeweide genauso verkrampft. Karina legte die freie Hand auf ihren Bauch.

»Nein, nicht Timbuktu, sondern Köln. Ich bin am Kölner Flughafen. Meine Maschine geht in ein paar Minuten. Es tut mir leid, dass ich dir das nicht eher gesagt habe.«

Karina schluckte. »Flughafen? Wohin fliegst du?«

»Afrika, Elfenbeinküste. Dorthin, wo ich herkomme. Karina«, seine Stimme klang dünn und das lag nicht an der schlechten Qualität der Verbindung.

Dann hatte er wohl den Standort gewechselt, denn Karina konnte ihn jetzt hören, als stünde er neben ihr.

»Ich hatte das schon länger im Kopf. In meine alte Heimat zu fliegen. Ich will back to the roots, wie man so sagt. Kannst du das verstehen?«

Karina nickte. Traurigkeit erfüllte sie und sie wusste nicht, was sie sagen sollte.

»Karina, bitte, sag doch was!« Tabios Stimme bettelte.

»Ich verstehe, Tabio. Ja, ich kanns verstehn. Aber wieso gerade jetzt?« Karina biss sich auf die Lippe.

Er gab keine Antwort. »Ich wollte deine Stimme noch mal hören, bevor ich fliege. Weißt du, es hat mich ganz schön erwischt.« Da war es wieder: sein zärtliches Lachen und sie musste mitlächeln. »Ich bin ja nicht aus der Welt, Karina. Wir können skypen. Du kannst mich besuchen kommen … Ohne das Bittere ist das Süße nicht süß, hat meine Großmutter immer gesagt«, Tabios Stimme klang ganz weich. »Wir sehen uns bestimmt bald wieder, ich fühl das!«

»Das heißt, du kommst zurück?« Karina horchte atemlos.

»Ich, ich weiß nur noch nicht genau, wann. Vielleicht bald, vielleicht später, ich weiß es nicht.«

Karina spürte, dass er auswich. Sie schloss die Augen und sah wieder die Spinnen aus ihrem Traum.

Sie riss die Augen auf. »Tabio, du weißt, du kannst mir vertrauen.«

»Das tue ich doch, Karina«, seine Stimme war ganz dunkel.

»Ich bin jetzt ganz direkt: Hat deine Reise etwas mit dem Toten im Schokobrunnen zu tun?«

Karina hörte Tabio einatmen.

›Bitte lüg mich jetzt nicht an!‹, dachte sie.

Tabio schloss die Augen und lehnte sich an die kühle Säule in der Abfertigungshalle. Die Erinnerung war nicht aufzuhalten:

Als Weinsberg nach dem Smartphone greift, schlägt Tabio ihm mit der flachen Hand ins Gesicht. Weinsberg prallt zurück. »Das glaub ich nicht. Das wagst du doch wohl nicht, du ...!« Weinsberg ballt die Fäuste und geht auf Tabio los. Tabio weicht seinen Schlägen geschickt aus und schlägt wieder zu. Weinsberg taumelt, tritt nach ihm, schreit: »Du Kaffer, du bist erledigt!«

Tabio packt ihn am Kragen und schlägt ihm fest ins Gesicht. Weinsberg reißt sich los, stolpert zur Tür und auf den Flur hinaus. »Ich zeige dich an. Ich mach dich fertig!« Er strauchelt, fällt hin.

Tabio steht über ihm, nimmt ihn in den Schwitzkasten: »Das werden wir doch mal sehen!« Er schleppt ihn den Flur entlang. Weinsberg röchelt, würgt: »Lass mich los, du bist wahnsinnig!«

»So wahnsinnig wie mein Vater. Der hat auch alle umgebracht. Alle außer mir. Und ausgerechnet mich triffst du hier!«

Tabio zerrt Weinsberg die Treppe hinunter. Weinsberg winselt: »Was willst du denn? Ich bin doch nur ein Rädchen im Getriebe. Ich mache nur meine Arbeit ...«

»Und bringst dabei Menschen um, du Schwein!« Tabios Blick fällt auf den hell erleuchteten Schokobrunnen. Er zerrt Weinsberg, der sich nicht mehr wehrt, sondern nur noch wimmert, quer durch den Raum.

Tabio reißt die Plexiglasscheibe herunter und drückt Weinsbergs Kopf in die warme Schokolade. »Hier, sauf.« Er atmet tief und drückt den Kopf noch fester nach unten. »Sauf, sauf, sauf. Du kriegst den Hals ja nicht voll ...« Tabio wird ganz ruhig. Ein Traum, aus dem er in der Nacht aufgeschreckt war, drängt sich vor seine Augen, ein Fetzen nur: Er ist auf einer Geburtstagsfeier. Eine Frau beugt sich kurz zu ihm. »Stirb«, flüstert sie ihm ins Ohr. Er spürt die Todesangst in jeder Zelle seines Körpers. Niemand nimmt Notiz von ihm. Er bringt keinen Laut heraus. »Stirb«, flüstert die alte Frau. »Stirb endlich. Du hättest schon lange tot sein sollen.«

Er drückt den Kopf fest in die braune Masse. Stirb, stirb, stirb, die Stimme aus dem Traum hallt in ihm nach.

Weinsberg wehrt sich inzwischen nicht mehr, seine Bewegungen werden schwächer. Tabio fühlt nichts, nur Leere. Er lockert erst seinen Griff, als Weinsberg sich nicht mehr rührt. Er liegt da, das Gesicht in der Schokolade.

Tabio fuhr sich mit dem Ärmel über das Gesicht, dann holte er noch einmal tief Luft: »Ja. Du hast es dir bestimmt schon gedacht. Ich war es.«

Karina wurde ganz ruhig. Ja, sie hatte es zumindest die ganze Zeit geahnt. »Warum?«

»Er hat mich provoziert. Ich hatte auf einmal eine solche Wut in mir, konnte nichts dagegen tun, es war wie ein Dammbruch, hat mich einfach mitgerissen wie in einen Strudel. Ich denke dauernd daran und bereue es jeden Tag und jede Nacht. Aber ich kann es nicht mehr rückgängig machen. Ich werde auch die Verantwortung für meine Tat übernehmen, aber nicht jetzt.« Seine Stimme wurde immer leiser. »Ich melde mich, komm mich besuchen!«, hörte Karina noch, dann brach das Gespräch ab.

»Tabio, Tabio!« Karina war wie versteinert. Sie rief noch einmal seinen Namen, aber die Leitung blieb still. Sie versuchte ihn zurückzurufen. »Dieser Anschluss ist vorübergehend nicht erreichbar. The number you have dialed is temporarily not available. Dieser Anschluss ist vorübergehend nicht erreichbar. The number you have ...«

Karina legte auf und wählte Perlchens Nummer. »Bitte, komm so schnell du kannst zu mir und bring Nicole mit. Bitte, ich brauche euch«, presste sie heraus und legte sofort wieder auf. Vielleicht würde Tabio noch einmal anrufen, dann musste die Leitung frei sein.

Es klingelte an der Tür.

Chioma kam die Stufen herauf und schloss sie in die Arme. »Du brauchst mich«, sagte sie einfach und strich Karina übers Haar.

»Ach Chioma. Immer wenns um Männer geht, mache ich die Augen zu. Ich hab die ganze Zeit geahnt, nein, gewusst, dass Tabio schuldig war. Aber ich wollte es einfach nicht wahrhaben. Ich habe ihn auch nicht befragt. Immer wieder hatte ich mir das vorgenommen, aber dann hatte ich Angst davor, dass er es zugibt. Das ist wie bei meinen Großeltern. Meine Oma hat auch immer zu meinem Opa gestanden.« Karina blieb einen Moment still sitzen. »Ist das Liebe oder ist das Angst, den anderen zu verlieren?«

Chioma lächelte, sagte aber nichts.

17

Printz blätterte in seinen Unterlagen. Immer wieder musste er dabei an Karina Sprängel denken. Sie hatte ihm ja schon früh gesagt, dass sie von zwei Tätern ausging. Was wusste sie noch? Sie hatte Wolkow gekannt und ihn, Printz, zu ihm geführt. Über den Wolkow wollte er im Moment lieber nicht nachdenken. Aber was war mit dem anderen? Kannte sie auch den? Er las zum wiederholten Mal die Aussagen, die Protokolle.

Tabio Stüttgen, dieser sympathische junge Mann, immer wieder kam er ihm in den Sinn. Die Mitarbeiter hatten zwar gesagt, er hätte mit ihnen am Sonntagabend das Museum verlassen, aber er konnte ja auch wieder zurückgegangen sein. Er hätte einen Grund gehabt, wütend auf Weinsberg zu sein. Weinsberg hatte Tabio Stüttgen beleidigt, immer und immer wieder. Anna hatte im Zusammenhang mit Weinsberg von einer möglichen Affekttat gesprochen. Oder war es Brigitte gewesen? Weinsbergs Handy, nach dem er gesucht hatte, war nie aufgetaucht. Jemand hatte es entsorgt oder gestohlen. Eine Ortung hatte nichts ergeben. Spuren. Wischmopp. Natürlich wusste das Servicepersonal, wo Putzzeug zu finden war und wie und wann im Museum gereinigt wurde. Und Spuren der Serviceleute waren natürlich im ganzen Museum verteilt. Da konnte man gar nichts finden. Bliebe einzig das Motiv. Hatte Weinsberg den Jungen so zur Weißglut gebracht, dass der sich keinen anderen Rat mehr gewusst hatte als zuzuschlagen? Da musste doch mehr dahinter stecken.

Printz wählte Tabios Handynummer.

»Dieser Anschluss ist vorübergehend nicht erreichbar«, sagte die Computerstimme.

»Dann halt im Museum«, knurrte Printz.

Doch dort teilte eine Mitarbeiterin ihm mit, dass Tabio, obwohl er eingeteilt gewesen sei, nicht zur Arbeit erschienen wäre. Nein, sie wisse auch nicht, wann er wieder zur Arbeit käme. Jetzt versuchte es Printz unter der Nummer der Familie Stüttgen. Nachdem das Telefon ein paar Mal geläutet hatte, hob Tabios Mutter ab.

»Stüttgen? Ah ja, Herr Printz, ich erinnere mich. Tabio hat von ihnen erzählt. ... Nein, mein Sohn ist nicht da … Nein, ich weiß nicht, wo er ist. ... Sein Handy? Nicht erreichbar? Das kann sein, er stellt es zwischendurch auch schon mal aus. ... Bei der Arbeit sowieso ... Nein, er ist nicht in der Uni und auch nicht zur Arbeit … Nein, mehr kann ich Ihnen nicht sagen. Auf Wiederhören!« Sie hatte aufgelegt. Vor ihr auf dem Tisch lag Tabios Brief. Er hatte ihr aufgeschrieben, wo und wie er in den nächsten Wochen zu erreichen sein würde. Und, dass er sie liebte.

»Das Semester kann er wohl abschreiben«, dachte Christel Stüttgen noch. »Ach was solls. Er wird schon alles aufholen im nächsten Semester. Wenn er jetzt dahin muss, dann ist das eben so.« Sie seufzte, denn sie vermisste ihn schon jetzt.

»Von wegen ›kann ich nicht sagen.‹ Sie will es mir nicht sagen!«, fluchte Printz laut. Er hatte als Polizist gelernt zu unterscheiden, wann jemand die Wahrheit sagen wollte und wann nicht.

Karina Sprängel. Sie wusste bestimmt etwas, Printz sprang auf. Aber ob sie es ihm sagen würde? Printz hatte bei den Befragungen im Museum mitbekommen, dass Karina und Tabio so eine Art Techtelmechtel hatten. Dann würde sie ihn vielleicht decken wollen. Egal, er musste es versuchen. Er rief wieder im Museum an. Frau Sprängel hätte Feierabend, erfuhr er und wählte ihre Festnetznummer, aber da ging sie nicht ran. Er beschloss, trotzdem zu ihr zu fahren. Nur kurze Zeit später stand er vor ihrer Haustür. Er klingelte. Einmal, zweimal, dann legte er den Finger auf die Klingel. Dauerton.

Karina sah Perlchen und Nicole fragend an, dann stand sie vom Sofa auf. Sie drückte den Türöffner und hörte polternde Schritte. Kriminalhauptkommissar Printz kam die Treppen herauf.

»Frau Sprängel, hallo, Sie gingen nicht ans Telefon, ich habs schon ein paar Mal probiert. Schön, dass Sie doch da sind.« Printz stutzte, als er Karinas verheultes Gesicht sah. »Geht es Ihnen nicht gut?« Er machte einen Schritt auf sie zu. »Ist das noch wegen der Entführung?« Es wunderte ihn selbst, dass er sich so besorgt zeigte.

»Kommen Sie rein, Herr Printz«, Karinas Stimme war tonlos und matt. Sie drehte sich um und schwankte leicht. Printz folgte ihr durch den Flur bis ins Wohnzimmer. An der Tür fuhr er zurück. Eine sehr dunkelhäutige Frau mit dunkler Lockenmähne und stechendem Blick stand hinter dem Sofa und hielt eine Schale in den Händen, aus der Qualm aufstieg. Der Raum roch nach Weihrauch und Printz dachte augenblicklich an seine Messdienerzeit. Auf dem Sofa saßen Nicole Stürmer und die andere Freundin von der Sprängel und sahen ihn mit ernsten Gesichtern an.

»Entschuldigen Sie bitte die Störung.« Printz räusperte sich. »Aber ich bin auf der Suche nach Tabio Stüttgen, Frau Sprängel kennt ihn.«

»Wir auch, Herr Kommissar. Wollen Sie uns deshalb jetzt alle mit ins Präsidium nehmen?« Nicole zwinkerte Stefan Printz zu. Das machte ihn noch nervöser.

»Dazu besteht kein Anlass. Bisher.«

Chioma trat zu Karina und flüsterte ihr ins Ohr.

»Weiß die Dame etwas von dem Gesuchten?«

»Darum ging es nicht, Herr Printz, sie meinte nur, dass böse Geister Sie quälen, Geister aus der Vergangenheit.« Karina seufzte, dann ging sie ein paar Schritte auf Printz zu, bis sie direkt vor ihm stand. »Ich habe mich noch gar nicht bei Ihnen bedankt, Herr Printz, Sie, Sie haben mir das Leben gerettet.« Ihre Augen füllten sich wieder mit Tränen.

»Das müssen Sie nicht Frau Sprängel, das ist doch mein Job.« Printz räusperte sich.

»Selbst wenn. Ich bin Ihnen wirklich dankbar!« Karina umarmte Printz, während Nicole und Perlchen riefen: »Und wir erst! Sie sind supercool, Herr Printz!«

Printz schob Karina von sich weg, musste sich schon wieder räuspern: »Ist schon gut, jetzt, ich habs nicht so mit Umarmung und so. Sagen Sie mir lieber, wo Tabio Stüttgen ist.«

»Keine Ahnung.« Karina blickte nach unten, dann auf ihre Armbanduhr. Sie rieb sich die Nase. »Bei der Arbeit, oder?«

»Nein, da ist er nicht. Und auch nicht zu Hause. Und an der Uni auch nicht. Könnte es sein, dass er Deutschland verlassen will?«, stieß Printz hervor und versuchte Karina in die Augen zu sehen. Irgendetwas stimmte da nicht. Das spürte er genau.

»Keine Ahnung«, wiederholte Karina, klimperte mit den Augenlidern und versuchte zu lächeln. »Sagen Sie es mir.«

Printz trat näher an Karina heran. »Tabio Stüttgen ist weg. Er scheint wie vom Erdboden verschluckt. Ist das nicht merkwürdig?«

»Das Unglück sich nicht halten an Besuchstage«, seufzte Chioma und setzte sich an den Tisch. Nicole, Perlchen und Karina taten es ihr nach. »Bitte setzen Sie sich doch auch, Herr Printz«, Karina deutete auf den noch freien Stuhl.

Printz nahm die flauschige Decke von der Sitzfläche und hängte sie über die Stuhllehne.

»Bitte, meine Damen, sagen Sie mir, was Sie wissen!«, beschwor er sie.

»Wer Fragen stellt, muss auch akzeptieren, dass er Antworten bekommt. Ein afrikanisches Sprichwort«, erläuterte Perlchen.

»Ich will Antworten, das ist mein Job!«

Chioma griff nach Printz' Hand, drehte die Innenflächen nach oben und fuhr mit dem Zeigefinger den Linien nach. »Er nicht böse, auch wenn gequält von bösen Geist.« Sie sah Karina an. »Sag!«

Printz versuchte Chioma die Hand zu entziehen, aber sie hielt sie mit beiden Händen fest und machte: »Schschsch, bleibe, ruhig.«

»Tabio ist auf dem Weg zur Elfenbeinküste.« Karina starrte auf den Tisch, ihre Stimme hörte sich an, als könne sie jeden Moment reißen. »Er sagt, er will zurück zu seinen Wurzeln.« Sie schaute nicht hoch.

»Welcher Flughafen?« Printz versuchte aufzustehen, doch Chioma hatte mehr Kraft, als er ihr zugetraut hatte.

»Köln. Wissen Sie, Herr Printz, es ist immer noch nicht einfach für jemanden mit dunkler Hautfarbe hier in Deutschland.«

»Das brauchen Sie mir nicht zu sagen, das weiß ich.« Printz zog an seiner Hand. Chioma hielt weiter fest und sah ihn an: »Seine Familie tot. Vater hat totgemacht, weil kein Geld mehr. Geld bei Weißen. Bei Firma von Schokolade.«

Karina fuhr fort: »Er hat mir erzählt, was damals passiert ist. Und dann kommt da so ein arroganter Schnösel und beschimpft ihn die ganze Zeit.«

»Und dann ist er ausgerastet?« Diese verflixte Sprängel war ihm schon wieder einen Schritt voraus. Er sprang auf und griff nach dem Handy. »Ist Ihnen klar, was Sie da sagen?«

»Ja. Er sagt, er will ja auch Verantwortung dafür übernehmen. Aber vorher will er nach Afrika, zu dem Ort, wo er geboren ist oder so.« Karina verbarg das Gesicht in den Händen.

»Das geht so nicht, Frau Sprängel. Er muss sich jetzt verantworten und nicht, wann es ihm passt. Ich kann Sie verstehen und ja«, er sah Chioma bittend an, »ich kann vielleicht sogar Tabio Stüttgen verstehen. Aber wir leben in einem Rechtsstaat und da kann man nicht einfach selbst entscheiden, ob man für Straftaten geradesteht und vor allem nicht, wann.«

Chioma nickte und ließ Printz los. »Wer etwas bringt durcheinander, muss wissen, wie er Ordnung schafft wieder.«

»Wissen Sie, wann der Flieger geht?« Printz stand schon an der Tür. Er rief die Kollegen von der Flughafenpolizei an und instruierte sie.

***

»Attention please, last call for passenger Mr. Tabio Stüttgen, booked on flight KLM Royal Dutch Airlines ...« Tabio horchte auf. Wie oft war er jetzt eigentlich schon aufgerufen worden? Nun kam die Ansage auf Deutsch: »Achtung bitte, allerletzter Aufruf für Passagier Tabio Stüttgen, gebucht auf KLM Royal Dutch Airlines Flug, Nummer KL1812, über Amsterdam, Paris nach Abidjan, wird umgehend zum Ausgang B 57 gebeten. Herr Stüttgen bitte zum Ausgang B 57!«

Das war sein Flug, mit dem er an die Elfenbeinküste und von dort aus nach Bouaké kommen würde. Solange hatte er davon geträumt, ›heim‹ zu fahren. Um herauszufinden, ob es wirklich seine Heimat war und ob er sich dort zu Hause fühlen würde. Dann war das mit Weinsberg passiert und er hatte sich gedacht, dass jetzt der richtige Zeitpunkt dafür wäre. Vor dem Gefängnis hatte er Angst. Aber jede Nacht schreckte er schweißgebadet aus immer demselben Albtraum hoch, in dem er Weinsberg vor sich sah und wie er seinen Kopf in die flüssige Schokolade drückte. Was war bloß über ihn gekommen an diesem 11.11., warum war er nicht besonnener gewesen? Wie konnte das passieren, dass er so die Beherrschung verloren hatte? Seither hatte er kein Vertrauen mehr in sich selbst. Er hatte Angst, die Wut könnte sich wieder Bahn brechen und alles, was er an Werten hatte, einfach verbrennen. Tabio starrte auf seine Hände. Mit ihnen hatte er einen Menschen getötet. Sein Herz schlug hart. Die Geschichte von Karinas Großvater ging ihm durch den Kopf und wie offen und liebevoll Karina zu ihm gewesen war. Es hatte gut getan, ihr die Wahrheit zu sagen.

Tabio sah zwei uniformierte Polizisten quer durch die Halle zum Schalter an Gate B 57 laufen. Einer der Beamten redete auf die Mitarbeiterin der Fluglinie ein. Tabio stand auf, streckte sich, sein Entschluss stand fest. Mit ruhigen Schritten ging er geradewegs auf den Schalter zu. Kurz bevor er die Polizisten erreichten, drehte sich einer von ihnen um. Tabio lächelte ihn an. »Ich bin der, den Sie suchen.«

»Tabio Stüttgen?«

»Aber sein Gepäck ist doch schon im Flugzeug«, rief die Flugbegleiterin dazwischen. »Wir können erst abheben, wenn sein Gepäck nicht mehr an Bord ist. Das müssen wir ja jetzt erst raus holen!«, sie griff zum Telefon.

»Müssen wir Ihnen Handschellen anlegen?«, fragte der jüngere der beiden Polizisten.

»Ich hab auf Sie gewartet, ich komme freiwillig mit.« Tabio spürte, dass jetzt alles in Ordnung war, sein Herzschlag beruhigte sich.

Die Polizisten nahmen ihn in die Mitte und der ältere griff nach seinem Diensthandy. »Sag Printz Bescheid, wir bringen Herrn Stüttgen zum Präsidium.«

***

Karina Sprängel war zum Polizeipräsidium nach Kalk gefahren, Stephan Printz hatte sie am Empfang abgeholt und mit auf die zweite Etage genommen. Jetzt saßen sie sich in seinem Büro gegenüber. Karina beäugte erstaunt die Pflanzen. Das war ja ein richtiges Gewächshaus. So viele Pflanzen in so einem kleinen Büro. Printz hatte ihr freundlich einen Stuhl angeboten.

»Im Grunde ist Tabio Stüttgen ein sympathischer junger Mann, Frau Sprängel«, sagte er gerade. »Schade, dass er so die Kontrolle verloren hat. Das war kein geplanter Mord, sondern Totschlag im Affekt, das wird der Richter bestimmt auch so sehen. Für ihn spricht ja auch, dass er sich doch nicht entzogen, sondern mehr oder weniger selbst gestellt hat und seine Tat offensichtlich bereut. Er lebt in gefestigten Verhältnissen bei seinen Eltern, er ist nicht vorbestraft und hat Fürsprecher. Ich denke, er wird keine lange Haftstrafe absitzen müssen, und wenn er sich auch noch gut führt, werden Sie ihn bald wieder haben.« Printz nickte ihr aufmunternd zu. Dann wurde er ernst. »Schlimm, dass die Großen davon kommen und wir die Kleinen verknacken müssen.« Er brach ab, das Wolkowfiasko hing ihm noch nach. Irgendwann würde er die Hintermänner kriegen, irgendwann.

»Aber so ist das nun mal. Straftat bleibt Straftat. Das wissen sie selber.«

Karina nickte. Sie hatte mit sich gekämpft, aber ihr Gerechtigkeitsgefühl war stärker gewesen. Sie hatte Printz den Tipp gegeben, wo Tabio sich aufhielt. Sie hätte nicht anders handeln können.

Karina zog eine schmale goldene Schachtel aus ihrer großen Handtasche. Sie legte sie auf den Schreibtisch. »Ich wollte mich noch mal bei Ihnen bedanken, Herr Printz – für alles!«

»Ich habe nur meine Arbeit gemacht, Frau Sprängel, dafür müssen Sie sich nicht bedanken«, wehrte Printz ab. »Sonst müssen die Kollegen demnächst noch bei mir wegen Bestechlichkeit ermitteln.« Er grinste verlegen und wusste nicht weiter, nahm ein paar Blätter vom Schreibtisch und legte sie in ein Ablagefach.

Karina ließ nicht locker. »Ich hab Ihnen eine ganz besondere Auswahl meiner selbst kreierten Lieblingspralinen mitgebracht. Bei uns im Schokomuseum finden ja Pralinenworkshops statt und auch die Mitarbeiter können teilnehmen. Nach vielem Herumprobieren sind das im Moment meine Favoriten.« Karina ließ sich nicht beirren und schubste die Schachtel in seine Richtung.

»Danke, Frau Sprängel, aber ich bin eher der herzhafte Typ, ich meine, ich esse lieber Deftiges – Käse, Pfefferbeißer oder ein Brötchen dick mit Sauerkraut belegt. Süßes ist nicht mein Ding, aber ich weiß das trotzdem zu schätzen. Dankeschön.« Er schob die Pralinen wieder in ihre Richtung.

»Wenn Sie nicht wenigstens probieren, Herr Kommissar, bin ich beleidigt«, zwinkernd griff sie nach der Schachtel, öffnete sie. Dann kam sie um den Schreibtisch herum, setzte sich halb auf die Ecke und hielt Printz den Karton, dessen Inhalt schon verführerisch duftete, unter die Nase. »Sehen Sie, das hier«, sie deutete auf eine helle Praline, »ist Champagnertrüffel, das hier, ist Butterkaramell mit dunkler Schokolade überzogen, das grüne Eckchen oben drauf ist übrigens Pistazie. Und diese Praline ist mit Edelmarzipan gefüllt. Bitte!«

»Na, wenn ich denn muss«, seufzte Printz ergeben, griff nach der dunklen Praline und steckte sie rasch in den Mund. Er wollte das schnell hinter sich bringen. Doch dann schien dieses Etwas in seinem Mund regelrecht zu explodieren, schmolz auf der Zunge und das Butterkaramell zerfloss in seinem Mund zu einer seidigen Creme. Printz schloss die Augen, genoss still. Er schmeckte Karamell, Pistazie, dann etwas, das er nicht bestimmen konnte … So etwas hatte er noch nie gegessen, das war, das war … ein Traum. Ohne es zu wollen, seufzte er wohlig. Fast klang es, als würde er schnurren wie ein Kater.

Karina legte ihm die Hand auf die Schulter. Erschrocken schlug er die Augen auf.

»Ich habe Ihnen ja gesagt, das ist was Feines«, lächelte sie, »willkommen im Club der Schokoladenfans! Nochmals danke, Herr Printz!« Sie winkte kurz und verließ sein Büro.

Stephan Printz schnappte sich die Schachtel, griff eine weitere Praline und biss hinein, dunkle Schokolade, Frucht, … ein Erdbeertraum. Er konnte es nicht fassen, packte die Schachtel und war in Rekordzeit vor Annas Büro. Die schreckte hoch, als er schwungvoll und ohne anzuklopfen die Tür aufriss.

»Ich hab da was für dich, Anna«, Printz baute sich vor ihrem Schreibtisch auf. Er öffnete die Schachtel. »Hier, Swarowski, probier mal, das sind Frustkiller, extra für mich gemacht.«

Anna griff in die Schachtel. »Danke, Printemann. Willst du einen Kaffee?«

Printz zögerte den Bruchteil einer Sekunde. »Ja, gern.«

Wir danken besonders unseren Ehemännern

Dieter Naber und Jürgen Kuhrau

für Ihre kompetente Inspiration und nie ermüdende Unterstützung bei diesem todessüßen Projekt.

Renate Naber und Cornelia Ehses

Karinas Butterkaramell-Praline

Zutaten Füllung:
220 g Vollmilchkuvertüre
40 g Zartbitterkuvertüre (60 %)
100 g Zucker
einige Tropfen Zitronensaft
130 ml Sahne
50 g weiche Butter

Zutaten Glasur:
500 g Zartbitterkuvertüre
gehackte Pistazien

Rahmen von 9 x 15 cm, Pralinengabel

Zubereitung:
Die Kuvertüren hacken. Den Zucker mit 50 g Wasser und einem Spritzer Zitronensaft in einen größeren Topf geben und karamellisieren. Gleichzeitig in einem zweiten Topf die Sahne aufkochen. Den Topf mit dem Karamell vom Herd nehmen und die kochende Sahne nach und nach unterrühren. (Vorsicht, der Karamell wird sehr heiß und kann beim Einrühren der Sahne stark schäumen!) Dann die Kuvertüren hineingeben. Unter Rühren schmelzen und weiterrühren, bis die Masse homogen ist und glänzt. Wenn sie auf 30 Grad abgekühlt ist, wird die Butter sorgfältig untergerührt.
Den Rahmen auf ein mit Backpapier belegtes Blech setzen. Pralinenmasse hinein füllen, die Oberfläche glatt streichen und mit Folie abdecken. An einem kühlen Ort etwa 12 Stunden fest werden lassen. Dann den Rahmen mit einem Messer lösen. Die Masse in Rechtecke schneiden.
Zum Überziehen die Kuvertüre hacken, auf dem Wasserbad schmelzen und temperieren. Jede Praline hineintauchen, Kuvertüre abtropfen lassen, die Praline am Schüsselrand abstreifen und auf Backpapier setzen. Solange die Kuvertüre noch feucht ist, jede Praline mit einigen Stückchen Pistazie garnieren.

Karinas Schoko-Likör-Praline

Zutaten Füllung Canache:
100 g Schlagsahne
180 g geschmolzenen Schokolade – dunkel, hell oder weiß
20 g Butter
20 g Likör der Wahl
(z. B. Orange-, Kirsch-, Kräuter-, Kaffeelikör)

Zutaten Glasur:
400 g Schokolade nach Wahl
100 ml Sahne (evtl. auch die doppelte Menge)

Pralinengabel

Zubereitung:
Schlagsahne zum Kochen bringen. Schokolade sanft einrühren, bis sie sich ganz mit der Sahne verbunden hat. Butter hinzufügen und – wenn die Masse nicht mehr heiß, sondern noch warm ist – den Likör einrühren. Einen Tortenring auf ein mit Backpapier belegtes Blech legen und die Canache einfüllen. Mit Klarsichtfolie abdecken und über Nacht fest werden lassen. Am nächsten Tag die Canache aus der Form lösen und mit einem scharfen Messer in etwa zwei Zentimeter große Würfel schneiden.

Die Schokolade fein hacken und in eine Schüssel geben. Die Sahne kurz aufkochen, über die Schokolade gießen und zu einem glatten Guss anrühren. Die Canache mit einer Pralinengabel (oder einer normalen Gabel) in den Guss tauchen, herausnehmen und auf einem Gitter abtropfen lassen. Nach Belieben mit der Gabel ein Muster auf die Oberfläche drücken. Den Guss fest werden lassen. Kühlzeit: mindestens 12 Stunden

Anstelle der Schlagsahne kann man auch 100 g Fruchtmark (z. B. Erdbeere) verwenden – dann ist es eine Früchte-Canache.

Karinas Liebestrank

Zutaten:
375 ml Milch
4 Stück Schokolade, Edelbitter (mindestens 70 % Kakao)
Je nach Geschmack Kakaopulver oder Schokoraspeln oder 2 Stück Vollmilchschokolade
½ TL Zimtpulver
½ Vanilleschote
3 TL Honig
1 Prise Salz
1 Prise Pfeffer (oder ¼ getrocknete Chilischote, je nach Geschmack)
125 ml Wasser

Zubereitung:
Die Milch mit der Vanilleschote einmal aufkochen und dann etwa acht Minuten ziehen lassen. (Falls Chili mit hinein soll: Die Chilischote in der Zwischenzeit kleinstoßen), die Schokolade hacken oder brechen und zerbröseln. Die Vanilleschote aus der Milch nehmen, aufschneiden, das Mark herauskratzen und mit der gehackten Schokolade, dem Zimt und 125 ml Wasser verrühren. Mit dem Schneebesen wird die Mischung dann unter die heiße Milch geschlagen, bis die Schokolade geschmolzen ist. Mit Pfeffer (oder Chili!), dem Honig und dem Salz würzen und den Liebestrank in vorgewärmte Tassen füllen.
Je nach Geschmack, entweder zwei Teelöffel Kakaopulver, ein paar Schokoraspeln oder etwas Vollmilchschokolade mit in die Tassen geben.

Für besondere Naschkatzen empfiehlt Karina einen Schuss Aufgesetzten (Kirsch, Holunder, Johannisbeeren), Rum oder Eierlikör – und noch ein Sahnehäubchen obendrauf.

Ihrer Kreativität sind keine Grenzen gesetzt! Probieren Sie Karinas Rezept aus und schreiben Sie uns Ihr ganz persönliches Liebestrankrezept: vertrieb@ksb-media.de

SCHOKOLADENMUSEUM.DE
20 Jahre
SCHOKOLADEN
MUSEUM
KÖLN
Lindt
Imhoff
Schokoladen
museum